論創ミステリ叢書 65

吉野賛十探偵小説選

論創社

吉野賛十探偵小説選　目次

創作篇

随筆篇

凡例

一、「仮名づかい」は、「現代仮名遣い」（昭和六一年七月一日内閣告示第一号）にあらためた。
一、漢字の表記については、原則として「常用漢字表」に従って底本の表記をあらため、表外漢字は、底本の表記を尊重した。ただし人名漢字については適宜慣例に従った。
一、難読漢字については、現代仮名遣いでルビを付した。
一、極端な当て字と思われるもの及び指示語、副詞、接続詞等は適宜仮名に改めた。
一、あきらかな誤植は訂正した。
一、今日の人権意識に照らして不当・不適切と思われる語句や表現がみられる箇所もあるが、時代的背景と作品の価値に鑑み、修正・削除はおこなわなかった。
一、作品標題は、底本の仮名づかいを尊重した。漢字については、常用漢字表にある漢字は同表に従って字体をあらためたが、それ以外の漢字は底本の字体のままとした。

創作篇

ロオランサンの女の事件

一　その私の友人とロオランサンの女――事件

私は以下にある一つの殺人事件のお話をするのに際して、まず私の不幸な友人N・Kの人柄からお話しし始めるのが順序であろうかと考えた。もっともそれをここにすっかりお話しするのは余りに長い話である。何しろ私は彼とは少年時代からの友人である。で彼の人柄を忌憚《きたん》なく話すためには、記憶を辿って私共の少年時代からの色んな挿話や逸話を並べるのが早道でもあり、それはまたそれだけでも非常に面白い一篇の物語になるだろうと思うのだが、それはいずれ別に「剃刀男《かみそりおとこ》」とでも題する別の一篇に纏《まと》め上げる事として、ここにはただかれの人柄の一端をやや抽象的に摘記《てっき》するだけに止《とど》めたい。で彼の人柄であるが、それをここに表のように要約すると、まず第一に彼は遺伝性癲癇《てんかん》もちの男である。第二に彼は女性的で陰険で残忍でやや惨虐のための惨虐を喜ぶといったような性格である。とそれだけ申上げればこの物語を了解して頂くためには十分であるだろう。所でこの二つの特性は一体何を意味するであろうか。まず第一に癲癇もちという事についてである。これは法医学者などの研究によるとよく癲癇もちの人間の中《うち》には先天的犯罪性のあるものが多いとの事である。第二に男であってしかも女性的で陰険で残忍であるという事――これが差《さし》ずめ同じ犯罪性というものと何らかの関係がありそうだとは強《あなが》ち私だけの印象ではあるまい。特にその中でも惨虐のための惨虐を悦ぶという事（いずれ「剃刀男」で詳しく申上げるが例えば鳥の首をしぼってその断末魔の苦しみの声をきいて、えもいわれぬ快感を覚えるらしいようなこと）――それが医者でない私の素人考えからいっても何となく変態性欲における惨虐色情《サヂズム》と関係がありそうに思えてならなかった。とにかく私は少年時代からの彼の印象からしてN・Kをどこか一癖ありそうな人間だと思っていた。――とこれだけの事を申上げて、私はいきなり事件の説明にとびこんで行こうと思う。

もっとも私はＮ・Ｋについての逸話や挿話を一切ここでは話さない事にしたけれども、その内のただ一つだけは後述の事件を理解して頂くために是非省く訳には行かぬ。では読者の許しを得て以下なるべく簡単にそれを話さしてもらう事としよう。

前申す通り私はＮ・Ｋとは少年時代からの友人であった。私共は小学校と中学校とを同じ大阪の学校で過した。もう中学時代から彼は悪魔主義の文学に耽り始めた。これは前《ぜん》要約した彼の性格の特性からいっても、読者においてもさもありなんと思われるであろう。所で私は中学を出ると、家族と一緒に東京へ居を移して、東京の大学に入学した。するとＮ・Ｋも私より一年後れて単身上京してきてＳ大学の国文科に入学したが、その頃彼はいつの間にか江戸軟派《なんぱ》の研究に没頭し始めていたのである。

当時かれは私の宅のつい近所へ下宿したので三日にあげず私も彼を訪ねたものだが、その頃の彼の生活のじだらくさがひどく私を驚かしたものだ。一歩彼の下宿の部屋に足をふみ入れるともう畳一面に和綴《わとじ》の綴目《つづりめ》のぼろぼろになった本の堆積、堆積。そして壁間にはグロテスクな絵馬などが一杯、所狭きまでにかけてある。(断っておくが彼の家《うち》は大した資産家で、彼はその次男坊ではあったけれど、そうしたものを蒐集する資力には事を欠かなかったのだ)その本の洪水の中にねそべり、壁間の絵馬などぼんやり眺めながら、何を考えるのか彼はぼんやり時間をつぶしている事が多かった。

こうした彼を、どちらかというと私は勿論好かなかった。江戸末期のあくどい廃頽《はいたい》的な芸術、絵馬――一体彼は何を考えているのか、どうせロクな事ではあるまい。――果してその通りであった。私は間もなく身をもってその結論の正しかった事を知ったものだ。

そうだ、事柄は甚だ奇妙なものであった。それはこうだ。

あれはたしか秋の事であった。そうだ、Ｎ・Ｋが上京してきたその秋の事だ。ある日私は何とくすぐったい話であるが一通のラヴレターをうけとった事がある。今それが私の手元にないのと、よしあってもあの歯のうくようなやつをそのまま読者に紹介するのは些か気がひけるに違ないが、要するにそれは次のような文意のものだ。

「おなつかしき××様、人妻の身でありながら他《あだ》し男に思いを焦《こが》すことを悪い事とは存じながら、しかも貴方《あなた》を思いきれない一人の女を哀れと思召《おぼしめ》せ。つきましては人妻の私は、公然貴方にお会いする事は出来ないが、せめては貴方を遠くからなりと眺めたい、ついては何卒《どうぞ》これこれの日に帝劇の一等席にお出かけ願いたい」切符を一枚同封しておくからとあって、事実一枚の切符が花などうかした艶《なまめ》かしいレターペーパーの間に挟んであった。

恥をお話しするようであるがこのラヴレターをよんだ時に私はどんなに狼狽した事であろう。第一に私は女に臆病な性質だ。第二に私は自分自身を、到底女にもてる男だなどとはどう自惚《うぬぼ》れたって思えない。——はては私は何だか気味が悪くさえなってきた。

これは誰か私を恨んでいるものがあってそいつが私を罠《わな》におとそうとしているのじゃないか——と臆病な私は到頭そうまで思ったものであった。云い忘れたが無論その手紙には署名がなく、なおまた生憎《あいにく》な事にどこの局から投函したものか、消印が頗るはっきりとしないのだ。

ひどく当惑して考えこんでいるとそこへ折よくN・Kがやってきた。で私は早速かれに手紙を渡しながらこう相談をもちかけたものだ。

「こんな手紙がきたんだがね、どうしたもんだろう」

「行ってやったらいいじゃないか」と、彼はそれに、さらりと目をとおして云うには、「こんな事を僕に相談するなんて、馬鹿だね、僕だって君、これで若い男なんだよ」

「ふん、だがちょっと気味が悪いんで」

「気味がわるい？　どうして？」

「だって……君、僕のような男にこんな艶書《えんしょ》をよこす奴なんてあるだろうか」

「ハハハハ、こりゃ大笑いだ、ハハハハ」と彼は突然大声で笑い出して（実際私は後にも先にも彼があんなに大声に笑うのを見た事はないような、そんな笑い方であった）「艶書をよこす奴があるだろうかなんて、現にここに一人あったじゃないか。行ってやれよ、悪い事は云わない」

「だって……」私はれいの誰かが罠に陥《おとしい》れようとしているんじゃないかとちょっと云おうとしたが、さすがにちょっと気恥しくって云えなかった。

「行けよ」とついに彼は命令するように云った。「悪い事は云わない。これが気味が悪いなんて君は馬鹿だな」

到頭私も彼に説得されて、指定の日に帝劇へ出向く事にしたのである。

さてその日私は到頭劇場へ出向いた訳だが勿論読者もお察しの通りに、私は到底芝居をたのしむ所の段ではない。私の全注意は、あの艶書の書き主——つまり私のランデヴーの相手がどの女であるかに全く注がれた。というのはあの手紙には自分が何の何号の椅子に坐るともその他それに類する何の暗示もしてはないのだ。あの女かこの女かと私はその夜の婦人の観客ごとを殆ど二分ほどずつも幕間《まくあい》などに穴のあくほど眺め入ったものだ。しかも無論何らの手がかりもない悲しさには所期の目的を果す事が出来なかった。もっとも数多《あまた》の婦人達の中には、こちらからきっとこの女だなと決めてしまいたい婦人も二人三人あるにはあった。中でも一人、一見芸者かと思えるような年増《としま》の女の如きは、一目見て私はどこか見覚えのある顔だと思った。所で事柄の性質から考えて、何しろあんな風に手紙なんか寄越す位であってみれば向うがこっちの顔を知悉《ちしつ》していると同様、こちらだって向うの顔をふと眼底の映像ぐらいには止めていていいはずではないか――よっぽど私はその女にきめて、何か一筆こちらから書いたものをその女の袂《たもと》にでも忍ばせようかと思ったが、到頭決心がつかない内に終演になって、そのうえに私は迂闊にも観衆の波の中にその女を見失ってしまったのである。

私達の第一回の奇怪なランデヴーの始末は以上のようなものであった。所が私はこれでもう冒険もお仕舞かと思うと始めはあれほど気味悪がった癖に今は些か呆気ない気もした。しかるにそうではなかった。また十日ばかりすると女は今度は大体前とそっくりの方法で私を新橋演舞場へ招待してきた。

この度も女は勿論身元を明《あか》してはいない。ただ封筒の消印が今度は京橋区とはっきりよめたが、無論私は心当りなんかなかった。だが私も今度はよほど大胆になっていたので予め一通の手紙を用意して行った。あなたが誰であるかもういい加減打明けて下すってもいいはずではないか、こうした反応の不確なあいびきはもう堪えられないという文意の手紙だ。いうのは幾分悪戯《いたずら》ッ気もあって（それとも私は恋をしていたのだろうか）私はそいつを機会を見付けて是非先方の袂に投げ込む積りだった。先方――つまりこないだのあの芸者風の年増女である。とにかく私は彼女には、考えれば考えるほど確にどっか見覚えがある。その彼女が、今度ももしくるようだったら彼女こそ疑もなく手紙の主だ（読者よ、そういう理窟になるではないか）とこう私は推理したのだ、果して私がその第二回目に新橋の劇場へ出かけて、今度もまたその年増女を見た時の私の驚き！　私の推理の適中した事の悦び！　もう私は躊躇しなかった。幕あいに喫煙室で彼女が細巻の「たつた」か何かを吹《す》っていた時、私はそっと彼女の後に忍びよると、まるで軟派の少年のつけ文のように、私の手紙を彼女の袂に投げこんだのである。

　私の積りでは無論そうしておけばその夜の内にも私がやったと同じ方法でかの女の返事が貰える事と期待していたのだった。だのにどうであろう、私の深い失望にまで彼女は返事を呉れない許りか、あの手紙を見たような素振りさえ見せないのだ。では彼女はせっかく秘密をたのしもうというのに私が差出がましい事をしたので気を悪くしたのだろうか、それともあとで郵便ででも返事をくれようというのか、但しは私が人違いをしたのか。

　到頭私はその夜何らの収穫もなしに家へかえるとつづく半月ばかりの間というもの彼女からの第三番目の手紙を首を長くしてまったのであった。結果はしかし私の期待を裏切って彼女からはその後何の便りもないのだ。と、そうこうする内それはある日の事であったが久しぶりに私はN・Kからの手紙を受けとった。

　そうだ、考えてみると私は、れいの第一回目の艶書を受とった日以来、彼と会わなかった。N・Kの手紙の文意により見せたいものがあるから来いとあるので、私はその日早速出かけた。（時間まで指定してきたのでその時間に）そして私はその時N・Kの書斎に何を見たか。

　何と私の深い駭《おどろ》きにまで、N・Kの書斎にその時坐っていたのは……おおそれは、その人こそはあの私が二度劇場であってついにこちらから附け文までしたあの年増女その人ではなかったか！　幾分渋い好みの衣裳、髪形まですべて二度劇場で見かけた時の通りだ。しかも部屋には女だけでN・Kは見えない。私はどぎまぎしてしまった。何と挨拶したらいいかに迷っていると女が如才なく私に云うには、

「さあどうぞ、ようこそ」

そして傍《かたわら》から座蒲団をとると私に勧めるのだ。

「……」

私は心もち顔のほてるのを感じながら黙って蒲団を敷いた。とその瞬間であった。不意に私の頭の上で激しい笑い声が起った。

「ワッハッハッハッハッワハハハハ」

　驚いて見上げた。そしてまたしても私の深い駭きにまで私は眼の前に何を見たか。何と私の前にいるのは女ではなくてN・Kではないか、女の衣裳をきて、そして今やかつらを脱いだ許りの。

「え、何、じゃあ君か、君だったのか」

私は腹立たしさと馬鹿々々しさとのごっちゃになった気持で叫んだ。

「そうだ、俺だよ」

「じゃあ手紙も」

「そうだよ」

「畜生、一ぱい喰わせやがった」

ああ、今にして知る、すべてはN・Kの悪戯であったのだ。それにしても何とうまく手紙を書き、何と上手に扮装しやがった事か！

「怒ったのかい、まあそうおこるなよ」さすがに女性的な性格で、彼は私の顔色を覗《うかが》いながら云った。「御免よ、ほんの悪戯にやっただけだから。すまないがおこるなら谷崎潤一郎におこってほしいな」

「何だって！　谷崎潤一郎に！」

「そうだよ、ただ谷崎氏の『秘密』って小説を実行に移しただけだから。まあおこるなよ、その代り今日は君に見せるものがある」こう云ってごそごそと押入の中を探すと一冊の和綴の本をとり出して来て、「これだ、菱川師宣《ひしかわもろのぶ》だよ、つい探し立てのホヤホヤなんだ。まあ見てくれ」

ついに私も有耶無耶《うやむや》の中に、彼の師宣の講義に耳を傾け始めたのである。

私が読者に後述の事件を理解してもらうために是非省く訳に行かなかった挿話というのは、これだけの話なのである。考えてみると随分馬鹿げた話だ。何故また私とした事がああも他愛もなくN・Kにかつがれた事か。もっとも彼は第一容貌からがもう男によりはより多く女にふさわしい位だったけれども、とまれその時の印象は深く私の頭にこびりついて離れなかった。この事を読者よ覚えていてほしい、後の叙述に重大な関係があるのだ。

さて今や第二の主人公が登場しなければならぬ。本編での女主人公。所謂ロオランサンの女――U子夫人が。もっとも彼女はなるほど本編の女主人公ではあるけれども、全体の筋からいうと殆ど影の役割をするに過ぎない。それに私からいっても彼女に直接会ったのはただの一度きりで、それも殆ど言葉もなく別れてしまった。でまず彼女のことを何故私がロオランサンの女と名づけるかであるが、それはつまり彼女の容貌がグロテスクであるという事から来ているにすぎない。実際かの女の容貌があんなにもグロテスクでさえなかったなら、私だってこれから述べる事件にワキ役ながら一役つとめるような事にはならなかったであろう。さて読者はフランスの女流画家マリー・ロオランサンが好んで描く女の顔を知っているか、この画家は好んで女の顔を描くのだが、それがいつも決って狐に似た奇妙な顔の女なのだ。で私の女主人公の顔が、まるでそのロオランサンの画布《カンバス》から抜け出して来たようなグロテスクな顔であった。長い鼻梁、落窪んだ眼《がん》か、それは仮面に似ているともいえるし、蠟細工を思わせるともいえるが、全体の姿態の感じは何よりも一番蛇に似ていた。——とにかくあんなグロテスクな感じの女というものはそう沢山あるものではない。だからこそ私は彼女に直接出あったのは前いう通りただの一度に過ぎないにも拘らず、事件の起きた時、直《す》ぐに彼女を思出す事が出来たのだ。

私は彼女を直接見たのは、くり返す通りただの一度であるが、場所は大阪のN・Kの家、時は私が大学を卒業したその翌年の夏の事であった。その時の事を後述の事件の理解に必要な範囲でちょっと話しておこう。というのはその時N・Kは彼女を自分の従姉《いとこ》だといって紹介したけれどどうも私は信用出来なかった。第一に無論私はN・Kの家でそういう女を見かけようとはまるで思いもよらぬ話なのであった。その頃私は暫時《しばらく》N・Kとは会う機会がなかった。何故かというと私は大学を出るとすぐ東京で就職してしまったし彼は彼で、相前後して大学を出るとすぐ大阪の彼の持家へ帰ってしまったから。しかも彼も筆不精なら私も筆不精で、従って凡そ一年余の間というもの、私は全く彼の消息を知らない許りか、むしろ勤め先の仕事に紛れて彼の事を思出しさえしない位だった。

しかるに私が大学を出た翌年の夏に私は休暇をとって旅行に出かけたが、ふと大阪を通過したので彼の家へよってみる気になった。行ってみると彼は幸《さいわい》に在宅であった。しかも甚だ奇妙な方法で私を迎えたものだ。

次第を話すと一体彼の家は道路から二重の格子を経たその奥にあった。第一の格子と第二の格子との間が約半町ある。しかもその二つの格子の間の路地は共同路地ではなくて彼の家だけに専用のものなのだ、そういうやけに長っ細い一風かわった彼の家の地所であった。でその路地の中ほどに一本の大きな銀杏《いちょう》があってその幹のかげになら人間一人位らくにかくれられる。

私が往来を向いた第一の格子をあけて路地を進んでいた時であった、矢庭にその銀杏のかげからN・Kがしかも手に剃刀をきらめかせながら（この剃刀についてはいずれ「剃刀男」で詳しく話すが）「生か死か」と叫びざまに私の前に立ちふさがったには私はどんなに駭いた事か。まるで私が来るのを前もって知ってでもいたようだ。しかも事実は今もいう通り私達は一年余も手紙の交換をしなかった位でその時私がたち寄ったのも全くの気紛れからで知らしてあった訳でないから彼が私の来訪を予知して出迎えるなんて思いもよらぬはずであるのに。——これが一つ。

次にかの女は誰に案内も乞わずにN・Kの書斎へ忍びこんで来た。私はN・Kの書斎へ通るとまずかれの家族の事をきいた。かれが資産家の次男坊であることは既に話しておいたが当時彼の両親は既に亡く、ただ一人の兄は最近九州大学の教授になって赴任していて自分は今婆やと広い邸に二人暮しであると彼の話であった。所でそういう話が一わたりすんだ所へU子夫人がこっそり忍びこんで来たのだ。彼女が案内を乞わなかった事は私は断言出来る。もし案内を乞うたのだったら、夏の事で建具のあまりこんでいない時ではあり、つい八畳一間隔てただけの向うの玄関の声が、私の耳に這入らないはずはない。——これが二つ。

この二つの理由からして私にはもうのっけからN・KとU子夫人とのあいびきという事が頭に閃いたものだ。先刻《さっき》はきっとN・Kはあの銀杏の樹の所であいびきの相手を待っていたに違いない。それとあいびきででもない以上、女があゝ無遠慮に案内も乞わずに男の書斎へ忍び入てくる訳がないじゃないか。それに先にもいった通り彼はU子夫人を自分の従姉だといって紹介したが、N・Kに父方にも母方にも従姉がない事はいつかN・K自身私に言明した所であった。なおまた二人の顔を見較べた所によっても、この二人は従姉なんて思いもよらないようなまるで似もつかぬ顔つきだ。こういう訳で私はN・KとU子夫人の情交関係を想定せざるを得なかった。私のせんさく立てはあまり立入りすぎていただろうか。

そしてそのせいでもあろう、その時妙にバツがわるく話も一向にはずまずに彼女は三十分もすると帰って行った。いわば私はあいびきの邪魔という甚だ不粋な役割をつとめたに違ないのだ。……彼女が帰ると私はまず彼に云った。

「マダムらしいね、違うか」

「ああ、そうだよ」と彼は答えた。「ハズはK銀行の……ええと副支配人か何かだ」

「どこかこの近所の人?」

「いいや、阪神のF村にいるのだ」

「うんそうか。だけど……」

「え?」

と彼は嘘を見破られた小学生徒のような眼で（と私は感じた）私をおずおずと見ながら云った。私はN・Kに彼のいわゆる従姉が事実従姉でないと私の推定した次第を述べて彼の嘘の皮をひん剝いてやろうかと思ったのだ。だがそれもつまらぬと思い返して、

「いや、何でもない」

とだけでごまかしてしまった事であった。

さて私はあの時の会見で、U子夫人の事について三つの事を知る事が出来た訳であった。その第一に彼女は阪神間のF村に住んでいる事（それは私の知悉している村の名前である。いうのは私は小学生から中学生時代へかけての何年かをそこで過した事があるのだ。当時はまだ開けない寂しい村であった）第二に彼女はK銀行の副支配人の夫人である事、そして第三に彼女はN・Kは自分の従姉だなどといったけれどもどうやらそれは嘘らしいという事――この三つだ。所でこの最後の事実について実は私はこの後事件発生までの間に、もう一度彼らの情交関係というものについて確かめる機会に逢着した。

というのはこうだ。話は私がN・Kの宅でU子夫人を見てから一年後の事にとぶが私は私の勤め先の関係で海外視察を命ぜられて、その途次汽船アキタニア号で大西洋を米国から欧洲へ渡った事がある。そのある日私は船の中で図らずもN・Kに出あったのだ。私は勿論ひどく思い掛なかった。吾々の筆不精のおかげで私はまた別後の一年の間彼の消息を知らなかったから。あの尻の重い男がよくもこんな大西洋くんだりまででかけたものだ。しかもきいてみると彼は単身であるとの事である。いよいよ思い掛ない。もっとも彼は在学時代から語学はよく出来た。その専攻が国文学であるにも拘らず彼は既に大学卒業頃には英独仏の三ケ国語をマスターしていた。それにしろよく出かけたものだ。――きいてみると彼はこれから伊太利《イタリー》のコモ湖の附近にいる一人の友達の所をさして行く所だとの事、しかもなお彼の云うには、

「でねえ君、もしそこが気が向いたらあるいは僕はもう永久に日本へは帰らないかも知れないんだよ」……とそうきいた時図らず私が思い出したのがU子夫人の事であった。これはきっとN・KとU子夫人との事がU子の良人《おっと》の感づく所とでもなって、それで日本に居たたまれずに逃げ出したというような訳ではあるまいか――こう思ったので私は何気なく、

「ふん、じゃあ何かね、つまり君はよき恋でも失ったので、それで日本を……何というかもう日本が厭になったとでも……」

「ふん、それは君の想像に任すが」と彼の返事に「まあほぼそんな事とでもしておいてもらうか」——が話はまだこれだけではなかった。その後四日の航海の間我々は殆どすべての時間を私のか彼のかどちらかの船室で話して過したものだが、たしかあれは航海もいよいよあと一日、明日はサザンプトンへ着くという日の事だ、はしなく私は彼の船室で彼が大事にU子夫人の写真をもっている事を知ったのであった。何か探しものをするとて彼がトランクをあけた時、U子夫人の写真が中から転げ出したのだ。でもう私は彼がはなから彼女を自分の従姉だなどと見えすいた嘘をつく所といい、日本を去った動機について私がそれを恋ではないかといった時に「ふん、それは君の想像に任すが」などと急いで秘密の幕で自分を武装してしまう所といい、到底彼の口ずから実《じつ》を吐かせる事は不可能であるとは思ったけれど、取り敢えずこういったものであった。

「それだろう、君のよき恋の相手は！」

「これが！　この僕の従姉が！」とすると彼は急に気の毒な位狼狽して云うには、「馬鹿を云っちゃいけない、それも君、今は人の妻君なのに」

そしてなおそれにつづいて彼一流のねちねちした女性的な口調でしどろもどろに（と私は感じた）弁解の言葉を並べたものだ。で私も気の毒になって到頭それなりそれ以上の追求を打きった次第だった。

とはいえ私はそれで追求を打切りはしたけれども、この彼の弁解が却って私に彼とU子夫人との情交関係を確信させた事は事実である。……だが私は、これでもう読者に与えたいと思ったこの物語の予備知識だけはすっかり話し終った積りだ。取急ぎ事件の叙述に這入る事にしよう。

×　×　×

あれは一昨年の秋の事であった。だから私が海外視察に出かけたのが大正十三年の事であるから、あれからもう三年たっていた訳であるが、ある日私は突然東京の私の家でN・Kの来訪を迎えたのである。

あの時我々はロンドンで袂を分った訳であったが、それから半年後に私が帰朝すると、間もなく私はコモにいるN・Kからの第一回目の便りを受とった。つづいて第二回第三回と凡そ一年ほどの間に総計八本の手紙を彼から受とった訳であるがさすがに筆不精の彼もただ独り遠い異境の空にあっては、やはり故国の事を思い出さずにはおれないのだなと私は思った事だ。無論私からも精々《せいぜい》手紙をやった。しかるにどうであろう、私が第八本目をうけとってから、ふとパッタリと彼の消息が絶えてしまったのだ。私は第九本目を心まちにまった。しかるに二タ月たち三月たち、やがて半年を数えても彼からもうそれ以上何の便りもないのだ。勿論最初は私も彼が病気なのではないかと思った。がそれもこう長くなってはそうと許りも思えなくなってくる。ハテは私はまたぞろ彼が元通りの筆不精に逆戻りしたのかと思い、去る者日に疎しと思い、それにはまた考えてみるとKの奴、第二のU子夫人でも向うで見付けたのではないかと思った。こうしてまた二年たった。所へふとN・Kが私の玄関に立ったのである。私の駭きがどんなに大きかったか、読者にも想像がつこう。

私はまず彼を上へ招じると、故意に自分は日向《ひなた》の方に坐り、彼をして日の当る方を向かせるようにしてつらつら彼に眺め入った。というのは最初の一べつからしてもう私は彼が目立って変った事を見てとったからである。

あれから三年……彼は目立ってやせてしまった。元からやせた方ではあったけれど、所謂鶴のような痩軀《そうく》とはあんなのを云うのだろう。実際私はもう一目でもって、私達の少年時代のある日の事を聯想した位だ。つまり彼が癲癇を起した時の事だ。(「剃刀男」参照)これは彼が最近に重い発作でも経験したのではあるまいか、但しは彼はジフィリスでも病んでいるのか、それとも阿片中毒者にでもなったのかしら、等と思っているとやがて彼は問わず語りに半分英語半分日本語——それにどうかすると伊太利語の単語等がとび出すのでその都度私は問い返さなければならなかった——で一別以来三年の間の事を話し始めた。

それに依ると彼はその後も主に根拠を伊太利において、欧羅巴《ヨーロッパ》中を旅行して歩いたものだそうだ。それにしても私が確か君はもう永久に日本へ帰らない積りだったのではないかときくと彼が云うのに、

「いや、そりゃそうだがふとまた帰りたくなったんでね」

と答えて、何となく秘密ありげだった。そこでそういう事になるともう彼の返答は、前もってすっかり分って

いたようなものではあったけれど、事の勢で私もふと好奇心を制し切れずに彼が向うで恋をしていたのではないかというと、言下に彼がそれを否定して笑いながらいうのに、

「ハハハハ恋だって？　僕が君、恋なんか出来る人間と君は思っているのか」

これはしかし言葉通りを、彼は私に信じさせようとしたのだろうか。とまれ私はその瞬間、またもやU子夫人の事を思出した。これは彼が帰ってきたのは、勿論U子夫人との恋愛関係に曰くがありそうだと私は思った事だ。そんな位だから況《ま》していわんや彼が日本へ帰ってから、まだ誰にも会っていない、家へさえまだ帰っていないといった事なども、私はそのまま信用する事が出来なかった。なるほど彼は家へはあるいは帰っていないかもしれない（云い忘れたが私は彼が外遊の直前に、九州にいた彼の兄が勤めの関係で家族と一緒に大阪へ帰ってきたので、家は無論あのままになっているとの事をアキタニア号の船室できいた）が、少くも一人の人には必ず会っている、そしてそれがU子夫人であると、はては私は何か証拠でもある事のように信じてしまったことだ。

その晩私は彼を私の家にとめた。その翌晩とその次の晩と、都合三晩彼は私の家に泊ったが、四日目の晩に彼はふと大阪へ帰るのだと云い出し、東京駅まで私に送られて彼は大阪へとたったのである。

彼が大阪へ帰ってから、さすがに一度短い礼状をよこした。がそれっきりで、またまた彼の不精な事にはそれから私が手紙をやっても、彼からは一言の返事もないのだ。こうしてまた二タ月たった。と、ある日の事だ。私はふと新聞で、思い掛ない記事を読んだのである。

記事！　とはいえそれはN・Kに関するものではない。……読者諸君の内にはあるいはそれにお目とめられた方もあるだろう、もっとも東京にお住いの方にはどうだか知らない。何故といってこの事件については大阪の新聞にこそ随分仰々《ぎょうぎょう》しく、大きな見出しで出たが、東京の新聞にはほんの申訳だけに、小さく出ただけだから。

既に話した通り私は少年時代を大阪で過しただけ、東京のと同時にただ一種だけ大阪の新聞をとっていた。でその朝も、私がその大阪××新聞の三面の所をあけると、ふと私の眼を射た一つの写真がある。諸君！　何とそれがあのマリー・ロオランサンの女の顔、狐に似たグロテスクな顔、何とそれこそあの夏の日私がN・Kの書斎でみた、そしてそれとN・Kとの関係をあんなにもせん

さく立てした、U子夫人の肖像ではないか！　私は思わず不吉な何ものかを予感して、その記事に眼をさらした。それは次のようなものであった。

「大阪市××区△△町K――銀行副支配人〇〇〇〇氏（四十三）は、昨夜銀行の集会があって、おそく十一時頃兵庫県武庫郡《むこぐん》F村の自宅に帰ると、夫人U子（二十九）が何者にか扼殺《やくさつ》され死体となっているのを発見、大に驚いて所轄F村駐在所へ届出た。依て係官出張し、極力取調中であるが未だ何者の所為とも判明しない。同氏は夫人との間に子なく、家庭は夫人と女中との三人暮しであるが、生憎女中は国の母親が危篤なので、この一週間許り前から岩手県へ帰省していて、当夜は夫人が一人で留守居をしていたというから、旁々《かたがた》同所は松林の中の随分寂しい所ではあり、始めは強盗の所為かともみられ、事実用箪笥の中にあったはずの現金二百円が紛失していたが、別に抵抗した形跡なく、なお金員は後に〇〇氏によって、そっくりそのまま神棚の後にしまわれてある事が判明した。多分夫人が、一人留守居をするので、無用心だという所から金の置場所をかえたのであるらしい。なお検屍の結果、死体は死後六時間を経過しているので、多分兇行は午後五時頃行われたものと推定されるが、同日午後四時頃同家の隣家の女中が、一人の婦人の訪問客があるのを見かけたというが、客は婦人であるし、死因は扼殺であるから、それとこれとは関係ないらしい云々《うんぬん》」

この記事をよんだ時の私の駭きは非常なものであった。……つづく五日許りの間というもの、私は毎日大阪の新聞を待兼ねては、U子夫人殺害事件の後報を探し出してそれに目をさらしたものだ。私が何故そんなただ一度出あった許りの女が殺されたからといって、そんなに事件に興味をもったかについては、勿論普通の好奇心以外に、私だけの特殊な理由があったのである。にも拘らず事件は一向進展したらしくもないのだ。あるいは被害者の良人〇〇氏の談としてU子は誰にも恨みをうけていたはずはないといい、あるいはまた痴情関係というような事も良人は全然これを否定して、U子ほど貞潔な妻はなかったといった。犯跡についても犯人は全く何ものをも残してはいない。とにかく何ら手懸りがないらしいのだ。とはいえ私は、今述べた私だけの理由から、その都度自分で自分にこう問うてみずにはおれなかった。「誰が犯人か？」そして私はそれに対するある答解《とうかい》をえて、何とも胸をうたれずにはおれなかった。

二　私の解釈

私のえた答解が何であったか――それをしかし私は、私があのU子殺害事件の第一報を紙上に発見してから五日後のある日、私の宅であったある奇怪なる場面を描く事によって読者に了解してもらう事としよう。

その朝も私は大阪の新聞を拡げると、まず例の事件の後報がのってはいないかと隅から隅まで見出しを探してみた。がこれはしたり、もうあの事件の事は一言半句ものってはいないのだ。ではあの事件はその後やはり何らの進展を見ないのか、それとも、――そうだこれは却って犯人の目星がついたせいかもしれないぞ、それで記事を差とめるのだ……こう考えると私はまたギクリとした。とまれ私は、ここで記事が途ぎれたのを機会に私は私なりに「誰が犯人か」についての私の答解を批判してみようと思った。――実はその日は日曜で暇だったので自然そんな考えも起きた訳だった。

直ちに私は押入から過去五日間の大阪××新聞をとり出すと記事の再閲にとりかかった。としかし私は、日をおうて記事を調べれば調べるほど事件について、私のえた答解の、も早批判の余地なきものであるような気がしてきて仕方がないのだ。そうだ、この上は図書館にでも行ってもっと外《ほか》の大阪の新聞が事件をどう見ているかどう書いているかを、調べてみる外はないと私は思った。でそう思ったので私はすぐ支度をしてつい電車で二十分許りの行程の図書館まで出かけようと玄関口へ立って行った時であった。私はそこへ思わず棒のように立すくんでしまったものだ。

「あ君……君か」と私はすっかりどぎまぎしてしまって出会い頭に格子をあけて這入ってきたN・Kに向って叫んだ。無論読者はも早御推察の事でもあろう。私があの殺人事件の記事を再閲して、も早批判の余地なきものと思った私の結論とうのが実はN・Kに関係があったので、その瞬間も私は彼の事を考えていた許りの所だったからだ。

とにかく私は彼を上へ招じた。心なしか彼はひどく憔悴しているらしく見えた。で私はまずこう口を切った。

「どうしたんだい、ひどく憔悴しているじゃないか」

「そうかね」

と彼はしかし静に答えた。以下私はなるべく説明を加えずにただ彼と私とがあの時交わした奇怪な会話だけを書いてみようと思う。

「そうかねじゃないよ、何だかひどく影が薄いや」

「ふム」

「所で君が今日来たのは……何かい、僕にその何というか、かくまってくれとでも……」

「え何！　かくまう！　どうして？」

「だって君、いつか僕も君の所で会ったあのU子という女の人――あの人が殺されたじゃないか」

「ああ、そんな事か、それなら僕も新聞で知っているが」

「新聞だって！　新聞が何の関係がある。だって殺したのは君じゃないか」

こうきいた時彼はギョッとしたらしかった。が忽ち気を取直したと見え、次の瞬間には馬鹿げて大きな笑声を爆発させた。

「ワッハッハッハッ。馬鹿な。僕が従姉を殺したって！　冗談にも君……」

「いや、冗談なものか。第一君、従姉々々って、そんな君の嘘をそういつまでも僕が信じると思っているのかね。だって君には従姉はないはずだ」

「従姉がない！　何だって君はまたそんな」

「ふん、君はまだ嘘をつこうというのか。君に従姉がないという事は現に君自身いつか僕に言明した事だ。僕が君の所であの人と会って君から従姉だって紹介された時から、僕はもうその位の嘘はとっくに見破っておいたんだ。それに第一、もし単に従姉だったら女がああ無遠慮に男の部屋に忍びこんでくるかね、第二に容貌だってそうだよ、君とあの人とではとても血縁なんていうような似た所なんか、これっぽっちもありやしない」

「うん、まあいいや、君が何と云おうが、確に彼女は僕の従姉に違ないんだがね、じゃあまあ仮りに百歩を譲って彼女は僕の従姉ではないとしよう。するとどうなるんだ、彼女は僕の一体何だというんだ」

「だからさ、だから彼女は君の従姉なんかじゃなくって、立入った事をいうようだが、ただ君と情交関係のあった女――とこう僕は推定するんだがね。現に僕が君のうちでかの女と会った日なども、かの女は実は君とあいびきの約束があったんだ。そういう訳で君はあの時あの路地の銀杏の樹の所でまっていたんだが、生憎善意の僕にその邪魔をされたもんだから、君は云わば腹立ち紛れにあの時『生か死か』なんて僕をおどかしたり、剃刀をふり廻したりしたが、これらはみんな君の性格の弱さから来てるんだと僕は思う。だって君、君が事情を話してさえくれれば、幾ら僕が不粋だからって、また出直すという位はしたろうじゃないか、でその同じ君の性格の弱さがだね、君をしてあの時僕に、彼女を君の従姉だなどと見え透いた嘘をつかしめるに至った――これが僕の解釈だが、どうだね、僕のいう事は筋が通らないかね」

「ふん、なるほど。だが、それで？――だってまだそれだけじゃつい五六日前つまり十一月十三日にU子を殺した犯人が僕だという事までは距離があると思うが」

「距離がある？　勿論……勿論そうだとも。だからそいつを僕がこれから縮めて行こうというんだ」

読者よ、誠に奇怪な場面である。奇怪な場面ではあるが、しかしこれはそっくりそのまま真実あった場面なのだ。いわば私は自分で自分の話にひき入れられて行ったかたちだった。私は殆ど意地悪な悦びをさえ感じながら、思ったままを言葉にして行った。

「その男は」と私は始めた。「殺されたU子夫人とは恋愛関係にあったのだ。いつ彼らの恋愛関係が始まったか、そいつは知らない。多分彼らは幼馴染か何かではあるまいかと思うがそれはまあどうでもいい。ともあれかれらの関係がぐっとつっ込んだものになったのは、彼が大学を出て大阪の彼の家へ帰ってからであろうという事だけは殆ど疑の余地なく思われる。身体の関係などもその頃始まった。彼らが主としてあいびきの場所に選んだのは、その大阪の彼の家であった。というのはその頃彼の兄の家族が、兄が九州の大学へ赴任していなくなったので、彼はひろい家にただ一人住まう事になった。かくして彼らは誰の目にもふれず、全く安全にあいびきする事が出来たのである。

だが運命はそういつまでも彼らに幸はしなかった」と私は続けた。「やがて彼らが逢曳をするのに――少くも今までほどは頻繁に逢曳するのに都合のわるい事が、その頃ふと降って湧いたのである。それは九州へ行っていた彼の兄貴が勤めの関係で家族をつれて大阪へ帰ってきた事である。するとこの事は彼の心理にどんな影響を及ぼしたかというのに、第三者の僕は知っているが一体彼は陰険な臆病な性格である。いきおい、彼は自分と彼女との関係に非常な暗雲がかかったような、深い絶望に陥らざるをえない。と、すると彼はひいてはその絶望の心もちから何となく自分と彼女との関係を反省せざるをえなくなった。

かくして彼は悶々《もんもん》の情やる方なく、逃げるように日本を去って伊太利へ旅立ったのである。

もっともこれは心理学の問題である。遺憾ながら第三者の僕は、彼が日本を逃げ出した動機についてもっとはっきりした事情が伏在するには違いないと想像するが、今はそれを知らぬ。丁度彼が米国から大西洋を欧洲へ渡る時に、第三者の僕は計らずも彼と同船したので、そのある日彼のトランクからU子夫人の写真が転げ出したのをみて、これはきっと彼らの関係が女の良人の感づく所とでもなって、それで彼が居たたまれずに日本を逃げ出したのだなと直覚したが、女が殺されてから女の良人がした彼女の素行についての彼の言明でみると、どうやら僕のあの時の直覚は間違いであったらしい。がまあそれはいいんだ。……さて彼は逃げるように日本を去ると、もう永久に帰らぬ積りで伊太利の友人の所に身をよせたが、しかるに豈図《あに》らんや彼が日本を去ったのは女の事を忘れ去らんがためであったにも拘らず、異国の山河皆悉《ことごと》く彼女を憶出すよすがとならぬはない。遂に彼はたえ切れずなって、日本を去った丸三年後に、再び帰らない積《つもり》であった日本へ帰ってくる事になったのである。

……彼は日本へ帰ると、真先《まっさ》きに女を訪ねた。そこでいかなる談合があったかは知らないが、多分彼女が、一度は彼との以前の関係を復活させる事を拒んだのではないかと思われる。で、うちへも寄らず直ちに上京して、彼は僕を訪ねてきたのである」

ここで彼が何とかいうかと私は言葉を切った。だが彼はじッと首を垂れて、私の話に聞入っている許りだ。で私はつづけた。

「滞京三日にして彼は大阪へ帰った。やがて半月たち一と月たち一と月半たった。するとどうだ君、彼と彼女との関係は、いつかまた以前に戻っていた許りでなくむしろ旧に倍する勢でもえ上っていたではないか。無論彼らは長らく別れていた後だから、それは無論そうなくちゃならんからな。

さて、そこでいよいよ犯罪の行われた日の事だが、実の所は今まで話した所だけから云やあまだ僕にも色々不明な事柄があってその上に立てた僕の解釈だから幾分自信がないんだけれども、これから云う事件当日の一伍一什《いちぶしじゅう》だけは、僕の説は殆ど科学的正しさをもつ積りだ。いいかね。あの日――十一月十三日に男は夕方女を訪ねたんだ。時間もよく分っている。午後四時だよ君、男は女が、女中が丁度国の母親が危篤で帰省しているので今たった一人である事も、女の良人がその晩集会があって帰宅が後れる事も勿論知ってたんだ。場所は松林の中の寂しい所で、もう夕方には殆ど人通りも稀になっちまう。いうのは君、兵庫県武庫郡Ｆ村っていえば僕も少年時代に長らく住んだ事があってあの辺の地理には悉《くわ》しい積りだからね。そこでそういう寂しい松林の中で、しかも広い邸内には女とたった二人、かくしてそういう環境の中で、何と彼ら二人だけの秘密の歓楽の世界が始まったのだ。

　とこういうとあるいは君はへんに思うかもしれん。というのはその時二人は歓楽の頂上にあった、それだのに何故男は女を殺したかだ。だが僕に云わせるとこれに対する答解ほど簡単なものはないんだがね、即ち僕は決して春秋の筆法ではないが敢て云いたい、つまり二人はこの時歓楽の頂上にあったればこそ犯罪は行われたのだ。但しこの点は僕も友人としてこれ以上云う事は忍びないが」

　私はこの長話を終ると今こそ彼が何とか云うだろうと思った。果してやっとしてから彼は重い口をひらいた。

「ふむなるほど」と彼は云った。「なるほどお手ぎわだ。お手ぎわだが君、それが少し度を過ぎて筋が通りすぎはしないかね。例えば君犯罪の日――つまり十一月十三日に、君は犯人が午後四時に女を訪ねたというが、それには何か証拠があるのか」

「ある段じゃない」と私は勝誇ったように叫んだ。「これだ」

　私はつい机の上から今朝方調べた許りの、そしてそのまま積んでおいた所の新聞の堆積の中から、れいの事件の第一報と女の写真とののっている分をとり下ろした。

「これだ」と私はその記事の所をＮ・Ｋに示しながら「ここに君、その証拠がある。よんでみるかね、そら、『なお検屍の結果死体は死後六時間を経過しているので多分兇行は午後五時頃行われたものであろうと推察されるが、同日午後四時頃同家の隣家の女中が、一人の婦人の訪問客を見かけた』これだ。ただその後につづく『が客は婦人であるし、死因は扼殺であるからそれとこれとは関係ないらしい』というのだけが、新聞記者も警察も間違っている点なんだ。いいかね、そりゃあなるほど客が本当に婦人だったら、常識からいってこの新聞の判断は合理的だけれど、もしも彼女が本当に女でなくって仮装した男だったとしたら――そうしたらどうなるね、この判断はガラリと覆える道理じゃないか、所がこれについては僕は一度無ざんにもかつがれたほど彼は女装のうまい男なんだ。ある時まだ大学時代に僕は筆者の名を明かさないラヴレターである人妻と称する女から二度劇場へ逢曳にひき出された事がある。あとで何とそれは女どころか僕の友人のその男が、女装して悪戯したものだと分った。実際最後まで僕は相手が男だったなんて夢にも思えなかった位だ。その位彼の女装は堂に入ったものだ。その所で一方からいってその男は陰険な女性的な性分だ。そこで女と逢曳するのに自分が女装してすること——それ位は実際その男のし兼ねない事なんだ。第一そうすれば誰にも怪しまれないって事から云っても安全な事この上なしじゃないか、どうかね」

「なるほど。じゃあまあそれはそれとしておいて第二にこれはもっと重大な点だ。君は彼らが最も歓楽の頂上にあってしかも犯罪は行われた。これは一見ちょっと奇妙なようだが君に云わすとその謎をとく位簡単な事はないというが、それはどういうのだろう、僕にはよく分らないが」

「うん、だがそれを云う事は友人として忍びないし、それに君には心当りがあるはずなんだが」

「分らないね。いいから君云ってみ給え」

「そうか、じゃあ云うがね、その男は惨虐色情者《サディスト》であり、女は被虐色情者《マゾヒスト》だったんだ。こういう二人の変態性慾者の間にこうした犯罪の行われた事は、随分今までにもその例に乏しくないからね……つまり殺意は始めからなかったんだ。殺意のない殺人……だからその男は、今はひどく後悔しているのに違ない」

「うんなるほど、大方そんな所だろうと思った。だが君、じゃあその男が惨虐色情者《サディスト》だという証拠はどこにあるね、女の事はかりに措《お》くとしてもね」

「うんそれだ、それが実は少し困るんだが」と私は云った。「僕は医者でないんでほんの素人考えをいうだけなんだが、あるいはこれでマゾヒストの方はからだに傷あとがあるとか、首筋に蚯蚓《みみず》ばれがあるとか、ひどいのは鎖の痕があるとかして歴然たる証拠を止めるらしいが、サディストの方はそう行かんらしい。ただ僕はその男がサディストだという——何というか、物的証拠をこそ持合わさないが、人的証拠なら幾らでも持ってるんだ。つまり性格という点からね。つづめて云うと彼は惨虐のための惨虐に快感を覚えるような性分である。例えば少年時代の彼の案出の悪戯なんかそうだ。たとえば僕達は前の晩に捕えた鼠の首をきってそれでもって血腥《ちなまぐさ》い饗宴を開いた事があった。犬に輪形の菓子を喰わせて、その菓子に糸をつけておいて、あとで菓子が犬の胃の腑に納まった所で糸をたぐって菓子をとり出そうとした試みなども随分残忍な思い付だったと云えよう（「剃刀男」参照）。これらの事はよしんば彼がサディストだという事を直接には語らぬまでも、ほぼそれに近い何ものかを語ると思うんだ。そうだ、何かを語るって云えば彼が何故だか始終剃刀をもっている事（「剃刀男」）も何かを語るし、彼の癲癇もちだって事もそうだと思うが」

「ワッハッハッハッ」と彼はその時突然声高く笑い出した。「何ものかを語るかは知れないが、その男がサディストだという事だけは語りはしないよ、それだけは語る気づかいがないね、駄目じゃないか君は。肝心な所へきてそれじゃあ、君は敗北だぜ、何なら少しお手伝いしようかね」

「お手伝い？」

と私は彼が出抜《だしぬけ》に奇妙な事を云い出したので吃驚《びっくり》して問い返した。

「ああお手伝いだ。もっとも今はちょっと具合が悪い。が近い内に……近い内にきっとお手伝する」

事態は甚だ奇妙なものになってしまった。敗北と彼は云った。そうだ、これは敗北かも知れないのだ。実は私は言葉にして云うまで、私の考にこうした重大な粗漏《そろう》があろうとは夢にも思わなかったのである。そうだ、私はただ直覚に頼ったのだ。いかさま彼が云ったように、かれが少年時代に残酷な悪戯を案出する少年であったからとて、剃刀をもって歩いたからとて、あるいはまた遺伝の癲癇もちであるからとて、これらは彼がサディストである事を語りはしない。私はただカンで、両者を結び付けただけだ。しかもこのカンというやつ、丸でトランプの家のようなもので、これをつぶすほど容易な事はない。

とにかく事態は甚だ奇妙なものになってしまった。もし私とN・Kとがあの時あのままでなお半時間坐りつづけていたら、あるいは私達は公然の敵として別れるような事になったかもしれない。幸いその時一人の救い手が現われた。私の母が紅茶をもって私の書斎へ這入ってきたのだ。で、母はN・Kとは彼の少年時代からの知り合である。自然母は坐りこんでしまって、そこで私達はとりとめもない雑談をかわし始めた。そうしてその場が救われたのである。

彼はその時も三日東京にいた。また私の家へ泊ったのだ。三日目の晩、彼は大阪へ帰って行ったが、ああそれが、私が彼を東京駅へ送って行って、汽車の窓の内と外とで握手をかわしたのが、私が彼をみる最後であったのだ。だが私は先まわりをしてしまった。

三　彼の弁明

彼がその時三日私の家に滞在した事は今話した通りであるが、その彼の滞在中私達は、もうあの例の一件についてはあれ以上少しも話しあわなかった。取わけ私は彼の「お手伝い」といった言葉に何となく好奇心がもてたが、敢て訊ねる事をしなかったのである。

所が彼が帰阪後間もない後に、私は彼から一通の手紙と新聞の切ぬきとをうけとったがそれに依り始めて私は、彼がお手伝いといった言葉の意味も、それになお彼の云った「もっとも今は少し具合が悪い、近い内に」といった言葉の意味も了解する事が出来たのである。

でその手紙であるが、少々長いのでここにはただこの要点だけを摘記する事にしよう。

それは要するに彼の弁明なのだ。でまず例のお手伝いの一件であるが彼はそれをこう書いていた。

「……あの時僕は君の変態性慾論に対してお手伝いする約束をしたが、それをまず果す事にしよう。同封の新聞の切抜きは大阪の赤新聞からぬいたのだが（無論あの時はもっていなかったんだが）何と御覧の通りあの君の解釈が半分だけは正しかった事を証明している。但し半分だけだよ、いいかい、というのは御覧の通り彼女の変態性慾の相手は僕でなくって彼女の良人なんだからな。なおついでに云うが、一体新聞の報道の上に何かの事件に対する解釈を立てようとするのはそれ自身がもう間違いでないとは云えないのに、しかも君のようにただ一つの新聞だけによってそれをやろうなんて不遜も甚しい。だからこの場合はただ紛《まぐ》れ当りなんだ。もっとも君はあの時外の新聞を調べる積りで図書館へ出かけようとした所を僕と玄関で鉢合せして果さなかったんだ（え？　だって君が事件に対してもっていた並々ならぬ興味、あの日が休日であった事、僕が行くつい前まで君が新聞を調べていた形跡のある事等から僕だってそれ位の推理はしようさ）から、まだしも恕《じょ》すべき点はあるが、とにかく君はただ一種大阪××新聞だけしか見なかった、所が君、豈図らんや大阪××といえばU子の良人○○氏とは並々ならぬ縁故のある新聞だ、してみるとその新聞がU子と彼女の良人とについての恥ずべき性癖をすっぱ抜こうはずがないじゃないか、ただそういう事をすっぱ抜くのは同封の新聞のような恥知らずの赤新聞だけだからな」とあって、記事の切抜きにはこの点に関係のある部分だけ赤インキで線が入れてあった。今その部分だけ摘記すると、「なお被害者の身体には外にも無残な傷痕が夥しく発見されたが、それにつき動かし難き証拠をつきつけられた結果、○○氏も遂に包みきれずに、同氏と夫人とが共に忌わしい変態性慾者であった事を告白した。但し同氏の現場不在証明《アリバイ》は完全なものであるらしい」

「『動かし難き証拠』などと、さすがに君、いかに恥知らずな赤新聞ながらそう露骨には書きかねたものとみえるね」とN・Kがそれについて註を入れていた。

つづいてN・Kは、私がU子夫人を彼の従姉でないと推定した点につき、それが正しかった事を承認していた。もっともこれは全体からいうとかなり枝葉の点には違いないが。

「彼女は僕の従姉なんかじゃない、僕は嘘をついたんだという君の推定は全く正しい。今思うとどうして僕があの時ああ下らなく見え透いた嘘をついたのだか、自分で自分の気持が分らないほどだ。そうだ、あれは僕の幼馴染なんだ。僕が小学校二年まで京都にいて三年へ上る時君と同じ小学校へ編入した事は君も御承知の通りだ。で彼女は、その僕が京都にいた時分の隣人《となり》の娘だったんだ。所で僕達は、それ以来長らく会わなかったのを、二度目にあった時は彼女はもうマダムになっていた。そしてそれが丁度君が僕の家でマダムにあった頃と一致するが。……ただ君の推定するような情交関係だけは全然二人の間にはなかった。でここで先廻りして結論を云ってしまうと、君のあの時の解釈は、もう出発点からして誤りであるというしかない」

とかれの筆調はこのあたりから俄然硬化してきた。但しそれをよんだ私から云うと、硬化はなるほど硬化ながら、それも事実はただ筆先だけの硬化で、行間にはむしろ彼の態度の硬化を裏切っているものを感じたのだが……がまあそれについては後に一まとめに私の考を云うとして、ここには取敢《とりあえ》ず彼の言い分から引用しよう。

「事件のあった日、つまり十一月十三日の事だって」と彼は書いていた。「君の解釈はなるほど一見辻つまがあっているように聞えるが、それとても君、要するに楯の両面ではないだろうか。例えばあの日午後四時の婦人の訪問客だ。それを君はそのまま受取らないで果して客が婦人であったかどうかが問題だなどと云ったがこれだって君、果して言葉通りの意味で、この婦人の訪問客を受とってはいけないだろうかね、僕に云わせると、それだって少しも差支えはない。同日午後四時女客が訪問した、それでいい、その客が帰ってから、女は——検屍官の証言に依ると午後五時に何者にか扼殺されたんだ。それっきりだ。だが、すると君は云うであろう、すると、U子は誰に殺されたのか、犯人は誰かって……だが君、そんな事を僕が知るものか、他に情夫があって、そいつが純粋の恨みからやった仕事かも知れないし、物とりの男が這入って、結局そいつが女を殺してその癖目的を果さずに逃走したのかもしれない、金はあったというんだからね、勿論これらはどちらも判然《はっきり》した証拠はない、証拠はないが、しかしそんなら君のあの客が事実男だったという説の証拠だってどこにあるんだ。君はいつか僕が女装して、君を欺いたあの悪戯をここで引ぱり出してきたけれど、そんな事が何の証拠になる。すべて君は、ただ見込から出発している。所で見込から出発してものを解釈しようとするほど危険な事はないんだ」

つづいてN・Kは、ふとまた元に戻って自分とU子夫人との情交関係を冗々《くどくど》と否定したり（「大西洋上で君とあった時僕が彼女の写真をもっていたからとて、また君が彼女と僕の家で会ったあの日、彼女がたまたま案内を乞わずに僕の部屋へとびこんできたからって、それが僕と彼女との間に情交関係のあったという何の証拠になるんだ、それ所か僕はいつかも君に話した通り、恋の出来ない不幸な人間なんだ」と彼は書いていた）そうかと思うとまた忽ちにとんで事件当夜の事を殆どくり返して述べたりしていた。「何でも君は犯人を考え出さなければ我慢が出来ないといったような所がある。そういう性急な気持から、あの婦人の訪問客を疑ったりするのだけれど、馬鹿馬鹿しい、そんな位なら彼女の家の飼犬だって猫だって（もしいるとすれば）同じ位疑える道理じゃないか」などと書いていた。要するに手紙の後半は、疲れたのだか面倒になったのか、ひどく整わないものになっていたのである。……がもう沢山だ。これで彼の弁明の大体は、もう読者にも了解して頂けたものと思う。

私は手紙に一旦ざっと目を通すと、また前に戻ってもう一度丁寧によみ返してみた。そして再読し終った時に思わず私の口をすべり出た言葉は、恐らくN・Kが予期したろう所のものとは、丸で正反対のものであったのである。「ふム、やっぱり思った通りだ」と私は呟いた。

……いう意味は「やっぱり私の解釈は正しかった」というのだ。

実際私は彼の弁明の言葉ごとに、その弁明とは裏はらなものを確信せざるを得ないのであった。そんな訳で、例えば彼の「それ所かいつかも君に話した通り、僕は恋の出来ない不幸な人間なんだ」という言葉なども私には、「僕は健全《ノーマル》な恋の出来ない人間だ」としかとれない。するとノーマルな恋は出来ない、が不健全《アブノーマル》な恋はするであろう……こういう訳で私は却って例のU子殺害の動機についての私の変態性慾論をむしろ確信する結果になったのである。

それには無論、れいの私の最初の変態性慾論が、別段これぞという確かな証拠の上に立ったものではなかったにも拘らず、案外それが紛れ当りに当ったという事なども、私をしてそう確信させるのに、大きに与《あずか》った事であろう、「それ見ろ、やっぱり俺のカンの通り、女はマゾヒストだった。するとどうなるね、君、君はこの、女がマゾヒストであり、男——つまり彼女の良人がサディストであったという事実からして、僕の変態性慾論が当った、但し半分だけだというが、僕はむしろ全部適中したと敢て云いたいね、つまりこうだ。なるほど女が被虐色情者《マゾヒスト》であり、彼女の良人は惨虐色情者《サディスト》であった——この事は決して彼女の……いやな言葉だが、情夫もまた惨虐色情者《サディスト》であったという事を何等妨げはしない。つまり情夫は、恨みながらでなくむしろ反対に悦ばしさの内に女を殺したというだけの事だ、どうだね」と差ずめもし当のN・Kが私の前にいたのだったら私は云った事でもあろう。で彼とU子夫人との情交関係については、私は彼がそれを否認してくればくるほど、却って確信する結果になったのである。

「いや彼はどうあってもU子夫人と情交関係があった、それはもう疑いもない」と私はくり返し考えた事であった。私は余り自分のカンを信じすぎたであろうか、どうであろう。

四　エピローグ

だが私は、もうこの事件についてはも早これ以上せんさく立てする興味は失った。元よりそうはいい条、私も新聞だけは、その後もかなり注意してみていた。が事件はその後何らの進展をみたらしくはなかった。

しかるにそれが、私がかれの手紙をうけとった間もない後の事であったが、ある日私はふと例の大阪の新聞の紙上に、思いがけない一つの記事を発見した。ああそれをみた時の私の駭き！　それをどう云ったらよかろう。で記事というのは――

大阪市東区××町××久《く》△直《なお》△（勿論N・Kの名前である）（二十九）は昨夜多量のカルモチンをのんで自殺をとげた。原因については遺書もなく一切不明である云々。

もちろん、名もない人間の自殺という訳で記事は至って簡単に、それも三面の隅の方に出ていた許りであるが、だから私も外の時ならあるいは見落したかも知れない位だ。……この記事をよんだ時に、私は今も云った通り、何と説明していいか分らないほどの大きな駭きを経験したものだが、しかしふとまた次の瞬間には私は我しらず次のように呟いていた自分に気がついた。

「なるほど……原因については一切不明……なるほど、だが俺は知っているぞ」それとも何か外に私の知らない自殺の原因があるのだろうか。

鼻

　さよう、これから申上げます事件は、とにかく一応の解決がついてはいますものの、その解決の筋道になりますと、どこか不自然なような所がございます。ありそうもないような気がしないこともございません。しかし私には、果して不自然か、それとも自然か、それを確める力がございません。ただメアキの方が、それが真相だったんだといって下さるのを、信ずるしかないので、しかもその真相というのが、皮肉なことに、それを不自然かもしれないと、あとでは考える、私自身なのでございます。自分がこれこれだと申し出ておいて、メアキの方がその通りだったといって下さるのを、そう仰有《おっしゃ》られると、どうも私が間違っていやしないかと考える――考えますと、随分手数のかかるわけでございますね。

　いや、これは先廻りして申し上げました。順序をおって事件の筋道を申上げてみましょう。

　その前に申上げますが、一体私のような盲人は、目が見えない代りには、外《ほか》の感覚器官が、多少普通より鋭くなっているのは事実でございます。もっとも盲人の百人が百人、そういうわけではなく、中には、世間で考えているよりはるか以上に、存外カンの鈍いのが多いのですけれど、一部のものは、たしかにカンはいい。そうでございましょう、実際またそうでなければ、一歩だって安全に道を歩いたりできない。ここではしかし、そのカンの中でもお話に必要な部分、鼻について主に申し上げます。

　たとえば道を歩いていまして、私共が、曲り角なども間違えずに歩けるのは、一体どういうカンからだとお考えになりますでしょうか。五感と申す内、視覚を奪われています私共が、あと四つの感覚の中で、味覚は道を歩くのに役に立ちません。するとあとに残る三つ――聴覚、触覚、それに嗅覚ということになりますが、その通り、全く私共は、この三感で道を歩くのだと申すことができます。いや、そういってはちがいましょうか。この三つが、合わさって一つになったようなある感覚――そうとでもいえばもっと真相に近いでもありましょうか。

聴覚――これはいうまでもございません。それもちょっとメアキの方には想像もつかないような、何かあるごく何でもないものに当る風の音、車の音、人の足音、それらが私共に、方角を教えてくれます。これはまあ、異常に鋭敏な耳を想像して頂けば、ある程度お分りも頂けるものとして、次の触覚、これがまたそれに劣らず重要な方向感覚を与えてくれます。ある心理学者の方が申されていたときいたのですが、盲人は額の触覚、額に当る風の感じなどで、方角をかぎつけるといわれているから、一ぺんその額を、何らかの方法で外界と絶縁する。たしか紙を貼るんだったかと思いますが、そうすることによって、果してそういうものだかどうだかを、実験するのだといっていられたそうでございまして、どうもこれは、私共自分の経験に思い合わすと、そういうこともなさそうに思いますけれど、別に、近接感覚ということを申されましたそうで、その方は、私共の場合、たしかに大きな働きをします。近接感覚というのは、顔の前にあるものを、柱でも壁でも、近いと感ずる一種の触感だそうでございますが、実際、たとえば私共の場合、通路の真中に立っている柱が、四角いか、それとも丸く削られているかは、私共の安全に重大関係がございます。普通にお考えになると、柱は、角があるより丸柱の方が安全のようにお考えでしょうが、これはちがうので、角柱の方が安全です。角柱だと、風がそれに当ってはね返ってくるのが感じられるが、丸柱だと、風が柱の周辺に沿って向うへ逃げるので、こちらへはね返ってまいりませんから。しかし嗅覚について申し上げましょう。

それは例えば肉屋、魚屋のような、あるいはそば屋、飯屋のような、特別つよい匂を放つ商売屋はいうまでもないとして、存外多くの店屋がそれぞれ、大なり小なりの独特の匂を放っているのは事実でございます。たとえば皮屋や靴屋は、強烈な皮革の匂がし、経師屋《きょうじや》、畳屋、八百屋、金物屋、みなそれぞれの匂がございます。ですから私共は、道を歩いていて、おなかがすいたからといって、よしんば一人の時でも、そば屋の代りに薬屋へとびこんだりすることは決してございません。もっとも私いつでしたか、うなぎ丼《どんぶり》をたべるつもりで、お隣りの洋服屋さんへはいり、「丼を下さい」といって、「うちはうなぎ屋ではございません」と笑われた、失敗談がございますが、そんなことは、まあ滅多にございません。それも、そういう失敗は致し方のない所でございます。お考え頂けると思いますが、洋服屋さんはあまり匂を立てないのに、うなぎ屋さんの方は相当いい匂を、ぷんぷんあたり一面に立てます。ですから、落語にあるではございませんか、うなぎ屋さんが、お向うの家へ匂い代をとり立てに行くのが。――しかし余談はおきます。盲人の嗅覚について、もう一つ申し上げますと、よく盲学校の生徒が、動物園などへ遠足に行ったりします。まさか猛獣をさわってみることはできず、動物園なんて、盲人に面白い所ではなさそうですが、必ずそうでもない。というのは、檻の前へゆくと、それぞれの動物の匂がします。たとえ咆《ほ》えたりしないような時でも、匂を嗅ぐだけで、充分動物園をたのしんでくることができるというのは、豪儀なものだと申せますね。

さて――

御承知のように最近一つの、相当大がかりな贋札の密造団がつかまりました。最近S市の近郊の、ある一人の人間が贋札をつくっていることが分ったことから、珠数《じゅず》つなぎに、日本の相当あちこちに散らばって、贋札つくりのいることが分り、主かいもつかまって、世間は漸く静かになったのですが、一時は人々が、相当ビクビクして、札をうけとり、つかったりしたものでした。神経質になった余り、立派に日本銀行から発行されたものを、贋札じゃないかと、わざわざ日銀へ、鑑定をたのんでくる人も多かったそうですが、そんなにまで世間がさわぎ、ビクビクしたというのが、外でもありません、あまりその札が巧妙にできていて、一見本ものと見分けがつかない位だったからでした。

所でその最初にあげられた犯人――それが分るについて、じつはかく申す私が、世間に知られてはいませんが、一と役かったのだといったら、あなたはお驚きになるでしょうか。メクラのくせに何をいうかと、お考えになりましょうか。しかし事実はその通りなので、それをこれから申し上げようというのでございます。

さよう、慎重な(?)密造団であったと申せます。今も申しました密造者が、日本の各地にちらばっていたのなんかもその一つで、目立つことを警戒したのでしょうが、その外、やはり目立つことを恐れて、最初贋札をつかうことも、密造者達のアジトからは相当程度はなれた、北海道で始められました。大分贋札をつかまされた被害者もふえ、それのあらわれた経路なども、懸命にたぐられましたが、どうも分りません。分らないも道理で、豈《あに》計らんや、贋札は、数百粁《キロ》をへだてたS市その他でつくられ、移送されていたのでした。

段々密造団のやり方が大胆になり、北海道だけでなく、九州にも同じものがあらわれ、全国各地へ飛び火してゆくのでしたが、そうこうする内、到頭それが、お膝元の――といいますのは結果からいってのお膝元なんで、密造者自身は、そんな危険な場所でつかおうなんて意志はなかったと、つかまってから自首したという、とにかく甚だ偶然が加勢したのでしたが、そのお膝元のS市にあらわれてしまったのでした。

ある日のこと、S市の一人の豆腐屋さんが原料の大豆をかうのに支払った千円札の中にその贋札が交《まじ》っていたのです。

これがさわぎの第二の緒口《いとぐち》であり、先からのことからいうと、密造団検挙の大詰の発端ともなったのでした。贋札を支払ったのが、その太田という豆腐屋さんであったことが分り、太田さんがしらべられました。しらべの内容は凡そ次のようなものでした。

最初太田さんは、どうしてそんなものが札束の中にまじっていたか、よく知らないといい切っている内、

「そういえば」

と突然彼は、一つの妙なイキサツを述べ始めました。

「不思議なことが最近ありました」

「不思議なこと？」

「そうなんです。四五回にわたって、うちの座敷の前の縁側の所に、千円札がおきっ放しになっていたんです」

「おきっ放しというのは？」

「縁側へただおいてあったんで、勿論これは、どこの家でも、札などは、どうかすると座敷なんかにほうり出してあることはよくあるもんですが、うちのは色々奇妙なことがある。かりにも千円札です。手前の家も、そうそう千円札を粗末にできる身分ではありません。その上、その札がです、うちのものにきいても、誰一人心当りがないというわけです」

「ふん。つまり誰も心あたりのない札が、つまり、いつの間にか、誰もしらないお金があなたの家に、誰かもってきたというわけか」

「さよう、そういうことになります。いってみれば、風が運んできたか、それとも何が運んできたかしりませんが、わずかでもうちの財産がふえていたという」

「本当にできないような話だが……してその札が、贋札じゃないかという……」

「ちがいます。そういうわけではございません。お信じいただけないかもしれませんが、手前共で、それを贋札と思っていたわけではございません。もっともこれは、信じて下さいというのが無理かもしれませんが……」

「うん。まあ話すがいい」

「いいえ、話と申しても、あと別にあるわけではございません。ただそのお金が、うちのものの知らないお金が、いつのまにか、うちの金の中にまざってしまった。そのどちらの方か、正直な取引で入ってきた方か、それとも風がもってきた方かどちらかの中に贋がまじっていたとすれば、これは私共、もし贋札と知って費《つか》ったと疑ぐられても、不運とあきらめるより外ないことになるかもしれません」

「ふん。そしてその札のおいてあった場所というのは、座敷の縁側だというが、何かね、何回かにわたって、そういうことがあったというのは……その札のおいてあった場所が、ただ縁側という……」

「前後しまして申しわけありません。じつはその札のおいてあった場所が、大体きまっておりましたので、場所が」

「場所がね、ふん。そしてあなたには心当りがない。奇妙な話の上に、雲をつかむような話だな。何かその外にかわったことでもあったらまた別だが」

「ええ、それが外に、別にかわったことはございません。ただそれだけのことで、お信じ頂けないかもしれませんが、私も正直な渡世をいたしておりますもので、私の申すことに嘘はないんでございますが、結果もこうなってみますれば、困りました、何といたせばよろしいやら」

豆腐屋の太田さんはそう云い、全く困りぬいた様子であったそうです。全く雲をつかむような話なんですが、しかも太田さんが、そういわれた物ごしその他、本当に正直な人らしく全くその通りであったかもしれないと思えるのでした。

――以上は、太田さんがしらべられた時の大よそだそうで、それを私、何故《なぜ》しっているかと申しますと、私が須藤六郎という旧友を通して知り合いになった渡辺という巡査が、太田さんのしらべられた場所に立ちあわれましたそうで、その方からしったわけですが、この話をききまして私、勿論雲をつかむような話とは思いましたものの、一面、ちらッとあたまに閃いたものがあるのでございました。

私盲人といたしまして、あるいはそれは盲人の短所とも思うのですが、一体盲人は、気の長い所がございます。それと、視力が奪われて外界との交渉が、メアキの方より少いからでしょうか、盲人はどうかすると、仲々よく一つのことを考えつめる傾《かたむき》があります。例えば盲人には、存外の将棋の達者がございます。いえ、何も特別なやり方をするわけでなく、ただ駒の道筋をはっきりさせるために、普通、盤の上の、墨でひいてある線を、細い木の棒をはりつけて、さわって分るようにし、駒も、金とか飛車とか、駒の上に、小さな釘でもうちこむと点字ができますから、これもさわって分るようにしておく。ただ盤は、普通のより幾分大き目につくりますが、駒が、さわると動きますからです。でそのようなことにして、駒を並べると、結構あとは、頭をつかうだけで将棋ができます。盲人はそういう場合、気が散らないだけ仲々ネチネチとよく考えるようです。

同様にして外のことでも、考え出すと仲々ネチネチとつきつめて考える所があるんですが、そのようにして私、今の渡辺巡査の話から、ふと頭にひらめいた一つの事があると、もうワキメもふらず（？）朝に晩にそのことを考えづめでした。つまりその札が、豆腐屋さんの家へ運ばれてきた経路についてです。

あいだの筋道は省きますが、そのようにして到頭――どうにも一つの考にしか落つかない事を見きわめると、私ついに、思いきって、須藤六郎に、渡辺巡査の所へつれて行ってもらいました。

「渡辺さん」

と私は始めました。

「私のようなメクラが、とび出してきて、夢のようなことを申し上げるとお考えになるかもしれませんが、じつはあの豆腐屋の、太田さんですか、どこかから風が千円札をもってきたという、それについて、私一つ心あたりがございますんですが」

「え、何ですって」

と渡辺さんはおどろいたように、

「心当りってつまり、どこからどうして贋札を太田さんが使うようになったかということですか。何か探偵でもなすったという」

「探偵と申してよいかどうか、とにかく私なりの、一つの空想がありますんですが、私眼がみえませんので、正直本当に、私の考が、あまり空想にすぎるんじゃないか、確めることができませんので……それより一体、警察の方は、太田さん御自身を、まさか贋金をつくってい る張本人と考えていられるわけではないんでございましょうか」

「さあ、それはまあどちらとも……」

「分りました。それでしたら、まず私の見込によりますと、第一に太田さんは、贋金をつくるような大それたことをなさる方ではございません。第二に太田さんの陳述ですが、その全部にわたって、一カ所も嘘はございません。太田さんは、どこの誰がおいて行ったともしれぬ札を、本物と思って使われました。そうでございましょう、私共にしても、お金がある。一体金というものは、どこからどういう手で渡ったとも金そのものにかいてあるわけでなく、更にその所有権が、存外、何びとのものでも、本人の手元にある以上、本人がつかうのは仕方ないことだと思います。千円札はみんな、同じ顔をしていますからねえ」

「ほほう。おかしなことを云われる。ハハ。まあいいです。で、そういうあなたは、太田さんを知っているから、正直な方だといわれるわけですか」

「いえ、それもちがいます。実は私、太田さんて方、つい私の家から二三丁の所にある豆腐屋さんですが、みたことありません。あうわけがないじゃありませんか、メクラです、たとえ前を通っても、主人の顔をみることさえできません。前を通ることは、毎日のように通りますが、第一に豆腐屋の太田さんは、私のお得意さんではございません。これがもしお得意さんですと、もみ療治をやりながらお話もできて、たとえお顔はみえなくとも、正直な方かどうかなんてことも分るんですがね。もっとも今の場合、却って私には、そういう先入見のない方が、渡辺さんには、私の申すことを白紙にきいて頂けるかもしれないんですが」

「ふん。でどういうことになるんです、すっかり仰有って下さい」

「はい」

と申しまして私、しばらく次にいう言葉を考えたんですが、笑われそうな気もしましたけれど、思いきってってみることにしました。

「で、何でございましょうか。警察では、太田さんのいわれた座敷の縁側というのを、おしらべになったんでしょうか」

「いや、それは……」

「では勿論縁側をおしらべにならない位なら太田さんの庭もお調べには……」

「益々《ますます》へんなことをいいますね。それが何か……」

「はい、太田さんのお庭をしらべて頂きたいんです。メクラのくせにと仰有るかもしれませんが、お庭に、多分あまり人里にはみられない動物の糞《ふん》がおちていないかどうか。それと庭の、そうですね、座敷の丁度真向いのへんの所に、塀に、大きな破れ目がないかどうか。なおもう一つ、お豆腐屋さんのことで、油揚げなんかもつくっているんでしょうが、最近その油揚げが、どうかした拍子に盗まれたようなことはないか、それだけをおしらべ願えないでしょうか」

「おどろきましたねえ」

と渡辺さんは途《と》まどったように、

「あなたの仰有ることは一々……」

「へんなことばかりと仰有るんですね。ごもっともです。そういう私、自分でさえ、へんだと思ってるくらいなんですが、でもあれです、もうここまできましては、私も思いきって申し上げてしまいます。じつは私、今回の贋金つくりの犯人の方も、当りがついています。ただそれを証拠がためするために、今申した、豆腐屋さんの庭の様子と、油揚げのことをしらべて頂きたいんです。私みえないもんですから……みえればまた、何とか方法はあるんですが……」

「え、何ですって？」

と今度こそ渡辺さんは、本当にびっくりした様子でした。メクラの私が、犯人を、当りをつけたといいきったものですから。

さてそのあと、私と渡辺さんとの間に、様々の話がございました。結局は私、思いますのに、ハタできいていた須藤君には、随分滑稽にきこえたんじゃないでしょうか、というのは、肝心の急所へきて、私が、思っていることを濁してしまうようなことになり、それがまた、別に濁すわけでなく、あんまりバカバカしいように思えるので、照れてだったんですが、渡辺さんにすればまた、私を盲人と思われるにつけ、あまりマムキに、私の申すことをうけとるのを、須藤君の手前も、躊躇《ちゅうちょ》されたかもしれません。こういう風でした。

「結局それで、あなたは今申された油揚げのこととか、太田さんの庭のこととかいわれるのと、贋札の犯人をかぎつけたというのを、どういう風にかむすびつけていら

「それがです」

とそこへくると私、やはり躊躇しまして、

れるんでしょうか、それを仰有ってくれませんか」

「はい、しかしあまり突飛すぎるように思えてきたので……」

「それでも、それでは困りますから、どんな突飛なことでもいいから……」

「ええ、しかしその前に、私が先に申しました、油揚げのことと庭のこと、それを調べて頂けないでしょうか。で、もしそれが、私の想像が当ったとなってから、私の考を申し上げたいんです」

「ほほう、なるほど。じゃあまあいいです。調べてはみましょうが、その代り、これだけはいって下さい。あなたがバカバカしいといわれるその考では、犯人は豆腐屋ではない。すると、どこにいます。豆腐屋の近くということにでもなるんですか」

「ええ、つい半町ばかりの所かと思われます」

「何、半丁?」

といよいよ巡査は、呆気《あっけ》にとられた様子でした。

「すると、ではそんな風に、犯人の居場所まで分っている位なら、犯人の名前も?」

「さようでございます。分っております」

「いって下さい」


「それがです」

とそこへくると私、やはり躊躇しまして、

「いずれは申し上げるとしても、諄《くど》いようですが、一応私のおねがいしたおしらべをして頂いてからに致したいと思います。でないと私が、根も葉もない当てずっぽうを申して、おさわがせしたような結果になっても心外《しんがい》ですから」

「なるほど。犯人の検挙ということになると、いかにも証拠固めはする必要がありますからね。よろしい。承知しました。何とかあなたのいうようにとり計らいましょう」

というようなことで、その日は私、ひき下がったのですが、すると、それから数日して、私、自宅へ渡辺さんの訪問をうけました。

さて私には、子供が一人ございます。その子供が、私の家へみえる方は、大体もみ療治をたのみにくる方以外ないので、

「お父さん、お客さんきた」

とだけ、通じてきたのですが、玄関にでると、渡辺さんの声で、

「しらべましたよ」

ともう一切の挨拶はぬきで、いきなり云い出されたので、少し面くらった次第でした。

こちらはしかし、ずっと頭にひっかかり通しでいたことで、

「おしらべ下さいましたか。どうでした」

とききますと、

「おどろきました。少々はっきりしない点はあるが、大体あなたのいわれたことの中で、二三そのとおりだったんだが、たしかあなたのしらべてくれといったのは、第一に、太田さんの庭の垣根に、破れ目がないかということ、得体のしれない動物の糞が、おちていないかということ、豆腐屋さんの商売ものが、盗まれなかったかということでしたね」

「そうです。その通りです」

「ふん、しらべてみると、あなたのいった第一の、庭の垣根の破れ目というのは、丁度座敷の縁側の真正面に破れ目があった。板塀の裾《すそ》が破れて、そうだな、人間は駄目だが、犬ならぬけられるほどの破れ目がありました。次に豆腐屋の商売もの、油揚げその他、ガンモドキといったようなものが、最近いつのまにかぬすまれていた。いやぬすまれたというのは本当でないな。何ものかがやってきて、盗み出そうとし、そのへんへ、食いちらした屑をちらかして行ったというんだが……するとそこまでくると、あなたのいうことは、千円札のことはしばらく別とすると、ちょうどその庭の破れ目から、犬か何か入ってきて、油揚げをぬすんだという推察のようにとれるが、困ったことに、もう一つの点が、もう始めっからお誂《あつら》えの通りにはいっていないようですね。あなたは、何か得体のしれぬ動物というようなことをいわれたようでしたが、庭には、犬や猫の糞の外に、なるほどあなたのいわれたのはこれかと思われるような動物の糞があった」

「え、ありましたか」

と私、むしろ自分で自分におどろいたことでした。

「ありましたよ。ただそれが、何の動物の糞か分らん」

「お分りになりませんか」

「たしかに犬や猫のでないとだけは思えるが、それが何の糞だか分らん」

「困りました。何か分る方法はないでしょうか」

「さあね。多少古いもので、雨風にもあてられたし……もっと新しいものだったら、また何とか、鑑別の方法もあるかもしれんが……とすると何ですか、あなたは

自分でいい出されて、あなた自身にも見当はついていないという……」

「いいえ、私なりに見当はついています。いますが、何しろ話の筋がです、あんまり突飛で、ありそうもないことなので……いや、しかし、もう致し方ありません。思いきって申し上げてみましょう。それは多分狐の糞だと思われます」

「狐？」

と相手はおどろいたようでした。

「まさかそんな、こんな町の中に狐がすんでいる……」

「いいえ。しかし人が飼っているとすれば、いないとも限りませんからね。だから油揚げがぬすまれたんです。もっともこれは少々不思議とか神秘とかいうのを通りこして、滑稽というか何というか、お愛嬌な気もしないではありません。狐が油揚げを好きだというのは、お稲荷《いなり》様の信仰のようで、本当かどうかしりませんが、しかしこの場合、それしか考えようはありません。その狐が、板塀の隙から入ってきて、豆腐屋の油揚げを盗んだ。存外それが、そのようなことだったとすると、メクラの空想もバカにならないことになりますね」

「なるほど。しかしたった一つ肝心の点が分らない」

と相手はしばらく、ひどく考えこんだ様子でしたが、漸く口をひらいて、

「あなたは狐という事をいわれる。それはよいとしましょう。しかし事件は、油揚げの盗難事件ではない。贋札の事件なんですが、それとも、それとこれとは別なんじゃないでしょうね」

「ええ、ですから別じゃありません。へんな話ですが、結果からいうと、狐が、油揚げをぬすんだ。その代りに千円札を何枚か、太田さんの家の縁側へおいて行った。いわば狐が何千円かで、油揚げを買った。ずいぶん高い油揚げのようですが、何のことはない、札はニセですからね。贋札を狐がくわえてきて、太田さんに払ったんです」

「すると！ ……」

「すると、もうお分りではありませんか。その狐の飼い主が贋札つくりの犯人ということになります」

× × ×

× × ×

「私共盲人アンマは」とその後のある日、私は求められて須藤六郎と渡辺巡査に話しました。

「医者と同じで、どんな職業の人の家庭へでも入りこみます。文字どおりそれが、家庭へ入りこんで、しかも医者よりも、ある意味ではもっと相手――つまり患者の方に近く接近すると申せましょう。何しろ医者とちがいまして、相当長い時間――カミシモもんで一時間半もの長い間、患者のからだをいじりまわします。患者のからだもある意味で、医者よりもっとよく様子が分る位ですが、それより、その長い間、他人の家に二人きりでいるわけで、だまっているのも気づまりなものですから、色々話をする機会もあります。もっともメアキの医者とちがって、みえないのですから、色々分りかねる点も多いが、それがまた、一しお私共の想像力を刺激もするのです。そんなわけで、私共には、長年の修練で、たのまれて患者の家へ参りましても、大概相手の職業が、まっ先に分る時が多い。家そのものが匂を放つ――食堂なんかそうですが、そうでない場合でも、患者さんの手をさわってみれば、サラリーマンの方でも大体どんな方面の人かすぐ分ります。腕っぷしの特徴とか、または家のことでは、たとえば部屋の机のおき方一つ、本箱があったりなかったり、そんな小さいことでも特徴にはなる。大概私、世間話の糸口にもと、新しい患者の方には、『あなたは何商売の方でございますね』と職業をいってみますと、当らない方が少く、大概は、ちがっても、大したちがいではありません。しかしたまには、見当のちがうこともあり、まるっきり分らないこともあります。

丁度れいの贋札が、このS市にあらわれたと評判だった頃、ある日私がたのまれて出向きました、高木という患者の方がそれでした。高木――つまり贋札づくりの犯人と、あとで分ったあの人ですね。

私、たのまれて、高木さんのお宅へ最初に療治に参りました時、いつもの伝でどういう生計をやっている方か知りたいと、カンを働かしてみてもどうも分りません。それでも多少は分らないこともありませんでした。それをまず申し上げましょう。

第一に高木さんは、決して豊かなくらしをなさっているようでない。第二に、多分、一人のお子さん――その方が最初うちへ療治をたのみにみえたのですが、そのお子さんの外、おみよりがないのではないか。二三度お伺いしましたが、一ぺんもこの外の方にあったことがない。小さい家に住んでいられるんですが、一体何をしてくらしていられるのか、家で仕事をなすっているようであるが、それが何やらさっぱり分らない。

最初の時私、

『旦那様はどんな御商売の方で』

とききました時、

『いや、別に何も……』

『さようでございますか』

というようなことで、へんに言葉少なですので、つい黙ってしまいました。

所が、するとそれが二度目に参りました時、ふと不思議なことに気づいたのでした。

もっともじつは前の時も、ぼんやり何か嗅ぎなれない動物の匂のようなものがどこかですると思ったのでしたが、その時私がふと気がついたのは、部屋の中に、何か私と高木さんの外に、もう一つ生きものがいるようなのです。ガサガサと部屋の隅でもの音がする。丁度お子さんがお留守の時だったんですが、私が、

『旦那様、何か部屋の中にいるようでございますね』

で、ちょっと考えて、

『犬でもお飼いですか』

と申しますと、

『あ、こらっ』

といきなり高木さんは立ち上って、その物音のした方へ行かれたかと思うと、やがて物音はしなくなったのですが、私が、

『何かどうかなさいましたか』

とききましても、返事をなさらず、つぎ穂がございません。仕方なく私も到頭それなりに致してしまいました。

それがしかし三度目の時、私ふと、高木さんのいわれた言葉から、一切が判ってしまいましたので。何とああ、盲人の鼻というものもバカにならないものでございますね。いいえ鼻と申しまして、恐らくただ鼻の力だけでは、あるいは分りかねたでしょうが、その時高木さんのいわれた一つの言葉がございました。

何かのことから、私がしちくどく、高木さんの職業のことなんかおたずねしている内に、ふと高木さんが申されました。

『これで私は、様々のことをやってきましたよ。大道易者、やし、それからおみくじ売りをやったことも……』

という言葉だったんです。

忽ち私、はっと頭にひらめいたことがございました。

もうよほど前、私がまだ目がみえました頃――私、十九までみえたんですが、ある日町の公園で、一人のおみ

くじ売りをみたことがございます。それは、狐をつかうのでございました。檻の中に一匹の狐を入れて、傍においてある。通行人が金を払うと、おみくじ売りは何枚かのおみくじを手にもって、何とかいいながら狐の目の前へもって行って、あっちへやったりこっちへやったりすると、ひょいと狐が口を檻の鉄格子の間からのばしてその内の一枚をくわえる。そこに何か神秘なものを感じて、おみくじを買う方の人は、その狐がくわえたのを、神のお告げの一枚と思ってうけとる。

ごらんになったことございましょうか。

(そうだ)

と私、途端に感じました。あの、この前の動物というのは、匂からいって狐だったらしい。するとこの方は、ひょっと狐を部屋に放ち飼いにしているのかしら。まさかと思います。犬のような動物とちがい、訓練といってもどれだけにできるものか、うっかり放ち飼いなんかしては、逃げてしまうにちがいないと思われますが、それとも訓練次第では、そうでもないのでしょうか。

あるいは一日の何時間か、少し檻の外で遊ばせる、その外の時間は檻の中へ入れておく――そんなことであったかもしれません。

狐は特別つよい匂をもっている動物なので、私にもすぐそれと分ったのでした。

私が申しました。

『じゃあ旦那様は今もおみくじの方を……』

『いや、今はやっていません。高《たか》がこんなものでは食ってゆけません』

『さようでございますか。さようでございましょうねえ』

と私は申しました。そして、それなりにしてしまったのでしたが――

れいの贋札が、風がもってきでもしたように、豆腐屋さんの縁側においてある話をきき、その途端に、はっと考えついたことは――もうあと申し上げることもございますまい。高木さんは、ひょっと、食えなくなった余り、贋金づくりというようなことを始めたのかもしれない。そういえば二度目の時丁度机の前に坐りこんで、何か一心にかきものをなさっている所へ行きあわしたことなんかも、私のとんだ空想をそそったわけでした。

もうあとは簡単です。

高木さんは狐を飼っていられる。その狐が、ひょっと昔、おみくじをくわえた癖で、机の上かどこかにあった贋札をくわえて、豆腐屋さんの庭の方へ行ったにちがいない。というのは私、みえないながら、高木さんの家と豆腐屋さんの庭と、丁度真向いになることを知っています。狐はそのあと、油揚げをぬすんで帰ってきた。――そういうことをくり返したのが、贋札のあらわれるキッカケをつくったという私の空想でございますね。

それが、いわば私にも自信なんかなかったのが、全く私の想像通りであったとは恐れ入りました」

と、そのように私二人に申したのでしたが、まさかあなた、メアキが私をあざむいて、事実でもなかったことを事実だといったわけでもないでございましょう。どちらにしろ、贋札づくりの犯人がつかまりました。お目出《めで》度《た》いことでございます。

全く贋札などが横行すると、特別紙質《ししつ》でもちがえば別ですが、さわって分るほどちがえばですが、さもないと私のような盲人が、第一に贋札では困ってしまいます。盲人では札の図案なんかは分らず、まさかに狐のような、匂なんかしませんからねえ。

顔

ある日私が、つとめ先の盲学校《もうがっこう》から帰ってきて、いつもの通り、奥の居間で、手さぐりで着換えをしていると、裏で、洗濯だか何だかやっていた妻が入ってきて、

「おかえんなさい。スミ字のお手紙がきています」

というのであった。

スミ字というのは、私共盲人がいつも使っている点字に対して、普通の文字はスミでかかれ、印刷されるので、普通の文字のことをそういっているのである。

「誰から？」

「それがね、梅田岩夫とあるんですけど」

「梅田岩夫？　梅は木の梅か。岩は？」

「ガン石のガン。あのやさしい方の。山の下に石をかいて」

「オは？」

「オットという字です」

スミ字は同じ音でも、様々ちがった字があって面倒である。

で、こうききほじったというのも、ちょっと誰だか心当りがなかったからであるが、なお、

「差出人の住所は？」

ときいてみると、

「山梨県何とか郡《ぐん》って、私この字よめませんけど……字も乱雑だし……でもおしまいの所に、何とか院って字があるのをみると、病院でしょうか。よみましょうか」

「よんでくれ」

弱視——つまり視力はあっても弱く、眼鏡で矯正できない眼をもっている妻が、その眼を封筒へくっつけるようにしてよんでいる様子が、目にみえるようである。しかし私は盲人であるから、スミ字の手紙は、少しでも視力のある人によんでもらうしかないわけであった。

そのようにして私はその手紙——妻のいう所ではレターペーパーにして十枚もの、従ってもし点字紙へ点字

でうったら、(今の私は文章の長さの標準は、そのようにして考えるしかない)点字は音標《おんぴょう》文字で、かつ拗音《ようおん》、撥音《ばつおん》、濁音《だくおん》、半濁音《はんだくおん》、いちいち二字になるので、恐らく何十枚の長さになるはずであるが——をよんでもらったわけであるが、よみすすめられている内、もしやと思っていた私の疑いが、段々事実としてのべられてあるのに一驚を吃《きっ》し、むしろ薄気味わるくさえなって行った。もっとも妻も、次第に梅田岩夫なる差出人の名が、実際の本名は桑木岩夫という、妻自身もよく知っている人物であることが分ってきたらしく、そう私にただしたりしたのだが、私は、

「まあ一ぺんみんなよめよ、きっとどっかに本名がかいてあるだろう」

といい、ついに妻は、辿々《たどたど》しいよみ方でおしまいまでよんだ。妻は今いった通り弱視者のことで、ろくろくスミ字の方は卒業していないから、止むをえないわけであった。

かいてあると思っていた本名の桑木というのが、ついに手紙の最後の所にもなかったらしく、

「梅田岩夫、花輪正一様」

とよみ終った妻が、

「どなたでしょう、私のしってる人？」

といった。

「しってる所じゃない。よくしってる人だ」

「桑木さん？」

「どうしてそう思う？」

「かいてある経歴が……それに」

「それに何だ」

「分りました。顔のことね」

「うん。それに俺にはもう一つ手がかりがある。桑木にちがいない」

「しかしまた何だって梅田なんて」

ここで私はしばらく考えたが、

「分った。こりゃ生家《せいか》の苗字だ」

「生家？　桑木さん御養子なの？」

「うん、今思い出した。そういえば手紙の内容からいって、この際桑木とかかず、梅田と生家の苗字にした理由は分るみたいだ」

「本当にね」

と妻が漸く得心いったようにいうのであったが、その手紙の概略と、それにまつわる事実とを紹介しようと思うにつけても、私は、私、妻、桑木(梅田)とこの三人

の、これまでの関係をまず述べておく必要があるように思うのである。

私は現在のつとめ先で、漢法医学や医学史などを講じているのであるが、よく色々の漢語がでてきて、閉口することがある。点字でかかれたのでは、さっぱり分らず、スミ字のを一冊手に入れて、分らなくなると学校で、メアキの同僚によんでもらい、スミ字ではこういう字をかくといわれて、始めて得心が行くことしばしばである。ただし私などは、まだしも一人の正眼者として中学をおえたので、一と通りの漢字や漢語は習ったといえるが、この点、未だに私とちがって視力を残してはいるものの、生れつき弱視のおかげで、学校でも黒板の字や教科書の字がよめず、いい加減にして女学校だけ卒業した妻は哀れだ。

私は十八の時、一旦大学の入学試験に合格し、多幸な前途をのぞんでいたのに、写真にこり、現像なども自分でやり始めた所が、ある時ふとあやまって現像液が目にとびこんだのが原因で、眼底出血を起して失明したもので、現在は光覚《こうかく》もない完盲《かんもう》なのである。

所で私はどうやら妙なことから書き出したような気がする。

(私は今妻にこの文章をかきとらしているのだが、口述で筆記させるというのは、馴れないとむずかしいもののようだ)

いや、思い出した。私は私が、桑木岩夫と竹馬《ちくば》の友であったということがいいたかったのだ。

私と桑木とは元々同郷の竹馬の友であった。小学校の六年と、中学校の五年とを、同じ教場に机を並べて勉強したといえば、どの程度に我々が親しい交りをしてきたものか、無論小学生はよく喧嘩をするものではあるが、私はそのような記憶をもっていない。しかし我々の同じ思い出の内、たった二つだけ話しておきたい。その一つは我々の小学校六年の時に起った、一つの事件である。

ある日算術の授業中、突然教場の、私の後の席で、魂《たま》切《ぎ》るような女の子の叫び声が起ったのであった。

おどろいて後をふりかえると、女生徒が一人、机の上にうつ伏せになっていて、机の上には鮮血がポタポタと垂れている。あわてて教壇の所からは先生がかけつける。急いで先生は、その子を抱きかかえると、教場を出て行ったが、それからその女生徒は学校に来なくなる。大分たってから彼女は一度学校へ、母親か何かにつれられてくることはきたが、やがて学校をひいた、と先生からきいた。いきさつはこうであった。

女の子はその日うっかり誤ってコンパスを目に刺した。一眼がおかげで失明し、せめてあとの一眼は助けたいものと、眼科医は努力したが、ついにその効なく、学校をひくの止むなきに至り、やがて盲学校へ入ったと聞いた。

この事件、あたかも私は発端の一部始終を見届けたことになるが、まさかにそれが、やがて自分の運命になろうとは思ってもみなかった。

もう一つは、私が失明する直前、桑木とした一つのなつかしい旅行の思い出ばなしだが、この旅行は、これからの話に因縁がなくもないのだ。

我々の中学卒業の年、二人きりで草津温泉へ旅行したのであった。卒業の思い出にどこかへ行こうとなって、当時れいの「草津よいとこ」という湯揉み唄がはやっていたので、草津を思い立った。

四月末、上越《じょうえつ》の山々はまだ白く、しかし風だけは漸く春であった。

軽井沢からガタガタの電車で、途中、何という所だったかで乗りかえたように思う。午後草津についた。しかも我々はついに草津で、予定の一泊はしなかった。

ついて匆々《そうそう》湯揉みの様子を見に行った。フンドシ一つの裸ん坊が大勢、湯長《ゆおさ》の音頭でれいの唄をうたいながら湯をもむ。湯長の号令で湯につかり、また湯から出る。硫黄の匂いがプンプン鼻をつき、天気は晴朗《せいろう》だったが、その匂いだけで、すでに何か異様な気分をかき立てられるようだ。

珍奇な名物の湯もみを見物したあと、二人とも、さてどこへ今夜の宿をとったものか。宿屋は一ぱいあるが、中学生のことでもあり、世なれず、きめかねるのと一面、何となく泊るのが気ぶっせいな気持で町を歩く。気ぶっせいなというのは、そのうち歩いている二人がとりかわした会話が暴露するだろう。一人が、

「みろよ。あっちからくる小父さん、何だかへんな歩きつきだな」

「僕もそう思ってたよ。どこかデキモノでもある人の歩きつきだ」

「湯が強くて、からだに毒のある人は毒がでてくるっていうぜ」

「泊るかい、ここで」

「さあね、何だか気持いい町じゃないね」

「みんなが皮膚病になってるみたいだな」

ざっとこんな調子の会話があったと記憶している。するうち我々は一つの曲り角、そこに硫黄の臭気のつよい湯がふき出ている、小さな池のようなものの前へ出て、申しあわせたように立止ってしまった。するとそこへ、どこかの宿屋の客引きらしいのがやってきた。

番頭が、泊るなら自分の所へ泊れといった。ハキハキした返事もせず、黙っていると、桑木が番頭にきいた。

「小父さん、ここにライ病の人の村あるんでしょう」

「ありますよ」

と相手は云い、

「しかしレプラの村は」

と以下この土地でライという言葉が禁句にでもなっているのか、ライという代りにレプラという言葉を使うので、こちらもそれを使った。

「しかし村は」

と向うの山をさして、

「あの山の向うです。ここから一里ばかりの所にあって、隔離されています」

「そうですか。で何なの、隔離って普通の人と一切つきあいしないの?」

「大体そうなっていますがね。しかし全然ってわけにもゆかないでしょうね。たまにはこちらの方へものを買いにくるものもあります」

「そうでしょうね」

で何となく、こちらも、また泊れといわれても困る気持から、いい加減に話をし番頭はやがて定時のバスでもくるのか、向うへ客引きか何かに行ってしまったあと、ふと桑木がいった言葉を今に忘れない。

「泊るのやめようよ。ここでなく、川原湯《かわらゆ》へ行こう。だってね、今の番頭もいったが、外《ほか》でも人からきいたことがある。ちょっとした買いものをして、釣り銭をもらっても気味がわるいや。天下御免の金のことだ。それこそレプラの人の手をわたってきたものでないって証明はどこにもないんだから」

「そうだね」

と私は同意し、もっとも桑木ほどの恐れも感じはしなかったけれど、早速バスの停留所の方へゆくと、じき出るバスがあって我々は、じきそこからバスでゆける川原湯で一泊したのであった。

あとで考えると、それが私の、メアキとしてした最後の旅行であった。いや、都会育ちの私として、私がこの世界で見た、最後の田舎の風景であった。その後まもなく、前いったように、私はあやまって失明してしまった。いや、いけない。やっぱりも少し整理してお話をすすめなければなるまい。

さて——

読者の中には、先年一つの奇妙な失踪の事件のあったことを御記憶の方もあるのではないか。奇妙なというのは、別に事件の筋道が奇妙なのでなく、その失踪したのが、相当有名な生花《いけばな》の師匠であったので、ひどくこれが新聞の三面欄を賑わせた。しかも主人公が有名であっただけに、何とかして事件の真相と、失踪者の足どりを、世間の人は、極力探知しようと努力したにも拘らず、その後のことは一向進展をみせずかかれこれするうち日本人の、よくいわれる移り気は、ついに間もなく、事件は世間から忘れられ、今はその失踪者の名前さえ、おぼえている人は少いのではないかと思われるほどになってしまった。

その失踪者——それが、私がこれまでのべてきた桑木岩夫、その生花師匠としての名を桑木嘲風《ちょうふう》といい、私も生花のことはよくしらないが、立派に一つの家元をなしているのであった。

所でまず失踪前後のことをのべておかねばならない。便宜上私と、私の妻の花子とを中心に、叙述をすすめるのを許していただきたい。

私がこれからのべる事件のあった頃、私はまだ今のように盲学校の教師とはなっていず、自分で、はり、きゅう、あんまを開業していたのだが、一と口にいうと私の生計は、決して楽ではなかったのであった。

私は弱視の妻の花子との間に一男一女をもち、ある床屋さんの二階に間借りをして、床屋さんの店の前に「花輪診療所」という看板を出してやっていたのであるが、町内に同業者も多く、仲々固定のお得意をえるのも、容易なことではなかった。田舎にそれまでいたのだが、思わしくないので、先祖伝来の田畑《でんぱた》など整理して、いくらかまとまった金をもって出京したが、仲々世間もこちらが盲人では冷淡にしか迎えてくれない。はじめ簡易宿泊所で宿屋ぐらしをし、夜、ナガシをやって歩いた。近所には三業地もあって、ボツボツ客のないこともないが、何しろ不安定で、かつ深夜、殊に冬など、健康のためにも思わしくない。偶々《たまたま》その床屋さんの二階が、権利金は高かったが、かしてもらえたので、ちらし二千枚をくばったが、仲々お得意もふえない。家賃も滞って、床屋さんもいい顔をせず、こちらをメクラとみて、ひがみかもしれないが、出てゆけがしにふるまってくる。花子と二人、頭をかかえて悩んでいる状態であった。ある日花子が突然いい出した。

「私、生花を習おうと思うんですが」

「生花？」

と私は全く思いもよらなかった。

「そんなもの習ってどうするんだ」

「いえね、私昔習ったことがあるんで、ちょっとここでいい家元の方にでもついて仕上げをすれば、お弟子をとって暮しの足しにもできると思うんですけれど」

「それも一方法かもしれないが、子供はどうするんだ」

「あなたみて下すったら。どうせ昼間ですから」

「教えるったって場所は？」

「××寺さんでお座敷をかして下さってもいいって下話《したばなし》いただいてあります」

「ふん」

と私は考えた。実際花子が昔生花を習って何か看板をもらっていることも私は知っていた。

「だけど、それやって一体どの位の収入になるんだい」

「当節お一人三百円位だそうです。わずかなようですが、数でこなせば」

「それでどれくらいの時間教えるんだい」

「週に一回位かと思います」

何のこと、妻は一応私の承諾を求めたとはいうものの、当然私の反対はないものとしてすっかり段取や企画を立て、その上での事後承諾を求めたわけだ。しかし週に一回、弟子ももし何十人ととれるようだったら、馬鹿にならない収入と、妻も夢をみていたのであろうが、私もつりこまれて、馬鹿にならないような気がしてきた。それに考えると、妻も可哀そうだ。メクラの私に仕えて、人並みのたのしみというものもなくている。ついに私はみとめることにしたが、実際アンマの収入が、お客一人カミシモもんで二百円かそこいらで、一時間もかかり、それも不安定であるのから思うと、つりこまれるのに不思議はないわけだった。

やがて妻は、その家元の生花師匠に、近いので行ってあってきたといい、ただ苗字だけ桑木さんといったのだが、私はそれが、私の旧友の桑木岩夫であろうとは夢にも思わなかった、私はもう二十年近くも、桑木とはあっていなかった。

一体メクラは、御推察の頂けるとおり世間の狭いもので、メアキのように出歩けないから、当然そうなるわけだが、ましてメアキ時代の友人とのつきあいというものは、殆どないものである。これはどういうわけか、メアキの方で、こちらを気の毒に思うためと、こちらもまた、目のみえた時分とくらべて急にひけめを感じ出して、そんなことになり勝ちなのは遺憾である。今つとめている学校の生徒でも、勿論、中途失明のものも多いのだが、夏休みなんか、家の中でぼんやりしている。メアキだった時分の友だちが、どうも別に冷酷なわけでもなかろうが、とかく仲間はずれにしてしまい、加えてこちらが、出かけて行ってもつい仲間にしてくれないのでは面白くなく、そんなこんなで段々疎遠になってしまうようである。

で、その時が最初で、妻はこの後週一回、生花の師匠の所へ通い出したわけだが、自分でも師匠にすすめられて、ぼつぼつ花を教えはじめてくれたのは助かることであった。しかも私は、未だに師匠が誰であるかを何もしらなかった。

所がある日のこと、ふとそれが分った。

勿論妻から、私が開業のアンマであることをしってのことであろう。ある日桑木の娘が私に父親のもみ療治をたのみにきた。その娘に手引きされて先方へゆき、二階家だったが、導かれて主人公の居間へ通った時、

「何だ、君か」

といきなりなつかしい桑木の声が耳のはたでしたのには、私の方がびっくりしてしまった。

「こいつはおどろいたな。花輪君じゃないか。分るかい。みれば目がみえないらしいが」

「分りますとも。盲人の耳は鋭敏ですからね」

「いつ失明したの」

といわれて、一部始終を話したが、思うに私と桑木とのそういう出あいは、お互いがメアキだったら、やっぱりあまりないことなのではないであろうか。かりにも私の家内そのものが、先方の弟子の身分であり、加えてお互いの家も近く、さっき手引きされてきた距離が、曲り角は大分あったが、多分せいぜい四五丁の所である。勿論私は商売柄界隈はこの頃よく歩くので、メアキだったら当然、いつかの機会に、往来で出くわしてお互を認知すること位ないはずではないだろうが、つまりメアキならニ人の四つの目というものが、そういう機会をつくるだろうのに、それすら既に私がメクラでは、目の数も半分の上に、まさかに桑木は、こちらを盲人になっている

と思うはずもなく、それやこれやでこんな出あいになってしまった。現に桑木も、

「そういえばたしかに君が白い杖をついて歩いてるの見かけたような気がするが、アンマさんをたのもうなんてことは、思ったこと一ぺんもなかったので、気にかけなかったんだな」

と彼はいったものだ。

非常に丈夫で、一向からだのどこがこるという経験もなかったのが、ここへきて、上肢下肢と時々へんだという。

「大分お花の方がはやるというから、過労なんじゃないかな。何人位なの、お弟子?」

「うん。今の所二百人位かな」

「相当豪儀なもんだな。だけどまた何だってこんなものを」

「いや、知ってたかどうかしらないが、うちの親父がその方をやってたんで、あとを継いだわけだ。というよりもあれだ、僕大分履歴に空白ができたので、うん、戦争のおかげでね。これで内地へかえってきて、まあ何やかや色々あまり思わしい職もない所から、色んな原因結果が集ってこうなったって所かな。結構今じゃどうやら暮しは立つんで、有りがたいと思ってるが」

元々もみ療治というので迎えをうけて、桑木とあい、すぐ療治にとりかかったものの、療治の間も療治がすんでからも、二人の懐旧談は仲々つきなかった。一体アンマという職業は、今もいったが、カミシモもんで一時間半もの間、客と一対一でいてする商売で、客扱いの易しい商売ではないといえるであろう。話しずきな客、話し嫌いな客ということがまずあるのだが、それだってこちらがメアキなら、相手の様子でもどちらだかよく分るのを、メクラではこういかない。それに話題だって、メクラのことで、とかく狭く、仲々話のもって行きようもむずかしいのを、たまたま今のような相手が、自分の久しくあわない旧友というのでは、世にも有りがたい、気のおけない客というわけだ。

色んな話が出、とりわけ彼にはメクラの世界のことが珍らしく、あれこれききほじるのであったが、私が私自身のことを述べたあと、彼が彼のことを述べた話の中で、とりわけ注目すべきことは、大体次のようであったと思う。

私が失明のために大学を中退し、彼はそのまま学業をつづけたわけだが、まもなく彼は、不幸にして世間の言

葉でいう人生行路をグレ始めたのであった。青年期によくある、人生を白い眼でみるということになったその原因の一つは、彼は父親と、自分の人生の方針について考えを異《こと》にし始めたということがあったらしい。父親は、自分の仕事——生花の方をつがせたいのに、彼はそれを、婦女子の閑事業として嫌い、柔弱な生花の師匠なんて、男子一生の仕事とするに足らずとなし、ポンと家をとび出してしまった。大陸に渡り、満洲、支那、ビルマまでを、放浪し歩いたという。一種の冒険心が彼を駆って、かなり東亜の各地を歩かせたらしいのだ。支那戦争のはじまる前であった。もっとも彼は戦争になってから——この時は一ぺん内地へかえってきていたのだが——応召《おうしょう》し、またビルマまで行ったので、大陸は二度ふんだ勘定になった。

「ずい分色んな目にあったよ」

と彼がいった。

「あれはどこの山奥だったたか、匪賊《ひぞく》におわれてね、うん、一人きりでなんだ。這々《ほうほう》のていでにげまわっていると、ふと向うに立派な洋館がある。病院らしいんだが、何しろ渡りに舟と思ってとびこんだ。すると不思議に各室とも立派に寝台《しんだい》が並んでるのに誰も患者がいないんだね。ベッドのシーツの中にもぐりこんで、そのまま不覚にも疲れがでてねこんでしまった。ふっと気がついてみると、やはり誰もいないが、病院の内も外も、ひどく平和なんだ。ねている間にうまく賊はどこかへ行ってしまったらしく、おかげで一命を助かった」

そんなことも云った。どうもその話が頭にのこっている。

さてそのようにして、その時がはじめてで我々の旧交が始まった。但し昔の竹馬の友の、一人は今盲《めし》いであってアンマとしてその友人の肩腰をもみ、細君はまた、その良人の友人から生花を習っている。桑木は今、妻君との間に一人の娘、もうまもなく年頃という娘があり、さびしいが平和な家庭生活を享楽していると見うけた。

突然ある日妻が桑木について妙なことを云った。

「あなた、へんですね、先生のお顔。といったってあなたにはお見えにならないんですが、どうも私こないだ内から、へんだへんだと思ってるんですけど」

「へんてどうへんなんだい」

と私は盲人のことで、さっぱり見当つかずいうと、

「どうも気のせいか、この頃ひどく白くおなりになっ

てきたんですよ。白いというか何というか、そう、丁度白い壁でもぬったような色」

「へんなことというぜ」

「いいえ、全くへんなことというようですけど、まさかあの先生がお白粉《しろい》をおつけになるはずもないでしょうが」

「そうだろうさ。芝居の女形《おやま》じゃあるまいし、ことにあれだ、若い頃生花の師匠をさえ、柔弱だと嫌って家をとび出した男が、桑木が、そんなことするはずがないね」

「でしょう。ですから私……でも、いいえ、やっぱりそう、どうもへんよ」

あとから思うと、自分でも気のついたことが一つあったのだが、その時は、私はそれを一笑に附し、

「おっそろしくまた妙なことをいう奴だ。お前の気のせいだろう」

「そうも思うんですけど」

「そうだよ。それにお前の視力だって怪しいもんだ。視力〇・〇八じゃ、それとも〇・〇五だったかい。すぐ目の前にあるものだって正確にみえると信用できない」

これは世の、視力というようなことに、関心や知識のない方に申したいのだが、人間の視力というものは不思議なもので、決して百人が百人、読者の皆さんと同じに世界がみえているわけではないということに、御注意がねがいたいのである。一体世間の大部分の人は、近視、遠視、斜視、老眼、あとはせいぜい色盲位をしっているが、たとえば近視であるが相当度がひどいといっても、眼鏡で矯正できる人が多いからそれでも矯正できないのがあるといっても、お分りにならない方が大部分なのではないか。例えば、私共の学校の生徒には、眼の正面がみえずに、左右の両わきだけ辛うじて少しみえるのがあるかと思うと、反対に、視野が著しく狭くて、正面のある一点だけしかみえない代りには、遠目のきくというのもある。これらはいずれにしても、眼鏡であわせることは到底できないわけである。たとえば私の妻の場合は夜盲の反対で、明るい太陽の光線ではあまりよくみえず、かえって暗い所でよくみえる。そういう視力であるから、彼女が、桑木の顔を白くなったといっても、どこまで信用おいていいのか分らないと、私が思うのに不思議は全くないわけであった。

何しろお前の怪しげな視力では、桑木の顔にそんな不思議が起ったといっても、信用は到底できることではな

いと私がいい、妻も私の言葉を反ばくするだけの自信はないらしく、そのままになってしまったが、その後まもなく、これまたある日のこと、妻が私に言った。

「あなた、桑木さんのことが新聞にのっています」

「え、桑木がどうしたって?」

「急に行方《ゆくえ》が分らなくおなりですって。どうなすったんでしょうねえ」

「行方が! どんなことだ。よんでくれ」

で私は妻に新聞の記事をよんでもらったわけであるが、それは大体次のようなことであった。

「生花家元師匠の家出」とかいう見出しだそうであるが、相当大きくでているということであった。但し記事は簡単で、それによると、数日前生花師匠桑木嘲風が、書置《かきおき》をのこして家出をしたという届出が、細君からあった。家出の原因は、単に厭世思想のようにかかれ、自分は感ずる所あって山へ入るので、行方をたずねてもらいたくないとあり、ついては娘の年頃になるのも間近いことであり、十分の婚資《こんし》は銀行につんであるから、十分の支度をして、よい所へ嫁入らせるようにと、娘のことだけが記されてあって、しらべてみても現金として、いくらももってでた形跡はなく、せいぜい数万円にすぎないという。べつに怪奇な所はない事件であるが、ただ生花の家元である点が珍しく、そのため相当大きく取扱われていた。

旧友のことで、すててもおけず、私はその日早速妻に手引きされて、桑木方へ出向いた。

細君にあい、色々様子をきいてみたが、新聞で承知した以外に、大してしりえた所もない。細君は家出の原因を、

「そういえばこの頃時々世の中が厭になった、生きてるのが厭になったと申しておりました」

といい、つまり書置にあったことを、そのまま信じている模様である。もっとも私にしてもそう細君からきいて、やはりそのまま信じていいようにも思う。というのは、一体家出というのは、桑木の場合今度がはじめてではないではないか。彼自身のいつかの話で、彼は大学の途中で、やはり同じような動機から放浪の旅にでた。不思議といえばただ、それから二十年もたった今になって、また同じことをやった、分別ざかりになってからやったという点であるが、三つ児の魂は百までかわらないものかとも思われた。

まあ何とかそのうち、行先がわかりましょうと私は云

い、細君を安心させるようにと努力し、事実細君の話で、警察でも捜索の体勢を整えてくれているということであった。が、そうははかがゆかなかった。じんぜんそれから数年を閲《けみ》して今日に至っていた。

さていよいよ私は、はじめに申した桑木の奇怪な手紙を御紹介しなければならない。つまりそれが、桑木の不思議な失踪の一切のいきさつを説明しているのだが、何しろ長い手紙であるし、要点だけをのべなければならない。

それに手紙の前半分位は、すでに私がのべた所で、大体読者は御承知いただいたものと考えていいと考える。途中からのべることにする。

「……僕は思い出す。昔君と草津へ旅行した時のことを。あの時レプラという言葉を覚え、僕は気味がわるくて、到頭草津へ泊ることを君にあきらめさせてしまった。

その僕がレプラになろうとは思わなかった。

君にはじめてアンマをたのんだ時だか話したビルマの山中の病院が、どうもライ病院じゃなかったかと思う。その時感染したのじゃないかと思っている。とにかく僕のからだに違和を感じ始めてから相当長いのだ。

竹馬の友の一人が失明し、一人がレプラになる。これは悲惨だ。世の中にはそういう悲惨もある。

僕はレプラになり、僕自身はもう一種のあきらめがまもなくついたものの、あきらめられないのは、あとの娘が可哀そうだということであった。そうではないか、彼女ももうまもなく年頃だ。ライは遺伝ではないときいているが、彼女のからだにいつか異状がでようとは思えないが、父親がライでは、殊に僕みたいな有名では、誰も嫁にもらい手があるまい。それが忍びない。

どうしたらよいか。自殺は駄目だ。死体が発見される。ライも同時に発見される。

幸いここに、世に珍しい一つの処置がとれた。戦争がその方法を僕に与えた。世人は戦争を呪うが、その点では僕には戦争様々といえる。

丁度戦争中、もうかなり東京で空襲がひどくなって、毎日爆弾で倒れるもののあった東京の町で、ある時僕は一人の瀕死人に出くわしたことがあった。

彼から僕は羅災証明書を渡され、山梨県の××郡△△町という所にいるおじいさんの所へ、これから行こうとしている所だときいたが、その当人はその場で死んでしまった。

罹災証明書がフイになってしまった。僕は偶然それを保存していた。証明書をもっていい加減の役場へ行き、僕が戸籍面における別の僕になることは、戦後の混乱期、そう困難なことでもなかった。

その第二の僕として、僕は到頭ライ病院に入ることにした。その方が最も自然で、無理がないと思った。

僕はその後健康すぐれず、存外死が間近いのじゃないかとかくごしている。僕は以上のいきさつを君にしらせるのは、せめて君へだけは真相を伝えておきたかったからだ。

それに、その後きく所によると今は娘も結婚して、幸福に暮しているらしいから。

では長々とかいた。これでおしまいにしたい」

私はしばらく呆然と妻と見合っていた。

「まさかこの真相はここだけのことにしたいね。娘さんの耳には入らない方がいいだろう」

「勿論ですよ」と妻がいった。

「だけど……そうすると私が正しかったことになりますね。私が先生のお顔のことといった時、あなたは馬鹿なことってお笑いになったけれど」

「うん、そうなるね」

「さっきあなた、も一つおれに手がかりがあったって仰有《おっしゃ》いましたね。何のこと?」

「うん、そういった」

「分りました。きっとあなた桑木さんのおからだに何か異常をお感じになったんじゃない」

「よく分るな、さすが盲人アンマの妻だ。桑木のもみ療治をやってると、どうも妙な圧痛点があるんだ。一カ所でなく方々に。よく分らなかった。やっぱりそれがこれだったんだな」

と私はいい、暗然と涙をのんだ。

耳

一

盲人の花輪正一は、その日銭湯で、思いがけず、旧友の須藤六郎に出くわした。

いつも彼は一人で銭湯へゆくのが例である。十九の時写真をいじっていて、現像液が目にとびこみ、眼底出血から失明した彼は、光の感覚もない完盲《かんもう》なのだが、カンがいいので杖一本を便りに、京大阪まで一人で旅行した事もある。まして銭湯は、家から一丁かそこいらの距離であった。

もっともさすがに脱衣したり、洗い場で、石鹸箱をおいておく場所をきめたりなんかは、慎重に構えてする。一旦おき場所が分らなくなると、さがす苦労が大変である。盲人ではお湯は楽しみだ。彼は盲学校につとめ、漢法医学なんかを講じ、その日も学校から帰った許りであった。

手探りで髯《ひげ》を当っていた耳の傍で突然、

「花輪君じゃないか」という声がした。余りきかない声だが、盲人の耳は憶えがよい。間もなく、これまできいた何万の声の中から、少年時代によくきいた声の一つを思い出した。

「あ、須藤さん」

相手はおどろいたように、

「そう、いかにも須藤だが、よく分るね。声だけで。みれば目がみえないらしいが」

「うん、盲人の耳は聡《さと》いからね」

「随分しばらくぶりだね。何年ぶりだろう」

「そう。十年位になるかな。お互い中学生だったから」

須藤六郎がS大学へ、花輪正一がK大学へ入学して後、正一はまもなく失明して、大学を退《ひ》き、盲学校に入ってアンマを勉強したのだった。

「今何をしてるの」と正一がきいた。

「つとめ人さ。製薬会社——薬屋さんだよ。そういえば」と辺りをみて、

「一人きりのようだね」

「ええ、家が近いから」

「どこ？」

「鹿山町《かやまちょう》六番地。君は？」

「二週間ほど前森島町三十八番地へこしてきたんだ。ここへはちょくちょく来るの」

「うん。戦争後ずっといるんだから。森島町というと、ああそうか、あの袋小路の中のへんじゃないか。森島神社の前から入った所に袋小路がある。あの中じゃないの」

「よく知ってるね、見えないのに」

「開業してたんでね、よく歩き廻ったから、大体この辺の地理なら見当がついてるよ」

「開業ってアンマをかい」

「ええ……しかし奇遇だったねえ。懐しいね」

正一は失明以前の友人に出あう機会も少かったが、本当に奇遇だと思った。

二

中学時代特に仲がよいでもなかったが、こうして偶然にあってみると、殊にこちらはメクラになっていて、懐しさは人一倍だった。

その内遊びにき給え。家内にも引合わせる。昔の思出でも話そうと須藤六郎に云われたのだが、正一は家へ帰っても、その「その内」を今日の事にしたくて仕方がない。考えると今日は土曜日であった。細君にいうと細君は、

「まあ今日の事でなくたって」といったが、到頭正一は出かけてしまった。

森島町三十八番地というのは凡その見当がついていた。盲人のカンである。何でも袋小路を入って右へ行った所の二階家へ、揉療治を頼まれて行った事があるが、大方その辺だ。

細君が、せめてお夕飯をすませてからとすすめるのもふり切って、出かけて行った。

森島神社というのは、つい先日お祭があった許りの神

社で、正一は日曜なんか、そこいらを歩いてみるのを楽しみにしていた。

その森島神社の、通りを距《へだ》てた向うに、一間巾位の路地があって、十間許り入ると行止りになっている。行止りになった所で、やはり同じ位の巾の道がT字型に右左へ通じ、右の方は別の大通りへ通じているが、左の方はまもなく行止りになっているはず。三十八番地は多分そのT字型に行止りになってる辺のはずだ。

路地は石畳みになっていて、歩くとコツコツと音がする。まして杖をつくと、せかせかと騒がしく反響するのだが、正一が見当つけていた辺へくると、果して頭の上から、

「花輪君来たのかい」と須藤の声がした。

「よく来たね。さあ上ってくれ。今あける」

二階家らしかった。

やがて須藤六郎は玄関をあけて、

「さあ入ってくれ。よく来たね。今僕一人なんだ。家内の奴が入代《いれかわ》りにお湯に行ったので」

でさすがにもうそうなると、盲人では右も左も見当つかず、須藤に手を引かれて行った。

盲人では、むしろ家の外は、カンを仂《はたら》かせて、しらない所でも一人で歩けるが、家の中は、しらない家では、便所へ一つ行くにも難渋するのだ。戸外では風当りというものがあり、色んな物音があって方角の見当がつくのに、家の中ではそれがなくなってしまうからであった。

「先刻《さっき》は失敬したね」と須藤六郎は云って「よっぽどあのままつれてこようかと思ったんだが、奥さんが心配されるかと思って……奥さんも目がわるいんじゃないだろうね」

「いや、家内は正眼者——メアキだ。メアキがよく僕みたいなメクラの世話にきて、子供までうんだものだが、いや僕のも失明は怪我からで、子供も目は何ともないよ」

というような事を話している所へ、須藤六郎の奥さんが子供をつれて帰ってきた。

「先刻もそう申していたんでございますよ。どうして一緒におつれにならなかったんだって。……まあお一人でねえ。盲人の方はカンがいいとはきいていましたが、よくまあねえ」

と奥さんがいうと、須藤六郎も、

「全くだ。実は先刻《さっき》は驚いたんだ。声を一と声かけただけですぐ僕だと分ったんだから。一体人をみ分けるの、

盲人ではどうするの。声だけが便りなの?」

「必ずそうでもない。足音というやつがある」

「足音?　なるほどねえ」

「馴れというやつは恐しいね。学校の廊下で、生徒とすれちがうね。生徒にも足音で、すぐ誰先生と分るらしい。微妙なもんだね。シャーロック・ホームズじゃないが、誰先生のスリッパはどっちがちびてる、どこに釘が出てるって聞きわけるって所かな。ハハ……」

と花輪正一はいった。

三

土曜の事でもあり、久しぶりであった二人の話はつきず、花輪正一は到頭その晩須藤六郎の家に泊る事になった。家の方へ、奥さんが一と走り、断わりに行ってくれた。

夜も遅くなって、何かの事から当時世を騒がしていた一人の強盗の話がでた。新聞やラジオによると、神出鬼没、大胆極まる荒し方をやっている怪盗。今日大田区に現われたかと思うと、翌日は足立区に出る。決して手掛りは残さない代りに、有瀬留範《あるせるはん》(アルセーヌ・ルパン?)という名刺を残してくるので、人よんで名刺強盗と云っている。

正一もその怪盗の事はしっていた。ラジオは、盲人にとって唯一の楽しみで、殆どあらゆる番組をきくから、再々ニュースにでるその名が、記憶に残らないはずはなく、その外《ほか》に正一は、毎日奥さんに新聞の要所々々はよんでもらってもいる。所でその名が出て、ふと須藤が妙なことをいい出した。

「実はその強盗についてだが」と彼が云った。

「あるいはそれと、その強盗と同一人物じゃないかと思われる怪しい人物を、この近所で再々みかけたものがあるんだがね。いや、同一人物じゃないかというのは、強盗が現われたという日と、その怪人物をみかけた日とが一致するというだけの貧弱な根拠ではあるんだが」

「ふうん」と正一が驚いていうと、

「うん、しかもそのみかけたというのが、僕の知り合の巡査なんだがね」

「へへえ。そりゃまた面白そうな。どこでね」

「それがね、あすこの森島神社——あの辺でなんだ。深夜のパトロールをやっていると、一人の男が足早に歩いている、誰何《すいか》しようとすると、ふっと姿がみえなくなってしまった――そういう事がこれまで数回あった」

「へえ。そうかねえ」

「冗談にも名刺強盗が、僕の家のすぐお膝元でつかまったなんて結果になったら、ちょっとしたスリルだが……この頃そういうスリルがないからね。しかし、まさかねえ」

と須藤六郎はそれまでの話でおしまいにし、別の話題に移って行ったが、存外これが、そういう冗談からこのお話が枝葉がついて行った。

四

翌朝、朝食の卓についた時突然正一が、

「たしか君、この」と表の石畳の通りの、右手の方をさして「この路地の、そちらへ行った方は行止りになっていたはずだね」

「そうだよ。よく知ってるね」

「行ってみた事があるからね。ただその様子が僕には分らんが、ええと、路地の右左は一間以上もありそうな土塀……そうだったね。突当りには何があるんだ」

「倉庫があるよ」

「何の倉庫だ」

「そうさな。何の倉庫か、今は何にも使ってないんじゃないかな。戦災からこっち、よくあるじゃないか。まわりは焼野原なのに、倉庫だけ石造りやコンクリート造りのため、残骸が残ったというようなのが。あすこにあるのもそういうやつの一つで、修理すれば使えるに決ってるが、金でもないのか、ほったらかしなんだ」

「ふん。でその倉庫の向うは?」

「倉庫が高くてよくみえんが、何百坪かの空地《あきち》になってるんじゃないかな」

「倉庫の入口はあるの、入口の戸は?」

「あるようだが、不完全で、実際の役に立ってるかどうか、もっとも中に何もないらしいから、戸なんかどうでもいいんだろうが、だけどまた何だってそんな事きくの?」

「いや、何という事ないんだけど」

と正一は口の中でいい、何となく秘密ありげな口ぶりである。

須藤六郎も何となく、その秘密ありげな所に気をひかれなかったわけではないが、一体中学時代から多少妙な空想好きな所のある正一であったのを思出すと、それ以上の追究はやめてその日は正一につきあう事にした。さすがに話の種もつきそうになった所で、ふと思出したのは共立会館に音楽会があることであった。映画では盲人の正一に、面白くないに決っていよう。音楽会ならと誘ってみると、有難い、つれてってくれという。夕方まで音楽をきき、家まで送りとどけ、

「じゃあ近いし、またちょくちょくくるといい」

といって別れたのだったが、それがついその次の日曜の朝、以下述べるようにして、また正一にあうことになってしまった。

五

その朝須藤六郎の家の門口に立った花輪正一が、白い盲人杖をもついている姿勢のままで、

「須藤君、出かけよう」といきなり云った。

「出かけるってどこへ？　まあ上ったらいい」

「急ぐんだ。そうしちゃいられない」

「だってどこへ？」

「たしか君の知り合いに巡査があるといっていたね。その人の所へ一緒につれてってもらいたいんだ」

「何だって？」と須藤がびっくりして、

「巡査の所だって。それはまたどうして？」

「わけは後で話す。とにかく一緒に行ってくれ給え」

「なるほど」と六郎は笑って、

「中学時代探偵小説の愛読者だった君だったな。今詮索するのも愚《おろか》かもしれん。しかし渡辺君――その巡査、渡辺君ってんだがね、どこにいるかなあ。非番でもあると家にいるだろうが、家を知らないし、公務出張だってあるだろう。滅多にあう訳じゃないんでね。まあいい、あえるかあえないか分らんが、じゃ出かけよう」

こういう事で須藤六郎は盲人に引っぱり出されてしまった。

須藤六郎は渡辺巡査の所属する警察署へ足を向ける途中も正一に何か話しかけても、正一は生返事ばかりしている。気味わるい位だが、おかげで好奇心も盛に起きてくる。署へ行ってきけば、渡辺巡査のいる所が分ると思って、署の入口を入ると、

「須藤さん。何の用件でここへ？」と声をかけた人を、

正一は、渡辺巡査だと紹介される幸運をもった。運よく渡辺巡査が、署へきている所へ、正一達が行きあわした訳らしかった。

一と間へ招ぜられて、正一がいきなり、

「早速ですが、ひょっと例の今世間を騒がしている名刺強盗ですね、あるいはその強盗じゃないかと思われる人物の件について……」

「何ですって！」と渡辺巡査は、そんなことを云い出した相手が、しかも盲人《めくら》なのに面喰《めんくら》って、

「みればあなたは目が御不自由のようですが、あなたが名刺強盗を探偵したとでも仰有《おっしゃ》るんじゃないでしょうね」

「所がそうなんです」とこちらは落着き払って、

「もっとも確にそうと云いきれるまでの材料はまだもちません。何よりも私、只今もいわれましたように盲人《めくら》で、よしんば何かこれはという当りがついたにした所で、それ以上どうという手の施しようはないわけで、だからこそ本職のあなたに、犯人探査のヒントともなればと思って、お話しにきた訳でした」

「なるほど。まあ承りましょう」と渡辺巡査は笑いながらいうと、さて花輪正一が話し出した。

「実は一週間前、偶然の事で須藤君の家へ泊ったその晩なんです。久振りにあった友達の懐しさと、場所が変ったせいでねつかれず、やっとうとうとして、あれは何時頃だか、これも盲人《めくら》の事で、時間なんかも分らんのですが、ふと目がさめてみると、須藤君の家の前の石畳みの路地を、コツコツ歩いてゆく人の足音がするんですね。最初は何の事とも思わずにいたんですが、やがて妙に思ったのは、その足音が、家の前を右の方へ行きましたが、その道が確に行止りになっているはずなのに、行ったままでこちらへ帰ってくる様子がないんですね。いや、道が行止りで、向うに人の住んでいる家のないことは、翌朝須藤君に改めて確めて、間違のない事が分ったんですが、何かどういうものか、この何でもない事実が気になってなりません。というのは前の晩須藤君との間に、名刺強盗の話がでまして、その中で、須藤君の知りあいのあなた——渡辺さんがです、何でもどこかこの辺で、数回怪しい人物を深夜にみかけた。誰何《すいか》したが姿を見失ったというんでしたがね、その話が、奇妙に今の足音のことと結びついて、考えられてならないんですね。僕はこれで須藤君からこないだも笑われたんですが、中学時代ルパンやシャーロック・ホームズの愛読者でした。それ

で到頭ちょっとした探偵をする事を思付きました。いや、それに偶然かもしれないが、僕が怪しい足音をきいた先週土曜の晩も、名刺強盗が現れたという事を後で知りましたのでね」

「なるほど、先週土曜も確に名刺強盗がでましたが……あれは新宿区だったかな」と巡査が云い、

「君が探偵をかい？」と須藤六郎が呆れたように正一の顔をみつめた。

こちらは見つめられても笑われても、盲人《めくら》のことで気もつかず、気にもかけず、

「それで丁度それから五日してから――つまり、一昨夜でした」と話をつづけた。

「ちょっと家内が子供をつれて実家へ帰った晩でしたが、たまたま学校の方も、翌日は開校記念日で休みだという晩、到頭一人で出かけてしまいました。というのは、盲人《めくら》が一人で出かけて、場合によっては夜通し帰れないつもりでなければならないんで、家内や子供のいないことは見つけものでしたからね。家でラジオが十一時をしらせた時分、戸じまりをして出かけ、須藤君の家の前をつき当った所にある倉庫――戸にさわってみると造作《ぞうさ》なくあきます。構わず中へ入ってしまいました」

「なるほど」と渡辺巡査がいう。

「中へ入りまして――一体中へ入るからが、本来だったら躊躇《ちゅうちょ》されるところでしょうね、中に誰か倉庫の人間がいないとも限りませんから……そこはしかし、こちらが盲人《めくら》でしょう、見えないので分らなかったとか何とかいえばいいつもりで入って行きますと、中には誰もいません。中の様子ですが、手さぐりで知ったのは、隅の方に柱だか何だか、太いものが何本か立っている。その外はガランとして、殆ど何もないんです」

「うん」と須藤六郎。

「僕の予定は倉庫の中に潜んで、誰か入ってくるものがないか、しばらくみるつもりだったので、まずその柱が格好なかくれ場所と見定めをつけてから、しばらく内部をしらべてみました。盲人《めくら》の耳で、一カ所板敷になっていて、床の音がちがうことに気のついた以外、大したこともないので、柱の所に戻ってしばらくまってみます。いつというあてのない気の長い話ですが、そこは盲人《めくら》です、盲人《めくら》は気が長いですからね。そうやって、あれは何十分位たってからでしょうか、それとも一時間位もたったかと思われる頃、果せる哉《かな》、僕の見込は違いませんでした、怪事が起りました」

「ほほう」と二人が膝をのり出すと、

「突然倉庫の一隅が、何かぎいっと蝶番《ちょうつがい》の音と一緒に、下から板をもち上げる気配です。先刻《さっき》板敷だと気のついた所ですね。あるいはそんなこともと思わないでもなかったんですが、まさか抜け裏になっていようとは思わなかった――抜け裏があって、そこが入口になっていたんですね。そこから一人の人間が出てきて、そのまま倉庫をでてゆきます。しかも足音が聞き憶えがある、五日前須藤君の家できいた、あの石畳みを歩いて、行止りで消えてしまった足音と同じです。

でその男が出て行ってしまったところで、よっぽどすぐその抜け裏へ侵入しようかとも思いましたが、まさかそれも、いつれいの奴が帰ってこないものでもないので躊躇していると、やや一時間位もして帰ってきました。またそこの板敷の所から蝶番の音をぎいとさせて入る。なるほどこれでは先日足音が倉庫の方へ行ったきりで、戻ってこなかった道理です」

「ふんふん」

「いよいよ足音が聞えなくなって、何時頃ですか、外に何の物音もしません。到頭思いきって、先刻《さっき》男のでてきた所から板をもち上げて、抜け裏へ入ってゆきました。板は造作なくもち上りました。階段になっていて、おりきってからしばらくまっすぐの道、それから直角に右へ曲って、またまっすぐの道と、間一カ所だけ曲り角があるんです。思いついたのは、多分防空壕《ぼうくうごう》のあとなんじゃないでしょうか、相当長い防空壕でした。まあ戦災で大分こわされはしたでしょうが、ああいう防空壕のあとが、今でもそちこちにありはしないでしょうか、しかし……」

とここで言葉をきると、正一は、しばらくつづきの言葉を考える様子であったが、これが聞き手の二人に妙に気をもたせる効果があった。それも、ややあって正一のいった言葉が、

「時に渡辺さん、安藤町に大きな食堂があるはずですね。あれは何といったかな」

「タカネ食堂のことですか」

「そうそう、タカネ食堂――たしかそう云いました。結論を申しあげます。そのタカネ食堂に、多分コックじゃないかと思うんですが、ビッコの男がいるはずです。その男が名刺強盗です」

「えッ」渡辺巡査が叫び、

「本当かい」と須藤六郎がいった。

「本当です。先刻《さっき》いいましたね、その防空壕。間に一ぺん曲り角がある。地上で辿ってみると、丁度安藤町に当ります。いや、何、盲人《めくら》のことで、そういう抜け裏で、無論まっ暗でしたろうが、危げなく歩けましたが、方角はこれも盲人《めくら》のカンで、はっきり分りました上に、もう一つ、防空壕の終点の辺りが、すごく天ぷらだの魚だのの匂がしました。つまり食堂になっている証拠です。長く料理をした場所は匂がしみついてしまいますからね。盲人《めくら》の耳がカンがよければ、鼻もまたカンは鋭くなっていいます。長年の修練で、道を安全に歩こうと思えば、嗅覚も鋭くなっていなければなりません」

「なるほど。だがビッコだというのは？」

「ですからそれこそ、盲人《めくら》の耳を信頼して頂きたいんです。先夜きいた足音と、その晩抜け裏を出入りするのをきいた足音が、もっともまあ大した程度でもありませんが、ビッコの証拠に、左右ちがった重味のかかる足音でした」

「しかし」と渡辺巡査が、

「名刺強盗がビッコだという証言がないが」

「いや、目立つほどでなければ、被害者の見おとしということもあるんじゃないでしょうか」

「でも……」

「ああ、分りました。たった一時間かそこいらでは、強盗が仕事をしてくる時間として、短かすぎるという御疑念ですか。ええ、知っていますとも、その晩強盗の被害がなかったことは。何かの都合で中止したんですね」

「ふん。なるほど。でそのあとどうしました。そこまでつきとめてから」

「まさかどうもそれ以上最後までつきとめることも、盲人のことで、できもしませんし、する権限もないと思ったので、引返《ひっかえ》しました。最後の所にまた階段があって、上りきると、れいの倉庫のと同じ揚げ戸があることだけ分りました。ええ、その抜け裏の終点の辺ですね、手探りで行った私の手に、缶や木箱なんか色々触りました。料理材料の置き場に使ってるらしいんですね、多分この上が調理場になっている。コックのねる場所があるという見通しで、先刻《さっき》コックだろうと申しあげたんですがね、まさか食堂の主人が強盗とも思えませんから」

「ふふん」と渡辺巡査が考えこんでいる様子で、黙ってしまった。

六

部屋の外に、がたがた靴音がしたかと思うと、一人の巡査がその部屋へ入ってきた。

「渡辺君」と声をかけて、

「お手柄だった。昨夜君がつかまえたのは、正真正銘の名刺強盗だと今分ったよ」

「え、名刺強盗がつかまったんですか」と須藤六郎が思わず大声に叫び、

「え、強盗が！」

と正一が同時に叫んだ。

「ええ、渡辺巡査が昨夜つかまえました」

「どこで？」

「森島神社の境内で。二時頃パトロール中に。到頭宿願を果したってわけです。これまで再々とり逃したんですからね」

そういって、あとの調べの必要でもあってか、急いで出て行ってしまった。

「どこの人間です。タカネ食堂の人間ですか」

と六郎がいった。

「せっかく」

と正一の方をみて、

「探偵して下すったんですが、残念ながらあなたのお見込とはちがいました」

「そうですか。それはどうも、余計なお節介をしたみたいで……」

と正一が恐縮しながらいうと、

「いや」

と渡辺巡査は制して、

「しかし無駄ということはありません。よく探偵してしらして下さった」

「しかし名刺強盗じゃなかったんだから」

「ええ、しかし犯罪は、何も強盗だけに限りませんからね」

「というと何か」

と正一が、何かありそうな渡辺巡査の言葉に不審をうつと、

「そうです。まあしかしそれは今は申上げずにおきましょう。ついてはおねがいですが、あなたも須藤さんも、当分唯今のお話は秘密にしておいて下さらんでしょうか。

是非おねがいします」

「なるほどよく分りました」

とやっと分って正一がいった。

「絶体に口外しませんから、御安心下さい。つまり何かの犯罪の匂を、かぎつけられたんでしょうか」

「御想像に任せましょう」

「なるほど承知しました」

というと花輪正一は、須藤六郎につれられて家へかえって行った。

七

「そうさなあ」とかえりの道々、花輪正一が、

「全く僕がえた材料だけで、れいの怪しい奴を名刺強盗じゃないかと思ったのは、早計のようだったね。材料としては渡辺巡査が、怪しい男を見失ったというのが、この辺だという聞きこみだけだし、それに考えると、ビッコということだって、盲人《めくら》の耳はそれを感ぐっても、程度という事になると、はっきりしない。存外耳が感ぐる位だから見て目立つ位かもしれないのに、先刻《さっき》も渡辺巡査の云った、名刺強盗がビッコだという証言はないというんだから」

「しかし捨てたもんでもないさ、君の探偵ぶりは。だって君がその抜け裏へふみこんだのだって、盲人ならこそ大胆にふみこめたが、目明《めあ》きじゃそうはゆくまい。盲人ならこそ君がいったように、たとえみつかっても、みえなかったからという言訳も立つわけだ」

「盲人《めくら》蛇におじずって所か。何だかからかわれているみたいだな。ハハ。しかし渡辺巡査の見込って何だろう。何か君に心当りあるかい」

「残念ながらないが、とにかく君があとをつけた人物が、何か犯罪の匂をぷんぷんさせる事だけは間違ないね。怪しいことだらけじゃないか、深夜に抜け裏を出たり入ったり……ま、見ていようよ」

「やっぱり目がみえたらと思うよ」

としばらくして、残念そうに正一がいった。

「もし見えたら、さしずめタカネ食堂へ行って、たしかにビッコの男がいるかいないかだって分るんだから」

「僕が君の目になろうじゃないか。食堂へ行ってみようよ」

と須藤六郎が云った。

「行ってどうするの。まさかコックだとしても、調理場へふみこんでどうするってわけにも行くまい」

「しかし何か分るよ。タカネ食堂って入ったことがないが、第一僕はまだこの辺の新人だからね。大きい食堂だろうか」

「さあそれは分らない」

「行ったことあるの」

「いつか郷里から兄がきた時、どこか近くに飯をくう所がないかってことで、つれて行ったことがあるが、大きさまではね、盲人《めくら》の悲しさだ」

「ふん。存外大きくなかったら、調理場が覗けないこともないだろう、簡単な暖簾《のれん》か何か下ってるだけなら」

「そうさね、行ってみようか」

「行こう。だけど」と時計をみて、

「まだ少し早くないかな」

「何時だい」

「十一時前だ。食堂のひらくの、この辺みたいな盛り場でない所は存外おそいからね」

「人の立てこまない方がよかないかな」

「どちらだか。ま、いずれにしても開いてないんじゃ話にならないから」

「今から行けば食堂について十一時か。少し早いな。僕の家ででも少し暇をつぶそう」

「そうしよう」

で、二人は花輪正一の家の方へとってかえした。

八

なるだけ調理場へ近そうな所をと、花輪正一は須藤六郎に注文して、二人は奥のテーブルに陣どった。途端、

「居たよ、ビッコが！」と須藤がキッとなった調子で云った。

「居たか」

「コックじゃないようだ。主人じゃないかな」

「主人？」思わず声を潜めた。

「さてどうしよう」

「渡辺さんに教えるか」

「さあね」あとはもう言葉もなく、まもなくあつらえのカツレツがくると、二人は匆々《そうそう》に食事をすませて、食堂を出た。

元の署へ帰ってみたが、渡辺巡査は留守であった。昨

夜のパトロールで、今日は非番で、うちへ帰ったのかもしれないと思われた。

残念ながらどうにも仕方がない。他の巡査へ話してもとも相談したが、せっかく渡辺さんに、口外しないと盟《ちか》ったことで、それも遠慮された。一応あきらめてかえってきた。

夜、もう何としようもなく家にいた須藤六郎をたずねて、渡辺巡査がきた。

「今朝きた、花輪さんといいましたね。あの盲人の家へ一緒に行きましょう」と巡査が云った。

「どうしました。花輪のいったことからのあなたのお見込み手応えがあったんですか」

「ありました。ありました。あった所ではありません。まあ花輪さんの所で話しましょう」

で、つれ立って正一の家へ行った所で巡査が、

「おかげ様でした。有りがとう」と盲人に云った。

「僕の探偵がお役に立ったとでも……」

「そうです。昨夜は名刺強盗、今日の午後は麻薬の密輸入団の団長をつかまえました」

「団長?」

「ええ」と渡辺巡査が説明を始めた。

「かねて麻薬の密輸入団がある事が分っていて厳探中だったんですが、タカネ食堂の主人がその団長であることが分りました。今日午後連行して、証拠もすっかり上りました」

「ほほう」

「あなたが」と正一に向って、

「通られた抜け裏ですね、終点に近い辺に、缶だの空き箱が沢山あったというのがみんなその麻薬が入っていたんです。立派に現品として押収しました。深夜に手下が、森島神社の鳥居の所まで運んでくるのを受とって、目立つものだから、抜け裏を利用して運びこむ、抜け裏を秘密倉庫に使って、大掛りに売買をやっていたらしいんです。今後のしらべで、色々分るでしょう。何しろまあお手柄でした。ビッコの男——食堂の主人でしたがね、さすがに盲人のカンですね。有りがとう」

「いや、お役に立つことができて何よりでした」と正一がいった。

×　×　×

「一つの方の犯罪ばかり考えていて、怪人物をその方へばかり結びつけて考えたのが、偶然とはいいながら、

別の犯罪の探偵に成功したんだな。なるほど盲人らしいや。これこそ本当の盲点というやつだ」

渡辺巡査がかえってから、花輪正一が自嘲的に笑った。

指

私は署名なしの、一通の手紙を受けとった。それは、次のようなものであった。

私は盲人であるので、普通の字――点字に対して墨でかかれ、印刷されるので、スミ字とよんでいる――の手紙は、誰かによんでもらうしかない。目明《めあ》きの妻によんでもらった。

普通読者は、自分へきた手紙を、人によんでもらうなんて事はないであろうが、自分でよむのと違って、よみ手と聞き手との間に、ちょくちょく内容についての話し合が間に挟まり勝である。殊に日本語は、同音異語《どうおんいご》が多いので、なまじ私のような、十八まで見えたものは、漢字を知っているだけ、それはスミ字でどう書くんだなどと聞く事が多いのだが、煩わしいのでそれは省略したい。

「拝啓
その後眼の方はいかがですか。突然お手紙さし上げ、さぞかし驚かれるかと思います。御縁というものも、あるものですね。御縁ということ――つまり偶然にも、かく申す私が、眼の手術をうけるために入院していられた貴方《あなた》と、数日間を御一緒に暮したことを思うと、まず第一に、眼のお見舞を申上げる義理を感じます。何でも貴方のは、眼底出血とうかがっていました。それなら手術の余地は、残念ながらないときいています。それとも網膜剝離が再発なさったんでしたか、いずれにしてもお大事になさい」

冒頭からして何だかひどく混乱した調子がある。ここなんか失明原因の幾つかの名前をきき嚙っているだけで、本当にどういうものだかしらないのらしく、それより何より、書き手の混乱した心理がもうすぐに感じられた。

「それはそうと、まず私が何ものであるかを申し上げましょう。あなたは入院中、三年前墨田区のどこかの二階借りの時なさったという経験を、病室で話されたことを御記憶でしょう。私はただその際、あなたのそのお話を、わきできいていた第三の者であるとだけ申し上げましょう。眼のみえぬ貴方はその時同じ病室にいたものの顔を、御存じのわけがない。ただ同じ病室に、あなたの外《ほか》に三人いたことを御存じかもしれません。その三人の内の、私は一人なのでございます。あなたは外の二人、斎藤さんと江口さんとへは、よくお話になっていられましたが、外の一人、上田というもののことは――私一度もあなたとお話ししたことも、外の方ともお話ししたこともないので、私の声だって御存じではないはずです。かつ上田というのも、実は私の偽名に外なりません」

先の混乱した調子の外に、何か既に穏かならぬものを感じさせる。手紙にある通り、私はその少し前、眼の手術のため入院したのであった。その入院中、ある日退屈まぎれに、一つの事件の話をした、それをいったものであると想像できた。

「私、私が、後暗いものであることをかくそうとは思いません。私はある犯罪から（それがどういうものであるかを申上げる必要を認めません）追われる身でございます。かつ入院して、一時は多少よくなっていましたものの（何病気であるかも無関係としておいて下さい）その後退院してから病状捗々《はかばか》しからず、あまりもう長くは思えません。よってここにこれから申上げることは、死刑囚の最後の告白として（云い方が大業すぎましょうか）おきき下さっていいと思います。いや、これでは全く少し言葉が大層すぎるかもしれませんが、とりわけ貴方へ申上するのは、ほんの小《ち》っぽけな、犯罪といえば犯罪――いや、やっぱりこれは厳密な意味では犯罪でないのを、あなたがあの時あのように斎藤さんへ話されていたのから思いまして、何だか自分が犯罪人のような気がいたすというのも、へんなものでございます。

では用件を申上げましょう」

妻が丁度ここまでよんだ時、格子《こうし》のあく音がして妻は立って行った。手紙の調子の益々《ますます》奇怪になってゆくのに、段々気をもたされて行った私だが、どうにも仕方のないことである。

それも妻の客との話し合が、きいていると、新患が私をよびにきたので、そうなるとまさか客をまたせて、妻に、手紙をよんでもらうわけにもゆかない。妻が戻ってきて、一緒にきてくれといっているという。これは盲人であるから、新患では手引をしてもらうしかないのだ。仕方なしに立ち、揉療治に出かけたのだが、療治をおえて、またその新患の家の人に送られて帰ってくるまで、手紙のつづきが、気になって仕方なかったのは是非もなかった。

しかもその手紙のつづきというのが……しかし私はここで手紙の中に出てきたその墨田区の二階家の事件を説明した方が便宜かと考える。

一体私共のような盲人は、いうまでもなく、日常生活の大部分を、指先の感覚――触覚に頼って生きているということができる。それは勿論、俗にいうカンというようなものもあるがはっきりいうと、こいつ、目明きが考えているほどのことはない上に、一方私共盲人按摩が、知らず知らず指先の訓練をしていることは馬鹿にならない。それで例えば按摩やマッサージの患者の人で、二度目にはもう名乗りをあげてくれない事がある。こちらを見えるつもりか何かで、この前きた者だがなどと云われるが、まさかどなたでしょうと一々ききかえすのも失礼かと思い、その人の身体に触ると、豪儀なもので、指先がその人の名を思出してくれる。この前どこそこをいじった患者と分り、前と同じ治療がつづけられる――そんな事がどうかするとあるのは豪儀なものではないか。

もっともその触覚が、一方では私共の身の安全を保証してくれると共に、存外却って、身に危険をもたらす事が多いのも事実で、というのは私共は、身近にあるものは何でも撫でまわす。ということは、つまり危険なものにも触るということでつい最近の事、私の出身母校の盲学校で、悪疫――赤痢のはやった時なんか、誠に厄介千《せん》万《ばん》な事なのであった。

第一に、これが一般普通の学校であれば、一人患者が出た、それッというので、すぐ休校にもできるが、盲学校は寄宿舎があるのでそう行かない上に、今いった、盲人が指先に頼って生きているという事が、甚だ難物なのであった。病菌はあたり近所、やたらにまき散らされていると考えてよいのに、こちらはそれを撫でまわす、そのせいか悪疫が、仲々手っ取早く終息をつげなかった。全くの所私共は、みえないのであるから、普通病菌の最も有力な伝播者《でんぱしゃ》と考えられている蠅でも、汚いことというようだが、しらずに食べてしまわないとも限らないのだから。

さて三年前、私は東京は墨田区の、隅田川に近い一軒の家に二階借りさせてもらっていた節、夏のある日盛りに一つの惨劇が起きたのであった。

私が二階を借りたのは、ある勤め人の人の家で、若い御主人夫婦と、一人の当才の赤ちゃんとの三人暮しの家庭であったが、上が六畳一と間、下が六畳と四畳半の二た間の家であった。御主人は長い間イナカへ疎開されていたのが、昭和二十四年の夏その家を買って、住みなれた東京へ帰ってみえられたのだが、さて帰ってみるとイナカにいる時より楽ではない。それに昭和二十四年といえば、れいのキティ台風のあった年である。あの台風の被害は相当日本全国に渡った中に、わけて隅田川の界隈は、上流の方に堤防の決潰《けっかい》があったかで何千何万という人が、家は深く水につかり、殆ど生きた空はなかったときいている。

幸い田島さんというその公務員の方の家は二階家なので、家族は二階に上って暮されたのだが、そのような事で、買った許りの家が水についたのでは、全然予想しない被害の打撃は、決して小さいとはいえないわけであった。畳が腐り、壁が、裾《すそ》の方が流されて、シンになっている竹が素通しという状態になったのだが、さてそう被害が大きいのでは、月給とりのお身分とて、修理もそう急にとはゆかない。長い間畳なしに、板敷に莚《むしろ》を敷いてねられたそうで、これはその後直されたけれど、壁に至っては、ごくひどい所は、ベニヤ板を買ってきてうちつけられたが、その内その内と心がけられながら、仲々、左官をよんでの全部の修理までには手が廻らず、私が二階を貸してもらった当座——被害からもう三年もたってからでさえ、そちこち壁は穴だらけの状態であった。但し六畳と四畳半との境目に、壁になっている所があって、そこや、その外の所は、裾の所を百貨店の包み紙等で貼って、ちょっとみたのでは中が破れているとは見分けがつかないようにしてあった。

でその惨劇というのはこんな事であった。

その日御主人は勤めにでてお留守、私はまた家内に手引されて患者の家へ出かけ、家には奥さんと赤ちゃんの二人きりであった。奥さんがちょっと家をあけられたその留守、赤ちゃんがむごたらしい殺され方をして、死んでしまったのであった。

ああ私、みえないのだから、直接それがどんなむごたらしい死に方であったかは分らないのだったが、但し私は、生れつきの盲《めくら》というのでなく、先にもいった、十八までみえたので、あら方は話から想像もつくのである。

治療をおえて患者の所から、また家内に手引されて田島さんの家へ帰ってきた私は、突然家の中からの、奥さんの、何ともいえない叫び声に驚かされて思わず門口《かどぐち》に立ち竦んだ。奥さんが外出から帰られた一瞬後に私共が帰ってきたわけらしいのであった。

「ああッ」ともきこえ「ぎょおっ」ともきこえるような、一種名状し難い声のあと、もうあとは却って何の物音もしなかった。

「どうしたんでしょう奥さん」と家内が云い、

「どうしたんだろう」と私も云った。

「とにかく入ってみましょう」

と玄関を入って、すぐある二階への階段の方へは向わず、まっ直ぐ階下の六畳の入り口の障子の方へ、足を向けて、家内が云った。

「御免下さい、奥さん。どうかなすったんですか」と家内が声をかけ、障子に手をかける気配であったが、忽ちこれも、

「ああッ」というような大声をあげた。

「どうしたんだ」

と私は云い、障子をさぐって、家内があけた所に立った。

「どうしたんだ。びっくりするじゃないか」

「あなた」と家内はもうおろおろ声で、

「赤ちゃんが殺されて……」

「えッ」と立ち竦んだ。

「顔中血だらけになって……」

「えッ」

「あなた、ちょっとここにいて上げて下さい。お医者をよんできて上げなければなりません。奥さん、気をしっかりもって下さい。すぐ何とかしなけりゃ……」

「いいえ、もうこの子は……」と奥さんの銷沈《しょうちん》した声であった。

「そんなことあるもんですか。しっかりして下さい。奥さんにも似合わない。あなた」と私の方へ向いて、

「お見えにならないでも、傍にいて上げたらお気強いでしょう。ちょっとお医者に行ってきますからここにいて上げて下さい」

「どうしたんだ、一体」というと、家内はもどかしそうに、

「見えないあなたに、こまごまと説明して上げる時間なんかありません。すぐ帰ってきます。きっと傍にいて上げて下さいね」

いうなり下駄をつっかけてとび出して行く。家内も、私と一緒になってから「みえない貴方に説明する暇なん

かない」なんて、盲人への心やりを欠いた言葉をいったのは始めてでよくよくあわてていたとしか思えなかった。

あとに私は奥さんと二人だけとり残される。気配では奥さんは、じっと赤ちゃんにとりついて、もう半狂乱の様子らしいのだ。

気を引立てるつもりで、

「どうしました」というと、

「おや、これは何かの爪痕じゃないかしら。喉笛を何かできり破られて……」

「えッ」と話が益々残虐になってくるので、

「でもそんな……」

「いいえ本当です。文《ふみ》ちゃん（赤ちゃんの名）勘弁してね。お母《かあ》ちゃんがわるかったのよ。でもたった三十分かそこらしか、留守にしたわけじゃなかったのに」

「三十分？　するとその間赤ちゃん一人だったんですか」

「ええ、ちょっと糸を買いに出たんです。部屋をしめきって行ったのに……よくねていましたのでね」

医者はまもなくきた。しかしもう手おくれであった。赤ちゃんは、もう奥さんが見つけられた時から、こと切れていたらしいのだった。

私の下手な描写で、これ以上赤ちゃんの死にざまのことをいうのもさし控えたい。再々くり返す通り、私にはみることができないのだ。しかし医者と私との対話の中から、少しだけとり出してみよう。

「奥さんの話では顔に引掻き傷があるとか」

「あなた」

と家内が私をとめ立てしようとした。奥さんが目の前にいられるので、そんな事をもち出してはわるいというのであったろうが、見えないというのは仕方のないものだ。先にもいった酷たらしさの程度も見当がつかず、奥さんがいられることも、気配で知ってはいても、実際にみえないのだから仕方のないものだ。

しかし医者の方は平気で、

「ええ、どうも何か非常に鋭利なもので、肉を刳《えぐ》りとられたような……」

「鋭利なもので？」

「爪痕かもしれません。それに咽喉《のど》をかみ切られています。人間の仕業じゃなさそうです」

「え、何ですって？」

「いや、ただ想像を申上げたんですが、いずれ検屍がありましょうから、その時分りましょう」

　控え目で、寡黙な医者は間もなく帰ってしまい、さあそれからは、家内は転手古舞《てんてこまい》である。何しろ私が盲人で、そういう時役に立たず、奥さんはすっかり、度を失っておいでだ。

　その内検屍の人などが来、一応一問一答が奥さん、私、家内との間にあった。こんな風であった。

「あなたがお出かけの時、襖も障子もすっかりしめて出かけたというんですね」

「そうなんでございます。すっかりしめて出かけました」

「ふん。実はこれは何か動物の……猫か何かの仕業と思えるんですがね、すると、可笑しいぞ。人間なら襖や障子は自由にあけしめ出来るが、動物だとすると……」

「まあ猫でございますって。そんなものの出入りできる場所がないんでございますがねえ」

「鼠だったら障子や襖の立て付のわるい所からだって侵入できるだろうが」と私が遠慮がちに口を挟んだ。

「ふん、すると……これはやっぱり人間というものを考えなければならんかなあ。人間が、何か動物をもちこんで、そいつが赤ちゃんを殺したというような。しかしそういう心当りおありですか」

「ございません」

「誰かお宅に復讐をはかっているものがあるとか、お宅で恨みをかうような心当りがどうでしょうね、ありましょうか」

「ございません」

　としばらく考えてから、奥さんが云った。事実はたで聞いている私共にも、田島さん一家の平生や、御夫婦の円満な性分から考えて、そういうものがあろうとも思えない。

　もうその頃には、急報で、勤め先から帰ってみえていた御主人の田島さんも、その点については、係りの人の問いに答えて、これも奥さんと同じように、恨みをうける覚えなんかないと、頭から否定される。もうそれ以上追究の余地はないのである。で、そうなると、もうあと事件は、甚だ簡単至極なものとなってしまう。何か動物の仕業とすれば、話はもうそれっきりになるしかない。犯罪は構成しない。いい加減にして係官もかえり、あとは精々《せいぜい》新聞に、簡単な記事がでた程度であった。

　で、しかし、その三日ほどしての晩の事であった。

　その三日ほどは、家内も葬式の手伝いなんかに忙殺され、私も役にこそ立たないでも、何となく気忙《きぜわ》しく過したのだが、漸く一段落つき、その晩おそく床に入った私は、妻が平気で鼾《いびき》を立てているのに私一人、へんにねつけないのであった。到頭妻をゆり起してしまった。

「何ですの」

と妻がねぼけ声で云った。

「いや、気の毒したかな。ねつけないんだ」

「どうしてですの？」

「つまりどうして犯人が現場へ侵入したか」

「何ですって？」

と妻はびっくりした声で云った。

「だってそうじゃないか。部屋はしめ切りになってたんだ。それなのに、犯人が侵入して、田島さんの赤ちゃんは殺された。やっぱり分らない」

「まあそんな事を考えていたんですか。そうね。そういえばそうね」

「ね、そうだろう。どこにも侵入の余地はなかったんだ。かりにも動物だぜ。検屍官は猫だといったようだが、猫なら尚更、鼠でもだ、いいかい、赤ちゃんを殺すだけのやつとすると、まさかそう小《ち》っぽけなやつじゃないだろう。襖や障子の立て付のわるい隙間位でも間に合うまい。つまりある広さの隙間がなけりゃならない。どこにあったろう」

「なるほど」

と妻が云ったのと、殆ど間髪を入れず、一つ頭に浮んだ事があって私が、

「それとも」といったのとが、殆ど同時といってよいほどであった。

「どうかしたんですか」

「一つ考えついた事があるんだが……もっともそれと分った所でどうにもなる事ではないんだけれど」

「犯人の侵入経路ですね。そうですか」

「そうだな。今すぐというのも、奥さんも悲んでらっしゃる所で、穏当を欠くかもしれないが、これは一つ探偵する価値があるぞ」

「どんなことですの？」

「それがだ……うん、やっぱり……」

「お心当りがあるんですね」

「ある。ある。外のあらゆる可能性がみんな駄目として、もし一つだけあれば、それはこの一つと決めるしかないわけだ」

「どういう事ですの？」

「なるほど分った。これは俺が盲《めくら》だから分るんだ。盲《めくら》だから目明きに分らない事が分るんだ」

「そういう事があるんでしょうか。だってどこにも隙間がないというのに」

「一つだけあるんだ。四畳半と六畳との境目に。赤ちゃんは六畳の方にねてたんだね。犯人は四畳半から侵入して、六畳に入った。四畳半は窓か何かあいていたろうからな」

「ええ、それは夏の事ですし、あいていたでしょうね。六畳の方は奥さんが、赤ちゃんの安全を考えておしめになったでしょうが」

「だろう。うん。やっぱりそうだ」

「つまりその部屋と部屋との間に、動物の入る隙間があったというんですか。へんですね。どこです」

「どこだと思う。キティ台風のためにやられた壁だ」

「壁？　だって奥さんがちゃんと包み紙で整理してきれいに……」

「目明きにはそう見えるんだ。盲《めくら》の俺は触る。触るから隙間のあるのが分る」

「だっていつお触りになったんです」

「いつか、頼まれて、下で留守番をしたことがある。あの晩だ」

「だって」

「いや、だってじゃないよ」と私はそこで、思い出し思い出しいったことであった。

「あの晩俺は、階下の六畳でねせてもらって、寝場所が変ったせいで仲々ねつけない。頭の方からスースー風がくるので、起き上って、部屋のまわりを触ってまわった。所が隣りとの境の壁の裾の方が、包み紙が貼ってはあるが、触ってみた感じが中が空洞なんだ」

「だってあすこは包み紙が破けていませんよ。猫が出入りできる位なら、紙が破けているはずでしょう！」

「猫じゃない。鼠じゃないかなあ。猫は到底あの位の隙間じゃ……」

「ええ、じゃあ鼠としてもです。どっちにしたって紙が……」

「それだよ。盲《めくら》と目明きの違いだ。目明きは触ってみない。紙が破けていないとみると、わざわざ触ってみる馬鹿はいない。しかし盲《めくら》は触ってみる。指先の感じも目明きより鋭い」

「なるほど。しかし、そうでしょうかねえ。紙破けませんかしら」

「破けてしまうとは限るまいね。上手に貼りついていれば、破れないですむ場合もあるんじゃないか。垂れ下ってるんで、中の破れはみえないでさ」

「じゃあそれを探偵しようと仰有《おっしゃ》るんですか」

「してみたいね。しかし今では困るかもしれない。悲しんでいる奥さんを刺激してもわるいし、まさか人の部屋へずかずか入る訳にも」

「およしになった方がいいと思いますね」

と妻は思慮深く、

「一応これは、これだけのことと、しとこうじゃありませんか。とにかくあなたはその四畳半と六畳の間の壁に、目明きの気付かない穴のある事を知っていらっしゃる。そこから犯人が入って行ったことになるので、一応あなたの探偵癖は満足されたわけですから。それに疑えば、もっと疑う余地はいくらもあります。だって赤ちゃんは、血まみれになっていたんですよ。かりに貴方の仰有る大鼠の仕業として、そういう狭い所から出入したとすると、鼠が血痕か何か残しそうなものではないでしょうか。包み紙か畳の上かに」

「そうだろうか。必ずそうとも限るまいと思うがどうだろう」

「血をなめちまったというんですか。まあいいでしょう。いいじゃありませんか。それだけのことにしておきましょうよ。この先何か機会でもあればとにかく……」

「うん、そうしよう」

と私は渋々同意したことだったが、内心では自分の考を確めてみたい気持が、その時はしきりに動くのを、止めえなかった。

以上は三年前のことで、さすがの私も日がたつにつれて、れいの探偵癖もそれほどでもなくなってしまう。また留守番でも頼まれれば思い出したろうが、そういう機会もなかったので、到頭妻の云った通りその場だけのことになってしまう所であったが、それがつい最近のこと、先にいった、私は、眼の手術をうけるために入院した。

ああ、残念ながら手術は、予想通り無効に終り、万一にも視力が多少は戻るかというあても裏切られて、失望したのだが、とにかく××病院に入院して手術をうけ、一応ある回復度に達して、病室で退屈していた時、ある日計らずも私は、ふとしたことから以上述べた三年前のことを思出して、病室で、隣のベッドにねていた人に、その話をしたのだが、するとそれが、私が病院を退院して、一と月ほどしてから、私は、冒頭に述べたれいの署名なしの手紙をうけとった。計らず私の一ぺんひっこんだ探偵癖がまた顔をもたげたという訳だった。

（つまらぬ事にいつまでこだわると思われるかもしれないが、それだけ我々盲人の世界は狭いので止《やむ》をえないのだ）

「おい、先刻《さっき》の手紙のつづきをよんでくれ」

私はその日新患の人の家から帰ると、もう敷居をまたぐや否や妻にいった。妻が驚いて、

「え、手紙？　手紙って何？」

「ほら、あの先刻《さっき》お前が始めだけよんだ……」

「ああ、あの手紙。それよりまあお茶でも上ってから」

と妻はいうのだったが、

「いや、お茶は後だ。何か気になる手紙だ」

「まあまたれいの探偵癖ね」

と妻は笑うと、さてよみ始めた。

「あなたはあの時のように、三年前の事件を話されました。申し上げますが、私がその赤ちゃん殺しの犯人なのでございます。と申してはやはり当りません。私が、と申したい気がしますが、やはり事実は、あの時の検屍官とかのお考が正しい。正確には、犯人は私ではございません。全くお見込のようですと、あの時田島さん――といいましたが、その赤ちゃんのいられた部屋というのは、人の入る余地はなかった由《よし》。で、正確に申して、赤ちゃんを殺した殺人犯は、私の飼い猫でございます。ただその猫が殺人を働く原因をつくったのが私だと申しますので。

（あなたは鼠とお考えのようですが、猫ですよ。一体人の考え方のくせで、猫というとそうそう小さい猫は考えられず、鼠というとそうそう大きい鼠は考えられないという所があると思うんですが、一体誰が、世界中で最小だと考えられる猫、世界中で最大だと断言できる鼠をみた方があるでしょう。ハハ。それにこれから申し上げる理由で、鼠と思われてはむしろ私は心外《しんがい》な位です）

一体私は子供の時から、ものを、わけて動物を虐待するはげしい嗜好がございました。勿論これは子供ならば、何も珍しい事ではございません。蜻蛉《とんぼ》を解剖する、蟬や蛙《かわず》のからだを切りこまざく、犬や猫を半殺しにする位のことは、どの子供もいたすことで、あなたも子供の頃は目がみえられたと致せば、多分御覚えがございましょう。問題はただそれが、大概は大人になれば止まるのを、

私の場合はそうでなく、年と共に増長して行ったわけですが、そしてそれが、到頭私をして一つの大それた犯罪を犯させることになったわけですが、先申した通り、今はそれを告白しようというのではございません。ただ私の動物嗜虐が、大人になっても止まなかったことだけを御記憶下さい。

わけて猫が、私のそうした嗜好を最も満足させてくれたとは、世の中には猫の好きな人も多いのからみますと、何という因果か。もっとも猫自身が残虐性を多分にもっている動物である事だけは、認める方も多いかと思われ、そういう人は同意してくれるかもしれません。

猫が鼠を捕える様子、爪を立て、口のまわりを血だらけにして、鼠の骨等をかみ切る様子、——猫は鼠をとると、文字通り手の舞い足のふむ所をしらずといったような、何ともいえない歓喜の様子をみせるのを、どなたも知っていられると思います。何ともいえないへんな、性慾的とでもいえばいいような快感のする見ものでした。

次々に猫を飼っては、いじめにいじめぬいた揚句の果てが思いきって残酷な殺し方で殺したものです。たべものを与えず、柱にしばりつけて乾干《ひぼ》しにしておく。わざと猫が嫌いそうなことをして、首でぶら下げたり、尻尾でぶら下げたり——いじめるので傍へよると歯をむき出します。歯をむいたら打って打って打ちのめす、子供らしいといいえばいいえましょう、性分ですから仕方ありません。

墨田区の田島さん——と新聞でしりました——の赤ちゃんが殺されたあの時、私、その当の田島さんの御近所に小さな家を借りて住み、そこでも一匹飼っていたんですが、その頃は、とりわけ、前申した私の事件（れいの私の犯罪）から、とりわけいらいらしている時で、そういう時嗜虐性は一層募るのでしたが、それはある夏の日の昼でした。私ふと思い立って、それまで何日か柱にゆわえて、飢えぬいている猫を縄でゆわえたまま、往来へ出てゆきました。

あつい日盛り。人通りの少い時間でした。じりじり照りつける太陽の下で、頭もハダカで、しばらく猫をひっぱって歩いていいます内、ふとしたはずみで、縄が猫の首からぬけてしまったかと思うと、猫は垣のあわいから、一軒の家へ入ってゆきました。

焦立《いらだ》って、後を追ったが、もう間にあいません。その家というのが、田島さんのお宅だったに違いありません。

やや五分かそこらしてからでした。突然家の中で、火のつくような泣き声がしたかと思うと、やがて私の猫がとび出してきました。みると口のまわりを血だらけにしています。とび出して、私の傍へきた所を、幸い捕えることができた私は縄で縛って家へ帰ってきたことでした。

その晩私は、非常な悦びを感じました。私には、あの時の赤んぼの泣き声と、猫の口のはたが血だらけであったことを結びつけて考えるほど、容易な事はありませんでした。慾は猫の惨劇の現場をみたかったことですが、まさかそれまでは望めなかったとあきらめました。

その晩私は、猫にうんと御馳走をくわせてやりました。鱈腹《たらふく》たべさせたあと、ある残虐な方法で殺してしまったのですが、御不快でしょう、もうその話はよしにしましょう。ただあなたが申されたような、壁の隙間から猫が入ったという御推定は、多分十中八九まであなたの御推察通りであることを、念のためつけ加えさせて頂きます。それは猫の大きさについてです。猫といい、鼠といい、大きさの観念について人間に盲点のあることを先ほど申しましたが、実際その猫は、決して化けそうな大きな猫ではありませんでした。だから小さな隙間でもくぐれたのです。猫というやつ、小さい大きいに拘らず、残虐な習性ですからね」


(附記。

以上私は奇怪な手紙を漸く全部よみきかせてもらったわけであった。

しかしその晩のことであった。私は夜中にふと目をさまし手紙のことを思い出すと、何だか急に気になることがでてきて、さあそれからはねつけないのであった。

翌朝目がさめるや否や私は妻に、

「昨日の手紙どれだ」と云った。

「どれって」と妻、一通の封をきった手紙をもってきて、

「これですがね」

「なるほど」と私は受けとって、云ったものの、盲人の悲しさはそれがレターペーパーであり、封筒であるという以外、内容を確めることは出来ないのだ。

じつは私は、ひょんな、一つの想像を思い浮べたのであった。一体盲人は、視力の欠如からくる止《やむ》をえない欠点とは思うが、ともすると猜疑心《さいぎしん》が深いのである。――もしあの手紙が妻自身の創作で、妻が私の探偵癖をからかったとしたら?

そう思えないでもないのであった。第一に手紙の調子

がどこかこしらえものじみた所があり第二に昨夜の妻の態度だ、私が揉療治からかえってきて、妻につづきをよむように頼んだ時、妻は存外冷淡な態度であったではないか、あれほどれいの事件の、私なりの解決に、私が執心したことを知らない妻でもなかったのに。次に手紙の内容であるが、一体そんな人間がいるものだろうか、嗜虐性といっても、事を欠いて、手紙にあるような、子供っぽい！

しかし私は、さすがにそうは云い出せなかった。そう考える事からが、余り妻を侮辱することだ、まさか妻も、良人《おっと》の盲目を愚弄することもあるまいと思い直して、

「それが何か」と妻が不審をうったのにも、

「いや」と私は口先を濁した。

しかし私は、やはり奇妙に猜疑心がぬけきれず、到頭そのあと数日して、江口さんを訪問した。江口さんというのは、手紙の中に出てきた人物で、私共は一緒に入院し、退院後も家の遠くないことが分って、一二回私はお宅を訪問したことがあった。私は久闊《きゅうかつ》を叙したあと、

「時につかぬこと伺いますが、××病院に入院中ですね、私と斎藤さんと貴方との外に、同じ部屋にもう一人、人がいたっていうんですが、御記憶でしょうか」といった。

「それが何か」と江口さんは不審にうたれたが、ちょっと考えたあと、

「ええ、短い間だが、少しはなれたベッドにいたようです、上田とかいう人が」と彼はいった。「一向口をきかない、陰気な人で、何かしょっ中考えこんでいて、ごろごろねてばかりいる人でした。ああいう人が、大官の暗殺でも計るんじゃないかなんて、斎藤さんと冗談いいあったものですよ」

「なるほど」と私はいい、引下るしかなかった。

盲人にあって猜疑心は、特に戒しむべきものではある）

声

その頃、浅草公園に近い床屋さんの二階に間借りしていました私は、一つのかわった楽しみ、をもっておりました。それは、公園の藤棚《ふじだな》の所へ参りまして、色んな人のする話を、だまってきいていることでした。藤棚？御存じでしょうか。戦前もよほど古くから——たしか私などの生れた時分からある木馬館《もくばかん》——その裏手の方にでございます。御承知のように、ひょうたん池は埋め立てられてしまいましたね。私自分ではみえないのですけれど、人の話で大体のことは想像がつきます。十八までみえたのですし、私一体浅草は随分好きで、みえる時分、うちから一時間もかかる所を、よく電車に乗って遊びに行ったものでしたが、うってかわって、今では盲目《めくら》の身でありますものの、やはり浅草という所は、何か妙な魅力がある、いや、こちらが盲目であるために、私にとってあの辺ほど面白い所はございません。それはこういうことでございます、申し上げましょう。

一体私共にはメアキの楽しむ暇というものが、どうかすると一向楽しくないので、それは私、もう長らく盲学校《もうがっこう》につとめてアンマを教えておりますが、生徒たちは、長い夏休みなどを、どちらかというともて余します。寄宿学校になっておりますので、彼らも夏休みも近くなると帰省を一日千秋《せんしゅう》の思いで待ちますが、いざ帰省しても、何やかとチヤホヤされる数日もすぎれば、あとはもう退屈な毎日がつづきます。しまいには、死ぬほど退屈して、メアキの生徒とちがい、早く学校が始まればいいと思うのはあわれな話です。

で今いいました私の楽しみというのが、いつどうして始ったか、丁度学校の夏休みで、長い一日、まさかラジオをきいて暮す、あとは昼寝というだけでも、却って気持もムシャムシャするのを、ある日ひょっこり、子供に手をひかれて、藤棚へ参り、疲れたので腰をおろしていましたら、ああ、こういう楽しみがあったんだなと今更に思ったのでした。

　もし陰険なようにひびいたら御免下さい、決して陰険なわけではございません。

　見えこそいたしませんが、いずれまわりにおります閑《ひま》人《じん》たちは、大部分は、余儀なくされている閑人たちと想像がつきます。失業者とか浮浪人とか、女では売笑婦とか、ね。で、それでそれらの人々が、だまっていられたんでは勿論私には何の関係ももちえませんけれど、口をきいてくれさえすれば——ああ、何とそこには世の中の様々な、わけてドン底生活の世界というものが、露骨に展開することでしょう。新聞の三面ダネや、時々妻のよんでくれるバクロ雑誌が、生のままできくことができるのでした。

　ありふれた競輪競馬の話から始って、色んなバクチの話から、ボスの噂、外妾《がいしょう》の噂、どこかの淫売宿や男娼《だんしょう》の話など、何だかそのそれぞれの後に犯罪の匂いさえするような——いいえ、事実、多分匂いだけではないでございましょう、面白いききものといって、これほどのものはございません。思わず時を過してしまいました。手引きしてきてくれた子供が、退屈して、

「お父ちゃん、もう行こうよ」

　というので、ふと我にかえり、これは私とは反対に、あと映画館のスチールなどにみとれて、今度は私の方が退屈し始めたわけでしたが、余談ですが、当節のストリップショウには困りますね、子供が手引きするままについてゆくと、子供が、

「お父ちゃん、この女の人裸なんだねえ」

とか、いやもっと淫らな姿態のものをみつけたとみえて、

「お父ちゃん、この女の人何してるの？」

とかいいます。ストリップは人にきいていて凡その推察はついていますから、

「坊や、いい子だからどこかそこいらにアイスクリームをうってる家がないかい。あったらつれて行けよ。買ってやるからな」

　位のことで、ごまかして、そのストリップ劇場の前を立ち去ったわけでしたが。

　でそんなことで、到頭私、その後、うちで退屈になるときは、この前にこりて、今度は一人で、杖を片手に藤棚へ出かけて行ったものでした。

　さてそうしたある夕方でした。いやむしろ夜というのでしょうか、私には、時間の見当がつきませんが、多分

そう暗くはなりきっていなかったに違いなく、ただその藤棚の下が、外の時間とちがって丁度人が少くなっている気配で、多分売笑婦たちもそろそろ客引きに出かけ、外のものはまた、残飯でもさがしに行ったわけかも知れません。そういえば私も、少し空腹になりだしたので、かえろうと思っていた時、ふと耳のはたで、一人の男の声が、

「兄貴《あにき》」

といいました。あまり耳のはたでした声で、しかも何だか足音らしいものがしなかったように思うので、まさかと思いながらも、自分のことかとギョッとしたほどでした。

「おお」

とこれも耳のはたで、別の声が答えました。そういえばあまり静かで、居まわりには外に誰もいないのではないかと思っていた所でした。

「どうしたんだ。急に呼び出しなんかかけてきたんで何かと思った」

と第二の声がいいました。

「兄貴いいのかい?」

と第一の声がいい、ある何かの仕草をする様子と私には思われました。すると第二の男が、私の方をアゴでしゃくったんだと思いますが、

「うん、これだから」

といったので、余計私の推察を正しかったと思いました。多分第一の男が、

「こんな奴がそばにいるがここで話していいのかい」

という意味でアゴをしゃくい、第二の男が、「いや、大丈夫だ。メクラだから」

という仕草をしたのかと思われますが、多分私の僻《ひが》みなんかじゃないはずです。でそれからあとの二人の男の話が多分そばに聞き手がいると思えば、しなかったか、多分しても、もっと控え目に声でもひそめたかと思われるようなことでした。

一体メアキというものは、不思議にメクラの前では油断をするように思われます。そういう点、ひょっと何かの秘密団体が、盲人をスパイにつかってみたら、存外の効果があるんじゃないかと思われます。

その油断をして、二人の男の話がつづきます。

「今時分かえってくる馬鹿があるもんか」

「だってもう二年たつぜ」

「二年たとうが三年たとうが、かえってきちゃいかん

と云ったじゃないか」

「殺生《せっしょう》だぜ、そんな、兄貴」

「だってそんな」

「食えるだけのことはしてやってあるじゃないか」

「だって田舎じゃ、ちっとも面白いことがないんだ」

「馬鹿あ云え。軽はずみってもんだぞ」

「だって……俺も田舎にいて色々考えたんだ。田舎だから人目にもつくが、東京みたいに広い所は、却って目立たないんじゃないか」

「理屈いうな。それに××は田舎ってほどじゃねえ」

「そりゃそうだ。ねっからの村ってんでもねえが、もう我まんならねえ」

「ナマ云やがるとあともう知らんぞ。追われてるんじゃないか。写真まで全国へ行き渡ったんだってこと忘れたんか」

「だから俺は手術もして……」

「手術?」

「俺の顔を見ねえ。兄貴は始めからおこっちまって、顔もみてくれねえんだからなあ」

「どれ、こっち向いてみろ。なるほど」

「変ったろう?」

「幾分かはな」

「幾分かだって?」

「馬鹿だけは昔からだ。ちっとも変っちゃいねえ」

「そんなバカバカっていわないだって」

「帰れよ。××にだってダンスホールもキャバレエもある。競輪だってあるじゃないか」

「そんなに邪魔にしないでさ兄貴」

「邪魔にするんじゃねえ。結局お前を思えばこそだ」

「どうしても駄目か」

「何度同じこと云わせるんだ。駄目だ」

「そんなにいわないでさ。じゃあせめて今月一杯」

「どこにおいてくれってんだ」

「だからそれは兄貴」

「まあいい」

とここで兄貴とよばれた男は、ふと黙ってしまって、何か考える様子でしたが、

「よし、じゃあ二三日……だけどきいとくが、お前今女があるんじゃないだろうな」

「あってわるいのかい、兄貴」

「バカ。俺に楯つくのか」

「勘弁々々。だけどさ、そんな、あんまり殺生だから」

「いや、何もお前が女をつくってどうのって云うんじゃねえ。勝手にしたらいいんだが、お前一人だったら何とか方法もあるが、ヒモがついてちゃ第一危《ヤバ》いしな」

「だからヒモなんかついてねえ」

「ふん。二三日おいてやるが、その間も女をつくるんじゃねえ、お前のためを思っていうんだ」

「ああ、いいとも」

「お前に深入りする女もいまいけれど」

「いうぞ、兄貴。そう見くびったもんでもねえ」

いずれ話が、品のいいはずはありません。顔が分りませんが、兄貴とよばれた男に、もう一人の、幾分頭でも足りないのか、いい塩梅《あんばい》にあやつられている男が、何のことはない、これではケライよりも、もっといい気な扱いをうけています。年の様子が、声から判断して、ひょっと兄貴と呼ばれている男の方が、若いかに思われ、服装だって何だって、もう一人ははるかに劣っていましょう。二人はそのあとしばらく黙っています。その間に、私、ああ突然はっとしたことがありました。二人の男の声に、何だか聞きおぼえがあるような気がしたのでございます。瞬間私の頭にひらめいた一つの思い出、それを申上げないではなりません。


お話はその時から、三年前にさかのぼります。その頃私の住んでおりました、墨田区のとある公務員の方の家の近くにある映画館で、一つの惨虐な事件がありました。

一人の若い女が、夜、映画館の興行時間中に、何ものかによって、トイレットの中で殺されていました。映画館のトイレットのことで、しかも興行時間中といえば、無人であるという時間も少いにちがいなく、それが被害をうけた時間が、午後何時何分頃から何時何分頃まででということは、はっきり分っており、被害者の身もとその他を洗いまして、兇行の目的は何か、最初は近くにすむ痴漢のしわざかと思われたのに、段々分ってきたのは、どうやら、彼女がその時もっていた一万円ばかりの金にあったらしい、何でもどこかの大きな糸屋の娘とかで、その夜は一人きりで、映画見物に行った間に被害をうけたのでしたが、それがそこまで分ってきて、しかもそのあとが、どうも糸のたぐりがつかない。そうこうする内、犯人の凡その当り（近所の不良らしいという）までついたんですが、そのくせ行き止りました。世間には存外ありますが、至って平凡で至って歯痒《はがゆ》い事件——ひょっとこれだけ申せば、あなたも御記憶になっているかもしれません。

所でこの事件について、私、何よりも歯痒くてならない一つの思い出があるのでございます。それは何と、私自身、その夜は映画館にいて、しかも何と、私がもし見える身であったら、ああ見える身でさえあったら、少くともそのあと、犯人探査の協力ができたのではないかと思われるような経験をいたしたこと、まあおきき下さい。

え？　私のような盲人の映画見物ということに御不審でございますか。ごもっともでございます。実際それについては、私近来、映画なんて、見えなくなりましてからは、見に行ったこと勿論ございません。しかし見たい気持がないわけでもありません。とりわけきく方の映画ならね。

なあに、私のその夜の映画行は、簡単な動機——つまり私の一人の甥——勿論メアキですが、それが遊びにきて、つれて行ってくれと申したからです。それに音楽映画だというので、私にも楽しめると思ったものでございますからね。

いいえ、何のたのしめる所か、さっぱり分らず、退屈してしまい、坐席にぼんやり坐っておりましたが、すると、ふと耳のはたで——あまり混んでいなかったと記憶していますー—丁度今お話しした藤棚の下でと同じように——ではございません、盲人の私には全然同じに（まわりの様子のちがいというものが分らないのですから）一つの声が、

「兄貴」

といいました。

私のうしろに坐っていた一人の男が、黙って立って行きましたが、別にきき耳を立てたわけではなく、二人の立ちながらの対話が、次のように私の耳に入ってきました。

「兄貴、これ」

何か相手に手渡している様子でございます。

「どこで？」

「トイレットで」

「トイレット？」

「抵抗しやがった」

「手荒なことしたんじゃあるまいな」

「うん、ちょっと」

「え？」

「俺出るよ。あとであおう」

「今出ちゃまずい。休憩時間まで待て。目立つ」

「だって」

「おいおいまあ待てよ」

相手の袖をひいておし止める。こちらは出ようとする――そんな気配がしましたあと、やがて二人、休憩時間がきて、映画館を出て行ったのでしたが――

ああ、その時は何のこととも思わずいたのでしたが、あとで、たしか翌朝の新聞で、前申した事件を知った時の私のおどろきを御推察下さい。

何とこれでは私は、事件の犯人を、犯人同志の対話をきいたわけではありませんか。もしこれが、私がみえる身であったら、二人の顔をみられたかもしれない。いや、その時は、何のこととも分らないから見なかった（意識してという意味ですが）としても、見えたかもしれないのです。つまり少くとも、もしその男たちの顔に特徴でもあれば、それを、当今は映画館の中は映写中も、昔私が目が見えた頃とちがって、随分明るいそうですから、見覚えたかもしれず、すれば随分、犯人探査の手助けもできたかもしれませんものを。

しかしそこが盲人のかなしさ、たとえ場合が場合で、その夜は二人の男を尾行《びこう》するなんて運びには、どっちにしたってならないにしても、例えばこれが、私がメアキなら、その外にも、翌日事件のことをしってすぐ警察へ行き、これこれのことをみました、知りましたと申し出ても、それだけでもなにかの足しにならないでもありますまいが、メクラでは、何だ、メクラがそんなこと云ってきて、きっと夢でもみたんだろうと扱われる位がオチにちがいなく、本当に歯痒いかぎりです。事実はしかし、メクラだから、男たちの対話も耳に入ったわけで、だって映画館の中には、外には何百何千の人がいたでしょうが、みんな映画の方に気をとられ、よそへ注意が行ったなんてのも、私が見えないからこそにちがいないんですが。

事実は私その点についてはその後かなり色々思い迷ったものでございました。たとえどうあろうと、そういうことが犯罪当夜あったというだけでも、これは警察へ申し出るべきではないか、いや、しかし、申し出て何になるか、凡そ何かそうした申し出をするのは、こちらに何か手がかりがあればこそ、して意義があるのに、そうでないのを、申し出てどうなろうなどと、色々考えますと、仲々決心がつかず、バカにもされそうで、盲人の僻みかもしれませんが、方途がつかないのです。一日たち、到頭それなりにしてしまったのでしたが——

　で、そして事件のその後の経過を注意しておりましたが、これも盲人では、精々《せいぜい》ラジオをきき、うちでとっている新聞を家内によませる位で、見聞の狭いというのはどうにも仕方のないことです、どんな進展をみせたものやらさっぱり様子が分らず、ただ犯人がつかまったということだけが、どうやらあったとは思われない、というのは、そういうニュースはビッグニュースで、もしあればいかな盲人の耳にも入らないわけはないからですが——

　ただそれについてしかし、その後よほどしてから私、ある日ふと銭湯で、右事件に関係のある一つの経験をもったことがあります、それを申し上げましょう。

　私元より長い間の部屋借り生活で、入浴もずっと銭湯で致しております。幸いうちの近くに銭湯がございまして、但しあまり人のこむ時間では、盲人では具合がわるく、なるたけ人のこまない時間に、子供に手引きさせて行くようにしております。何故こんでは具合がわるいかは、申し上げるまでもございますまい、人がこんでは、自分の脱衣籠《だついかご》を見失うおそれもあり、まして洗い場なんかで、シャボンや剃刀《かみそり》を誰かにちょっと動かされても、途方にくれてしまいますからね。まあ子供を手引きにつれている時は、それでもいくらか気強いわけですが、時によると一人でも参りますので、そんな時は勿論自分のもち物の位置がかわるほど困ったことはないわけですから。

　でその銭湯へ、ある日私が、子供と一緒に参りました時、かえりがけ、ふと子供が脱衣場で、

「お父さん、へんな写真があるよ」

と申しました。

「そうかい、どんな写真が?」

とききますと、

「一枚の紙に写真が四つ写ってるんだ。おや、へんだなあ、この写真の四つは、同じ人の顔らしいのに顔がちがってる」

「え、顔がちがってるって?」

「うん、一つは眼鏡をかけてるんだ。一つは同じ顔が眼鏡をかけていない。一つは入歯をしてるし、一つは頭が坊主刈だ。何だろう」

　ちらっと頭にきて、

「坊や若い男かい。年よりかい」

ときくと、

「若いお兄《にい》ちゃんだ」

「いくつぐらい？」

「さあ、橋本君とこの兄ちゃん位」

「そうかい」

といって私、事柄の大体を想像できます。みたことはないが子供の友だちの、橋本君の兄ちゃんというのは、二十歳位の青年です。がそれ以上どうにも、向うがまだ小学校に今年からという子供のことで、私には、ひょっと何かの事件の容疑者の人相書という推察がつき、説明があると思うんですが、子供によんでもらうことが出来ず、お湯屋の人がいたら、きいてみようと思っていた時、そばにいた一人の男が、

「坊や、この写真はな、出口正吉っていう不良の手配写真だ。ほうら、これが普通の時の顔だ。変装した時のことを色々考えて、あとは修正して眼鏡をかけさせたり、坊主刈りにさせたりしてあるが、どうして撮《と》るのかしらんがよく出来てるな」

私が口を入れて、

「何かの事件の犯人の写真なんですか。何の事件です」

「うん、三月ほど前墨田区の映画館で、女が殺されたじゃないか。トイレットで。あの事件だ」

「そうですか」

「犯人の名前まで分ってるくせにつかまらないんだ。歯痒いな」

「そうですか。まだつかまらないんですか」

「うん、出口正吉って名前まで分ってるくせにな、おかみさん」

とそこで番台にいるおかみさんをふり返って、

「この写真いつきたんだい」

「昨日です」

「警察からきて、貼れというんかい」

「ええ」

「うん。賞金がついているんだな。つかまえたら一万円、居所《いどころ》を教えたら五千円か。こんなの効目《ききめ》があるんかなあ。ハハ」

そしてそのまま、男はいってしまったのですが――

ああ、それではあの映画館殺人事件の犯人はまだつかまらずにいるのだと、その時私は始めて知り、手配写真の廻されたこと、犯人の名が出口正吉であることをしったわけでしたが――

ああ、そして事件は、その後に至って迷宮に入ってしまい、どこをどう逃げまわってか結局ホシがつかまらず

に、数年もたってしまった今——

ああ、所もあろうに、場所も犯行の現場からさほど遠いわけでもない、ついお隣の区の盛り場で、しかもそれが、あの時その当人の声まで聞いた私のすぐ傍に、またその当人があらわれていようとは！

いいえ、盲人の耳を信じて下さいまし。もう私には、今耳のはたできく声と、あの時の声とが、同じであることを、どうあっても疑うことができません。盲人でございます。たとえば、音楽の耳といったようなものですと、これは、天分もあって、百人の盲人が百人ながら、その方の耳がよいというわけにゆかず、思いの外の音痴もいますが、たとえば、人の足音や、まして声は、特徴によって大概その人の性格から年齢まであてられる気がする位なのに、まして今のは、話の内容が内容なのです、指名写真云々から、声も、二人のが二人共、あの晩のと一致する以上、もうどうにも疑いようはないのでございました。

ああ、私としたことが、どうすればよいというのでしょう。みえないのです。二人がそういつまでここにいるわけでもないでしょう、このままどこかへ行くとして、あとをつける力がなくかりに傍に人がいたにしても、どうすればよいのか途方にくれますが、生憎《あいにく》はその人もどこにもいないのです。私に一人、渡辺という巡査の知合があり、この人へ連絡できればと思うが、その方法も急なことでは絶対にあるわけがありません。

ああどうしたらよいのかと途方にくれている間に、二人はもうベンチから立ち上りました。多分まず食事でもしようというのか、立ち上って、スシヤ横丁の方へ歩き出す気配です。どうしたらよいか、どうしたものかと途方にくれ、私は、私もいつのまにかベンチから立って、気持だけいらいらしたまま、いつまでも佇立《ちょりつ》しているだけでした。

それからまた二カ月ほどたったある日のことでした。

あの日私は、結局どうしようもなく、到頭やむなくあきらめて家にかえり、その後渡辺巡査にあったら、せめて話だけもしようと思っても、その機会もなく、不本意に、じんぜん日を送ったのでした。

ある日のことその当の渡辺巡査が、ふと友人の須藤六郎と一しょに私の家を訪ねてきてくれました。

部屋へ通すと、久闊《きゅうかつ》の挨拶の後、須藤がいうのには、

「渡辺さんがね、今日は珍らしいものがあるから、君

にみせようというか、きかせようというか、そう云うんでやってきたんだがね」

「へへえ、珍しいものって、どんなものだ」

「渡辺さん、僕もものそのものはよく知ってるし、何度もきいたり、自分でいじってみたこともあるが、今日もってみえたのは、面白いものらしいですね。花輪君（私）と一しょにきかしてもらいましょう」

「ええ」

そういって渡辺さんは何か機械の音をさせていましたが、突然何の前ぶれもなく、私の耳のはたで、声がきこえてきたのに、私はびっくりしてしまいました。

「駒井圭助だね」

「そうです」

「年は？」

「二十三」

「本籍は？」

「現住所は？」

「不定です」

「うん」

しばらく間をおいて、

「お前さんは×月×日の晩浅草の映画館××館で……」

とまできて、はじまった時のように、突然声がきこえなくなってしまいました。

「いけない。切れちゃった」

と渡辺巡査の声がし、機械の修理を始めた様子です。その間に私たずねました。

「何なんです、一体」

「おききになったことないんですか。テープレコーダーです」

「ああこれがテープレコーダーなんですか。きいてはいましたが、実際にきくのは始めてです」

「紙だからたまには切れるんで」

「紙ですか」

「ええ」

「何でも録音できるそうですね」

「ええ」

「それで紙ですか」

「ええ、さわってごらんなさい」

といってこちらへ出すのをさわると、たしかに紙の触感です。

「須藤君がいうんで、まあ珍しくはないだろうが、内容そのものが珍しいからあなたにも聞かせてと思って。

あまりもち出していいもんじゃないでしょうが、刑事々件の訊問なんかおききになる機会もないでしょうから」

「いや、学校の生徒と一緒に裁判所見学ならやりましたよ」

「そうですか」

「何の事件です」

「なあに、つまらない窃盗事件ですが」

そういって修理ができたとみえて、やがてまたテープレコーダーは放送をはじめます。

先と同じことをくり返して、

「金はいくらあった」

「五千円位ありました」

「その金をどうした」

「競輪ですられてしまいました」

「ふん」

という辺まできて、突然私、思わずううんと唸ると、もうあと、テープレコーダーの放送はまるで耳に入らなくなってしまいました。

テープレコーダーの駒井圭助の声が、何ときけばきくほど、きき覚えがあるのです。きき覚えも何も、夢だにも忘れられぬ、れいの私の二度きいた声。一度は墨田区の映画館で、一度は公園の藤棚の下できいた——そう、あれは何といったか、たしか銭湯で出口正吉という本名まで知った男にそっくりの声。

それでもまさか、他人の空似ということも（声の）あるものと注意してきいてみると、正にどうきいても、きけばきくほど疑えなくなってきます。

ああ、ついに！　天網《てんもう》かいかいという言葉がございます。

私としたことが、ついにどうにも我まんできず、

「渡辺さん、その声です」

といってしまいました。

「声って？」

「よもや聞きまちがいはあるまいと思います。その声は——」

そうして私は、私がこれまで同じ声を、二度きいたてん末を述べました。

「え、それではあなたが——」

ときけばきくほど、二人は驚いていますが、私は私で頓着なく、

「よもや聞ちがいはあるまいと思います」

と到頭云いきってしまいました。

「れいの映画館のトイレットの殺人事件の犯人出口正吉というのは、駒井圭助に外なりません。念のためおしらべになる価値はあると思います。どうか、盲人の耳をお信じになって下さい」

であとのことをくわしく述べる必要はありません。容疑者の執拗な否認があり、紆余曲折《うよきょくせつ》はありました。

しかし渡辺巡査のその後やってきての話では、どういう風にしてか、傍証は少しずつ固まってきている。やがて真相がしられ、私の耳が保証をうけるのも遠くはないだろうということです。

二叉道

僕が多分十三四の時分であったと思います。ある年の夏、M町の伯父が、自分が連れてってやるから、遊びに来いと云います。大悦《おおよろこ》びで、一緒に行くことになりました。

御らんの通り、僕はメクラで、生れつきなんですが、ですから学校の方も、おくれてしまって、当時まだ、やっと盲学校《もうがっこう》の、小学部三年ぐらいでしたろうか、智恵なんかはまだ幼稚でしたが、からだの方は、立派にもう、成育していました。その上僕は、メクラのくせに、相当やんちゃで、同じ年頃の、メアキのやる悪戯《いたずら》の一と通りは、僕もやりました。おかげで随分溝へはまったり、木にぶつかったり、傷も随分したと思いますが、不思議なもので、大した怪我というものもしないものですね。それに僕の育った、O市が、市は市でも大して交通のはげしい町でもなかったからかもしれません。

伯父につれられてM町へ行きましたが、これはまた一層平和で、僕は随分羽根をのばして遊ぶことができました。伯父の子、つまり従兄《いとこ》に、勿論メアキですが、手引きをしてもらって、近所の山や川へ遊びにゆきます。メクラで、とかく籠《こも》りがちな僕、どんなに楽しかったことでしょう。で、そういうある日、一つの妙な経験をしたのです。

その少し前、従兄が僕に、池へ釣りにつれて行ってやるといいます。大悦びでつれられてゆきました。

伯父の家から七八丁の距離ですが、坦々《たんたん》たるアスファルト道路をまっすぐにゆくと、広々した所にでます。あたりの感じが何となく胸がひろがるようで、

「ここが池かい」

と従兄にききますと、

「うん、そうだよ」

といいます。池の縁だと教えられて腰をおろしましたが、すぐ前で水音がするので、立ってずかずか進んでゆ

きました。

「駄目だよ、下駄ぬがなくちゃ」

と従兄がいい、しばらく足を水につかったりして遊びました。

さて釣りですが、これがメクラの事で、従兄も最初は、針にエサをつけてくれたり、竿の扱い方なんか、手をとって教えてくれましたが、する内僕も、れいの負けん気で、一人でやってみることを始めました。え？　メクラがよくできると仰有《おつしや》るんですか？　できますとも。なるほどそれはいかに僕がカンのいい方でも、到底メアキのようにはゆきません。しかし、一通りのことはできるようにすぐなりました上に、その池はハヤなど多く、エサをなげこむと面白いようにつれます。但し釣上げた魚をはずすのが最初面倒でしたが、しかしこれもまもなく馴れ、結構釣りの楽しみを味わうことができました。日暮までかなりの魚を二人でつり上げてかえりました。

その後二三度、従兄は同じ所へつれて行ってくれましたが、そうこうする内バッタリつれて行ってくれなくなりました。別に恨むわけではないんですが、メアキである彼にすれば厄介なメクラをつれて行っては、気ばかり使わされて面白くなく、そんなこんなで止めたのでしょうが、それが僕には物足りません。せがんでもつれて行ってくれないのを不満に思っている内、到頭ナアニ糞《くそ》という気になりました。かまわない、一人で行ってやれ、ですがさすがにメクラではエサに困ります。ミミズをほるなんて器用な真似は、メクラには逆立《さかだち》したってできっこありません。しかし池には水がある。こいつが魅力です。到頭一人ででかけてしまいました。

勝手知っているアスファルト路を歩きはじめます。が、さてここで、一体メクラが路《みち》を歩く様子を、とかくメアキの方が色々《いろいろ》誤解なさっている点を申上げましょう。

その第一はメクラが、とかく路の端を歩くという点でございます。

うまれつきの私にはよく分りませんが、メクラがそうやって端の方を歩くのが、メアキの方にはひどく危かしくみえるらしいんですね。事実これは私共にもおぼろげに分るのは、道の端にはとかく車がとめてあったり、何かゴミ箱のようなものがほうり出してあって私共よくつまずきます。それでなくても溝なんかも道の端にあるのだ位は私共も承知していますけれども、それでもなおかつ私共には、やっぱり道の真中より端の方を行く方が勝手なんです。と申すのは一体真中というのは何でしょう。

端があるからこそ真中があるので、その反対ではないじゃありませんか。端というものは、道の方向をしる上に手がかりがあるが、真中にはありません。これが一つ。

　次に、よくメアキの方が、真《まっ》すぐに歩けといわれます。これがメクラにはやはり見当がつきません。一体真すぐというのは二つの点があって（いえ、私も今はその位の説明はつくので）始めて両方を結びつける、即ち直線なんでしょうが、メクラには、こちらの一点はあっても、向うの一点というものがないんです。メクラに向って、まっすぐに歩けというほど、無理な注文はありません。どうです、お分りになりましょうか。

　まあそれはそれとして。お話をつづけましょう。

　で、そのようにしてアスファルト路を歩きます。さてそうこうする内、どうも困ったことになってしまったのでした。

　外でもありません。これも盲人のカンで、凡そ二三度もつれられてきて、大体距離も分っているはずなのが、ふと気がついたのは、もういい加減池へついてもよい時分なのが、仲々目的地へつかないということなんでした。

　メクラのくせにと仰有るかもしれませんが、元々そう大胆に一人で出かけてきたというのも、まあ十三四の無鉄砲な少年ながら、強《あなが》ち無成算なわけでもなかったのです。第一に僕には自分のカンへの絶対の信頼があった。これまでただの一度道に迷った経験がない、第二に、いつもつれられてきたその路は一と筋道で、まっすぐに行きさえすれば間ちがいなく池へ出られることがはっきりしていたからです。いいえ、まさか歩数まで勘定していたわけではさすがにありませんので、私共も駅の階段の上り下りを一人でするような時は、歩数を数えることもありましても、道も長くてはそうもできず、それに従兄につれられていたので、その必要も事実はありません。結局、子供の向うみずということでしょうね、ガムシャラに行動したのが、これから申上げるような思いがけない結果になったというのは、何か一本のみえない手が、僕をひっぱって行ったというような気がしないでもありませんよ。

　そうですその通り、路に迷ってしまったんです。つまりなれない町のことで、道の両側の店やの様子も、一向よくしっていたわけではありません。まあ例えば、魚屋の隣に肉屋があって、肉屋のしばらく先に支那料理屋があるなんてのですと、これは匂で分る。それから十字路があったりしますと、風当りの具合や音響の具合や、これが勿論道を覚えるもっともいい手がかりになるんですが、それを知らず、ただまっすぐに行けばとだけ覚えていて行動したんです。しかしそれにしても――

いや、やっぱり迷うというのが不思議なんです。従兄につれられて歩いた時、何かのことから従兄がいったのは、その行き路で、コンクリートの舗道のわかれ路があるのは、ただ一カ所だけ。これは道を、進行方向に向って少しばかり斜め右に、つまり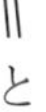といった格好にでている道だそうで、私は道の左側の端を歩いて行ったのですから、そこで迷うはずはないのです。何しろわけが分りません。その上困ったことには、いつか道が人家をはなれて、ばかに寂しい所へ出てしまったのでした。

途方にくれて到頭立止ってしまいました。それは十三四の生意気なメクラの子が、メアキに救われたいと、思ったのでもなかったと思います。無論そう思う思わないに拘らず、メアキが通り掛りさえしてくれれば、随分救《すくい》の手をのべてくれたことでしょうが、生憎《あいにく》誰も通らないものか、声をかけたり、手をとってくれたりするものもありません。ままよとまた歩き出します。というのは、その時、じき向うで、一つの機械の音がきこえたからです。

何の機械だか分りません。電気で運転される機械であるだけは間違なく、それへ時々カチャンカチャンと金属と金属のぶつかる音らしいのが交ります。音を便りに足をふみだしました。さすがに音をきくと、急に人が恋しく、それまではそうも思わなかった、メアキに救われたいと思ったにちがいありません。

何かの花の匂がかすかにしたのですが、何だかは分りません。申し忘れましたが、アスファルトの路はとくの昔おしまいになり、あとは普通の土の道で、それは私共盲人として、ひとりでに足音には注意しているので、よく分っていました。

道に砂利《じゃり》がしいてあるらしい気配を足音に感じながら、門らしいものをくぐって中へ入ります。子供だし、メクラです。百姓家の構えと感じられたんですが、入ってゆくのに躊躇《ちゅうちょ》しませんでした。

突然向うに男の声がしました。

「おいおい、何だって人の家へ入ってくるんだ」

びっくりして立止りました。

「黙って人の家へ入ってくる奴があるか」

と尖《とが》った声でいったあと、急に静な声になって、

「何だ、子供か」

つづいて更にしずかな声になって、

「何だ、お前《めえ》メクラじゃないか」

中から男がでてきて、私の腕に手をかけました。

「どうしたんだ。道にでも迷ったのか」

「小父《おじ》さん」

とさすがに心細くなっていた際で、ほっと救われた思いでした。

「僕……小父さん、道教えて下さい」

「迷ったんだな。どこへ行く所だったんだ」

「池へ行こうと思ったんです」

「池？　ああ、あすこの池か。じゃあこんな方へ来ちゃ駄目だ」

「池へつれてって下さい」

「うん、それはつれてってやらんこともないが……と、お前どこの子だ」

「僕」

とまた困ってしまいます。十三四の子供では短い言葉で自分の名乗りをあげるのも六《む》つかしいことです。

黙っていると相手はまた、

「池へ何しにゆく所だったんだ。池の方に家があるのか」

「ううん、そうじゃない」

「じゃあ何しに？」

「魚つりに行こうと思ったんです」

「メクラのくせにか。第一お前釣竿も何ももってないじゃないか」

「ええ、いつも従兄がつれてってくれるんだけど、つれてってくれないもんだから」

「ふん、しかし奇妙だな。メクラのくせにつりが面白いか」

「面白いとも」

「だってエサなんかどうするんだ」

「自分でつけられるよ」

「ふうん、そうがい。ミミズほるのは？」

「ええ、ミミズはほれないけれど」

「そうだろうな。魚が当る時分るかい」

「分るとも」

「いや、うまく合わせることができるかっていうんだ。引上げた時逃げられてないかってんだ」

「にげられる時もあるけど、面白いよ」

「ふん、活潑な子だな」

とまでいって、

「だけど今日は道具もエサもなしに……何しにゆく所だったんだ」

「水に入って遊ぼうと思って」

「ほほう、お前泳ぎできるのか」

「できないよ。できないけど、足だけつかって遊ぶんだ」

「なるほど。だけど危いから気をつけろよ」

勿論僕には相手が、どんな人なのやら分りません。メアキなら相手がいい人がわるい人か、一目で随分分るんでしょうけれど、それができないんですが、それだけにまたこちらは、こわがるとか何とかいうことがないのと、それに奇妙なもんですね、大概どんな大人でも、こちらをメクラとみれば、それも子供とみれば、大概やさしい言葉つきをしてくれる、やさしくいたわってくれるというのは有がたいことです。

「小父さん」

と相手が黙っているのでしばらくしてまたいいます。その間もずっと向うでは、れいの機械の音がしているんですが、子供の私はもう忽ち、その方へ気をとられる一方の気持になってしまい、今の困った立場の方は忘れてしまいました。

「小父さん、ここ何だい」

「うん」

といって、しばらく間をおいてから、

「百姓の家だよ」

「ふうん」

とそれで納得します。子供のこと、しかも都会育ちで農家のことなんかもしらない私は、あまりきき馴れない機械の音がしても、一向何という不思議も感じません。M町へきてから、二三農家を覗いたことがあって、その時縄綯《なわな》いの機械を運転している所などもあり、その時の機械の音とはちがうようですが、格別奇妙にも思いません。

「小父さんもお百姓かい」

「ううん、小父さんはちがうよ」

「じゃあ何なの、会社員?」

とこれは私の父が会社員でしたのでいいますと、

「いいや、会社員でもない。と」

と何故かそれだけで話の方向はかえて、

「よし、じゃあつれてってやろうか、池へ、お前を」

「ええ」

「だけどお前の家は?」

「うん」

とそこでまたいいつまってしまいます。子供のことで番地もしらず、一向何《いっこう》ということもいえません。メクラではねえ。これがメアキですと、何屋の隣の何屋の向いの二軒家の一軒とか何とかいえるんでしょうけれど、それもいえないわけで、

「八百屋の隣だよ」

凡そ不得要領《ふとくようりょう》です。

「だから何という八百屋？」

「しらない」

「八百屋の隣の何という家だい」

「神田京助」

とこれだけはしっていたのでいうと、

「神田京助。なるほどね。それがお前のお父さんの会社員の名かい」

「ちがうよ。お父さんじゃない。伯父さんだ」

「伯父さん？」

「ああ」

「その伯父さんは何商売だ」

「しらない」

「何もしらないいんだな」

「ええ、でもね、池へつれてってくれたら分るよ」

「池か」

「二度も三度もきたんだもの分るよ」

「そうか、まあいいや、つれてってやろう」

で私の手をひいて歩き出します。私がきた方へ引返さず、別の方向をめざすようなので、

「小父さん、方角ちがうよ」

というと、

「近道があるんだ。こちらへこいよ」

でつれられて歩き出しました。

歩き出しましたが、ものの二三歩と歩かない内に奇妙なことに気がつきました。手引きしてくれる人が、これはまたどうしたことか、いやに背が低く、十三四の僕といくらもちがわないようなので、

「小父さん、背《せい》が低いんだねえ」

「ああ」

と何故か言葉少なにいうと、ぐんぐん私をしょびきました。

そこからの道が本当に近かったとみえ、まもなく広々した所へでます。

「ああ池だね」

「よく分るね」

「広々してるもの」

「メクラはカンがいいんだな」

そしてある所へくると私に下駄をぬがせ、

「ここから水に入れる」

といいながら自分もハダシになって入ったのが、その場所が私には憶えがあります。そうでしょう、何度もきて、数時間釣りをしてくらした所ですもの、これは足の感覚の方がおぼえていて、

「ああ、ここだよ。こないだ釣りしたの」

「そうだろうな。この池ここ一カ所きり釣りができるような所がないんだ。あとは土手がきっ立ってて駄目だ」

「そう小父さん」

とまでいって、

「小父さん、もう帰ったっていいよ」

「え？　現金な子だな。大丈夫かい」

「大丈夫とも。一人でかえれるから」

「そうかな、大丈夫かな」

「小父さん、だって忙しいんだろ」

「うん、まあ忙しいってば忙しいが、大丈夫かな」

心はやさしい人なのに違いありません。念をおすので、こちらは生意気な方ですから、

「大丈夫だったら」

と少し癇癪《かんしゃく》をおこした位でした。

その時向うに誰か一人足音がしました。僕をつれてきた方の人は、その方へゆくと、メクラの子が道に迷ってたのを、こちらへつれてくれれば分るからというからつれてきてやったがと、一部始終を話した模様で、

「まあそうなんですか」

と相手が答えた声をきくと、若い女の人のようなんです。

「すみませんが、この子を家へつれてってやってくれませんか」

女の人はちょっと当惑した様子で、何かいっていましたが、

「いや、どうにも分らなかったら、交番へでもゆけば分りましょう。メクラのことで、自分の家がはっきりいえないの、無理はないが交番で、メクラの迷子っていえば分りますよ」

「それもそうですねえ」

と女の人はいいます。男がこちらへきて、

「この娘さんによくたのんだから、小父さんはもうかえるよ。よく気をつけておかえり」

「大丈夫だよ。一人でかえれるよ」

とそれでも強情をはる私を、

「まあそういったもんじゃない。気をつけてかえれ」

で男の人は向うへ行ってしまう。あと女の人は、私に、すぐ家へつれて行ってやる、メクラが一人で、水遊びなんかしては危いというんでしたが、私はききません。女の人に、かえってしまったっていい、一人でかえれるからと、散々《さんざん》いいましたが、女の人も別に忙しい用事を控えているわけでもなかったらしく、到頭一緒に、これも下駄をぬいでしばらく水につかったりして遊んでくれました。

やや三十分もそうして遊んだあと、到頭女の人は、

「さあお家で心配するから一しょに帰ろう」

といいます。こちらはもっと居たかったのでしたが、そこは子供のことで、存外素直な所もあった私は、到頭我《が》を折ると、じゃあ帰ろう、となる。かえりも私が、あくまで一人でゆけるというのを、到頭女の人はうちまでついてきてくれます。今度こそは道を間違えません。ちゃんと無事にかえれ、女の人つまりメアキが、メクラの案内で家へゆけたのは愉快でしたが、それも女の人は、何思ったか家の前まできますと、

「じゃあこれが坊やの家なの、間違ないわね」

と念を押し、しばらく戸の外に立って、みていた様子でしたが、そのまま行ってしまったとみえて、私が家へ入り、伯母にこのことを云い、伯母が外へお礼をいいに出た時は、もう姿はみえなかったそうでした。存外そう長い時間留守にしたわけでもなく、伯母も何か用事で出てかえってきたての留守の間のことで、そう心配した様子でもありませんでした。

もっとも私、その晩になりまして、これは私が、というより私の無断外出、しかも池へなんか出かけたのを不注意でいた伯母と従兄が、おかげで伯父から散々お小言《こごと》を頂いたのでした。伯父は不自由な私をよほど可愛がっていたのですし、自分がいい出して私をM町へつれてきてくれた責任感からそうであったのでありましょう。

「もしもの事があったらどうするつもりだったんだ」

としきりにいいます。当人の私自身は叱らず、余り従兄や伯母だけが叱られるのが気の毒になって、

「伯父さん、もう一人でゆかないよ」

と思わずいった所で、さて伯父が、私のした経験の一

部始終をきくことを始めました。

私が道の左側を歩いていたこと、だから間違なく池へ出られると思っていたことをいいますと、

「ふんふん」

ときいていた伯父が、

「まてよ」

といいます。

「お前の歩いた道の様子、道はコツコツと固い音がしたんだね」

「そうです」

「ふん、そいじゃあお前のいう通り、間違なく池へ行けたはずなのに、変だな。固い音だったというからにはコンクリートのはずだが」

「ええ」

「道幅は、道の幅お前分るんだろ、広いとか狭いとか、ええと二間幅の道路だが」

「分るよ。同じ広さの道がつづいたんだ。だからまちがいないと思ったんだ」

「それから道が固い音がしなくなったって」

「うん」

「つまり土の道へ出たんだな。それが遠かったかい」

「ええ」

「遠いからへんだと思ったっていうんだな」

「ええ」

「ふん」

とまたいって考えこみました。

ここで申しますが、伯父は巡査でした。何かものを訊問するようなことはうまく、商売柄という所だったかもしれませんね。伯父の訊問がつづきます。

「その道を真直ぐに行ったんだね、曲らずに」

「ええ」

「そうしたら百姓家にぶつかったって」

「ええ」

「何か機械の音がしたっていうんだね。どんな音だったい」

「それが……そうね、僕よく分らないけど、ゴーッという音と、時にカチャンカチャンって」

「なるほど」

「小父さん」

と突然一つのことを思出して、

「その家の入口の所で花の匂がしたよ」

「花ね、なるほど、今夏だから咲く花といっては大体

きまってるが……と、外に何かなかったかい」

「いえ、何も」

「よく分った」

とここで伯父は、また伯母と従兄の方を向いて、

「お前方、今きくとこの子を家の門まで送ってきてくれた女の人があるというが、あわなかったのかい」

で伯母があえなかったことをいいますと、

「仕方ないな。この子を面倒みてくれたその百姓家の親爺《おやじ》も、その娘さんのことさえ分ってれば何とかまた当りもついて礼もいえるんだが。まあいいや、すぎたことは仕方ない。今度こんなことがあったらそういう手落ちのないようにすること、いやそれよりも、先刻《さっき》もいうようにこの子が一人でなんか出たりしないように気をつけるんだぞ」

で漸く機嫌が直ったんでしたが、あとから思いますと、伯父はさりげなくそんな風に、礼にゆくの何のといいましたけれど、その時すでに、何かこのお話の、これから申上げる結末のことを頭に描いていたんではなかったでしょうか。

でその翌朝のことです。朝早く出かけて行った伯父は、しばらくしてかえって参りますと、私をよびまして、

「英一、すぐ伯父さんと一しょにくるんだ」

「伯父さん、どこへゆくの」

と籔《やぶ》から棒であるのに驚いて聞きますと、

「まあいい、一しょにおいで」

で、わけは分りませんが、それこそメクラのことで、どこへでもつれて行ってやるといわれればうれしく、すぐ伯父に手引きされて出ました。

道々伯父は、何かしきりに考えこんででもいるのか何もいわず、こちらから話しかけても、「うん」とか「ふん」とか生返事《なまへんじ》ばかりです。昨日のコンクリートの道路をまっすぐに歩いてゆきます。ある所へきますと、伯父が急に立止って、

「英一、昨日の事思出してみろ。どうだ。ここで道が二又《ふたまた》に分れてるんだが……うん、まっすぐに行くのと右へ曲るのと。どちらもコンクリートの道で、ただ曲る方のが、道幅が一間幅で、しかもすぐコンクリートの舗道でなくなってるんだが……来てみろ」

と私を引っぱって行くと、まもなく土の道に出ます。

「昨日こういう所歩いたおぼえないか」

「さあ」

と私は困ってしまいます。そんな、あまり微妙で、ど

ちらともさすがに申せることではありませんが、伯父が、

「ちがうらしいな。この先へ行った所にそんな、機械の音がした、夾竹桃《きょうちくとう》――お前のいったのは夾竹桃の花か何かだと思うが――のある百姓家なんかないんだ。どうだ」

「さあ僕よく分らないけど」

「うん」

といって伯父はまた私を手引します。またしばらくきた所で立止って、

「お前は昨日ここで道を曲った覚えないか。ここは完全な二又道で、コンクリート、しかも同じ幅の道が分れてるんだが、ただそれが右へなんで、お前が左側をずっと歩いていたとすると……」

「うん、僕左側を歩いたんだよ」

「だね。だったらしらずに右へ曲るってのがおかしいが」

といわれた場所が、つまりれいの、従兄がいった、道が、のような形で分れているという所にちがいありません。

「何か思い出すことないかどうか、よく考えてごらん」

「ここでかい、伯父さん」

「ああ」

「そうね。でもどうしてそんなことというの」

「いやさ、だから昨日の百姓家の小父さんにお礼がいいたいんだ」

「そうね」

といいましたものの、これもあとで思うのに、伯父はやはり、先にも申した、このお話の結末のことを、既におぼろげに考えていたにちがいありません。いかに可愛がっている甥のことを、世話やいてもらったにしても、たかがしれてるのを、こうも熱心にその人をたずねるというのが、その時はそうも思いませんでしたが、やはり伯父は伯父で、一つの考えにとりつかれていたためにそうであったのだという所ではなかったでしょうか。

「伯父さん」

と突然私は一つ頭に浮んだことがあって、

「思出したよ」

「え」

「ああ。ここの左側にある家なに？」

「ああ、あれかい、映画館だ」

「高いの？」

「ああ、三階建だ」

「分った。きっとここで曲っちゃったんだ。しらずに右へ」

「だってお前は……」

「うん、僕昨日丁度ここへきた時、頭の上でベルがなったんだ、リーンッって。だから方角が分らなくなったんだ。今思い出したよ」

「ほほう」

と伯父はけげんそうに、

「だってそんなことあるんかい。ベルがなったら方角が分らなくなるなんて」

「ああ、それから風が吹いたり、雨がふったりすると、分らなくなっちゃうんだ。それに昨日のはベルの音で立上った拍子に、左の耳の所で自動車の音がした」

「なるほど、そうかい」

と急に元気づいたように、

「よし、じゃあ伯父さんと一緒に行ってみよう」

でまた伯父につれられて歩き出します。もうあとはアッケないほど簡単でした。しばらくして道は土の道にかわり、またしばらく行った所で伯父が、

「あったよ。あの家だ」

「あったの」

「ああ、やっぱり門に夾竹桃があらあ」

で伯父は私に、

「しばらくここで動かずにまっておれ、動くんじゃないよ」

と念をおして入って行ったんでしたが、まもなく帰ってくると、

「駄目だ。誰もいなかったよ」

「誰もいないって」

と私がいいますと、

「ああ、それに奇妙じゃないか、機械の音をきいたっていったね。誰もいないだけならまだしも、そんな機械なんかどこにもありはしない。ただ母屋の横の納屋の中に何かものを最近にもち出した形跡だけはあった。ひょっとすると機械をもち出したあとかもしれない」

× × ×

あとの結末を簡単に申上げましょう。

簡単すぎて、とってつけたようになるかもしれませんが、メクラのことで、大体の筋書だけで細かなことが分らないんです。お許し下さい。

アジトという言葉、これは本拠とか根城《ねじろ》とかいうよう

な意味の言葉だときいています。

皆さんの中には、あるいは御記憶の方もおありでしょうが、先年N町に、ある秘密出版のアジトのあることが分り、大勢あげられたのが、私の伯父の力、ひいては私の、以上のべた経験がきっかけであったなんて、世の中のことというものは妙なまわり合せのものでございますね。

無論一足とびに分ったわけではございません。相当日数をへてからのことではありましたが、私の怪我の功名ということにかわりはないわけでございます。

さよう、改めて申上げるまでもありますまい。私のききましたれいの機械の音というのが、その印刷機の音で、道理こそモオタアのまわるゴーッという音に、カチャンカチャン金属のふれあう音がしたわけでした。

目のみえぬ私にはよく分りませんが、れいの百姓家というのが、ちょっとした林の中にあって目立たず、そこをアジトにえらんだものと思われます。

何と私が迷いこんで助けられたのがそのアジトの一味で、翌日行ってすでに機械のなかったのは、丁度その前晩に機械をトラックでN町へ運んで行ったからなんですが。

但しそこが分るまでに伯父の苦心は、相当並々でないものがあったと後できききました。

いいえ、伯父の最初の思い付は簡単だったようです。その前そのアジトがM町あたりらしいと当りだけついていたんですね（だからこそ向うの方でも警戒を始めて機械を運び去ったんでしょうが）私の経験、とりわけ機械の音というのが、伯父にヒントとなったのでしょう。

それにしても何かもっと手がかりがならないはずと思われるんですが、結局一切メクラの私にはさっぱり何も見当もつかなかった中に、ただ一つだけその後伯父が申した言葉がございます。それはこうでした。

「雲をつかむようではあったが、お前の手引をした男というのが大人のくせに大変背が低かったというんだったね。当然誰の頭にもセムシの男ということが浮ぶだろうじゃないか。所が段々のききこみで、セムシをのせたトラックがN町の方へ走った事が分った。無論それだけじゃないんだが、そんなこんなで雲を掴むような考が当ったんだ。執拗にねばればきっと何かの効果はあるもんだという、これは訓話の材料になりそうだな」

不整形

一

ふとした出来心が、妙な結果をうむことがあるものだ。

盲人の花輪正一が、その晩、同僚の家で、ビールなど御馳走になっての帰りがけ、川沿いを歩いていると、海から通りぬけてくる風が、まことに肌に快いのであった。昼間一日暑さにむされたあと（今つとめ先は夏休みで所在ない盲人には暑さが特にこたえた）同僚と快談をかわし、おまけにビールまで入っている。酒には弱い方でふとその出来心を起してしまった。

「アンマア、カミシモ」とやったものだ。一体、歌は好きで、声に自惚《うぬぼ》れももっている。宴会でもあると、真先《まっさき》に歌を始めるのが彼であった。

それがやるに事を欠いて、歌でなく、「アンマカミシモ」とやった。彼は今アンマなどやっていない。盲学校の先生をし、それは頼まれればもみ療治もやるが、出張してはやらず、まして流しなどやったことはない。つまり昔の自分の商売を思い出して、いたずらにやってみただけだったのだが——

二つ三つくり返した時であった。

「アンマさん」と声がしたので、はッとした。しまったと思ったがもう遅かった。

「アンマさん」ともう一度いわれ、

「は、はい」とこれはどうにも答えないでいられない羽目であった。

「アンマさん、お願いします」といって、こちらの手を握った感じが、先ほどの声といい、若い男らしかった。

「は、はい」とこういう事になると、言葉付まで昔のアンマさん時代らしくなって、

「どちらへ参ります」

「じき近所なんです。親父《おやじ》が今朝から動けなくなっちゃって……」

「さようでございますか。おつれになって下さいまし」

一つには慾もからんだ。つまりたまたまの出来心がそ

ういう商売をさせてくれるとすれば、それだけいくらかの煙草銭《たばこせん》になるというものである。

道々、

「アンマさんどこなんです」

「はい××町でございます」

「なんだ。家も近いんだ。じゃこの辺は……」

「よく存じております。△△町でございましょう。たまに道普請《みちぶしん》でもあると、どうかした拍子に迷いこんで分らなくなることもないでありませんが、さもない限り大丈夫一人でもこの辺なら歩かれます。……何ですか、あなたは学生さん？」

「そうですよ」

「十八位のお方かと思いますが」

「驚いたな、その通りです。声で分りますか」

「お声と、それにあなたのお手の具合が……十代位の方は何といっても皮膚に弾力がありますからね。……大学ですか」

「いや、高等学校です」

「メガネをかけていられますね」

「え？」とおどろいた声で、

「そんなことまで分りますか」

「いいえ」と笑って、

「当てずっぽうですよ。学生さんだからメガネをかけていらっしゃると思ったんです。まさかこれまではいくら何でもメクラには分りません」

「何だ。あてずっぽうですか。僕はまた真にうけてびっくりした」

「ハハハハ。いや御免下さい」

そういって、酔余《すいよ》の花輪正一は心から愉快そうに笑った。

二

学生が一軒の家へつれこんで、

「ここです。上って下さい」と手引きして奥の一と間へつれて行った。せまい家らしい。多分二た間か三間位かと思えた。軒に風鈴の音がし、あけた窓から風は通ってくるが、蒲団がしかれ、人がねていることは、部屋の匂いや気配で感じられる。

「お父さん、アンマさん頼んできた」と手引きしてきた学生がいい、花輪正一を座蒲団に座らせた。

「そうかい、御苦労」

「通りへ出たら偶然アンマさんが通りかかったんだ」

「そうかい。そりゃよかった」そして正一へは「御苦労でした。実は」と容態を説明した。

神経痛の持病があり、時々動けないほどになる。こういう時ハリとアンマをやってもらうと、じきよくなるという。

「なるほど、なるほど」と余りくわしくきかず、相手のからだに手をふれて行った。

かつていじった事のある何十人かの患者のからだに似たような症状のがあった。圧痛点だけが頼りである。さわって痛苦を訴えてもらえば、故障の部位が分り、またはさわって、しこりの具合などで見当をつける。

じき治療にとりかかった。

「持病はお若い時からでございますか」

「そうさね。ここ十年位」

「なるほど」といって、指が相手の足に及んで行った時、

「小児マヒをやられた事がございますね」

「よく分るね。ありました」

「そうでございましょう。それも足のこの辺の御様子ではお若い時分は、相当ビッコを引かれたと思われます。失礼でございますが」

「それまで分りますか」

「分ります。小児マヒもひどければ足腰も丸で立たないわけですが、あなた様の程度ではさようでございますね。失礼ですが、三十位までは両足が平均をとりにくくて、お歩きになるのに難渋なされた、まあその後、それはそれほどでもなくなられた事と思います」

「一々みてきたようにいいますね。これまでたのんだアンマさんで、そこまでいった人はいないが……いや、小児マヒをやったという事だけは、分った人もあるが、そんな三十までとか何とか……何しろもう古いことなんで」

「分っていても申されなかったのかもしれませんね。ここはもう長らくお住いですか」と話題をかえた。

アンマは客と二人、一対一の商売なのである。黙ってばかりいても気づまりなもので、何かと四方山《よもやま》の話をしないと困るのを、ここしばらく商売をはなれていたので、正一は多少勝手の分りかねる思いだ。

その上今は、昔とちがって、学校で生徒に話をする口調が出ようとする。何となく昔とちがって、おしゃべり

になったようなのは、事実はそれだけ年をとって、話題も多くなったためであろう。

「いや、つい最近きた許りです」と問わず語りに相手はつづけた。

「僕はこれで若い時からでは奇妙に一つ所に長く住んだ事がないんでね。大概二三年ずつであっちこっち歩いたもんだ。広島に三年いると大阪へ行って三年、岡山に二年いると思うと仙台に二年というようにね。長い所でも長崎の六年というのが最高だった。放浪癖《ほうろうへき》という所かな」

「さようですか。何か御商売のことで」

「まあそうだ」

「それは面白うございましたでしょうね」

「さあ面白いというか何というか」

「奥さんは?」

「今のあの子をのこして死んでしまったが」

とまで相手のいった時であった。正一は何となくぞっとするようなものにさわった。

「おや、お手がへんでございますね。失礼ですが指が三本しかない」

左手であった。小指と薬指と、親指のあるべき場所に、わずかに筋肉の隆起の残部があるだけ、あとがないのだった。

「ああそれは、子供の時悪戯《いたずら》をした罰で」

「悪戯を?」

「八つ位の時かな、空気銃をおもちゃにして火薬が破裂して指がとんじゃったんだ」

「さようですか。それはそれは」

とその気味のわるい不具の手にさわるのが厭な気分だった。

正一は少年時代まで目がみえた。これが生れつきのメクラとしても、こういう畸形《きけい》の手にさわるのは同じ気味わるさと想像できるが、ましてぼんやりとでも形の想像がつくのである。ある種の不整形な石ころでもさわるような感触は、ぞくぞくとするような気味わるさだ。

「危いことでございましたねえ、本当に」

「すんでに一命を失う所だったんだそうですがね。でも幸いに……時にアンマさん」と急に話題をかえて、

「あなた本当のアンマさんじゃないね。何か外の商売だろう」

「え?」

「いや、何もかくさんでもいいさ。それで別にどうと

いうことはない。治療代は上げるから」

「恐れ入りました」と素直に、

「しかし、どういうことからそんな事を……」

「毎日もみ療治をしている人とそうでない人とのちがいは分るよ。ハハ。指の触覚は何もアンマさんの専売じゃないからね。随分色んな人にもんでもらったしね。それにあなたの言葉付が……あなた先生だろ」

「恐れ入りました」素直にいい、

「ついでにそれだけおっしゃって頂きたいんですが、失礼ですがお名前は……どうもこればかりは、表札がよめませんので仰有《おっしゃ》って頂かなければ分りません」

「もっともだ。綿貫《わたぬき》というんだがね」

「ワタヌキ、ワタに貫《かん》の字をかく」

「そうですよ」

「どうもそれがね。そのお名前がですね、よく患者の方で、二度目にはもう名前を仰有って下さらない方がありましてねえ、これだけは困ります。メアキの方とちがって、こないだ療治してもらったものだがと仰有っても、お顔は分りませんですからね。しかし、一々おききかえしするのも悪いからおききしませんが」

「でもそれじゃ困るでしょう」

「別に困りはいたしません。指が名前を覚えていてくれますからね。この前どこを療治して上げた方か、おからだに触《ふれ》れば指が思出してくれますから」

「なるほど指がね」と患者の綿貫が感心して云った。

三

その指が……指の記憶が、ああ何と長く、かつ記憶のよいものであることか！

その晩おそくなってからであった。

メクラのことで、つとめ先の学校も休みでは、この頃毎日をもて余し気味であった。メアキとちがって、映画をみられるでなく、本も点字のでは、自由に手に入る訳でない。海で泳げるでなく、正直一日をもて余すのだ。ラジオが唯一の楽しみでも、まさか一日きいているわけにもゆかず、ともすれば昼寝など過しがちで、却って夜分にねつけなくなったり、夜中に目がさめてしまったりする。

今日はたまたま同僚と快談し、ビールが入り、そのあと計らざるアルバイトで、帰ってからすぐねつけるにはねつけたが、夜中にふと目がさめると、さてあと目がさえてしまった。

メアキの妻と、五つと三つの二人の子供が同じ部屋でスヤスヤよく眠っている。勿論正一は、妻の顔も子供の顔も見たことはない。六年前に学校の教頭で盲人の、足利先生の世話で結婚した。この妻はメアキの妻とちがった一つの特別の仕事がある。それは盲人の良人《おっと》に、毎日の新聞や雑誌をよんでやることだ。子供が大きくなり、つい最近では上の方の女の子が、ある日正一に「お父ちゃん、アンマさんも人間？」と奇問を発して、正一を驚かせるまでになっていた。

ねつけぬままに妻子の鼾《いびき》をききながら色んな追憶などに耽っていた時、計らず指が、昼間の感触を思い出した。れいの小指と薬指しかない手の感触……不整形の石ころ、但し石ころにしては温味《あたたかみ》のある感触……あの不気味だった感触……

突然正一の指が過去――もう忘れてしまって、長い間思出すこともなかった一つの過去の感触を思出した。

三本指……同じ三本指の不気味な感触を、過去に一度経験したことがあるのだ。

はっとその前に立止って、もうとりついて離れなくなったその記憶というのはこんなことであった。

もう思出すこともなくなっていたも道理――それは二十年も昔の事であった。その頃正一は長崎でくらしていた。

ある一人の奇妙な患者を正一はお得意にもっていた。難波《なんば》という苗字のこの患者は、本当はどこがわるくてアンマが必要というのでないが、奇妙に花輪正一をヒイキにしてくれた。

盲人のことでよくは分らないが、ひどく風変りな生活をしているのである。

ひどく広い屋敷に、一人ぼっちで暮していた。人間嫌いというのであろうか、それとも何か特別の動機からか、正一は、再々出入りしたにも拘らず、かつて一度もその家に、外の人間の気配を感じたことがない。一日何をしているのか、外へ出ることもないらしく、多分学者か何かが著述でもしているのかもしれないと想像していた。

ひどくヒイキにし、足腰をもませることもあるが、大概はただの話相手にし、そのくせたっぷり治療代をくれる。

財産があるのであろう、そして人嫌いは人嫌いでも、正一だけは盲人であるために、何か気安いものを感じ、それで話相手として恰好に考えていたのかもしれぬ。

食事も自炊でやり、どうかすると手料理を正一に陪食させる。当時は正一も独身のことで、あくせくせずにたべて行けた気易さで、こちらも相手を遊び相手話し相手に考えて、暇をみてはよく出入りした。盲人ではメアキでそういうつきあいをしてくれる奇特な人は滅多に得ることもできないのであった。

しかしその交際も約半年ほどで突然終った。その突然の終というのが、しかもある一つの悲劇――正一には当時しばらく悪夢にうなされたような悲劇の記憶と結びついた。

ある雨の日のことであった。

長崎の町は坂が多い。町の通りは不整《ふぞろい》で、しかし盲人でも正一には馴れた道で、一度も迷うこともなかったのが、正一は珍しく道に迷うという経験をしたことがあった。

一体盲人が道を歩く時に頼りにする感覚は第一には聴覚であり、それへ嗅覚と触覚が介添えの役をする。街の音と、風の方向の感じとが主なハタラキをする。

所でこの二つを雨が攪《か》き乱すことがあるので厄介だ。

その日正一は傘をさしていた。傘は盲人のカンを働けないものにしてしまう。その上――その日正一がM町の大通りの、ある四つ辻へさしかかった時であった。頭上で突然ベルの音がした。映画館がそこにあることを知っており、それが三階建で、相当高いこともしっていた。ベルの音がした時、瞬間途惑《とまど》って立止った。しかしやがて歩き出した。

まもなく正一は、どうもあたりの町の様子がいつもと大分ちがっている事に気がついた。

そのM町の大通りをまっすぐに行けば、ずっと町並ばかりつづいて難波の家へゆけると分っていたのに、気がついてみると、いつか町並をはなれた、大へん広々した原っぱのような所にいるのが分った。思い出したのは先刻のベルだ。あの時我しらず立止った。立止った時無意識に足の向きがかわった。そのまま歩き出したので、あらぬ方向へきてしまったと想像がついた。

盲人ではこれは困る。こうなってはもう誰かメアキに手引きしてもらうしか方法がない。

立止ってキョロキョロあたりを見（?）た。生憎《あいにく》なもので、その日に限り、先刻からでは大分はげしくなってきた吹き降りのせいか、通りかかる人も稀なのであった。

全く突然――というのは雨風のせいで足音が聞えなか

ったからだが、傘を左手にもっている。あいている方の右手を、一つの手がさわった。手のもち主が、

「盲人《めくら》の方ですね。どうしました。道に迷ったんですか」といった。

「は、はい」

「それはお困りですね。どららへゆかれます。つれって上げましょう」

「これはどうも有がとうございます。いえ、何、ここが何町だか教えて下さればいいんです」

「T町ですよ」

「ああ、するとM町の大通りは……」

「ああそれは……どちらから来られました」

「S町の方から」

「分った。あなたそれじゃ途中で曲っちゃったんだ」

「恐れ入りますがM町の通りまでおつれ下さいませんでしょうか。雨で人様の通られるのが少いので」

「いいです。つれてって上げる」

そういってその人は左手で、正一の右手をぐっとつかんで歩き出した時、その感触がへんてこであった。ぐっとつかんでとは実際不正確極まる表現になる。事実は反対に正一の方が相手をつかまなければならず（手ごたえがなかった）つかんだ感触が忽ち相手が三本指であることに気がついた。

親指は隆起の残部だけ、なかの二本欠いて、あと小指と薬指だけの手。

手引きされて黙っているのも気づまりで、さし当りそのことをきいてみようと思ったが見合せた。人は身体の欠所に話をふれられることを、何より嫌うことは、盲人として正一が一番よくしっていることであった。

しかも正一の今の場合、更に彼は歩いている内に、相手のからだにもう一つの欠所のあることを発見した。

手引きしてくれているその相手の歩き方が何となく踊っているように感じられるのである。はてなと思って耳をすますと、相手の右足と左足が、ちがった重さで地面をふんでいるのではないかと思われた。

ビッコらしいのだ。ビッコで三本指——しかしそのビッコということも、好奇心はわきながらも、話に出して確かめてみることは躊躇《ちゅうちょ》している内に、二人はM町の四つ辻にさしかかったとみえ、その角に、映画館と向きあって、大きいチャンポンそばやがある。そのそばやの、これは嗅覚ではっきり存在の分る、その馴染のある匂が正一に認知されると、

「ああ、M町の大通りに参りましたね。どうも有がとうございました」

「どこへゆかれるのか、何だったらつれてって上げてもいいが」

「いえ、もう大丈夫でございます。あとはまっすぐ参ればよろしいんですから」

「そうですか。じゃあ気をつけて」

男はそういって向うへ去る。正一は難波の家へ向う。しかし正一のその日の奇怪な経験は、これだけでは終らないのであった。むしろそのあとが彼の指――いや、視覚を欠いた彼の全感覚が、非常な緊迫感で動員される場面が難波の家で彼を待っていた。

四

……瞬間花輪正一は、文句通り茫然と、立木のように佇立《ちょりつ》してしまった。

大通りに向かず、大通りから少しそれた、何百坪かの敷地の、まわりを頑丈な石塀に囲まれた家であると、様子で知っていた。門を入り、何の木かこんもりした植込の中を玄関へ。独り住居《ずまい》で、家の中もあれ放題にし、家具なども金目のものもなかったのかもしれない。いつも玄関の戸じまりをしている様子もなく、廊下は何か煤と埃の匂がした。ただその廊下を幾曲りした奥の、いつも主人公がいる八畳間位の広い部屋だけとみえないでも人の住居《すまい》というのにふさわしい気分が、どこかに感じられた。

いつもの例で、まっすぐその居間へ通り、襖をあけて、「難波さん」と声をかけた。所がいつも声に応じて必ず、「やあ花輪君か、よくきたね、お入り」という声がするのに、その日に限って中から何の返事もない。

これは非常に珍しいことであった。

途惑って「難波さん」と何度か大声にくり返した。やはり返事がなかった。

かえろうとしたが、もしまた庭にでもと、廊下から庭によびかけ、やはり返事がなく、足はひとりでに裏の台所の方へ向った。

盲人ではもうこうなっては、相手が声をかけてくれない限り、こちらからでは何ともしようもないのだ。相手の方でみつけてくれぬ限り、たとえわずか百坪の敷地でも、一日さがして相手をみつけ出すことはできぬ道理だ。

所が正一は、その時どうしてもみつからぬまま広い台所をあっちこっちしている内、ふと物置につかっているとおぼしい納戸《なんど》の方から、人間のうめき声らしいのがする。驚いて中へ入り、

「難波さん、どうかしましたか」といった時、たしかに人のいる気配なので、近よると人のうめき声らしいのが高くなり、しかしやはり返事がない。

「どうかしたんですか」と何度目かに云って、手をさしのべながらその方へ歩みよると（盲人は無意識に、ともすると手をからだに先行させる。そういう普通でない場面では尚更だ）

「うーム。うーム」

「どうかしたんですか」とにじりよると、横倒しになっているものにつまずいた。

人間なのだ。かがんでさわってみると、盲人の指は、いつもそのからだを扱いつけている難波に間違ないので、

「難波さん……難波さん」

「うーム」

気のせいか、うめき声に何となく鬼気があった。

到頭そこへ坐ってしまった。

相手のからだをなでまわした。暖味《あたたかみ》はあり外見別に格別の異常はないのであった。

突然耳のはたで難波の声で云った。

「ビッコの三本指は……」

そこでとぎれた。はっとして、

「ビッコの三本指……三本指がどうかしましたか」

「ビッコ……三本指……は……」

二度目にいった。

「え、どうしました。そのビッコが」

「ビッコ……三本指……は……」

もう一度いった。それで声がとぎれてしまった。

うめき声が弱まり、やがてしんとなった。今になって漸く、ぼんやり感じていたことがはっきりなった。相手の難波が、瀕死の状態にあったのが、ついに息たえたことが明かであった。

茫然と立上って、茫然と佇立していた。

途方にくれて、立木のように動けなくなっていた。

五

花輪正一は、その後何年か、想い出してはいつもその変事に出あった自分が、そのあととった行動が、自分に責められる思いであった。

どうにも単なる急病による死とは思えずある陰惨な想像を真相としか考えられない自分を、どうすることもできなかった。

殺人……それも難波の瀕死の言葉と結びつけて、れいの三本指のビッコ……自分を手引きしてくれたあの親切ものが、何か関係がありそうに思えてならない。

偶然にしてはあまりに二つのものがピントがあう。

勿論みえないのだから色々のことが分らない。例えば殺人とすると、難波は一体どのようにして殺されていたか、血の匂いがしたわけでなく、さわって骨折もなかったようだが、殺人の方法は撲殺や刺殺に限ったわけではあるまい。いずれにしてもみえないのではどうにも分りようはない。

彼のその立場で、どうすべきであったろうか。

勿論それが変事である場合はいうまでもなくかりに急病死としてでも、どこかへ届けでなければならない――それは最初の目撃者（？）の義務だ。

そう分っていて、しかし正一は存外妙な気おくれを感じてしまった。

抑々《よくよく》盲人にはメアキには分らない気おくれがある。かりに警察へ届け出たとする。メクラが夢をみたんだろうと思われるかもしれず、それでなくても難波の日常の生活が生活だった。

一向《いっこう》世間づきあいというものをしていたらしくない人間――かりに殺人事件として、まさかとは思うが、自分の立場は頗る奇妙なものにならないだろうか。

かりに三本指のビッコ――あの自分を手引してくれた親切ものを話にもち出した場合どうなるか。自分はその男の顔をみたわけでなく、どこからきてどこへ行ったか、丸でしらないのだ。これもメアキに、そういう人間の話をもち出して、どの程度信用してもらえるか。

大体警察へ出向く事自身、すでに当時の若かった正一には臆劫《おっくう》であった。第一警察がどこかしらず、人に手引してもらわねばならない。それでも何でも出向くべきであった。しかしそうしなかった。

メクラの自分が出る幕でないように思われ、やがてそうこうする内、あの納戸での場面そのものさえが、夢ではなかったかというような——視覚を欠いている場合、ひいては人は、自分の全感覚に完全の信頼をおきかねるような気分になる。

むしろこれは、誰かメアキが変事を発見してさわぎ出すのを待つ方がよくはないか、それともああいう生活をしていた難波さんのことで、容易に変事自体発見されないであろうか。

それでも翌日には、あれこれ考えて、警察へ出向く決心であったが、変事は幸か不幸か、彼がいよいよ出向こうと決心する前、すでに偶然の行商人によって発見されてしまった。——それを正一は、一人のアンマのお得意の人から耳にした。

その人自身、町の評判を綜合して話したのだが、難波は近所づきあいをしない変人だったので、ぱっと噂がひろまったわけらしい。現場の様子は、正一自身の想像と一致した。つまり血はどこにも流されてはいなかった。撲殺でもなかった。正一は難波のからだをすっかり撫で廻したように思うが、間違なかったらしい。

警察の見込は心臓の故障のための変死というのであった。これは正一は、心臓に故障のあることはかねてから当人からきいていた。

しかしあのドタン場の最後の言葉をきいた正一には、それだけとは思えなかった。

殺人——と思えてならない。

何しろれいの三本指のことを申し出るべきであると思った。

しかし遂に正一は怯懦《きょうだ》に構えた。

当座悪夢にうなされながらも、目撃者の義務を怠った。

六

花輪正一は翌日も、綿貫の家へ治療に出向いて行った。

「あなたは」ともみながらきり出した。

「昨日うかがいますと、長崎に永らくお住いだったそうですが、いつ頃のことですか」

「そうさな」と相手はしずかに云った。

「昭和五年頃から十年頃かと思うが」

「十年頃にね。なるほど、私もその頃長崎に居りました。御記憶でしょうか、M町の十字路の角に映画館があって、その向いがチャンポンそばやで」

「ああ、そうでしたね、よくおぼえているよ」

といった相手の言葉に、正一が期待していたような、さっと緊張した気分は丸で感じられないのであった。（もうあの時彼を手引きしたのが綿貫ときめていた。正一は自分の方が興奮して、相手の気分を先廻して忖度《そんたく》しがちであった）

昨夜は一と晩考えこんだ。とにかく三本指でビッコの男が、そうそう沢山いようにも思えない。長崎というのも一致するし、昨日の話では方々放浪して歩いたというのも、何か追われるものの姿といったようなものが感じられなくはない。つまりそれは警察から追われてというのではなくても（あの時は難波の変死ということで結着がついたから）何か外の余罪とか、または、いってみれば自分の良心とでもいうようなものにおわれたのかもしれない。

しかし正一は、相手の顔がみえないのであるから、今の場合、想像のようなさっと緊張した気分を、もし相手は顔にあらわしたとしても、所詮分りかねることではあった。

「その頃でした。町に一つの妙な変死者の事件があったんでございますが、御記憶ございますすまいか」

「変死者？」

「さようでございます。難波という方でした。私その方にひどく可愛がられて、しょっ中お宅に出入りしたものでございますがね……多分私以外は難波さんの家へ入ったものはございますまいよ。いつもひっそりと一人っきりで……変屈な方でございました。その方が急になくなって……」

「そんなことがあったようですね。それが何か」

と相手がいった。

「実はそれについて、多分私一人だけが知っていることがございましてねえ。というのは、あれはどうやら殺人事件じゃないかと思われるんですが」

「……」

心なしか相手のからだに触っている正一の指が綿貫の皮膚の緊張を感じとった。

「と申しますのはね、こういうことなんです。あれは何月頃だったか、多分梅雨時だったように思っております。ある雨ふりの日、私ひどく道に迷ったことがありましてね。M町の先刻申したその映画館の所から、道を、しらずに曲ってしまったおかげで、行けども行けども目的の所につきません。目的の所というのがその難波さんの所だったんですが、途方にくれていると、一人のメアキの方に救われました。そのメアキの方というのが、あれです……手の指は三本、そしてビッコをひく方でしたがね」

「……」

「御親切な方で、私の手を引いてM町の大通りまでつれてきて下さり、そこでお別れして、私は難波さんのお宅の方へ参る。ひろいお屋敷でしてねえ、メクラのことでよくは分りませんが、お座敷がいくつもあるのに、召使もつかわないで、一人っきりでおくらしでしたが、いつもおいでになるお部屋をのぞいてもおみえになりません。みえない私のことで、どうにもそうなっては途方にくれて、方々さがす内、到頭台所の傍の納戸の中に、当の御主人が、倒れてうめいていられる所へ行きあったんですが、そばへよって声をかけますと、突然『ビッコの三本指は……』と謎のようなことを仰有います。あと何かつづけて仰有る所だったのでしょうが、苦しかったんでしょう。それだけで何も仰有いません。ただ同じ言葉だけ三度つづけていわれて、そのまま亡くなられたんですがね……どうもその言葉が忘れられませんでしてね、つまりこれは自分がそういうものに殺されたと仰有りたかったんじゃないかと思えてならないんですが……いえ、私見えこそしなかったが分りました。刺傷も骨折もなかったんで、警察が単に変死としてしまったのは……普段から心臓の故障のことを伺っていましたし、私も、それはそれで筋は通っていると思いますが、どうも私も詮索好きなものでございますから……じつは私その後になりましてね、みえないながらあのへんの地理を少し探ってみて分りましたのは、私がれいの三本指の方にみつけて頂いた場所ですね。難波さんのお宅からでは丁度、M町の大通りの方へ道をとらないとすると、別の近道になる。つまり私の住んでおりましたS町の方から、難波さんのお宅までと、難波さんのお宅から、私がみつけて頂いたT町、T町からM町の映画館の所までが、大体正三角形になるような地形なんで……とすると私が道を迷ってうろうろしている所へ、その難波さんのいわれたビッコの三本指の方が、恐らくは犯行のあとでさしかかる道理だと分るわけなんですが、いかがでございましょう。どうも私メクラのくせに、そういうことも理づめに考えてみるのが好きでございまして……これで目のみえた時分コナン・ドイルの小説なんかも随分愛読したものでして……いや何も、そう私が申しましても、今更そのビッコの三本指の方が、万一私の前にあらわれました所が、私として、どうしようという考もべつにございません。警察が単なる変死にしてしまった事件を、それももう二十年も前の事件をでございますね。今更メクラの私がおせっかいにあばき立て、どうするということも……そんなことができても私はいたしますまいが、ただ何と申しますか真相のための真相とでも申しましょうか。私やはりものごとははっきりした真相がつかんでみたい方で……！　よろしゅうございますか。じつはそれで私、昨夜ねつけないままに、ふと考えついたことがございますんですが、それは……申し上げてみましょうですが、いかがでしょう」

「……」

「それはでございますね。『ビッコの三本指は』と難波さんのいわれた、その『は』でございます。私これは、テニオハのハと考えておりました。つまりビッコの三本指についてそれを主格にした何かの言葉がはじまる所と普通には解釈できましょうし、またずっとそう考えていたんでございますが、昨夜ねられぬままにふと考えつきました一つの解釈は……いかがでございましょう。申し上げますから、そういう解釈が成り立つかどうかお考えを伺いたいもので……」

「なるほど。どういう御解釈ですか」と相手が言葉を挟んだ。

「それはでございますね。それは『は』字でかくと『は』ですが、発音では元より『わ』です。で、これがもし『わ』という音で始まるその殺人者の苗字のはじめだとしたら……そのものに殺された、殺されかけたといいたかった、たとえばワタナベとか、ワダとか、またはワタヌキとか……」

「え？」とびっくりして相手は叫んで、

「ワタヌキ？　じゃあ私が三本指で、ビッコでワタヌキだから」

「はい、いえ、何もそう改って仰有いませんでも……何しろ変死ということで、頓死ということで片づいていることですし、難波さんは心臓がお弱かったんですから」

「なるほど。お見事ですね。面白い。仲々面白い」

「なに、私これで、将棋などもいたします方で」

「将棋を？」

「はい、勿論盲人では普通の将棋盤ではいたすことはできません。普通より大き目のものをつくり、盤面の線の代りに、細い棒をうちつけましてね。駒は上へ、釘で、王とか金とか点字をうって分るようにしていたしますが……勿論駒の動きは一々頭の中にかきながら……」

「なるほど」

「いかがでございましょう。私が申したこと、果して王をつめていましょうですかどうですか……それともまだ王は逃げる道がございますか、それともまた攻め手はあなたの方で、私の駒をとるなり、私の方の王手をおもちあわせになっているなりで、つむのはまだまだというような……いかがでしょう。御意見が伺いたいものでございます」

「ふんふん。詰め将棋ときましたね。いよいよ面白い。しかしその詰め手があっているかどうか。すぐ今云わなければなりませんか」

「いいえ何、御都合の時で……たとえば外に分らないこと、たとえば将棋とちがいまして、これはつめ手に意味が、つまり殺意には動機が……」

「その内お教えしましょう」と相手はしばらくしてからいった。

「どうせ落着してしまった事件です。一日二日を争うわけでもないでしょうから」

「いいえ、それはもう」

「じゃあ」

七

花輪正一はつとめ先が夏休みで、一日中所在ないまま、妙に期待で数日をくらした。

薬がききすぎたような気がした。あらぬことをいってしまったような……恐らく盲人の詮索がすぎて……自信があるようでも、みえないのでは分らぬことが多く、どんな奇手が用意されているかもしれぬような、メアキと将棋をやっている時の感じにそれがあり、それがまた、将棋をやる一つの魅力であるのだが。

四日たち、五日たち、何の沙汰もない。

その内お教えしましょうといった。

まってくれといった。

れいの伜の高校生でも迎えによこすというのかしら。

一週間目の朝、正一の家の玄関先で「今日は」れいの高校生の声であった。

「今日また治療をおねがいします。一緒にきて下さい」とあってみると青年がいった。

…………………………

「さあさあまず」と綿貫は、花輪正一が奥の部屋へ通ると丁重にいった。蒲団はしかれていず、綿貫も向い側の座蒲団に坐った気配でもあった。

「どうも恐れ入りましたよ。こないだのお話は」とはじめた。

「最初にまずあなた試してみて下さい。立ってね」

正一がいわれるままに立つと、彼の右手をれいの三本指で握って、

「この感触に覚えがあると仰有るんですね。なるほどなるほど。それは私の方もおぼえがある。声が……どうですか。私の声にもおぼえがありますか」

「いや声までは」

と正一がいいつまった。これが浪花節《なにわぶし》語りの声とかまたは甲高《かんだか》いとか、角力《すもう》とりのようにどすんどすんとかいう特徴でもあるのならだが、事実はそんな特徴のない声で、さすがに記憶になかった。

「よろしい。坐って下さい」と正一を坐らせて、「あなたの詰め手の勝ちです。二三ちがっている点もあるが、止むをえないでしょう。何しろあなたも盲人のことですからね。

仰せの通り僕が難波を殺した。いや、殺したんじゃない。殺意がなかったとはいわないが、結局警察の判断が正しいんだ。精神にショックを与えたという意味で、難波の急死の原因をつくったのは僕だが、但し難波の側にも非は大いにあった。こういうわけでした。

あなたはおみえにならないことで、かつ難波から多分話をきいてはいられなかったろうが、一体難波がそういう人間嫌いの生活をしていた動機は、多分御推察はつかないじゃないかと思いますよ。

人が、変屈に大きな屋敷に一人きりでいる。どうしてだか、特別の動機があろうとは思わなかったんですか。

多分あなたは触ったことなかったんでしょうね。難波は採鉱の技師だった。難波のいたあの部屋に、色んな鉱石や何かあったのだがそれは気がつかないか、触れても普通の石か何かだと気にとめなかったのかもしれません。

元々あんな性分の男じゃなかったんだ。僕も同じ方面の仕事——採鉱の方をやっていた。朝鮮へ二人ででかけて、ある山の試掘に成功した。詳しいことは省くが、二人共同で、ある鉱脈を掘りあてましてね、莫大な利益を

収めてかえりに、ひどい奴で、私をある山の崖からつき落した。先へかえってしまった。

　幸いしかし、私の運がよくて、私は一人の朝鮮人に救けられた。それを彼はしらなかった。

　一と足おくれて、巨万の富を私してかえった彼の行方をたずねた。散々《さんざん》たずねた末が、長崎にいることが分った。難波の奴、私を殺害しようとしたが、果して殺害し果せたかどうかの自信まではなかったので、いついつ復讐をうけるかと、警戒し、そのためあなたが御存じのような、人間嫌いの生活をしていたんだってことがお分りでしょう。

　風の便りに私の生存を知り、殻にとじこもって、人にみられないように、みつからないように、とりわけ私に発見されないようにと一生懸命辺りに気をくばりながら、小さく小さく生きていたのに違いないんだ。

　端折《はしょ》って簡単に経過だけをいいますが、彼の所在をつきとめ、のりこんでゆく前に、警告の手紙を出した。しかるべく筋を通す、つまり利益の何パーセントをよこすというようなことで折合おう。彼が私を殺そうとかかったことについては、結果的には大事には至らなかったんだし、場合によっては目をつぶってもいいというような手紙をやったと思うが、返事をよこさない。結局のりこんでゆくようなことになった。それがそのあなたの御記憶になっている、吹き降りの日であった。

　私を警戒しているにしては、戸じまりなどもしてなく、楽に入ってゆくことができた。

　彼を奥の居間に発見して、

「やあ難波、しばらくだな」と声をかけるとひどい奴で、私を、始めから殺意があるとみてか、いきなり傍の採鉱用のシャベルをふり上げてかかってきた。

　正直私には、最初は殺意はなく、穏便《おんびん》にことを落着させるつもりであったのが、こうなっては私の方がかっとなった。

　夢中で彼を慢罵《まんば》しながら、彼の手からシャベルを奪おうと、傍へよってゆくと、どうしたのかシャベルを放り出してにげ出した。つまりその時心臓の衝撃がきたんではないかと思われる。だから現場に、格闘のあとなどは全然どこにものこらなかったのだ。

　おわれながら台所の方へ。そしてばったり倒れた。

　もう顔色が生色を失ってしまっていた。

　私に殺意がなかったとはいわないが、殺意が何かの行動にでる余地は丸でなく、倒れてしまったんだった。

でそうなると、私の立場は奇妙なものであった。何しろそうしているわけにはゆかない。そのまま私は難波の家を出たが、誰も私が難波の家へ入るのも出るのも、みたものはなかったように思う。でそのあとはあなたが御存じの通りです」

「……」

あまりに呆気なく、正一の探偵癖《たんていぐせ》が充たされてしまった。しばらくは呆然と、正一は軒の風鈴の音をきいていた。

八

「ハハハハハ。ハハハハハハハハ」

と突然綿貫は笑い出した。それはさもおかしくてたまらぬというような笑い方で、ヒステリックでさえあった。

「ハハハハハハ。ハハハハハ」

としばらく笑いつづけたあと、ふと笑いやめて、

「いや、これは失礼。つい可笑しかったものだから。しかしこれは笑ったのは私がわるかった。許してくれたまえ。ついあまりあなたがシャーロック・ホームズをきめこまれるものだから」

「と申しますと」

と正一がいった。

「いや、許したまえ」

ともう一度いって、

「決して盲人を愚弄するつもりはなかったんだが、あなたがそこまで真にうけてしまおうとは思わなかった。おどろきましたねえ。実は私はそんな難波なんて人はしらないんですよ。まして私は鉱山の採掘なんかやったことはない。今いったのは全部つくりごとです」

「え?」

「いえ、つくりごとといっても、但し丸でのつくりごとというわけでもない。真実あるにはあったことなんだが、但し私のことじゃないんだ。まあきいてくれたまえ」

そう前おきして話し出した。

「あなたは第一、三本指の男としきりにそれにこだわられるが、広い世界に、私のように指が三本しかない人間てのが、外に一人も、ないときめてしまわれたのが、可笑しいではありませんか。病気で指を失う人もある。私のようにいたずらから失うものもある。そうしてあな

たは、ひどく自分の指の感覚とか、指の記憶とかいうことをいわれる。盲人を愚弄したいんじゃないが、たまにそういう畸形の指にさわった感触が、二十年も時間の間隔があって正確に思出すことができるといい切れるでしょうか。

その上もう一つ、あなたはビッコのことをいう。これもですよ、あなたは三本指の上にビッコと二つの特長が重なった場合を、非常に数の少いものにお考えで、それはなるほど理由はあるけれど、やはりそういう二重の特長の人が、世界にたった一人しかいないわけじゃありますまい。第一あなたは私のビッコということを、私のからだにのこっている小児マヒの痕跡から推察されたわけだが、それだって盲人に向って失礼ですが、そのビッコの程度が、どの程度だったかはっきり分るというまでの自信はありますか。

私のビッコの程度は高《たか》がしれていた。ことに昭和十年頃にはもう殆ど分らない程度になっていた。

そこで私は、結局あなたを満足させるために、私があの一人のビッコで三本指だった男と知り合であったこと、その男がもう、今死んでいるが、死ぬちょっと前に私にした告白を簡単にお話ししよう。

戦争で、日本の小都市が盛に爆撃されている頃であった。ある日私は町で爆撃にあい、私自身は被害はうけなかったが、爆撃のために爆弾の破片から負傷でうごけなくなっている一人の男と知り合になった。

その男が被害をうけたのは元来ビッコで行動に敏活を欠く上に、破片が一方のしっかりしている方の足にあたり、そうなっては全然どうにも動きがとれぬ哀れな有様であった。

それも私が何の気なしにみると、男の左手の指が三本しかない。そっくり私と同じなんだ。

私はひどく同情の念にかられた。早速男を私の家へつれてきた。

それ以来私はその渡瀬という男と懇意にゆききした。ビッコで三本指という身体上の欠所が、そっくり私と同じなんで、人はそういうからだの方の、特に欠所の方の共通点に、たとえばメクラはメクラと、ツンボはツンボというように特別に同情的なものと思う。

私は渡瀬と五年ほどつきあった。幸い不具の手が左なので、彼は筆耕などしてどうやらたべてはいたが、からだは丈夫でなく、胸を病んでいて薬餌《やくじ》にしたしむことが多かった。私にいくらか経済の余裕があったので、大分彼を生活の上で助けてやることができた。

我々は互の共通の不具——といっても私のビッコというのは、彼は随分のちになって、私の話をきくまでしらなかったほどだが、その共通の不具の話から、渡瀬が死ぬ少し前私は彼から問わず語りにきいた一つの追憶が、長崎での彼の、難波というヤマ師とのイキサツであった。

私がさっきいった物語は、私のことじゃないんですよ。そっくりそのまま、渡瀬と難波のイキサツなんだ。本当らしくきこえましたかしら。ハハ。

いや、これは失礼。やっぱりわるかったかな。あなたは盲人だ。やっぱり僕が盲人のあなたを愚弄したことになるかしら」

「……」

今度は、正一が黙りこくってしまう番であった。

盲人だてらの探偵ぶりはやはりイタにつかず、これは愚弄をうけても仕方のない場合であるのかしら。

しかし彼はややあって云った。

「なるほど分りました。そうだったんですか。ふん。でもたった一つ、難波さんのいった『ビッコの三本指は』の『は』は……」

「いや、なるほどねえ」

と相手は笑って、

「それはやはり間違なかったじゃないかと仰有る。なるほどねえ。だけど物事はそう一面的にばかりきめてしまっていいでしょうかねえ。つまりあなたはその『は』がワタセのワだと仰有るんでしょう」

「ちがうんですか」

「さあ分りませんね。というのはワタセはひどくワキガの匂のつよい人でした。ワキガといいたかったのかもしれませんし……さあそれよりやはりこれは、あなたがいわれたテニオハのハじゃないんですか。『ビッコの三本指ワキガ』かな『ワタセ』かな、それとも『ビッコの三本指は』何とかかんとかいうんか、そんなことが分るもんですか」

落胤の恐怖

一

どうかすると、途方もない思い付《つき》を、口にするタイプの人間がいるものだ。最初きくと、何のことかと思う。よく考えて、微笑されてきたり、なるほどとうなってみたりする。

「君、犬の顔面神経は尻にあるんだね」

といった奴があった。よく分らなかった。やがて犬は、喜悦の表情をシッポを振ることで示す。それをいってるのだと分って、何となく感服した。

フランツ・カフカの小説「変身」のはじめ、主人公がある朝ふと目がさめると毒虫に変っていたという所をよんで、こんなことを云い出した奴があった。

「君、犬は四つ足だね。昆虫は六本、ムカデのような虫になると、実に何本と勘定しきれない足があるだろう。僕不思議に思ってることが一つあるんだが、人間は二本足だからいい、犬や馬は四本位だからまだしもそんなでもないとして、ムカデ位になると、あれでよく、あんなに沢山の足が、前足と後足とぶつかったり、後足の方が前足より先に行っちゃってもつれてころんだりしないのが、不思議でならない」

ちょっときくと馬鹿げている。それでいてどこかもっともな議論だと思わすものが、何かないでもない。

佐藤商事会社の重役佐藤政也と野村産業の社長野村一太郎とが、クラブのロビーで、ウイスキーをのみながら話しこんでいた。野村一太郎は時々奇矯な言葉をいって、人を笑わせたり、感心させたりする、今いったタイプの人間に属するのだが、それも道理、彼は昔文学青年であったという閲歴をもっていた。

「君はこんな事考えたことがないかい。つまり、日本中のどこかに君の落胤《らくいん》がいる、君自身が知らない君自身の子供がいるという事を」

「何だって」と佐藤政也がいった。

「僕のしらない僕の子供?」

「そうだよ。だってそうじゃないか。無論、君は今日まで、商用で日本全国をとび廻った。その間には君が関係をもった女も、素人玄人《しろうとくろうと》とも随分いなかったとは云わせない」

「そりゃそうだが」

と佐藤政也は、そばに控えているボーイの大鐘《おおかね》庄一を顧みた。大鐘は野村一太郎がクラブに世話したボーイだが、黒い色メガネをかけている。色素性盲膜炎《しきそせいもうまくえん》とかたしかいった、昼間の光の中ではものが見えにくい目なので、それを調節するためだという。

話が話なので顧みられたのだが、別段のことでもないので、

「また君は何だって急にそんなことを……」

「前からよくそんなことを思ったんだ。男というものはね、いわば無責任に方々へ精子をまき散らして歩く。どこに彼の落胤がいるか分らない。君もしってのように、僕は昔小説をかいていた。ある一人の男がいて、ある時ふとそんなことを思う。思うと何だか恐ろしくてたまらなくなってくる。そういうことを一つ小説にしようと考えたんだが、うまくゆかなかった」

「おやおや、何だ。小説の話かい」

と佐藤政也は興ざめしたように云ったが、

「まてよ」

と急に真顔《まがお》になって、

「そういえば思出したが、僕の知人の中にそういう恐怖を味わったものならいるよ」

「ほほう。どういう」

「ここのクラブで、大平鉱業の江波さん、島本絹糸の武蔵さん、それに村田食品の村田さん――知らないだろうね、君のクラブ入会前の常連だったから。その人々とよく顔を合わしていた頃、一つの殺人事件があったんだ。しらないかしら。バア・イスタンブールの女将《おかみ》が殺されて、一人の容疑者があげられた」

「ああれ。一週間ほど逃げまわって到頭つかまったあの大学生だろう」

「うん、そう。その容疑者がいった言葉の中に、自分がもし、まともに父親に育てられたら、こんな大それたことをやる人間にはならなかったろう。自分の父親は、若い頃自分の母親に子供を孕《はら》ませてすててしまった。母親は女手一つで自分を育てた。つまり私生児なんだ。そのヒガミが自分を、こんな曲った人間にしてしまった」

「そうそう思出した。たしか新聞に出たね、その青年

の言葉が。何でもしかし自分は父親が誰かということは、母親からきいて知ってはいるが、父親の名は云わない。それは、父親の名誉を考えてとか何とかいう殊勝な考からではない。どこどこまでも父親は憎む。憎むがいわない。かりに自分が今こういったことが、もし新聞にでも出たら、思い当る父親は必ずや苦しむ。それだけでよい。その方がよいとか何とかいったという」

「そうなんだ。しかもそのあと、追究されて、父親が財界の大立物《おおだてもの》だとまでは云った。さあこうなると、我々いずれも一騎当千《いっきとうせん》のものたちなので……」

「そうはいったが、いついつその子が、父親の名を公表しない限りはないという恐怖か、ひょっとすると、自分が殺人犯の父親になるかもしれないという」

「つまりそうなんだがね」

「やれやれ」

と野村一太郎は、

「大鐘君、ビールをもらおう」

と豪酒の彼はボーイに命じてから、

「で無事だったかい」

「無論無事だった。いずれも身に覚えがあるので、どうかと思ったというのは、これはその頃ある別の、これも財界の巨頭の一人が、覚えのない息子に名のり出られて、これはしこたま金をまきあげられたのがあってね」

大鐘が戻ってきて、二人の前にコップをおき、ビールをついだので、話は少しとぎれたあと、

「しかし僕の場合は」

と佐藤政也は、それまでになくしんみりしたような調子でいい出した。風かおる五月、ロビーの窓からは大都会の騒音が入ってくるが、階も高いので、そううるさくてたまらぬというほどでもなく、空は晴れているが、これもまだ五月といえば、そうそうまぶしくてたまらぬというほどでもない。ロビーの一隅で、鳥籠のカナリヤがないている。

「そうまだ話したことがなかったね」

と続けて、

「じつは君がへんなことをいい出すもんだから、つい昔のことを思い出したってわけだが」

「ほほう。どういうね。落胤の事についてかい」

「うん、まあね」

佐藤政也。年は四十五。でっぷりした体軀。酒ぶとりというのかもしれない。ずっと独身の生活を通している。というのはつまり、はっきりした女がいないという事だ

が。広い屋敷にたった一人、ばあやと女中をおいて暮しているのだが、御乱行のほまれだけは仲間うちに高い。それは——

「僕がなぜ正妻をもたないか、ということだが、それについては理由はあるんで」

「どういうね」

「あまり誰にも話さなかった。話そう」

二

……二十年前。佐藤政也は、大学を出て、まだサラリーマンになりたての頃、課長の皆川守というものに見出されて、ある家柄の美貌の娘と、人も羨む結婚をした。自身の幸運を射あてたと思っていた。それが——

結婚ようやく一年頃のある日、彼は無名の一通の手紙をうけとったが、その内容がまことに奇怪なものであった。

彼の妻——玉枝が、彼の知人の一人と密通している。その人間の名は、敢て明かさないが、あなた自身見出すことができるであろう。あなたの妻は、六月×日夜、市内××町×番地にある豪壮な邸宅——今は外部からは、立木など茂り放題におい茂って、人の住んでいるともみえない、廃家《はいか》じみた家であるが、またそれならばこそ彼らが、密会場所に最適と考えたわけであるが、そこへ行ってみるがよい。家は元より中から戸じまりが厳重にしてあるであろうが、自分の指示に従えば、密会男女の睦言《むつごと》をきくこともできれば、気づかれずに屋内へ侵入することもできる。家の構造が、非常に床が高く出来上っている。東側の便所に近いある一角から、縁の下にもぐりこめば、難なく家の床下に忍びいることができる。

八室ある平家建であるが、あなたは難なくその内の一室に、密会男女の声をきくことができるであろう。なお床下への入り口——れいの東側の便所の近くに、一カ所、下からもち上げれば難なく縁の板張《いたばり》がもち上る所がある。そこからあなたは屋内へ侵入できるというのだ。

「文学志願だったという君を前において、そういうのもナンだが」

と佐藤政也がつづけた。

「何というか奇妙に探偵小説じみた手紙なんだ。馬鹿げてはいる。そんなお節介《せっかい》をする奴の心当りがないのは元より、内容からいっても、そんな家の構造に、あまりくわしいのもへんだし、ありそうもない上に、第一この当の僕が、妻の不貞なんて、疑ってみたこともなかった。相手の男の名をしってるくせに、妙に気をもたせて、知ってるが敢て教えないというのもどういう意図なのか。馬鹿々々しいと一笑に附してしまえば、しまえる場合だった。が、何となく気になった。

どういう人間の投書だろう。これはうすうす見当だけはつかないでもない。つまりそういうお節介をする奴自身、あるいは玉枝にいいよって袖にされた恨みから、邪《じゃ》恋《れん》の勝利者を、僕というオセロに暴露しようというのであろうか、それにしても元より誰それという心当りも全くない。妻をめぐって何人かの男の恋の鞘《さや》あて、――そんな事は僕には想像もできなかった。それでもやっぱり、すてておけない気がするんだった。まずその六月×日に、果して妻がどのようにでてくるか、それを見定めることにした。

投書者の投書が真実をいってるらしいのに驚いたことに、六月×日の前日になると、果せる哉《かな》妻が、明日（土曜だったと思う）実家へ行ってきてよいかと僕に許しを求めた。ドキリとしたね。さりげなく許可を与え、翌日になると、朝出勤の時刻には、妻に改めてゆっくり行ってくるようにいった。妻は実家が汽車で二時間ほどの所にある。僕が会社がひけて帰宅する前に出かけなければならなかった。

さてその夜どんなことが起ったかをかいつまんで云おう」

三

……××町×番地。深夜のその界隈は、ひっそり閑《かん》と人通りも稀な場所であった。近所に寺や墓地などが散在し、六月の夜は生あたたかく、木の芽の匂がむんむんむれて鼻をついた。

佐藤政也は、正しく投書にあった通りの廃家じみた一軒の屋敷の前に立つと、どこからその中へ忍びこんだものかと迷った。

ある垣根の破れ目からわけなく侵入することができた。ひろい庭の木のしげみ。向うに屋敷が黒々とそば立っている。

東側の便所というのが分り、そのそばから縁の下へもぐりこんだ。床が高くつくられていると投書にあった通り、高さ四尺近くもあった。多少湿地なので、そんな風に高い床にしたのであろうと思えた。

忠臣蔵の大野九郎兵衛もどきの探偵がはじまった。蜘《く》蛛《も》の巣をわけ、埃をあびながら床下を進んで行った。

どうかすると、部屋と部屋の境目と覚しい辺りに障害物――土台石と、上からは柱などが下っていた。その都度暗がりの中でも、必すどこかしらに、隣りへ間仕切りを越えて進むことができる穴が見出された。暗くてよくは分らないが、最近何ものかの手によって、そういう穴があけられたのかと思えるようで、こうして一つの推理が、そんな際にも佐藤の頭に閃めかないではなかった。

れいの投書の主自身が、この穴はあけたのではないだろうか。そうして彼自身、前に玉枝とその情夫との密会を探偵したのかも知れない。

またこの家自身、投書者の所有に属するのではないか。だから彼があの投書の内容ほどにも家の構造のことにくわしいのだ。（そうすると妻が益々大胆不敵な女になってくる。先の情夫のもち家で現在の情夫と密会をするというのでは。ありうることであろうか。かもしれなかった）

もうおそかった。ねしずまっていた。

投書の言葉通り、ある部屋の下へくると、果して頭の上で男女の声がした。果せるかな女の方は明かに彼の妻で、男が――そう、思いもかけず彼に結婚を世話したれいの皆川課長自身であった。しばらく床下にひそんで、様子をうかがっていた。

佐藤自身に、よく小説にあるような、妻の、他の男との密会現場をたのしむような、変態趣味などはなく、かつ大学時代スポーツなどで身につけた、膂力《りょりょく》の自信もあった。

足音を忍ばせて（ハダシになっていた）元の方へ引かえし投書にあった縁の板をしずかにおすと、難なくもち上った。

「何だろう」

音がした。向うで、

と玉枝の声がした。

「誰かいるのかしら」

「そうではないだろう。気のせいだよ」

と皆川課長の声がそれに答えた。

「でもへんよ。たしかに音がしたわ」

と玉枝がもう一度いい、障子をあけたてしながらこちらへくる風であった。

「馬鹿だな。猫がいるわけもないだろうし」

と男がついてきた。

猶予していられる時でなかった。縁の上へとび上った。電灯が向うに（二人がねていた部屋）灯《とも》っている外《ほか》、こちらは光がなく、暗かった。最初玉枝は良人の姿を弁別することができなかった。

「玉枝、とんだ実家へかえっていたんだな」

といいながら二人の方へとび出して行った。

「まあ、あなたでしたの。どうしてここへ」

とか何とか玉枝がいい、

「佐藤君、何だってまた」

と皆川課長がいった。

小説にあるような殺意などは起らなかった。がっかりして、むしろへたへたと坐り込んでしまいたい、うちしおれた心境に陥っていた。

四

「というようなわけで、あともう詳しく云うまい、投書の手紙はすっかり本当だった」

「でどうしたい」

と元の文学青年らしく野村一太郎がいった。

「殺意はなかった、へたへたと坐りこんでしまいたいような心境ってのはよく分る気がする。つまり幻滅って所だったんだろうが……なるほど、へたへたと坐りこんでしまいたい心境とは中々文学的だ」

「ひやかしちゃいけない」

と佐藤政也がいうと、

「いや、本当だよ。ハハ。まあいいや。つまりそれで君は奥さんを、姦夫《かんぷ》と一緒にほうり出したというんだろうか。それから独身を通してきたというんだろうか」

「そうだよ、まず」

「ふうん。まあいいや。あまり詮議立ても野暮《やぼ》だし、文学青年くさいって笑われるだろうが、その晩のことはどう治めたの」

「どうということはないさ。当事者が僕で、君が今いった幻滅の心境から、どんな治まりをつけたか分らない君でもあるまい。がただあれだね、普通そういう時、良人《おっと》は妻に、今日かぎり出てゆけ、お前のような奴はみるも汚らわしいとか何とかいうことに、講談や小説ではなってると思うが、それはある一部の階級の人たち、つまり余り教養がない人たちの場合で、僕みたいな大学出の場合は、意識が過剰だから同じことをいうにしても、もっとちがったいい方をするんじゃないかね。結局同じだが。で無論玉枝はほうり出した、そのまま表沙汰なことにはならないようにして。その後玉枝にはあわないんだ」

「あわないって、未練はなかったんだね」

「なかったね。当座しばらく何か考え出すこともあった。なかったとはいわない。段々思出すこともなくなった……あああああ」

と突然げんなりしたようになって、

「随分馬鹿な話をしたものだ。君がへんなことを思出さすものだから。大鐘君、ビールもっともらいたいね」

とボーイをまたよんだ。

「いいのかい。そんなにのんで」

「おしゃべりをしたら、のどが乾いた。酔ったからおしゃべりをしたのか、おしゃべりをしたから……まあいいや。酔っ払いのクダじみてるな。こんないい方は。おお、きたか、ビールが」

ボーイから罎《びん》をうけとると、まちきれないように手酌でのんだ。

「それにしたって一つだけ教え給え」

「何のことだい。もういいじゃないか」

「文学青年はくどいぜ。小説として一点だけ足らん所がある」

「一点だって」

「れいの投書をしたという奴だね、誰だったんだ」

「それか。姦夫姦婦をつかまえたその廃屋《はいおく》で分ったんだ」

「二人にいわせたんだね」

「いわせたわけでもないが、話の中にでてきた。二人に弁明の余地のないことは、しどけない寝巻姿、やがてふみこんだ二人のそれまでいた部屋の狼藉《ろうぜき》の有様から、もう一目瞭然ってわけだったが、一応裁く側の立場として色々きさかつ答えさせた。奴らもおどおどしながら答えた。殺意などなくても、当然激昂した僕の調子は感じられたろうからね。でその話の中で分ったのはやっぱり僕の想像の通りだった。妻が結婚する前関係のあった奴がした投書だったんだ。同じ場所でよく密会していた。そいつが皆川課長にのりかえられた恨みからした事だった……まあいいじゃないか。もうそんなこと。これだけでもいい加減しゃべりすぎた。よそうよ。大鐘君」

とボーイを顧みて、

「君はずっとそこにいて話をきいてた……いや、きこうと思ってきいていたわけでもなかろうが、もしきいていたのなら人生実訓としておぼえておくんだね。ハハ。そういう場合もあるんだよ。君。世にも幸福だ、三国一の花嫁をもらったと思ってると、豈図《あにはか》らんや、虫がついている。ハハ。君も嫁もらう時は気をつけ給え。ハハ。年寄りは嘘はいわん。ハハ」

奇妙な、照れ臭い気持から、佐藤政也は、無意味にわらいながらいった。

五

……夜。佐藤政也はふと目をさました。もう何時頃であろうか、ひどくあたりがねしずまっている感じだった。わるいくせがつきかかっていた。深酒《ふかざけ》をやる。そのままかえって、床についても、夜中に目がさめると、色んなことが頭に浮んできて、仲々ねつけない。

急に年寄になったような気がした。

和洋折衷の邸宅の、洋館の方に一人だけ床をとらせてねた。ばあやと女中は、向うの和室の棟の中にある女中部屋でねるのだった。

先夜は野村一太郎が、途方もないことをいい出したおかげで、これまであまり人には話さなかった自分の若い時の恥を話した。酔余《すいよ》とはいいながら、いわでものことだった。後味がわるかった。

ところがその後どうしてだか、妙なことが起ってきた。文学青年だったという野村一太郎とちがって、野村一太郎がいうような意味での恐怖は感じなかった。しかし強《あなが》ち文学青年の空想と、笑い去ってしまえる事だろうか。そうでもないようだとその後段々思い始めた。

まずあの日は、何故自分の昔のああいう恥を、野村一太郎に話す気になったかというと、一応話が、何故自分が今日まで正妻をもたずにやってきたかということにふれてきたことから、自分の女嫌いの理由を説明したつもりだった。しかしそれだけだったろうか。

野村一太郎があの時、我々のしらない我々自身の子供といった時、一笑に附した。

その実自分があの話をしたのは……

ひょっと……ひょっと彼女があの時自分の胤《たね》を孕んでいたとしたら。

馬鹿な。玉枝は淫奔な女であった。何人の男と関係をもっていたかもしれなかった。

かりに彼女が妊娠していたとして、それが誰の胤とも分らないにちがいないが……

しかも……しかもやはり一ばんの貧乏くじは、自分がひく所ではなかろうか。外の男たちは、いずれもかくれた男たちだった。自分だけが一人、かりにも彼女の良人という資格で立っていた。

かりに玉枝がその後子供をうんだことがあったとして……つまり自分が彼女を家から出した直後にでも産んだとして……

馬鹿げているが、落胤の恐怖が、よりによって自分には、やはりありえないことではないのでないか。

何年にも記憶の圏内からぬけていた玉枝のことが、こうしてしきりに思い浮んだ。

六

野村一太郎がこの所、何かしらクラブから足を遠のきがちになっていた。

相かわらずの常連で、どこかで下地が入ってきた上に、更にまたここへきて（大抵人と一緒であるが、一人である時もあった）くればれいの豪酒で、忽ちビールの空壜《あきびん》を林立させる佐藤政也の、常連への噂話では——

「いや、野村君もここへきて大弱りさ。△△産業の倒産で、大きな不渡《ふわたり》をくって、深刻になやんでいる。金のツルをおってかけ廻ってでは、クラブへも御無沙汰にならざるをえんだろう」

そういう風に佐藤は、他のクラブ員へ云っているのを、ボーイの大鐘は小耳にはさんだ。

事実も大鐘は、その後のある日、めずらしく野村一太郎がクラブへ顔をみせた時、彼が佐藤政也に、金融について深刻な顔付で相談しているのを耳にした。もっとも話の内容はよく分らなかった。ボーイという立場は、勿論客の話などきかないようにするのが礼儀でもあり、話手たちの話の筋によっては自ら声をひそめるわけだ。もっとも大鐘は、野村一太郎の世話でクラブのボーイにされた関係もあり（遠い縁戚関係に当り、大鐘はその外野村一太郎の個人的物質的の世話も大分うけたことがあった）心安だてにこの二人の常連には、いつも近間《ちかま》に待っていることが多く、今日もそんな関係から、野村一太郎が何度も五十万円といっているのを小耳にはさんだ。

よくは分らないが、五十万円の金が、野村一太郎は入用なわけらしく、(存外大した金額ではないと思った、たとえ急場のしのぎのための一部だけをいったにしろ)その位なら佐藤商事の重役ともあろう佐藤政也が、彼のポケットマネーからでも都合つけてやれそうな気が、大鐘はするのだが、そうもゆかないものなのかもしれない。(現にそれ位はいつもうちの金庫に入っている。まさかって時には用立ててもいいがとも佐藤政也はいった。そのくせ金持は、容易に利ののらない金は出したがらないものだとも大鐘は思った)まあいずれその方面の話は、大鐘にはよく分らなかった。

大鐘によく分ったのは、二人がそのあとまたれいの落胤の恐怖の話をしはじめたあとであった。

佐藤重役が、意気銷沈《しょうちん》してみえる野村一太郎に、元気づけてやろうとして、半分笑い話にそんなことをまたも ち出したのらしかった。

「いつかの話ねえ」

と佐藤が云い出した。

「ほら、れいの落胤の恐怖さ。君があんな下らんことを云い出すもんだから、あれからちょくちょく馬鹿々々しいことが僕の記憶に浮んできて……」

「どんな」

「うん、あの時僕は昔の恥さらし――女房に裏切られた苦い思い出を話したっけが、その女房のことが頭に浮ぶんだ」

「ほほう。そりゃまた」

「僕も年とってきたのかな。玉枝といったが、あいつ今どうしてるだろうって……そういえば僕は子供がないね。大勢女には関係もってきたくせに子供がない。そんな所からきてるんかもしれない」

「つまりその、玉枝さんに子供があったらってわけか」

「いや、そうじゃない。玉枝の子供なんかほしくはない。ほしい反対だ。ぞっとするんだ」

「分らんね。というと?」

「だから君のいう落胤の恐怖さ。いいかね。どうせあんな女だ。その後どうしたか、それとももう死んじまったか、いずれ平穏にすごしてきたとは思えない。かりにあの後も、色んな男の間を転々して、多情女の生活であったとする。かりにそうしている間には、年もとる。男には相手にされなくなって、どこかの陋巷《ろうこう》で売春婦にでもなっているとして、それはいい、女は自業自得だからいいが、子供が可哀そうだ」

「子供だって？　え、おい、冗談じゃない。子供って君の子供の意味か」

「そうなんだ。元より二十年も前のことで、はっきりした記憶じゃないが、しかしあの頃玉枝がある時、僕に妊娠をうちあけた記憶があるような気がするんだ」

「妊娠？」

「うん。勿論玉枝の不貞をしってからは、僕はそれを問題にしなかった。結婚それ自身、破鏡《はきょう》に終ったんだ。かりに妊娠として、大勢あったらしい情夫の、誰の胤か分らないと考えるのは当然として、何というかね、そんなこんなで、その妊娠って事実を、僕はその後思うまい、考えまいとしたために、注文通り僕の記憶の圏外にそいつは去ってしまっていたのがこの頃になって、思い出されてきたってわけだ」

「何だ、馬鹿々々しい」

と野村一太郎がいった。

「君らしくもないじゃないか」

「いや、そうじゃない。君が最初ああいった時は、またいつもの君の、途方もない馬鹿げた空想と思った。文学青年の閲歴をもつ君らしいナンセンスと思ったんだが、よく考えると必ずしも一笑に附すわけにゆかん。それはなるほど君がいったような、ひろくただ男が方々へ精子をまきちらすという意味なら、茫漠としていて、馬鹿々々しい。その方が文学的かもしれんが、事実としては馬鹿げているし、いわば大して気にするにも及ばんことだ。しかし僕のような、その精子をまき散らすというそのまいた母胎が、一つの固定したものである場合」

「おいおい、冗談じゃない」

と野村一太郎は、先刻の金策云々《うんぬん》で銷沈していた彼とはうらはらの、すごく陽気になった調子で、

「驚いたな。君がどうもそう生真面目《きまじめ》な所があろうとはしらなかった。もういい、沢山だよ。ハハハハ。こいつは大笑いだ。佐藤政也ともあろうものが、少し文学青年野村一太郎にかぶれたかな」

「そうかもしれない。そうでもいい。僕はただあの時話したね、れいのバア・イスタンブールの場合のような、ね、かりに僕のその玉枝の子が……」

「君の玉枝の子？」

「そういうことだってありうるじゃないか。その僕の子が、かりに何か大それた、殺人とか詐欺《さぎ》とかを仂《はたら》いたとして、僕という一人の父親の立場が……」

「え、何だって?」

といったが、

「まあまあ、いいじゃないか。薬がききすぎたかな。僕はただ冗談のつもりで、あの時ああ云い出したのだが……君にああいう破鏡の閲歴があるなんてしらなかったもんだから」

「知らなかったはずさ。云わないんだもの」

「いいよ。まあ何にしたって。佐藤政也らしくないよ。そういう空想は、昔の文学青年野村一太郎にこそふさわしいが、佐藤政也にはふさわしくない。いや、今になっては本当は野村一太郎にもふさわしくないはずなんだ。それを、やっぱり三つ児《ご》の魂で、僕に今もってそういう所があるもんだから今度のような目にあったりもする。不渡りをつかまされたりさ。文学青年のくせで、夢と現実との境目がはっきりしなくなったりするんでね。今度の場合だって、〇〇商店の滞貨が……」

でまたそのあとの話が、商談に戻って、ボーイの大鐘のような局外者には分りにくくなっていった。

五十万円という金額が、そのあとも時々野村一太郎の口の端《は》に上った。

色メガネの奥の大鐘の眼が、何かあるかがやきをみせ始めたのだが、それは誰も知る由もなかった。

七

……深夜。

今日も佐藤政也は、この頃の癖で、自宅の寝室《しんしつ》で目がさめると、枕もとに用意させてあった水を、コップに二三杯立てつづけにのんだ。

便所に立ってきてまた横になった。つづいて寝《ね》つこうとするが、仲々寐つけない。

時計をみる。二時であった。

……階下で何か金属性の音がした。つづいて、おかしなことに、丑満時《うしみつどき》というにしては思いもよらない、何ものかじゅうたんの上を歩いている気配。

元より電灯をけして、階下が真暗《まっくら》であるのは、ねた時と同じ状態であった。

へんであった。どうしたのであろう。

一人でねることで、戸じまりはいつも厳重に自分でみてまわっていた。必ずしも泥棒に備えてではない。人は一度でも二度でも泥棒に襲われた経験があると、用心ぶかくなるが、佐藤政也はその経験をもたず、膂力《りょりょく》に自信もあった。護身用の武器を備えるというようなことも、一度も考えたことがなかった。

また何か金属のカチリとなるような音がした。立上って、しずかに寝室を出、くらがりの階段をおりて行った。

窓がしめきってあるはずにも拘らず、木の芽がどこから強く忍び入っていた。図らず二十年前、玉枝を、情夫と密会している所をおそったあの夜のことを思い出した。

あの時も木の芽が匂っていたっけ。蜘蛛の巣だらけになり、埃をかぶったっけ。

しめきってあったはずの、書斎のドアがあいていた。書斎の一隅に、金庫があるのであった。

中の気配に耳をすましながら、

「誰だ、そこにいるのは」

いいながら、手をのばして、ドアのかげのスイッチをひねった。パッと室内が明るくなった時、中に一人の青年が立っていた。

手にピストルを構え、こちらをにらみすえた。反射的に手をあげた。

「声を立てないで下さい」

ともの柔かにいった。

「声を立てるとこれがものをいいますよ」

二十才位。中背。あまり上等でないジャンパーに、コール天のズボンというでたち。顔の特徴としては、頭をバサバサにしていることと、顔の左の頬に、何の腫物《はれもの》のあとか、それとも傷痕《きずあと》かと思える、一すじのほりのあるのがみえる。総体に貧相で、尾羽《おは》うちからしたという風がある。

ヨタモノという風体にもみえ、そのくせものの云い方などのもの柔かさが、その印象を時々裏切った。

「どうしてほしいんだ」

と佐藤政也がいった。

「相すみませんが、金庫の錠前の番号をいってほしいんです。こう厳重にしてあろうとは思いませんでした。僕も迂闊で、ついもっと楽に金が頂戴できると思っていました」

「どこから入ったんだ」

「そりゃあ何も、そうむずかしいことでもありませんでしたよ。日本館と洋館との間に、渡り廊下がありますでしょう。あの廊下の、下の一枚の板張を下から押すと、わけなくあいたんです」

「何だって?」

いいながらさっきからの連想で、二十年前れいの玉枝の密会場所へ侵入する時、自分がやはり廊下の板の一枚をあけたことを思い出した。

「それより」

と青年がつづけた。

「早く金庫の番号をいって下さい。じつはこちらからおたずねに行こうとしていた所なんです。お父さんがおりてみえたんで、その必要がなくなったってわけです」

「何? お父さんだって」

と佐藤政也がびっくりしていった。

「お父さんといったね。どういう意味だ」

「まあそれはあとにしましょう。そうそう、それより逃げ道をつくっとかなきゃなりませんね」

おちつき払って窓を一つあけた。木の芽が一層匂ってきた。

「さあ、これでよしと」

と元へ戻って、

「まあそこへ坐って下さい。もう仕方ないでしょう。金庫の番号をおっしゃって頂きたいですね」

「いえないね。そんなものは」

といった。

「いや、いわないではおれないはずですがね。この飛道具ものをいうが、それにあなたには金庫の番号を教えなければならない理由があるんだ」

「そんな理由があるわけはない」

「いや、それがあるんでしてね。もっともあなた次第で私の口から申上げないでもすみます。いや、なるたけなら申上げないですんだら、これにこしたことはないと思っているわけです」

「分らんね。いったらいいじゃないか」

「いわない方がいいと思うんです。そのためには素直に五十万円頂きたいんですがね」

「五十万円だって?」

「あなたの御身分で、その位の金がお手元にないはずはないと思うんですがね。あの金庫の中に。まあ僕もどうかしてましたよ。貧乏人てものはそうなんですが、金持の家には、当節のことで、金の五十万や百万位、封筒か何かに入れて、その辺にほうり出してあるものと思っていました。そういう堅固な入れものの中に入ってるとは思わなかった」

「……」

「云って下さい。番号をね」

「右へ×回だ」

と案外簡単な金庫の操作を、到頭仕方なく佐藤政也がいった。

「右へ×回ですね」

「そうだ」

「それから?」

「それから……君はどうしてこんなことをやる人間におちなければならなかったんだ。見れば若い君が、仂き口がないわけでもあるまいに」

「余計なことといわんでもいいですよ。右へ×回……それからどうするんです」

「左へ……」

「左へ何回です?」

「いや、何もこの期《ご》になって、僕も五十万や百万の金に未練があるわけじゃない。誤解しないでくれ給え。わるいことはいわん。今日の所は金をやるから……」

「本心とも思えませんね。金持ってものは金持ほど、五十万百万の金に未練があるもんでしてね。あまりつまらん見栄《みえ》ははらないがいいですね。現にあなたは、そうして渋々と答えてらっしゃる。それがそのことの証拠です」

「……」

「まあいいです。仲々金庫の番号がいえないらしいから、私がいえるようにして上げます。あなたは二十年前に、一人の婦人と結婚なさった。古い記憶をよび起して下さい。女の名は玉枝。あなたのその頃のつとめ先の、会社の課長が世話なさった美人……だったと思うんですがね、人も羨む結婚でした」

「……」

「人も羨んだが、あなた御当人も、世にも幸福な結婚をなさったつもりでいられた。所がそれが、とんだ思いちがいだった……よくあるやつです、女が多情ものだったんだ。いいですか。それで……あとは僕の空想も大分入ってくるが、ここに一つ悲劇といえばいいか、それとも喜劇といえばいいか、妙な小説みたいな事件が起った」

「……」

「いいですね。きいてますか。ある時一通の無名の投書が、あなたの手元にまいこんできた。投書の内容は、あなたの妻は、あだし男と道ならぬ関係を重ねている。証拠をお目にかけよう。×月×日の夜、どこそこの廃屋へ行ってみろ。密会の現場をつき止められるというのであった。三国一の花婿だったあなた、妻の不貞なんて、夢にも思わなかった善良なあなたは、半信半疑で行ってみると、そこにあなたの妻が、相手もあろうにあなたにその玉枝という奥さんを世話した課長と密会していた。あなたは勿論おこって二人を一刀両断にしようと思った。しかしあなたには必ずしも奥さんに対する未練はなかった。ここん所僕にはよく分りませんがね、男女関係なんてそんなものなんでしょうか、もしあなたが男なら当然二人を一刀両断にする方が男らしいんだが、あなたはそうしなかった。奥さんを家から出すだけにしてしまった。僕はこれは、ある意味では随分薄情だと思うんですが、そうでもないですかね。今もいった通り、僕には男女関係のことはよく分らんが……」

「……」

「いいですか。そしてそのあとどうなったか、……簡単に申上げましょう。よくある通りです。あなたの奥さんは、あなたにすてられてから、れいの課長にもまもなく捨てられた。課長には勿論奥さんがあった。相手があなたという善良な、――とあえて申上げましょう、奥さんの不貞なんてまるで思ってもみない迂闊ものの良人もあったればこそ、興味もあったが、一しょに密会している現場をその良人にとっつかまって、いい恥をかかされたり、そして良人からすてられた女というんでは、興ざめしてしまった。それで玉枝というあなたの奥さんは、間もなく皆川というその課長にもすてられた。あなたはまもなくつとめ先もかわって、今の佐藤商事に入られ、とんとん拍子に出世して今日の立派な地位を築かれたんですがね、ちがいますか、その通りでしょう。え、投書の主ですか。これは玉枝の前の情夫――いやな言葉ですね、その情夫が課長にのりかえられた恨みからしたことだった」

「……」

「よごさんすか。さて、玉枝というその女ですがね、あなたにすてられた時妊娠していて、まもなくある所で子供をうんだ。この後の彼女がどんな生活を送ったか、なるほど美人ではあった。男がチヤホヤする器量だった。しかし子供があった。彼女はその先、男から男へ転々とする生活の間に、どの道苦労せずにはすまなかった。そこん所ですがね、子供からいえば感謝すべきか、それとも有難迷惑と考えた方がいいか、どちらか分らないんですが、玉枝というその女は、どういうものか子供だけはすててしまわなかった。つまり子供への愛情ってものでしょうかねえ。私には分りません。とにかくそのようにして、玉枝というその女はその後十五年ほど生きて死んでしまった、数奇の運命って所ですかねえ」

「……」

「おやおや、すっかり黙りこんで、何もいいませんね。僕のいうこと信用しないとみえますね。ちがいますか。しかし信用しないってのはへんですね。なるほどあなたにすてられたあとのことは、あなたはしらないから信用できないというのも当然かもしれないが、すてられる前のことは……ねえ、何でしたらあなたに密会現場を発見された時のこと、もっとくわしく話してもいいんですよ。そうすればあなたも、僕のいうことが出鱈目《でたらめ》でないってことが、納得ゆくでしょう」

「それを」

と佐藤政也が口をはさんだ。

「どうしてまたそれをあなたはしってるんだ、どうしてまたあなたは……そんな、バカに委曲をつくしてるつもりのようだが」

「ですから」

と青年がいった。

「ですから……お分りになりそうなものですがねえ。僕はすべてをその玉枝という女自身からききました。またそれが、どうしてそうなったかというのが……」

「なるほど」

と佐藤政也は重い溜息をはいて、

「それで……つまりあなたが先刻お父さんと私のことをいった……」

「そうなんです。お判りになりましたね。玉枝があなたにすてられてから、子供をうんだとさっきいいました。その子供ってのが私です。そして私は今まで申した一切を、母親自身の口からききました」

「なるほど」

と政也がまた無意味にいった。

深々と椅子に坐って、ヤケ気味にタバコを深くすった。木の芽がつよく匂った。

「しかし」

としばらくして佐藤政也がまたいった。

「それが……しかしそれは……それがあなたが私の伜《せがれ》だという証拠にはならん」

「ならん、どうしてなりません?」

「玉枝は情交のある男が大ぜいあった」

「玉枝という私の母が、あなたを私の父だといいましたよ」

「多情女の常套《じょうとう》のいい草だ」

「なるほど。そうくると思っていました。しかしこの(とピストルをあごでしゃくって)飛道具にかけていいますが、何はともあれ少くとも、こうして僕が今夜名のり出したことは、五十万位のはした金に価《あたい》するとはお考えになりませんかね、母からあなたの名をきいて、その時すぐ名のり出ることは容易でした。一人の売笑婦におちている母親玉枝――それと、あなたという実業界の大立物を並べてみて、僕は名のりでることを躊躇したんですよ。僕が母親からきいたことは、立派な新聞種になる内容です。あなたの世間体《せけんてい》というものに対してなら相当の重味をもっています。たとえあなたはたった今いわれたような抗議はなさろうともね。……どうです。勿論今あなたが黙って金庫の番号を教え、僕がいうとおりにしてくれれば、このあとも世間はあなたの古い恥についていても何もしらないですむ。恐迫《きょうはく》じみてますが止むをえません。さ、右へ×回まわしました。左へ何回かいって下さい。いえませんか。いえそうなもんですがね」

「……」

「十一回、十二回、十三回。十三回まわしました。あと何回かおっしゃって下さい。どうぞ」

偶然カチッと音がした。

「おや、ハテナ」

と青年がいった。

「恐しく簡単にあく金庫だったんだな。幸運だった。あいちゃった」

簡単な金庫は、思いがけなくはずみだけであいた。正しく青年の幸運だった。

中にそれこそ簡単な手提金庫があって、ひらくと何束かの札束があった。

「すみませんが、じゃあこれだけ頂いてゆきます。いいですね。あなたはさっきこんなことどうしてするんだ。若いくせに仂き口がありそうなものだと仰言《おっしゃ》った。その通りです。じつはこの金は私に入用なわけじゃないんでしてね。尾羽うちからした格好にみえるかもしれんが、べつに現在、僕自身はどうってことじゃありません。しかしある非常に困っている人がありましてね、その方に深い恩義があるんで、黙視しておれないんです。よごさんすか、そういういきさつです」

「じゃあ」

と札束を鞄に入れると立上って、

「これでもう、こいつを頂けば用はありません。失礼しましたね。まてよ。このままこれをもって深夜の町に出ては、忽ちパトロールか何かの御用になると御心配ですか。御心配無用。それだけの備えはちゃんとしてあります。どういう風にってことは申上げますまい。まさかと思うが、あなたでなくとも、誰かに真似られても困ります。たとえばあなたが昔僕の母の密会現場へふみこんだ時、廃屋の廊下の板一枚もち上げて入られた、母がそういったんですがね。でそれを私が真似して先刻はお宅の日本館と洋館の渡り廊下の板を一枚もち上げて入ったわけだが……これで人の意表にでるような工夫は、真似られ易いから、私がどうしてパトロールをまくかは申上げません。じゃあもう用はありません。さようなら」

一たん室外へ出たが、また首だけ室内へつっこんで、

「念のため申しておきますがね、まさかにあなたも警察沙汰か何かにしてさわぎ立てることもなさるまいと思うが、どうですか。泥棒を捕えてみればわが子なりって諺《ことわざ》もありますよ。いえ、僕の方は大丈夫です。この金さえ頂けば、あともうちかってあなたの恥を世間へさらすことはありません。いいですね。じゃあさようなら」

すっと窓の外へ。

佐藤政也はじっとその後姿をみ送って佇んだ。

八

佐藤政也は強盗の侵入をケイサツ沙汰にすることはしなかった。

数日して、何ものともしれぬものの手から、野村一太郎へ五十万円が自宅へ届けられた。

包の中に、何をまちがえてか、俳優が顔へ皺をかく時につかう簡単な道具一式が入っていた。

クラブではボーイの大鐘庄一がひまをとってしまった。どこへ行ったたか知れなかった。ただよほどたってから、ある日佐藤政也が、署名なしの手紙をうけとると、中から黒の色メガネが出て来、小包の受付局は遠く北海道の片田舎で、佐藤政也が何となくニタリと笑った。

悪の系譜

一

　私の処女詩集「悪の系譜」が出版されたのを記念して、幾多の先輩知友、それへ私が近頃放送にも関係していたので、その方の人たちも発起人《ほっきにん》に加わって、祝賀会を催して下さることになった。場所は〇〇の〇〇軒、参会者七十人を数え、この種の会としては、近頃の盛会らしい。

　実の所私は、この方面の仕事をするようになってから、まだ日がごく浅い。戦争後であるから、ほんの数年にすぎない。ふとしたことから詩誌「白鷗《はくおう》」へ、詩を投書したのが始まりで、それが主幹足利旭郎氏の激賞をうけ、次々に私は詩をかき、詩論をかき、講演もやり、放送局からいってきて、自作詩の朗読放送もやった。一介無名の私のようなものでも俄に世間的に有名になることはあるものである。

　定刻少し前会場についた私は、しかしながら集ってきている会衆に「お目出とう」と言葉をかけられても、完全な認知はもうできかねる身の上であった。私は一年前、突然視力が弱り始めた。美辞麗句を弄ぶことを許してもらうなら、花の朝月の夕が楽しめない身の上になった。医者は、俄にきた眼底出血《がんていしゅっけつ》だという。最初視界が、斑点《はんてん》のように方々にムラができて、ある部分は元通りみえるが、ある部分はよくみえないという状態になった。つまり出血のある部分だけ、盲人という状態になった。その後一時出血は止ったが、やがて詩の仲間などと、何かの時に飲酒などやったのがわるかったとみえて、またもや出血が始まり、今は視力も一米指数位におちた。目の前の人間の顔が、朦朧《もうろう》とぼやけてみえるのだ。もう私が一切のなつかしい顔や物をみることができるのも、時間の問題だと、医者は無情にも宣告している。

　会場に入る。型のように、漢字のハコガマエのようにテーブルを並べ、もう大分人が集っている。私はふと末座に坐っている一人の人をみて、何となくはっとした。しかし次の瞬間、私は前いった自分の覚束《おぼつか》ない視力のことを思い出すと、気のせいと思い、向うも声をかけないので、こちらも黙って主賓の席に腰をおろした。

足利旭郎氏が今夜の会の世話役の筆頭としてやってきて、私と、会について、当の足利氏をも含めて、この順序をどの祝辞について、当の足利氏をも含めて、この順序をどんな風にするか、これはもう、斯界《しかい》の長老である足利氏に一任するしかない。私のようなかけ出しでは、口出しをする余地なんかはないのである。今夜の会は茶話会だけで、酒などは出ず、各先輩知友の祝辞の順序は、最も重大なことである。

大体の打合せがすみ、参会者の顔が揃った所で、これも斯界の先輩、やはり足利旭郎氏の弟子の一人の駒込九蔵氏の司会で、会が始められた。

駒込氏が、大体私の略歴といったようなものを紹介され、来賓の中の長老の順に、感想やら激励の言葉があったわけであるが、私は黙ってきいていて、何となくへんな気持になって行った。S氏であるとかH氏であるとかM氏であるとか、詩人として古くから名声さくさくである人達の言葉は、奇妙にお座なりとしかひびかないのである。大体前にもいったように、私自身の詩人としての履歴が新しいせいもあって、こういう先輩の名作をさえ、漸くこの頃知ったばかり、個人的にも一度もあったことのない人、足利氏の招請《しょうせい》で、足利氏への義理だけでみえた人が多く、そういう人々の言葉は、通り一ぺんだけ以外のものではなく、多分私の詩集なんかも、私は送ったのだが、封も切らなかったのではないかと思われる。私は近頃視力が弱ってから、少しひがみっぽくなっているが、そう思うのは強《あな》ちひがみばかりでもなさそうである。

さて足利氏の番になった。

「先ほど司会者の駒込君も紹介されましたが」

と氏は始められた。

「殿村西一郎君は非常に数奇な運命に弄ばれた人で、最近もまた、ききますと、視力がとみに衰えてきて、今や失明一歩手前というような状態にあるんだそうですが、そういう数奇な生涯が『悪の系譜』のような見事な詩篇のいくつかをうみ出したとすれば云々」

つづいて、雑誌「白鷗」の同人達の祝辞が次々に述べられてゆく。いずれも大同小異で私の数奇な運命ということをいう。

全く私自身が、自ら顧みて、数奇な運命ということは認めるのである。

眼前一米指数といえば、殆どもう朦朧として、弁士の顔は見分けられず、同じ文句がちがった声で述べられるような気がするのであったが、段々私は一種焦燥といったような気分にかり立てられて行った。

（そうだ、この連中、誰一人、何故僕の詩集が「悪の系譜」と名づけられたか知っているものはいない）

と私は思い、人は自分だけの秘密というものを楽しむものだが、そういった楽しいような気分が、段々私の全幅を領して行った。

二

私は震災孤児であった。

大正十二年九月一日午前十一時五十八分、当時本所の方に住んでいた私は、一時に両親を火事で失った。最初私の家が倒壊した。菓子屋の小商売をやっていた私の父が、倒壊した梁《はり》の下敷になり、それは母がきて、父を梁の下から救い出したが、一部分からだに打撲をうけた父は、元来丈夫な方ではなかったので、十分敏捷に歩きも走りもできない状態になった。やがて近所からひろがってきた火におわれて、逃げ出したが、丈夫な母が、上野の山をめざして避難を計ったのに、ついにそれを断念せざるをえなくなった。ついに何万の人が焼死した例の被服廠《ひふくしょう》跡で、二人とも死んでしまった。

私自身はというと、私はそういう父の負傷のことまで知っている位で、当時もう小学校に上っていたのだが、ついに避難の途中で、彼らとはぐれたために、私自身は一命を奇蹟的に全うすることができた。今でも覚えているが、私は本所で一匹の小猫をかっていた。小猫の首に赤いリボンをまいたのを腕に抱いて、どこかの焼跡をさまよっている所を、ある人に救われ、それから私の数奇な生涯が始まった（震災のため戸籍の原簿等もやけてしまった。私は無戸籍者として育った）。

しかし少年時代のことは、私は一々詳細を思い出せないことが多く、今ここにそれを詳説する必要も必ずしもないのである。読者にとって興味あるかと思えるような、ある人間の生活をここでは話すだけに止めよう。

その生活というのは浮浪人の生活で、御多分に洩れぬ私は孤児として、数年間をその仲間の中で過したことがある。それはあの時の私を、あるドサ廻りの役者の一団が救ってくれたことがあったが、私はその仲間と、しばらく旅を歩いている内、ふとしたことから脱走して、浅草公園へ流れてきた頃であった。私自身の経験、それに仲間からきいたことなどで、猟奇的な話を少し述べてみよう（私は最近よむ機会があったが、ある高名な現存作家が浅草を題材にして小説をかいて名をあげた頃――これも現存のある高名な映画俳優は、その小説のモデル（？）にされたために急に名声があがって、その彼の出世の緒口になった――しきりに浅草が、世人に興味をもたれ、浮浪人の生活も色々知られたと思うが、ここにはそういうのでない、もっと世間に知られていないことを話そう）。

一体浮浪人はどこで夜を過すか、オカンという言葉はしられているが、所謂オカンをどんな風にするか、夏はいい、冬どこでするか、まさかに青天井の下では凍死する。事実凍死者も毎年でるが、ここに実に理想的な寝場所があるのを、読者は御存じであろうか。

ある夜のことであった。

空《から》っ風がピューピュー唸りを立てて、私は寒さにふるえていた時、ふと私のうしろで声がした。

「来いよ。おい」

そして私をしょびいて、その若い男がつれて行ったのが、すしや横丁であった。あるすしやの横に、今はそういう大きいのがないが、大きいゴミ箱があった。その蓋に手をかけ、もち上げると私に、

「入れ」

という。

「こん中へかい」

「うん」

「汚いな」

「贅沢いうな。ゴミ箱の中は暖いぜ。風が入らんし、色んなものが腐って、むんむん蒸気を出すからな」

勿論笑いもしないのである。私が入り、男も中へ入った。なるほど暖かった。

私はその人物と、その後長い間親しいつきあいをし、世話にもなったが、恩義もかえした。

私が、さすがにそれだけはしなかったが、もう一つの寝場所を教わったのも、その同じ人物からであった。それはその当時、浅草は浮浪人狩りがやかましかった。深夜に巡査が、公園を、今の言葉でいうパトロールをやる。見つかり次第に浮浪人を追立てるのである。

所が人間心理の盲点をついた、なるほど考えたと思われる寝場所が、もっとも多少汚いが、あるのであっ

た。それは公衆便所の中である。一体今でもそうであるが、戦前、浅草のような盛り場の公衆便所は随分汚かった。中でも男子用の小便所は、水のはけがわるくなると始末におえない、あたり一面汚水で一ぱいになる。その汚水の中でねるのである。パトロールの警官も人間である。便所の入り口から、一応お義理に覗くだけはするが、そこは誰しも汚い目をするのは厭《いや》だ。そのまま中へ入らずに行ってしまう。

理想的なホテルというわけだった。

ずっと後になって、私は、安酒をあおってねることを覚えた。その頃のある日、私はもっていた金を、ある映画館の軒下でねている間に、ごっそり同じ浮浪人の仲間からもってゆかれたことがある。浮浪者の金を、浮浪者が盗むのだ。するとれいの私の先輩が私に教えてくれた。それは、金は自分のはいている靴下の中へ入れておくのが一ばん安全だというのだ。それは、これも人間の心理として、ねている人の靴下を脱がせるなんて厄介はやりたがらぬ上に、ごそごそ足をいじられている内にはこちらが目がさめる。神経はにぶくても、金庫番の役を足の裏がしてくれるわけであった。

思い出すとキリはないが、その頃のそういう窮迫した生活、発育盛りの年に、食うものもろくろく食えないで過した、栄養不良の数年が、私の今日の視力衰退に影響がなかろうとは思えない。専門家の話などもきいたわけではないが、私にはそうとしか思えないのである。

もっとも私は今ちょっと思いついたまま、きわ立って窮迫した時の生活のことだけ話したけれど、ずっと引つづきそんな生活ばかりしたわけではない。それ所か相当の生活、しがない勤め人などは足元にも及ばないような立派な生活をしたこともある。私がある一人の女の、いわゆるヒモになって生活できた時なんか、そうであった。まあ冗々《くどくど》と述べるまでもない。私はこれで、学問こそずっと独学でやってきたけれど、色んな人生の問題なんか、深く考える方であった。そのためにはヤソ教に入ったこともある。その頃一人の牧師さんの家の書生をやり、只管《ひたすら》善良なるクリスチャンたらんとしてつとめた揚句が、やはり中途で挫折してしまった。その後遠く京都のある薬屋さんの小僧に住みこみ、そこで一人の先輩の手引きで、昭和の初年から澎湃《ほうはい》としておしよせてきた社会主義の団体に入ったりもした。しかしもう終りにしよう。要するにあらゆることをやり、色んな思想の洗礼をうけた、一人の孤児の辿る道が、ことに社会の動きのはげしい時、平坦でありうるわけがない。所が昭和のはじめ頃から戦争にかけて、日本の社会の動きは思いきってテンポが早く、変化が多かったのだ。思うに人間にとって、何よりの幸福は、ある相当の年令に達するまで、平和な両親の家庭に人となるということではないかと、今の私には痛切に思われることである。詐欺師《さぎし》とか殺人者とか、大がいの犯罪者をみるがいい。幸福な家庭に育った人間なんて、殆どただの一人もいるものではないから。

――会場では、会衆の祝辞が、次から次へとつづく。いずれは大同小異――核心にふれる議論がなく、私は段々退屈になり始めて行った。

順序立ててなどではないが、私は時々思い出し思い出しては、色んな私の放浪時代の生活の話を、断片的に「白鷗」の同人達にも話したことがあった。足利氏など、ことに詩の外《ほか》に小説もかかれるので、自作小説のタネにでもしようというのか、色んな話を、熱心に私から手繰《たぐ》り出された……要するに大概の人が、私の数奇な運命ということをいわれた。

このようにして、時間は段々立って行った。

三

ふと自分だけの思いから我にかえった時、司会者駒込氏の声で、

「以上で大体予定していた方からの御祝辞は頂戴しました。主催者として誠に有がたく、厚くお礼を申上げます。つきましてはもし外にも何かせっかくのこの機会に、殿村君へ激励のお言葉なりお祝いなりをいって下さる方がありましたら、どうか御遠慮なく御発言をねがいます」

といった時、私には末座なので、私の視力には甚だ朦朧と写ったのだが、一人の人が向うでいきなり立上った。さっき会場へ入ってきた時、何か見おぼえがあるような気がして思出せなかった、あの末座にいた人物であった。

「どなたですか、失礼ですがお名前を仰有《おっしゃ》って下さい」

と駒込氏がいった。

「西一郎です」

「西さんですか、どうぞ」

と司会者がいうと、さてその人物が話し出した。（以

下西氏の言葉の調子をまねてかいてはみるが、所詮うまくはゆくまい。私は小説家ではないのだ。むしろ大体の要点の摘録《てきろく》に終るだろうと御了承ねがいたい）

「最初に簡単に自己紹介をいたします。西一郎などと申しても、御列席の皆様はさぞかし名前を御記憶の方もございますまい。しかしながら私は、十年前には小説や詩をかいておりました。著書もあります。多少は評判も出、これからという所で、しかし先ほどからの数奇な運命という言葉を使わせて頂くと、私にもこういうものが巡ってきました。それもこれも戦争の影響で、私はまず、それまでもっていた些《いささか》の財を失いました。家はやかれ、地方に疎開しました。これが運命の転換の第一です。只今は一介の教員で、かつかつの日を送っております。

しかし私の文筆の方のことを申します。

戦争が御承知のように、小説の如き閑文字を弄ぶことを、私に許さなくなりました。私は文学の仕事がしたかったが、一篇の詩、一つの短文が、弾丸《たま》の代りをするのでなければ出版を許されないという時世では、私のような、自己の文学において、節操《せっそう》を投げたくないものは、も早筆を折るしかない。疎開してからは、も早殆ど一行ものをかかず、今日に至っております。偶々《たまたま》私の著書が、疎開先のある町の本屋にあるのをみた時、それが自分の著書のような気がしなかったほど、私には文学はもう縁遠いものです。

さて先ほどから、今夜の主賓について、数奇の運命ということがしきりに云われました。実は私は、甚だしくその言葉に不満を感じるもので、ですからこそ只今も、私自身について数奇な運命などということをいいましたのは、何も私の場合なんか、数奇な運命なんてものではないが、あまり先ほどから皆様が数奇の運命といわれますので、些かそれを皮肉る意味であったと正直に申上げましょう。卒直に申上げますが、先ほどからの皆様のお話は、S氏、H氏、M氏のような老大家から始まって、全然『悪の系譜』の核心にふれていないではありませんか。悪の系譜ではなく、あれでは運命の系譜にすぎない。運命の系譜のどこが面白いのだ。卒直にいってミイちゃんハアちゃんは運命の系譜を楽しんでいる。映画館に行ってごらんなさい。通俗映画は大体そうです。ミイちゃんハアちゃんに運命の系譜を楽しませるのだけが、通俗映画の主眼であるようにみえる。しかし悪の系譜となると、これはちがう。これはミイちゃんハアちゃんの理解を超越しているかもしれない。私は、ですから、これから申上げることは、ひょっとすると、列席の皆様を驚かせるだけならまだしも、『悪の系譜』の著者を非難し、詩集『悪の系譜』にケチをつけるような印象を与えるかもしれませんが、しかしちがう。私は詩集『悪の系譜』を、世にも高く買う。高く買うがゆえに、敢て無遠慮に、只今から『悪の系譜』の作者について、皆様が御存じないことを申上げようというのであります。

悪とは何であろう。一体作者の『悪』は、どれだけ彼の詩や何かにあらわれうるか。たとえば夏目漱石は胃病で倒れたが、その証拠が立派に彼の作品に残っている。彼の作品は、『猫』でも『坊ちゃん』でも、その他にも、食いしんぼうなことばかりかいてあるではありませんか。遊廓の団子《だんご》をたべたり、天ぷらそばを五杯くったり、猫が雑煮《ぞうに》をたべて踊りを踊ったり……道理こそ漱石は胃病で死んだのです。まして、『悪』です。『悪の系譜』です。著者の『悪の系譜』がさながらに現われているから、詩集『悪の系譜』が立派なのであって、そうでなかったらこの詩集が、これほどよむものに戦慄とでもいうような一種の感動を与えるわけがない。フランス語のよめない私は、泥棒詩人フランソワ・ヴィヨンのことはよく知りません。ボオドレエルの『悪の華』を、翻訳でよんでいる私ですが、ボオドレエルの人と生活を、今日もなお伝記家がしきりにつついている。それはつまり、ボオドレエルの『悪』を追及しているんだといえなくないでしょうか。

しかし私は何もこれから勿体《もったい》ぶった文学論や作家論を申上げようというのではない。もっと卑近な——というか通俗なというか、もっともその代り、それだけ皆さんには却って興味なくはないかもしれません。

私、西一郎というのはペンネームで、殿村西一郎、即ち今夜の主賓の同姓同名が、私の本名でございます。苗字を切り、名前を二つにしてペンネームとしました。所でその名ですが、まずそれが、殿村という苗字もそう沢山あるとは思えず、西一郎というのもあるいは珍しくはないか。例えば私の小学校時代、佐藤正が同級に二人、学校全体に四人もいたのなどからみると、やはり殿村西一郎と結びついた名前は、そう多いとは思えないのであります。

さてお話は、昭和二十年五月二十五日、東京が大空襲をうけた数日後のことになります。

先ほども私、出版について戦時中軍部が大へんやかましい干渉をした、皆さんの御記憶にも生々しい事実にちょっとふれましたが、同じ理由で、交通について、やかましい条令が出されました。罹災《りさい》した××区の方から、罹災を免かれた妹の家へ当座身をよせるべく、リュックの中に、やけのこった小さな家具等つめて出かけた私は、妹の家の方へゆく郊外電車のでるS駅まで、定期券での り越しをしようとしたのが、その条令にふれ、駅長室へつれて行かれ、定期券は没収、三倍の料金追徴という目にあいました。規定の料金を払い、駅を出て、二丁ほどの郊外電車の乗り場まで向おうとして、ふと気がつくと、財布がない、リュックの背負革《せおいかわ》に胸の所をおされて、上衣の内ポケットの中にあるものとばかり錯覚していた財布が、なくなっているのに気がつきました。あわてて駅長室へ引き返してきました。みると私に応待した先刻の駅員が、さっきとは別の場所にいるので、『僕さっき財布をおいてゆきはしませんでしたか』ときいてみました。財布を出して支払ったあと、ひょっとそのまま机の上におき忘れたんではないかと思ったんでした。駅員は『いいえ、あなたもって行きましたよ』と何気ない調子です。そのまま出ましたが、先刻駅を出てからなくなったことに気がつくまで、財布をすられたおぼえがなく、駅員の素振も何となく落つきなくみえました。

私が当惑したのは、財布の中には現金の外に、(何千円か当時にしては相当の額でした)実印と罹災証明書、それへ私の妻子がY県の方へ疎開している、その証明書まで入っていたのです。さし当ってそれがなくては明日の食料もうけられない罹災証明書だけ、もよりの警察へ行って、隣組の方で再発行してもらえるよう、警察の紛失証明書をかいてもらい、その方の始末はついたのでしたが――

さて私それから二週間後、妻の所から、罹災をしらせた私からの手紙の返事をもらいましたが、それに私は、大へんなことがかかれているのに驚かされました。当時は郵便がひどく暇がかかり、平生一と晩でくるのが一週間位かかるのは珍しくありませんでした。

妻の手紙の要点はこうです。(その後妻から直接きいたこともまぜてお話ししてみます)

まず第一に妻は私を、非常な重傷をおっているものと思っていたのだそうで、無事だという私からの手紙にひどく驚いたのでした。

妻が手紙をうけとる前日のことでした。自分が身を寄せている私の遠い親戚のものの家へ、一人の見知らぬ男が訪ねてきました。

妻が会いますと男は、

『これは奥さんですか。私××と申すものですが』

何か山上とかいうような名前を名のったそうですが、妻もはっきりは記憶していない模様です。

ただその男の服装その他については、もっともこれは戦時中一体特徴のある服装は誰も遠慮してしなかったが、その男もカアキイ色の服にカアキイ色の帽子、巻きゲートル、軍靴、リュックサックというでたちでした。

男はリュックから大事そうに、妻には見おぼえのある財布をとり出しました。

『じつは奥さん、私こんな使者の役目は、あまり有がたくはないんですが』

『はあ何でございましょうか』

と妻がつられて申しました。

『この財布にはお見おぼえがあると存じます。お宅の御主人から預かりました』

『はあ』

と段々気をひかれてゆきました。

『じつは、お驚きになってはいけません、御主人は重傷を負われて、只今東京で、入院なさっています』

『え』

と妻が急のしらせに、顔色を失いました。

『いや、お驚きになるのももっともです。じつはこういうわけでございます。五月二十五日でした。大空襲がありましてね、それは焼夷弾《しょういだん》の外に、大分爆弾の雨が降り、相当多くの方が一命をなくされたり、怪我をされたりしたんですが、不幸にして御主人もその一人でした。私もすんでに同じ運命になる所を、幸いかすり傷一つおわずにすんだわけですが、はずみというものですね、私の方はとんできた爆弾の破片が、私には当らず、御主人にだけ当ったというのは、本当にお気の毒でした。で、もう御主人は、頭をうたれ、苦しさの中で、偶々お傍におりました私に向って申されますには――え？　場所ですか、日本橋区××町のとあるビルの傍です――自分はもう駄目だ、ついてはこうしてお傍にいて下さるのも、何かの縁だからおねがいしたい事があるといわれます。何でございましょうと申しますと、この財布をポケットから出されまして、ここに私の実印と家族の疎開証明書と現金も何ほどかある。これで戦時、何かと交通その他不自由な時だが、どうか自分がここで死んだことを、何らかの方法でY県の妻の方へ連絡してもらいたい、実印もあることで、家内も、見しらぬあなたでも信用するだろうと申されます。しかし御主人は、よくみるとこう瀕死の重傷というでもなさそうなので、私のはからいで、××病院へお入れして、幸い経過はよく、どうやら一命はとりとめられる模様ですが、何分治療その他色々かかりますので、×千円奥さんの方から、私に受とってきて頂きたいと申すことで』

『はあ、はあ』

というようなわけで、家内も、最初はどうやら主人の私は死んでしまったらしい口振りが、どうやら一命はとりとめるらしいという。それで不安は不安でも、ほっと安心したわけで、いわれるままにその男へ×千円を渡してやります。ええ疎開の家族の入用と思ってまとまった金を妻に渡してありましたのでね。男はそのままかえってゆく。妻も気になることで、すぐにも東京へとんできたかったことでしょうが、あの頃は汽車にのるのも、切符を買うのが容易なことではなく、そう早急のことにはゆきません。男はというと、一枚の紙片をみせて、自分は罹災者だから、罹災証明書をみせさえすれば、自由に汽車にただでのれると申したそうですがね。

そうです、冗《くど》く申す必要もありますまい。体《てい》よく妻は詐欺にひっかかったわけです。もっとも私も、そこまでは考え及ばなかったが、妻へ実印の紛失だけは、どういう間違がないでもないので、何とかしてしらせてやりたいと思い、当時は電報なども不自由で、何か戦争に直接心要なものでなければうけつけない時で、個人の印鑑の紛失なんかどうして連絡したらよいものか、散々考えた末が、相手が妻——即ち女であるのもまずく、しかし幸い女名前によくある、コの字をとれば男名前としても通りそうなのを幸い、そういう名宛にし、こちらは友人の軍需会社の名を借りて、その社員という恰好につくって、電文も『インカンフンシツサギニチユーイ』として（郵便局をだますその段取りを考えつくのに、知恵のない私は二三日かかりました）郵便局にもってゆくと、果して、どういう用件の電報ですかときた。いや、じつはこれこれで、自分はその軍需会社の社員であるが、同僚が出張している。それへ会社の大事な印鑑の紛失をしらせたいのだといい、『よろしゅうございます』と受つけてくれたのは笑止《しょうし》でしたが、その電報がつくより一と足先に、詐欺にあって、×千円かかたりとられてしまいました。その後一と月ほどして、妻の疎開先へ私も行ってから、詳細を知りました。

かたられたと分って、勿論ピンとすぐきたのは、れいの駅員です。もしくはあの時駅長室から郊外電車の駅までの間で、すられたのだとすれば、その掏《す》った奴です。どちらにしても戦争の混乱につけこんだ詐欺法——こちらの罹災につけこむとはひどい奴だと思いました。

さてお話はとんで、昭和二十八年になります。

私Y県で、住宅難その他で、疎開先を転々する間に、偶々T町という町の学校に、先生でつとめることになって、T町に住んでいた頃——

私がかつて筆名西一郎を以て著述をしていたことも、いつか知られてしまいましたが、T町は変った町で、田舎にしては、詩人とか画家とか学者とか、文化人が案外いる所でした。

ある日町の詩人の一人が、私の所へ来て、

『じつはT町に、T町詩人協会という詩人の団体があり、随時に詩誌を発行し、毎月例会を開いて、各詩人もちよりの作品の批評等やっている。ついては先生も、名誉会員といったようなことで、例会などにも御出席ねがいたい』と、礼をあつくした懇望《こんもう》でした。私も元より好きな道で、悦《よろこ》んで入会を快諾しました。

所でその際その詩人の笠原氏が、甚だ奇妙なことを私に申されました。先生の『白鷗』におかきになった詩論を拝読しましたというんですね、こいつは私呆気《あっけ》にとられました。

道理こそ笠原氏は、礼をあつくして私にT町詩人協会への入会を求められたわけで、つまり私を現役の活動をしているものと思われたわけでしょうが、私からいえば寝耳に水なんです。なおきくと論文の書名は、殿村西一郎と、堂々私の本名で出ている由、もっとも私も、西一郎のペンネームの外に、殿村西一郎と本名で文章を発表したこともないわけではないんですが、いずれにしても私は最初ちょっとへんな気持になったのは事実です。

それは先ほども申しましたが、人は自分の同姓同名のもののいることを、あまり愉快に思わないものらしい。それはポオのウイリアム・ウイルソンや、ワイルドのドリアン・グレーなどという小説が、そういうことを扱っていますが、自分の分身、自分の影、いわば自分の二重人格を発見するのは愉快ではない。まして私のような、殿村西一郎という同姓同名の人間が日本に二人いるなんで、想像していなかったから尚更です。

とにかく私は、その後T町詩人協会の会員になって、どうせ退屈な田舎の生活で、毎月の例会にも欠かさず出、自分では一つもかかないで、みんなの詩の悪口ばかりいってきたわけですが、そんなこんなで、そうでなければ田舎の本屋などには到底廻ってこない色んな詩の雑誌も、みてみると、殿村西一郎の詩や詩論が、各雑誌に出ている。よんでみると、面白くないことはない。そうそう、それについて一度こんなことがありました。あるやはり詩の雑誌の編集後記に、本誌に寄稿している殿村西一郎というのは、十年前詩をかいた西一郎とは別人だとかいてあった。もっともどうしてそういうことを断わる必要があったのかは忘れました。

さてまたお話はとんで、その後また二年ほどたって、私が到頭生れ故郷の東京へまい戻ってきてからになります。

漸くにして元の東京へまい戻った私が、疎開以来あわなかった妹にあった時、妹がまず『兄さんこの頃詩の放送をやっていますね』といいます。またしても殿村西一郎が私とまちがわれたわけです。いやそれよりもっと念のいったのが一つあった。それはある時、一人の、九州の田舎にいる私の後輩が私を訪ねてきました。この男は私の大学時代の友人の弟で、工芸の方をやり、傍ら詩をかく男でしたが、あいだ一向連絡がなく、私の疎開先の所局から東京へかえってからの新住所もしらない男のはずなのが、その男がこういったのです。『じつは今度詩をかいて、どこか東京の雑誌へ紹介してもらおうと思っていると、あなたが婦人雑誌に詩をかいていられたんで、ええ、殿村西一郎の本名でね、雑誌社へ問いあわしたら、国府津《こうづ》にいるというんで、手紙を出したら返事がきましてね、私はあなたを知らないというんですね、同名異人の人がいるとみえますね、あなたのここの住所は、その後別の人からききました』

何だかこれでは殿村西一郎に、まるで私がとりつかれているみたいでした。

——という内にもしかし、もうそれからでは八九年もたっていても、私にはもしやという疑が、段々と起きていました。もしかその殿村西一郎は、あの時の駅員ではないか、それともまた、掏摸《すり》ではないか、そいつが私の失った罹災証明書を利用して、巧に私になりすました、但し、よせばいいのに詩なんか発表して有名になった。それも事を欠いて、堂々殿村西一郎で作品を発表するなんて、どこまで図々しい奴だ。

かくしてついに、私、その殿村西一郎を探偵しようと思い立ったのです。

もっともそこに偶然が仂《はたら》かなければ、あるいは私の探偵も成功しなかったかもしれない。所がそこに偶然が仂いた。偶然て本当に、馬鹿にできないいたずらをするものです。

私の従弟《いとこ》で胸のわるいのが一人いる、その男が国府津で転地療養をやっています。偶々ある日見舞に行って、その従弟の家の近所を歩いていると、偶然ある家で殿村西一郎の表札を発見しました。人間誰しも、多少の猟奇癖はあるものです。私は柄にもなく、ポーのデュパンのようなことを実践しようと思い立ちました。

数回私はかれの家のまわりを歩き、近所のものに様子をたずねたりしました。年格好は凡そ私位、独身らしく、戦後そこへ住むようになった人物で、有名な詩人であると分りました。

殿村西一郎君に申しますが、あなたは最近あなたが何十年となくかきつづけられてきた日記を、どなたかに盗みよまれたような御記憶はありませんか。つまりあなたが大事にしまわれているのに、留守に、誰かがそれをよんだというような、置き場所がかわっていたり、入れ場所が乱されていたり……

殿村君、いかがですか。もっとも君は今大分視力が弱っているらしく、私は再々国府津でおあいしたのに、先刻《さっき》は私をみてもキョトンとされていた位ですが。

それともさすが『悪の系譜』の詩人も、悪の系譜をあばこうとするものがあるとは思われなかったでしょうか。

(いや、誰がそのあなたの日記をみたかはどうでもよいことです。ただ私に、一人の年少の敏捷な友人があって、それが、あたかもホームスのウィギンスのような役目をしたんだとだけ申上げましょう)

さて、会衆の諸君、世の中には、奇妙な癖のある人もあるものです。ある泥棒は、自分の一々の泥棒の記録を、几帳面《きちょうめん》に日記にのこしていたのが、動かせない彼の罪状の証拠となりました。

殿村君は、ましてこのように文名もあがる位で、筆の立つ人です。独学ですが几帳面に、これまでの半生をノートにこまかくかかれたのが氏のトランクの中に秘蔵されていました。

私以上述べましたことは、大体その日記が裏づけしているのです。即ち氏は掏摸であった(私の財布をとったのはS駅の駅員ではなかったのです。この点S駅のあの時の駅員におわびしなければなりません)。詐欺師であった。いや、それだけではない、日記によりますと、孤児であった氏の少年時代、少年のことで、精々感化院送りになった程度で終ったけれど、一人の年長の少年を刺したことがありました。その少年というのは、日記によりますと、殿村氏が浅草を浮浪中、寒夜にゴミ箱でねることを教えたり、どうしたら、金を盗まれないで青天井の下でねられるか、靴下を金庫代りにするなどという名案まで教えてくれた恩義があるのに、（もっともその代りにこちらはその少年のためにしばしばスリを働いて金を貢いだ）それを刺したという。ドサまわりの役者の一団から氏は追われたことがあるが、それも一人の同僚を、女のことから傷けたのが原因でありました。そういうことがすべて分る、世にも珍しく貴重な日記でありました。

殿村君、僕は何も今や失明の一歩手前の君を責めようというのでも何でもない。むしろ君の詩集『悪の系譜』の悪を僕は解説したので、これはむしろ却ってあなたの名誉にさえなる位なのを自慢にもし、感謝したまえ。

但し君が僕と同一戸籍であるというのが困る。君はいつも僕の本籍を何かにかかれるらしいが、今やしかしそういう機会もそうそうはあるものでなく、失明してはこの先詐欺もできまい。ジーキル博士ではないが、これではまるで僕にハイド氏ができたようなものですね。まあいいでしょう、ハイド氏の殿村西一郎君、ハイドの悪の系譜の最後は自殺であった。それにくらべると殿村君の系譜の最後が失明であるというのは——何かしらへんてこな気もちがします」

四

私の分身殿村西一郎の長広舌は、奇妙に尻切れトンボのように以上でポツンと終った。

今や私には、気のせいか全会衆の顔が、開会の時よりもっと朦朧としてきたような——気のせいか、いつも眼底出血が始まる前の例で急に頭痛がしてきたようである。あるいは殆ど私の完全な失明はいよいよ間近なのかもしれない。

駒込氏が主賓の御挨拶というのをまたず、私は立上って一場の演説を行った。その際私は、次のようにのべることを忘れなかった。

「……私は殿村さんの財布を掏りとった年、即ち昭和二十年のもう六月末にもなって——ですからもう戦争もあと一二カ月で終るという頃、何をどう間ちがったか私の所へ、赤紙即ち召集令状がきました。立派に戸籍のある殿村西一郎である私は、否むことができず、それから僅かの間ではありましたが、軍務にかり立てられて苦労しました。対馬《つしま》へわたって終戦後這々《ほうほう》の体で帰ってきたのですが、つまり私は、殿村西一郎氏の身代りをさせられたわけで、氏はおかげで助けられたのであり、私は私で、恩にきせるわけではないが、私の失明の原因の一つが、その時の苦労でなかったという保証はありません。

ああ私は、震災孤児として、無戸籍者であった、思うに戸籍のないというのは、何て気楽なことか！　もし戸籍があったら、詩集『悪の系譜』も生れえなかったかもしれないと存ぜられるのであります」

北を向いている顔

一

この物語は、東京で巡査をしている伯父が、その甥である探偵小説ファンの高校生に物語った不思議な話である。

……アンマの玉井五郎はその晩知人の、これも盲人の、金杉老人の家に泊ることになった。玉井五郎は金杉老人に可愛がられて、住居は金杉老人が台東区なのに、玉井五郎は渋谷区で遠いが、交通の便利はよい。地下鉄を利用すればのりかえの不便はない上にただでさえ玉井五郎は、勘《かん》はすばらしくよい。金杉老人も昔はアンマを稼いだものだが、今は年もとり、その上、死んだ奥さんが遺産をのこして行ってくれたので、まずあくせく働かないでもよい身分である。自分の得意を若い玉井に廻してもやり、または時によって老人自身、玉井五郎の技術のおかげをうけることもある。独りで開業している玉井五郎――既に妻と子供もある彼に、それは大へん助かる事であった。

住居が遠く、アンマ稼業は夜がおそいので、どうかすると電車がなくなってしまって、玉井五郎は金杉老人の家へ泊めてもらうことも多かった。老人はしずかな広い屋敷に、一人で自炊生活をし泊めてもらうことに何の気がねもいらなかった。

浅草公園という盛り場を、つい数丁の所に控えながらも、隅田川に近いその界隈はしずかであった。盲人では時間の経過がよく分らない。多分もう一時をすぎていよう。それは遠く近くの自動車のひびきの頻度で見当がつく。手さぐりで玉井五郎は、老人の寝床をとってやり、自分のも隣りにとって、二人は二階で寝につくことになった。

「しずかですね」

と玉井が今更にいった。

「うん」

と老人がうけて、

「近頃盲人専門の泥棒がいるというし……しずかなだけに気味がわるいね」

「それで僕をよんで泊めたんですか」

「というわけでもないが」

「泥棒って」

としばらくして玉井が、

「そうするとあまり金なんか家へおけませんね」

「そうなんだ。所がそれが困るんだがね」

「銀行か郵便局へもって行けばいいでしょう」

「メクラがかい。どうするんだ」

「じゃ銀行や郵便局へ行ったことないんですか」

「家内が生きている間はやっていたが死んでから、預けたり引出したりの手続きをするものがいないんで、止めてしまった」

「局員や行員がしてくれませんか、判と通帳があったら」

「胡魔化されはしないかな」

「まさかと思いますがね。でもそれより、何故あとの奥さんをもたないんですか……目のみえる」

「もう年をとったし、ましてメクラではきてもなかろうよ、ハハ」

「とにかく金のおき場所にお困りでしょうね」

としばらくして玉井五郎がいい、

「ねましょう、あかり消しますよ」

「ああ」

「このあかりも不経済だからつけないことにしたらどうです、どうせメクラに入用《いりよう》ないんだから」

「メクラに入用がなくても、メアキに入用だから。うちでつけておくおかないでは、町を通る人なんかにもちがうはずだ」

二盲人は共に途中で失明したのであった。メアキがあかりのない不便を、メクラの不便を思うにつけ同情をもっていた。

「おい」

突然耳のはたで男の声がした。玉井五郎はあお向けに天井の方を向いてねている。隣りの金杉老人の枕辺《まくらもと》に、一人の男の立っている気配だった。

「はい。どなたでございましょうか」

と老人が、目がさめきらない様子で云った。

「何だと、どなたでございましょうかだと、こいつ」

「たしか玄関も雨戸もしめておいたんですが……する

と」

やっと目がさめたらしく、急におろおろ声になって老人がいった。

「余計なこといわんでもよい。金はどこにあるんだ」

とおどしにかかった。

「金などございませんが……じゃあなたでございますね。メクラをねらっては強盗におしいっていられる」

「こいつ」

といったかと思うと、男がどたりと畳に膝をついた。それなり金杉老人の声がしなくなり、どうやら手を縛り、猿轡《さるぐつわ》をはめた気配だった。

どうしようかと思った。どうという考もつかないで、無意識にからだを動かすと、

「おやおや、そちらのアンマさんもお目ざめかい。おどろいたな、メクラが二人もお泊りとは」

「……」

「まあいいや。おつきあいにお前さんも啞になってもらわなくちゃなるまい」

立ってそのへんをゴソゴソさがしているのは、猿轡にする手拭か何かさがしていたのであろうか、やがてこちらへきて、

「それともお前さんが声を立てないと約束するなら、お前さんの方は、啞になるのだけは勘弁してやってもいい。どうせこの辺は人の家も少い。大したこともなかろう。それにお客にきて、そこまで巻添えをくうのも気の毒だ。しかし、さわぎ立てると、いいか。これだぞ」

何やらヒヤリとしたものが首にさわった。刃物らしい。若い玉井は、さすが老人だけの度胸がない。しずかにそのまま横になった。

男は立って、あっちこち金のありかを探している。老人の蒲団の下をさがし、向うの整理ダンスをあけたりしめたり、鍵はかけてないのらしい。仲々見つからぬらしく、暇どっていたが、やがて、

「あったぞ。何だ、これっぽっちか」

向うの長火鉢の曳出しから、財布を見つけた模様だった。

老人はさっき寝がけにもあんなことをいっていた位で、きっと金のかくし場所というものに苦心したにちがいない。玉井五郎はいつか奥さんに、ポオの「ぬすまれた手紙」をよんでもらったことがある。ものの存外一番いいかくし場所は、一番目につく、ありふれた場所だという考で、長火鉢の曳出しをえらんだのかもしれないと思わ

れた。

「ふんふん」

と深夜の紳士は独言《ひとりごと》みたいに、

「長火鉢の曳出しとは考えたね。モグサの中に埋めてあった。商売柄モグサってのは思い付だが、これじゃ金がモグサ臭くなっちまうじゃないか。だが待てよ。たった五千円とはどうだ。こいつ、さては外にかくし場所があるな」

また懸命にさがしつづける。仲々みつからぬらしくみえる。

「ええと」

とまたひとりごとで、（傍若無人《ぼうじゃくぶじん》だった。実際また、人はいても目はなかった）

「若いの」

とこちらへきて、

「お前さん、お客なんだろ」

またヒヤリとしたものが首にさわった。

「そうです」

とおろおろ云った。

「親戚か何かかい」

「いいえ」

「弟子か」

「いいえ」

「同僚ってわけだな。じゃあ知ってるだろう。おやじは一人なんだろ。つまりおっかあや何かいないんだな」

「ええ」

「念のためにきいてるんだ。一人ぐらしで自炊してるんだろ。と、つまり世話やきのメアキがいないとすると、銀行や郵便局にもってくはずはなし、どこかにあるはずだ。金もってるはずだ。どこにあるかお前さん知らないか」

「いいえ」

「知ってるくせにかくすと、お前さんのためにもならん。まっすぐに云うんだぞ、どこだ」

「知るもんですか。人のお金のしまい場所なんか。第一無理ですよ」

と少しずつ度胸ができて、

「メクラなんですよ、手さぐりでなきゃ分りゃしません。人の家へきて、タンスや用ダンスに一々手をふれて歩くとでも思いますか」

「こいつ理屈をいいやがる」

といったが、

「しかしそりゃ理屈だな。おい、おやじ」

と老人の方へ向き直って、

「どこに金あるんだ。方角を指先でさせ」

向うへ行ったと思うと、ごとごとからだのもつれるような音がしたのは、れいの刃物で老人の背中か何か小突く位したのかもしれなかった。

「さあ、どこだ」

とつづけて、

「口きかんでもいいんだ。お前さんの方は啞にしとかんと……もう一人も啞にする所だがおとなしそうな奴だからな、教えるんだ。足を縛るだけ勘弁してやってるじゃないか。有がたく思って……指でさすんだ。何? 何、下向けたな。分った。階段の下か。そう分ったらもう一人も、しばらく啞でいてもらわなきゃならん。ハハ。じつはさっきから、啞にしなかったのは、手頃なものがなかったんだ。手拭か何か、今気がついたが、アンマさんが手拭をもたないはずない。お前さんが自分でもってるにちがいない。よし」

こちらへきて、玉井五郎のからだの方々をさぐっていたが、さすがに彼の考は当っていて、玉井五郎のポケットから手拭をさがし出すと、

「やっぱり当った。汗くさい手拭だな。これでもって商売するのか。商売ものだ。ちったあ綺麗な手拭位はりこんだらどうだ。お客をしくじるぜ」

毒づきながら玉井五郎に猿轡をはめる。

足を縛るだけはそれでもせずに階段をおりて行った。

二

「こいつ嘘をつきやがったな。何だ、どこにもないじゃないか」

とかなりしばらくしてから(メクラのことで時間の経過のことは分らなかった)戻ってきて、

「世話やかせやがる。メクラのくせに生意気な奴だ。よし、もう一ぺん痛い目にあわせてやる。今度こそはっきりいうんだ。どこだ」

またごそごそと人間のもつれる音。それがしばらくつづいて、

「何だ、こいつ。またさっきと同じ下をさしやがる。はてな。下を向いた手をうごかして……何だ。何だ。空に字をかきやがった。何だ。さっきのもそれか、何?

『ない』ないと空へかきやがったな。こいつ」メクラがさっきも、下へ向けた指先で、空へ同じ字をかいてみせたのを、階段の下をさしたものと早合点して、無駄骨を折らされたと、おこっているのらしくとれた。

「嘘つけ。お前が金もってないはずがない。よし」

ともう一度玉井五郎の口を自由にして、

「なあ若いの。そうだろ。おやじ金もってるな。ちがうか」

「しりません」

と答えた。

「知らないはずはない」

「知りません」

「いや、かくし場所はしらないかもしれん。もってるかもってないかは知ってるはずだ」

「しりません」

「畜生、何をきいても知りませんとぬかしやがる。……はてな。まてよ」

とそこまできて、ふと何か目についたとみえ、

「これだな。分った。さっきは本当に下をさしたのかもしれん。下を、階段の下と早合点したのが俺の失敗だ。うん、分った。あすこの一枚の畳が、外のとちがって一枚だけ、最近しき直したあとがある。さすがはメクラだ。畳の下にしいた新聞紙が、そこだけ合わせ目から顔出してら。メクラだから分らんのだ。あすこかもしれん」

立上って長火鉢の火箸をとり出す気配。それで畳のへりをもち上げる気配。

「しめた」

紙のごそごそいう音がそれにつづいたのは事実見当つけたものが、見当つけた所にあったのらしく、

「見ろ。メクラにカンがあるものなら、俺にもある、やっぱりそうだった」

玉井五郎がたまに奥さんと郵便局へ行った時、局員が札束を勘定する時に立てる、パラパラパラパタンというような音をさせて、

「ようし、千円札が五十枚――五万円か。まあいいや、すっかりもってってても可哀そうだ。二枚だけおいてってやろう」

と畳を元通り敷き直して、

「さてと、タバコ一服とゆくか」

こちらをメクラとみての見くびりか、悠々とタバコをふかしながら、

「若いの、お前にも一服やろう」

一本くわえさせ、火までつけてくれる。

忌々《いまいま》しくてならないが、手も足も出ないのでいわれるままにしていると、

「若いの。儲かるか。どうだ。少し腰もんでもらおうか。療治代はやるが」

どこまで図々《ずうずう》しいのか、玉井五郎にアンマさえさせた。さすがにしかし、長い間は揉ませず、

「もういい。じゃあこれが治療代だ。あとはお前おやじを自由にしてやれ」

悠々と立上り、ミシミシ階段をおりると、玄関の戸をあけて出て行った。時間は何時頃であろう。そろそろバタヤさん位が稼ぎに出はじめる頃かもしれない。

三

「忌々しい。畜生」

と老人がいった。玉井五郎に手と口を自由にしてもらった。

「ひどい奴だ。メクラをねらうとは」

「この頃よくきく強盗ですね。すてちゃおけません。一と走り交番へ行ってきましょう」

「もう手後れだろう。どうせメクラじゃ足がおそい」

「電話がないんでしょうか」

「ないね」

「とにかく行ってきます」

四

——てなわけで、玉井五郎というその盲人が警察へやってくる。その時話をうけたのは私じゃなく、別の人だったが、そしてどちらにしろ、到底手おくれで、その上犯人の手がかりというものがない、何しろ二人共盲人ではねえ。

所がそれから、そうだな、二た月もしてからだろうか、同じ盲人がまたきて、今度は私が話をうけたんだ。

五

ある日玉井五郎は、メアキの友人井上義三につれられて、浅草へ遊びにやってきた。

盲人はたのしみが少い。せいぜいラジオをたのしむ位で、映画は勿論話にならず、すべてメアキの娯楽は、盲人には縁がないのだがその上盲人は臆劫《おっくう》がりで、かつアンマ稼業では仲々暇もない。そんなわけで玉井五郎も、つい浅草公園に近い金杉老人の家へはよく来、公園の盛り場の音が耳のはたでするような所にも、お得意をもっているくせに、とんと盛り場そのものへは足を向けたことがなかった。

そのメアキの友人井上が、戦後の浅草を案内してやるといい出し、手引きされて、まずウェーブコースターにのせてもらった。高くなったり低くなったり、ぐるぐる廻ったりのレールを、乗った車が走るのだそうだが、これはどちらかというと、玉井五郎には正直こわかった。ウェーブコースターをおり、大道野師《だいどうやし》の口上《こうじょう》を面白くきいて、あとどうしようか、ストリップでは仕方がない、やっぱり盲人にむく唯一の娯楽機関という所で、寄席にしようときめ、食事をして引かえしてくる途中井上義三が、

「靴みがいて行こう」

といい出した。どこだか分らない、ただ世界中の自動車が集ったかと思えるほど自動車のこんだ、繁華な所なのだけ分った。

井上に手引きされて、台の上に坐り、靴みがきが手をのばして玉井五郎の足を、別の台の上にのせた。勿論盲人の顔は靴みがきのいると覚しい東の方角を向いていたが、顔は分らない。何しろ焦点というものがない。声のする方が焦点というわけだ。

しばらく時間がたった。

そこは道の曲り角にあたっていて、玉井五郎の前と左との方角が、電車道であることだけ分った。

突然サイレンの音がした。

前でなく、左の方角を走っている電車道の方であった。

「火事かい」

と井上義三にきいた。

「いいや、救急車だ」

「救急車?」

とみえないでもその方角へ顔をむけた。つまり北へ向けた。

「うん」

「救急車がサイレンならすの。消防車だけでなく」

といった玉井五郎の声が、途中からハッと緊張した調子にかわっていた。

そしてそのあと奇妙にも盲人の顔は、もう靴みがきの方には向かなかった。北を向きずめで、事実メアキとちがって、顔はどちらを向いていてもよかった。

「おまち遠様でした」

と靴みがきがいった。はっとした玉井の顔も向き直って、靴を台からおろし、料金を支払って立上った井上に手引きされて、やや半町もきた時、

「君、僕と一緒に警察へきてくれ」

と盲人が声を潜《しず》めていった。

六

「まちがいありません。たしかにいつかの強盗にちがいありません」

と盲人が渡辺巡査にいった。

「君」

と井上に向って、

「あすこの銀行何ていうんだい」

「N銀行だ。たしかあの建物ができてからまだ一年位にしかならない」

「電車通りの方からみて君は左側の靴みがき、僕は右側の奴にみがかせたね」

「そうだよ」

「じゃあその右側の奴だ。存外ああやって商売までやってる位だ。そうあわてることもないかもしれんが、いついつまたいなくならんこともない」

渡辺巡査が半信半疑に、

「だって証拠は見えないのにどうして分るんです」

「分ったんです」

とはっきりといいきって、

「たしかあの強盗は、ええと、僕が襲われたあの後、どこかの家のガラス戸にはっきり指紋をのこしたんだっていうじゃありませんか、家内がいってました。よりによって靴みがきですよ。居廻りにみがいた靴なんか一杯あるとすると、指紋なんかも……」

「靴みがきのまわりに、靴がかい。一杯あるって、そうでもないさ」

「そうかい。それにしたって何かあるさ。急いで下さいよ」

七

半信半疑だったが、盲人にはカンもある。ほら、声にしたって存外我々より覚えがいいかもしれんし、何しろ急いでくれというんで出かけ、捕物になったってわけだ。

盲人の注意もあって何人かが私服にかえて出かけて行った。

盲人は衆人環視の中で商売をやってる位だから、急がないでも大丈夫だろうとまでいったが、そういう考もあるかもしれないが、一方からいうと、盲人の方は、みえないんだからそうも思わんだろうが、靴みがきの方からいうと、ああ此奴はいつかの盲人だと気がついて警戒するかもしれんし、盲人のいうことを本当とすれば、猶予はならぬわけだ。

井上というそのメアキが我々を先導して、——それが今日のあの四つ辻なんだが、あの四つ辻まで来、あの靴みがきだと教えた。我々はうしろ、つまり電車道の方から、迫った。

一人若い男の靴をみがいてる所だったが、ちらっとこちらをみると、急いでにげ出した。何か感ぐったにちがいなく、そうなると、逃げ出すこと自身、もう盲人の話が存外本当かもしれないと思わすに十分だった。

捕物になった。

あのへんは大体コンクリートか石造《いしづくり》の高い建物が並んでいて、道路も全部鋪装《ほそう》なんだ。ある一つの三階建の建物の中へにげ込んでしまった。

これは一方厄介なことだったが、一方また存外賊は、袋の中へ迷いこんだ結果でもあった。多少ひまがかかった。

結局おさえることができた。

八

「あともうとばすよ。事件は案外呆気《あっけ》なく片がついたのだ。れいの指紋ね、あれがものをいったんだ。

え、呆気ないって、呆気ないかもしれんね」

と伯父が早川康夫にいった。

「現実は大概そんなものだよ。お前のすきなサスペンス小説のようなサスペンスはありはしない。あるのは砂をかむような忍耐と機会だけさ」

「それにしても」

と高校生がいった。

「どうして？　その玉井五郎というんですか、盲人の人によく相手が分った……」

「それだよ」

と皆までいわさず、

「お前が小説好きだから、眼目になるそこの所を最後にとっといたんだ。ほう、小説ではよくやるじゃないか、何てんだい、伏線かい。もうこの、これまでいった中に張ってはおいたんだがね」

「伏線ですか」

「そうさ。靴みがきの顔は西向いてるのに、盲人の顔は北向きだったって、もっとも人間の眼というものの不思議について知ってなきゃ駄目だろうね。まず第一にその玉井五郎は、盲人とはいっても、全然光も何もみえないというほどでもなかったんだが、ね、いいかね、大体人間の目というものは、決して人が知ってる近視とか遠視とか乱視とか、色盲とかってのだけじゃない色々なんだね。我々はとにかく自分ではものがみえる。または近視でも眼鏡で調整できるから何とも思わない。所が世の中には随分へんな視力の人があるんだ。ある人の眼は視線が著しく細い。つまりよくあるだろう、目かくしされた馬が、あの馬から類推できるだろうが、目の横っちょはまるでみえないで、真正面だけがみえる。つまり視線というものが針のように細く、それだけ遠くまでみえるかと思うと、丁度その反対のがある。つまり眼の正面はまるでみえない代り、目の横っちょはみえるってわけだ。これはいつかある盲学校の先生からきいたんだが、その人が一人の盲人生徒と銭湯で出くわした、ちゃんと明いていかにもみえそうな眼なんだそうだが、それで先生はその生徒の真正面で体を洗ってたんで、声こそかけなかったが、当然生徒が、自分が一緒だったことを知ってるとばかり思っていたのに、かえりがけにふと声をかけると、驚いたことに『ああ先生も一緒だったんですか』といったと言うんだ。横にいたらかすかにでもみえたんだろうが、真正面だったために却ってみえなかったというわけだね。

玉井五郎の場合がそうなんだ。強盗におそわれた晩彼は天井を向いてねていた。だから傍の金杉老人をひどい目にあわしている強盗の横顔が、勿論ほんのみえるともいえないほどおぼろげなものだったが、貧しい視力に残ったんだ。所で銀行の時は、昼間で、明るかった上に、彼の顔が、ずっと靴みがきのいる東の方をみつめていたら、駄目だったろうが、救急車のサイレンで北を向いたために、真横になった靴みがきの顔が、目に入ったって訳だ。

事実は小説よりも奇なり、という訳さね」

五万円の小切手

一

「私こないだ、つとめ先の盲学校《もうがっこう》へ一万円寄附したんですが、え？　私のような、自分も盲人で、学校教員の薄給でいてよく一万円なんて金が寄附できたと仰有《おっしゃ》るんですか。ごもっともです。このイキサツをお話ししようというんですがね。

かねて盲学校には、小さな子供もいる。彼等は遊びというものを知りません。せめて遊び道具として、ブランコ位やりたいと思っていたので、そういう機会に果すことができたのは幸《さいわい》でした。

そうなんです。本当ですよ。メアキの子なら、見よう見まねでも遊び方をしっているし、やることもできますが、メクラの子ではねえ。鬼ごっこ、石けり、縄とび、何一つできやしません。本当に可哀そうなわけなんです。

まあブランコならできる。滑り台と思ったんですが、そう慾ばっても、学校にも金がありませんし、追々ということにしました。

その一万円がどうして手に入ったかということなんですがね、どうです、探偵小説はお嫌いですか。私も目のあいている頃は好きで、シャーロック・ホームズや江戸川乱歩なんか、夢中でよみ耽ったものなんですが……

もっとうまくお話しすることができるかどうかは別問題です。こういうわけでした」

語り手は花輪正一。今自分でもいったが、自身も十八才で失明した盲人で、盲学校であんまを教えている。

仲々ものをネチネチと考えるたちである。記憶もよい。盲人将棋——盤面のスジを細い木ぎれをうってうき出させ、触われるようにした、大きさも、普通よりも一とまわり大きい盤で、駒も、短い釘で、上に「キン」や「ギン」と点字をうっておくと、盲人でも記憶に便って将棋ができる——の名人である。

同様にしてこの人に特技——学校の時間割作成がある。高等学校などに勤めたことのある人は、各専門教科の先生の時間をうまく配当して、しかも幾組にもなっている生徒には、あき時間がないように時間割をつくるのが、どんなに面倒かをよく知っている。一方は先生達、一方は学級との調整が仲々うまく行かず、時間がぶつかったりなんか、とても暇がかかる。大概紙片でコマをつくって、あっちを動かし、こっちを動かししてやるが、花輪先生に限り、頭の中に表をつくってやるので、その面倒がなく、忽ちつくってしまう。

もっともいずれにしろ盲人のことで、観察ということができない。そこで推理と、あとは盲人のカン——この二つを便りに、これまでも色々と妙な事件の解決をした。

これはその一つである。

二

花輪正一の玄関へ、七月のある日一人の若い来客があった。但し花輪先生は顔をしらない。あったこともこれまでないつもりでいる。

ところが相手がいったものだ。

「時々おあいしました。僕のうちで。声をかけたことはないが」

つまり先方は正一を見知っている。所が時々あったというのに、こちらは覚えがない。盲人なので止むをえなかった。

「××町の相川道夫というものなんですが」

「××町の相川とおっしゃると?」

「相川草助の甥です」

「そうですか」

そんなわけだ。相川草助なら知っている。これも盲人で、正一には親友だった。

盲人将棋の好敵手。それへ最近になってから、盲人だてらに俳句をはじめ、花輪正一もそのしょうようで、少しずつ駄句るようになった。

正一とちがって親ゆずりの資産をもっていた。一度結婚した。しがない税務吏の娘で、メアキだったが、別に一生メクラの世話をみようなんて殊勝な心がけからでなく、草助の金に目がくれてだったらしい、しばらくして、男をこしらえて逃げてしまった。その際いくらかの財産を、こちらが目がみえないのをよいことに、もち逃げされた。

メクラをくいものにしたけしからぬ女。だからその後、とみに草助が、人を警戒する、変屈な男になった。

弟の幸助が青果物商をやって、広い屋敷を構えている。ハナレがあるのを提供してもらって、くらしていた。

琴がひけ、ピアノがひけた。

たった一人で、六畳と四畳半の二た間もあるハナレに暮し、食事は幸助の家族がみてくれている。気楽な暮しで正一はいつも羨しがった。

住居が七八丁しかはなれていないので、よく遊びに行っていた。

「相川君この頃どうしています」

座敷へ通してこうたずねた時、

「死にました」

「死んだ?」

「ええ、旅行に出て、出先で急に死にましてね。熱海へ行ったんです」

「独りで?」

「そうです。いつも一人でゆくんです。カンがいいし、かわってましたからね。今度のは静岡の演奏会へお琴をひきに行って、帰りがけでした。熱海に、行きつけの家がありましてね、そこで急に、脳溢血で死んだんです」

「それはそれは」

と正一は何といっていいかに困って、

「それでわざわざそれをしらせに来て下さったんですか」

「半分はそうですが、じつはそれだけでなく、ちょっとしたおねがいがありましてね」

「おねがいですって?」

「ええ、先生は伯父の親友でいらっしゃいましたね。伯父の気性をよくのみこんでいる先生の御智恵が拝借したいんで」

そのおねがいというのをきく前、草助の急死の後始末をきかねばならぬ所だった。葬式はもうすませたこと、本来なら葬式の前にしらせるべきだったが、死亡通知を出そうにも花輪正一の住所を控えた草助の控えが、点字なので、よみかねたこと、伯父から花輪の名前と、盲学校の先生であることをきき知っていたので、今日学校で住所をきいてきたことなどきいたあと、

「それでおねがいと仰有いましたのは?」

「それがです。奇妙な話なんですが、五万円、みつけたいんです」

「五万円?」

「ええ、実はね、伯父のすんでいるハナレ、御存じで

しょう、よくいらっしゃいましたね」

「よく行きました。僕らとちがって、ふた間の家に一人暮しで、気楽で羨しいと思ったものです」

「実はそのハナレにですね、伯父が五万円の小切手をかくしているはずなんですが」

こういうわけだと、相川道夫の話を綜合すると――一と月ほど前のことであった。草助が道夫にこう云った。

「道夫に二万円やろう」

「二万円？」

「夏山――どこだったかい、穂高とかだったと思うが、夏山に行きたいと言ってたじゃないか。いつもいつも親父に金をせびくるだけが能でもあるまい。偶《たま》には俺がやる。但し二重にとってもアレだから、親父には俺が云っとく」

始めは冗談かと思った。可愛がってくれてはいたけれど元来こちらから無心したわけでなく、また相手が盲人ではそういうことも遠慮された。

所がこのあとの話が一そう奇怪だった。

先日静岡へたつ前の日、伯父の草助はまた道夫をハナレへよんで、

「いいかい」

ときり出した。

「こないだ約束したお前にやる五万円ね」

二万円が今日は五万円になってるのをまずききとめて、

「伯父さん、二万円だったんじゃあないんですか」

というと、

「まあきけよ。いいかな、俺は五万円を小切手にして、この家にかくしておく。俺の留守にもしお前がうまく見つけたら、それだけお前にやる。しかしもしまた見つからなかったら二万円にする」

「宝探しですか」

「まあそう考えるなら考えてもよい。どっちにしたって、こんな楽な宝さがしはない。何しろ家が無人なんだ。公然の許しでする家探しだ。うまくみつけてみろ」

「だって、何だってそんな……」

「こういうわけだ。まあ考えてみろ。俺たちメクラだって、いつどんなことで大金をもたん限りはない。そういう時、いいかな、かりにメクラ一人で、俺のようにくらしているとする。しかもメクラは、大概アンマを商売にして、家に留守の時が多い。大金をもち歩くのも危険だから、どこかへしまっておくとして、どこがあるんだ

い。かりに盗賊が、こちらのいる時に入ってきたとしても、盲人では、目の前で金をもってかれても、処置なしなんだぜ。どこかいいかくし場所はないかって考えてみた。畳の下だって、天井裏だって、盗賊の方に根気があれば容易にみつけられる」

「銀行か郵便局にもってってったら」

「そういう手はある。通帳をかくしとく苦労はわかるまいが、ハンコは小さいものだから携帯したらいいね。所が駄目なんだ。メクラでは、郵便局や銀行の払戻し用紙一つ自分じゃかけないんだ」

「だって伯父さん、伯父さん御自分は……」

「そうだよ。××銀行の行員に、知った人がいるからやってもらっている。誰でも、行員に知合があるとは限らん。伯父さん自身だって、銀行の方は、そのツテを利用してやってもらってるが、知合がないから、郵便局の方は利用できん、一人じゃ」

「つまり、そうすると早い話が、伯父さんは僕を泥棒にみ立てて……」

「いわばそうだな」

「ひどいや、伯父さんは」

と道夫はいったが、

「しかし面白いな。やってみましょう。で、何日位留守にするんです」

「一週間位かな。まあ俺がうちにいたってどうせ見えないんだから、家探しをするのに気兼ねなものはないわけだが、それでも、いるよりは、いない方が、お前にはスリルがあるだろう。ハハ。ただ断っておくが、このハナレどうしたのか昨夜から電灯がつかないらしいんだ」

「そうそう、昨夜母屋の方からみても真暗でしたね」

「ヒューズでもとんだんだろう」

「だけど」

と道夫は不審そうに、

「伯父さんにはよく分りますね。みえないで、電灯がついてるか、いないかが」

「分るんだよ。スイッチをひねると、ついてれば熱が感じられる。メアキが思うほど不便なもんじゃない」

「なるほど」

と道夫は立ってスイッチをひねった。

「つきませんね。ヒューズでもとんだかな」

と勝手の方へ立って、安全器をあけていたが、

「やっぱりそうでした。ヒューズがありません。母屋の方にあるからつけておきましょう」

そして一と走り母屋からヒューズをとってきて、とりつけると、電灯をひねってみて、

「つきました。結局伯父さんには電灯がつこうがつくまいが同じでしょうが」

「うん、しかしメアキのためにつけておいた方がいいな。……じゃあいいね、小切手のことは。みつけたら確にお前にやるから」

「はい」

と道夫は答え、気前のいい伯父の申し出をうけることにした。

三

「所がそれがですよ」

と道夫が花輪正一にいった。

「突然その伯父が死んでしまったので」

「なるほど。つまり家探しをしたが、肝心のものがみつからなかったというわけですか」

「そうなんです」

「一週間といいましたね。探したんですね」

「探しました」

「残るくまなく？」

「ええ」

「畳の下をみたんですね」

「みました」

「天井裏は？」

「梁上の君子の実感を味わいました。ありませんでした」

「僕も再々行ったから大体分っているが……押入や何か、それから床の下は？」

「みました」

「ピアノがあったが中をみましたね」

「ええ」

「お琴は？」

「胴の中をすっかりみました。ありません」

「要するに全部みたわけですね。なるほど」

とちょっと考えて、

「ひょっと伯父さんあなたを担いだんでは？」

「そう思って、伯父の銀行通帳を念のためにみました。伯父の静岡出発の前々日、つまり二度目に家さがしをいいつけた前日の日付で、丁度五万円、預金が引出しにな

っています。小切手にしてね。別に旅費としてその翌日また現金五万円引出していましてね、この方は、死んだ伯父の所持金をしらべると、ぴったり宿賃と旅費位を、五万円からさし引いた位残っていました」

「なるほど。おかしいな。うん」

と正一すっかり考えこんでしまった。

「誰かあなた以外のもので、侵入して、お先に失敬してしまったというような……」

「そういう形跡がないんです。勿論伯父が出かけてから こっち、毎日、一日中無人になってるわけですが、鍵は僕がもってるんで」

「外に何か手がかりはありませんか」

「随分考えてみたんですが」

「もっと考えてごらんなさい。どんなことでもよい」

というと道夫が今度は、すっかり考えこむ番であった。

しばらくして、

「どんなことでもいいんですね。伯父は探偵小説が好きでした。よくよんできかせてやりました」

「例えばどんなものを?」

「そうですね。たとえばコナン・ドイルとかアイリッシュとかの短篇……長いものはこちらがよむのに骨が折れるものですから」

「ポーはどうです」

「勿論ポーもです」

「『偸まれた手紙』って小説をよんできかせたこともありましょうね」

「勿論あります。それ所か大へん感心して……」

「ほほう。どういう所に?」

「そうですね。あの小説のテーマは、結局何かものをかくす一番いいかくし場所は、一番かくれていない場所だというんですね、そうなりませんかしら」

「いや、しかしそれは、かくす方と探す方の相対の問題になりましょう。デュパン探偵はあの何とか大臣でしたかしら、数学者で詩人だから……待てよ、そういえば伯父さんは俳人でしたね。すると伯父さんもその何とか大臣並《なみ》の人間てことになるかな」

「するとつまり……あまり天井裏に入りこんだり、琴の胴の中をさがしても、無駄だというんですか。もっとありふれた、人目につく所が存外くさい……」

「そうですよ」

「所がそれも、一と通り探したつもりなんですが」

「なるほど……もっと外には?」

「そうそう、じつは伯父が、何かの時よくかいていた点字紙ですね、点字じゃどうせよめないんで、一応念のためにもってきて、よんで頂こうかと思ったんですが、どうせ俳句か何か書いたもので、手がかりになりそうもないのでやめました」

「そうでしょうね。まあそれは、いずれ伺って、よませて頂くとして……そう、一そこれから伺いましょう。伯父さんのお骨《こつ》は、まだお宅に?」

「はい」

「じゃあお参りがてら……じつは今夜の夜行で、関西の盲学校視察に出張するんですが、汽車は九時ですから」

「関西へ盲人の先生がお一人で?」

「僕はカンがよくて、一人で北海道旅行までしたんだから、ハハ」

と花輪正一は身支度をすると、道夫に手引きされて、相川の家へ出向いた。

四

母屋で草助のお骨を拝んだあと、ハナレへ行った。点字紙を出してもらって、よんで行った。

いずれも俳句の下がきなどで、道夫のいった通り、格別の手がかりにはなりそうもない。さすがに長い夏の日も、漸く暮れ始めたらしく、爽涼の夕風が立ち、軒端に風鈴の音も涼しい。

れいのネチネチと考えるたちで、花輪正一、引きつづき、何かしきりに考えこんでいた。

……………………

……………………

翌日から四日間、花輪は、学校の方の用事で、地方へ出張した。ずっと家にいなかった。

五日目うちへかえった正一は、ところが、留守中の、思いがけない椿事出来《ちんじしゅったい》の報に驚かされた。

相川幸助の家で火事があった。隣家で火を出し、母屋の方は助かったが、火元に棟の近かったハナレだけ全焼したと細君からきかされた。

「昨日道夫さんと仰有るんですか、御子息の方がいらっしゃいました。また来ると仰有っておかえりになりました」

といっているところへ、

「御めん下さい」

とはや、噂の当人の声が玄関でした。

座へ招じ、思わぬ災厄にあった道夫を慰めていた正一に、道夫が突然、

「時に花輪先生、小切手をかえして下さい」

といった。

「小切手？　どんな小切手です」

「五万円の小切手、伯父がさがせといった小切手」

「だってあれは焼けたはずですよ」

と正一が空とぼけた。

「ハハハハ。先生も人のわるい。伯父さんと同じです」

「いやどうも」

と正一が笑いながら、小切手を財布からとり出した。

「しかしただ、これをおかえしするには条件がありま す」

「どういう？」

「どうせ僕が助けなかったら、やけてしまった小切手です。この内のいくらかを、盲学校の子供たちに寄附してくれませんか。遊び道具がかってやりたいから」

「なるほど分りました。一万円寄附しましょう。それでいいでしょうか」

「結構です」

と正一はいって、

「それにしても、どうして僕がさがしあてたと、分りました」

「いや、それよりまずあなたの方から……安全器をよく思いつきましたね」

「ハハハハ。僕も自信は別になかったんですが、盲人のカンとでも考えて頂きましょうか」

「だって」

「いや、第一に伯父さんが、わざわざあなたに停電のことを云ったのからして臭い。そんな必要もないのに、伯父さん、それとなく暗示したんだと思いませんか」

「なるほど。しかし、安全器の場所がよく分りましたね。盲人のあなたに」

「偶然のことで、前に、何かのことから探したことがあるんです。そうだ、伯父さんが電気アイロンをかけようとして、ヒューズがとんで、探したんだった。なおし

たのは伯父さんだが」

そしてゆるゆる話しつづけた。

「ねえ、ハナレで点字紙をよんでいた時、カンが働きました。あなたが呼ばれて、母屋の方へ行かれた時だったかもしれません。念のためにスイッチをひねってみました。僕も灯りがついたかどうかは、感じで分りました。つきませんでした。伯父さんがたつ前日でしたか、あなたがヒューズをとりかえたというのに、つかないのは、ヒューズがまたとんだか、または故意にヒューズをとったかにちがいない。後者かもしれないと思いました。しかし勿論、自信なんかはなかった。小切手を安全器の中へかくしておくなんてあんまり突飛すぎて、笑われそうだから、云い出さなかったんです。そうしている内に、あなた出かけてしまったでしょう」

「ええ、友達と山行きの打合わせに……お断わりしましたが……」

「え？　そうだったんですか。僕はまたよくよく考えこんでいたとみえて、いつ出かけられたか知らなかった」

「厭ですよ、先生は。じゃあ僕とした問答も憶えていませんか」

「どんなことといいました」

「『これから出かけるが、まだここにお出でですか』といったら、『ええ』と仰有った。『かえりがおそくなるかもしれないが』といっても『ああ』『じゃあいいです、どうせ空家ですから戸締りは僕が帰ってからします』といっても、『ああ』何もかも、ああ、ああです」

「ハハハハ。そうですか。よっぽど考えこんでいたとみえますね……いつもそうなんだが……それに、メアキだったら、まさか目の前の人がいなくなったら気もひかれるが、メクラなもんだから……すみませんでした」

「いいえ、別にすまんことはありませんが……あれですかじゃあ……」

「そうなんです。やっと小切手をさがし当てた時、家内がタクシーでかけつけてきましてね、ボストンバッグもって。僕があまりいつまでもかえらんので、汽車にのりおくれるのを心配して、おっかけてきたんです。そんなこんなで、小切手を母屋の方へお預けすることもつい忘れちゃって。すみませんでした」

「何だ。そうですか」

「ええ」

といってから正一は言葉をついで、

「ね、伯父さんは、メクラが、大事なものをかくしておくいい場所を考えたんでしたね。なるほど安全器とは考えた。メクラにはヒューズなんて、必ずしも用のないもんだ。暗くっても不便はない。ヒューズがとんでもしらなかったといっても、知ってたが、どうでもいいのでそのままにしてあったと云っても通る所だ。メクラの家に灯りがつかなくても、メアキは不思議に思わないと考えたんでしょうね。もっともあなたが、たまたまヒューズを取りかえられたが、だから尚更あなたの、それが盲点になった」

「するとつまり、伯父は、あの晩ヒューズをぬいて……」

「だろうと思うんです。一ぺんたたれる前々日、試しにやってみて、この時は小切手を入れておかなかった、二度目に入れた、と思うんですがね、時に」

と正一がつづけた。

「あなたはまたどうして僕に見当を……」

「おかげで助かりました。小切手の事で、やけてもまた再発行はしてもらえる訳ですが、それには半年だかの猶予をおいてからでないと駄目ですし……ええ、通帳の方は助かったんです、死んでから母屋の方へもってきてありましたから。あなたに見当つけた理由ですか。ハハ。お分りになりませんか。分らないでしょうね。先生がみえた翌日、僕は何気なくハナレに入って、安全器を見上げたら、逆様にはまってたんです。さすがに盲人のあなたです、あの安全器、ずっと前から蝶番《ちょうつがい》の所が壊れてたんで……上下がお分りにならなかったんですね」

「なるほど、逆様にはまってたんですか。そうとはしらなかった。すると安全器というものは蝶番がついて、あけしめできるようになってるんですか。僕はまたそんなものないんだと思っていた。ハハ」

と盲人は笑った。

それを見ていた女

上

山口春太郎巡査は、何か頭の芯にシコリでもあるような、ぼんやりした気分で、派出所の窓から、ひろい残暑の午後の屋外を眺めていた。かっと、太陽それ自身がもえてでもいるような、大輪の向日葵《ひまわり》が、目の先にそびえ、根元には、赤や白の百日草《ひゃくにちそう》が、暑さを謳歌しているような、豊麗な花弁をもたげている。向うは一面の畑で、畑の向うに杉林があり、その横の高い鉄柱の林立《りんりつ》は、郊外電車の路線で、時たまごおっと喧《やかま》しい音を立てて、電車が通った。半月もの間、連日百度に近かった今年の夏の暑さが、頑健な春太郎巡査にも過労といったシコリを残したに違いなく、近頃はやりのノイローゼという言葉がふと頭に浮ぶと、俺もそのノイローゼってやつじゃないかという気分がしてきた。

それにしても先刻《さっき》の俺はどうしていたんだろう。夢でもみたんじゃないかという気がしてくるのである。夢——白日夢《はくじつむ》……こう暑くては白日夢もみようが、あれは一体、すべては何の意味なんだろう。元よりさらっと考えてしまえば、それでもすむ場面ではある。ただそれにしては、こうして頭にへんにこびりついてしまって、離れないのがどうしたわけなのか。だからノイローゼなんてことも考え、実際またこの頃の気分は確にそうなんだが、それだけでは職掌柄《しょくしょうがら》もすまないような、自責めいたものが、気持のオリとして残っている。かっとした午後の日ざしに、目まいでもしたように、春太郎巡査は、うしろの椅子に、ペタンと腰をおろしてしまった。

今年もう五十に近い春太郎巡査は、家に高校生の伜《せがれ》ももっていて、御多分にもれず探偵小説なども仲々よみ耽《ふけ》る。元来小説などはあまりよまなかった春太郎巡査も、負《お》うた子に教えられて、非番の日など、家でねころんでよんでみると、面白くない所ではない。これまでは現実のチャチな犯罪に接して、事務的に片づけてばかりきたけれど、コナンドイルやアイリッシュをよんで、今更想像力が不足だったのに気づき、するとこれまで手がけてきた事件も、裏返してみればまた色々と解釈ができそうな……これからは是非もっと想像力を働かして、ものを色んな面からみてゆかなければと思うのだ。

はからず思出したのは、昔イギリスに、何とかウォルポールという名の歴史家があってロンドン塔に幽閉されていた。ある日窓から中庭を見下ろすと、二人の男が争っている。争っている以上は、どちらかが争いの元を起したに違いなかろうが、さてそれは甲と乙のどちらであるか。歴史家だけに争いの推移から判断を下そうと考え、結局、多分甲の方が争いの元であろうと断案を下した所が、あとになってきいた所では、反対に、喧嘩の元は乙の方であったということであった。ウォルポール大いに嘆じて、俺は歴史家のくせにこんなちょっとしたことでも、はっきりした事態の様子が分らなかったとはと、嘆じたという話をきいた事があった。

まして探偵の仕事が事態の推移から原因が正しくつかめないなんて困ったことだと春太郎巡査は時にこの頃思われる立場に立たされた。

先刻の場面というのはこういうのであった。

山口巡査はつい数日前今の所轄の所に移されたのであったが、それは大都市郊外の新興街で、それだけに家屋は密集していない。何しろ派出所自身からが、つい前は、広い畑な位いである。農家もあるが、かといってまた全然の農家ばかりではない。農家もあるが、ある所にはポツリポツリと家が固まって建ってきて、そういう所には市の中央へれいの郊外電車で勤めにでるつとめ人が、せいぜい十坪かそこいらの家を建て、但しさすがに地所だけは建坪の三倍や四倍は借りて、野菜や花でも植えてつつましやかに暮している。割合犯罪といったものが少く、あって精々こそ泥か空巣《あきす》で、血なまぐさい事件などは、あまりない場所であった。別に事があって左遷されたわけではないが、もう年も不惑《ふわく》を大分こえている彼へ、上長が、いたわりの手をさし伸べて、暇な所へ移してくれたのかもしれなかった。

今日先刻春太郎巡査は用事で本署へよばれてのかえり道、自転車で、派出所から四五丁の手前までくると、暑さの上に、道が少し上りになっている。時候のよい時なら、いかに五十を目の前に控えた体力でも、わざわざおりて自転車を引っぱり上げなければならぬほどではないが、そこに井戸があったのを幸い、冷い水を一杯くんで飲み、それをしおに、車を引っぱり始めた時であった。

山口巡査の目がふとそこにあった一軒の家の中の様子にひかれた。

ヒバか何かの垣根の中に、十坪ほどの庭があって、いずれ主人公自らか細君の努力のみのりの、地這いキュウリがごろごろと地面に転がっている外《ほか》は、コスモスが、勿論花はまだであるが太い茎を雑然ともたげている。その外は松葉牡丹《まつばぼたん》が、てきれきとして、宝石のような花をちらばせ、垣根に朝顔のツルがまつわって、暑さにもう、花はとっくにしぼんでしまっていた。しかしそれが春太郎巡査には、何か花でも野菜でも、そう細かい世話をやいたものとは思えず、植えたら植えっ放し、かりにトマトならトマトを植えても、ワキ芽をつむ面倒をしないために、なるはなっても数ばかりで、一向大きいのはならないといった、そういう主人公の性格がしのばれる気が、春太郎巡査にはした。

もっともヒバの垣根が、手を加えないので、葉が茂り放題に茂り、所々赤茶けた葉などもみえている位なのは、こうした人の密集しない所では、時にとって却ってそれだけ、用心はよいかもしれぬと春太郎は思った。家の横手の物干竿にかかっている、干し物からも判断されるが、子供のない夫婦ものの家庭なのであろうか、御主人公がつとめ人とすると、留守を守る細君は、買出しなんかに外出して、家の無人になる時などもあるに違いない。そうした時なんか、家の中が覗かれたりしない方がよいに違いなかろう。

所で春太郎巡査は、その時実際家の中に人がいるかいないかは確めるつもりも権限もなく、この暑さに、戸障子がしまっているだけが頭に残ったわけだが、あと、そのまま通りすぎようとした次の瞬間、何か足がはッと立ちすくむような情景を目にとめた。それはこうであった。

今の第一の家の東隣りに、広さなら、間取りなら、殆ど同じようなもう一軒の家があって、この方の敷地も、それこそ判で押したように同じで、やはり道路に面してヒバの垣があり、中が覗けるのだが、一見両家が同じなのはそこまでで、それから先は、あまりに違いすぎる位ちがっていた。道路に面したこちら側に庭があって、そこに野菜や花を作った様子はそっくり同じだが、第一の家とはうらはらの几帳面《きちょうめん》すぎる位几帳面なのは、おどろくばかりである。まず第一に、敷地の中が大小さまざまに石でかこってある。その囲い地の一つに百日草が植わっているかと思うと、一区画には鳳仙花《ほうせんか》、一つには菊の葉ばかりがみえるかと思うと、第四の囲い地の中に丈夫な竹が合掌《がっしょう》に立っているのは、多分、先頃までつくってあったトマトの支柱であるのらしい。垣根のヒバが、行儀よく刈ってあって第一の家のような赤茶けた葉などはなかった。

もっとも単にそれだけであれば、両方の対照が目をひいたに止まるわけだが、春太郎は、みるともなくもう一つの異様な点景をそこにみたのであった。

丁度両家の境目に、これまたヒバの垣根があって、これがやはり第一の家の方の側が茂り放題に茂っているのに、こちらの家の方は、キチンと葉が刈りそろえてあるのだが、その刈りそろえられた垣根のこちら側に、一人の若い女が立って、しきりに垣根の向うを覗いている。この暑いさ中に、じっと立ったままでいるのが、妙にただごとでない感じだった。

これもこちら側の家の住人は、物干しにほしてある下着の類から夫婦もの二人きりとおぼしく、いずれこれも主人公はつとめに出ている時で、若い女は多分細君なのであろう。うすもののワンピースの裾から羚羊《かもしか》の足のようにすんなりした足が、行儀よくのびているのはよいが、春太郎はじき目についたのは、上半身の姿勢はよいとはいえなかった。いやに背が低いと思ったら、少しセムシで、背中の上の所に余計な筋肉の隆起があった。春太郎が目をひかれた原因が、はりついたように垣根の前に立っている異様さの外に、そうした彼女の姿勢もあったようだ。

（ハテナ、一体何をしているのだろう）

そう春太郎巡査は思った。

一見無人なのではないかと思えるようにひっそりしている隣家の座敷の中を、覗いているとしか思えないのである。

丁度彼女の顔の向いている方角に窓があいている。座敷は南側、つまり春太郎のいるこちらの道路に面していて、隣家へ向って、明りとりの窓があるのだった。

しばらく好奇心で、春太郎巡査は立止って女をみていた。するとその気配を感じとったもののように、女がこちらをみたのだ。わるい所をみられた子供のような気持だった。春太郎巡査はそのまま自転車をひいて、さりげなく歩き出した。

女はそのまま家の中へ入ったようである。

女のいた方の家は東向きに、女が覗いていた方の家は西向きに、入り口がついている。

両家はつまり背中合わせに立って、それぞれの入口へは、春太郎のいる街道からは別々の小路を入って行くようになっているのだ。そういう風で、表札をみる便宜もなく、別にそれをしる必要もなかった。

どういうこととも思わなかったから、春太郎は歩き出した。

と、その時であった。

彼のうしろで自転車の車輪の音がした。ふりかえるると一人の若い男が、自転車をひきながらこちらへやってくる。車のうしろに大きな風呂敷包がのっている。

あとで思ったのは、男は春太郎の顔をみて、何かちょっとぎょっとしたようであった。自転車をひいているので足元をみていたのが、急に春太郎が目についたからであろう。

しかし男は、春太郎をおいこすとそのまま急ぐ。じき坂を登り切って、男は自転車にのって行ってしまい、春太郎もまたついで自転車にのって、派出所へかえってきた。

もえるような残暑の陽光であった。

中

——場面はたったそれだけであった。それなのに山口巡査には奇妙にそれが眼底にやきついたような印象をのこしているのだ。

人が隣りの家をのぞきこむ。いかにそれが若い女、よしんばセムシの女であった所で、それが何か異様のことだろうか。秋深き隣は何をする人ぞ——人間というものは、とかくものみ高く、用もないのに隣りをのぞきたがるのは不思議はないではないか。

もう一つ、れいのあとからみた男である。

男は自転車をおしてきた。坂道で、大きな風呂敷包をのせてでは、自転車をおしてきたことに不思議はあるわけもなく（現に自分だってそうだったのだ）第一、男はどこからきたものかしれない。荷物だって何だったか分るわけもなく、気にしなければそれまでのことなのだ。

それなのに奇妙にこの二つが頭の芯にこびりついている。二つが一つに合わさりたがっているようなのは、我ながら不思議だ。

じつはそれは、男が春太郎をみた時、ぎょっとしたらしく感じとった、春太郎の感じ方からきていたのは明かだった。

つまり何か犯罪を感じとるのだ。

しかしそこに、それ以上の根拠はまるでなく、まして両者が結びつかねばならぬような因子は何もない。

それなのに、こいつは不思議だった。

ノイローゼ――そう、ありそうなことだ。ノイローゼなら白日夢もみるだろう。

それとも年甲斐もなく、伜に教えられて少し探偵小説をよみすぎたかなと思った。

少し馬鹿らしくなり、疲れもでて、ついうとうとまどろんだ。

…………

「何だ。呑気だな」

という声が耳のはたでした。目をあくと同僚の小野巡査が立っていた。この分署詰になって久しく、界隈についての案内なら山口巡査には大先輩格であった。幼友達だった。

「事件だよ」

「事件?」

と春太郎はすっかり目がさめてしまった。

「ああ、今道できいたんだ。あとでこちらへしらせにくる所だったたらしい。被害者が家の玄関へ出てきた所へ、僕が通り合わせたんで、すぐ話をした。アキスだよ」

「アキス?」

とオウム返しに云った山口巡査には、何かもうピンとくるものがあった。

「うん。ちょっとかい物に出た留守にやられてしまった。ちょっと入ってみたが、話の通りだった」

「どこだい?」

「それがね。あの杉林の……」

とその方角をさして、

「君はこちらまだよくしらんだろうが、あの杉林の左手の、街道が坂になっている、その坂の、こちらから行って降りぎわの家だ」

やっぱりと思った。さっき春太郎巡査が、若い女の覗きこんでいるのをみた、その家らしい。

「街道に沿って、二軒同じような家が並んでいる。そのこちらから行って二軒目の方、つまり坂の下手《しもて》の方の家なんだ」

「何て家なの?」

「飯田年男というんだがね、ちょっとよってきたが、――みてってくれって、たっての望みだし僕は非番だが顔よくしってる細君なんで」

小野巡査のいう所は、ありふれたアキスだった。

その飯田年男というのは市の衛生課とかへつとめている男なのだそうだが、細君の圭子さんとの間にはまだ子供がない。圭子さんは、しがない市役所吏員の細君にしては、仲々衣裳もちである。今日ちょっと出た留守に、空巣がその衣裳その他の内、目ぼしいものを一と包みもって行ってしまったというのだ。

「衣裳もちの上に、八頭身てのかい、すごい美人なんだ。飯田というその良人《おっと》とは、熱烈な恋愛結婚だったという。だからこそ良人が大した身分でもないのに、結婚したんだね。もっと金持の御曹子《おんぞうし》で、求婚者もあったろうに、恋は曲者《くせもの》ってわけかな」

「街道の方に向ってヒバの垣根をめぐらした家だね。少しだらしなく、やりっ放しなんじゃないかい。細君がそうなのか、旦那がそうなのかはしらんが」

「よくしってるね」

「さっき通りかかって、どういうものか目をひかれたものだから」

「そうかい。やっぱり育ちが育ちなんだろう。金持のお嬢ちゃんは駄目だな。衣裳だって脱ぎっ放し、何でもやりっ放しって所があるので、空巣なんかにも見こまれるんだ」

「そうかもしれないね。で僕も行かなきゃなるまいね」

「そう、行ったたって何ってことはないだろうが」

「何々をとられたかきいたの?」

「大体きいたよ。分量は沢山ではない。ただ金目のものが大分あったらしい。衣裳の外に指環《ゆびわ》とか時計とか」

「なるほど」

といって、山口巡査は、立上るのが億劫な気分なので話しつづけた。

「もう古い家なの、あすこへきて」

「そうさ。一年位かな」

「あの隣りの家何ての?」

「岡山辰一郎とかいったと思うが」

「セムシの細君がいるんだね。先刻みたが」

「セムシで、少しビッコもひくようだ。小児マヒでもやったんじゃないかな」

「ほほう。つとめ人かい」

「うん。これも公務員だ。所がこれが旦那の方はそうでもないが、細君がかわりもので、近所づきあいをしないんでね」

「分った。だから圭子さんが留守をたのんでゆかなかった」

「そうなんだ。もっとも両家は背中合わせに立って、入り口が反対側に離れてついている点もあるが、これだって、お隣り同志、裏から声をかけてゆく手はあろうにね」

「僕がその犯人――アキスの犯人をみたらしいよ」

と春太郎が云った。

「え？　見た？　犯人をかい」

と小野巡査はおどろいたように、

「みたんだったら何故？」

「しかし犯行の現場をみたんじゃないから」

と先刻のことを説明すると、

「そうかい。こりゃ惜しいことをした。つかまえて、もし余罪でもあるのだったら、こいつ大へんな……そう、この辺、空巣の被害はこの所大分あったからね」

「仕方ないな。そうかい。そうとはしらなかった」

「つまり君のいうようだと、君が――一箇の警察官がだ、じき数米《メートル》の所に立っている時、犯人は悠々《ゆうゆう》仕事をしていたことになる」

「戸じまりがしてあったんだから……僕も千里眼じゃないからね」

「戸じまりはすっかりしてあったの？」

「それが……よくは気をつけないが、半分雨戸をしめてあったと思う。あつい時だから、つまりそれは、家の中が無人である証拠にはなるとも思った。というより、じつは家の中のことよりか、庭の様子の方が僕の目をひいた」

「なるほど」

「それもあの家一軒きりなら、多少花や野菜がやりっ放しにうえられていても、目をひかなかったろうが、あんまり隣りの岡山の家とちがいすぎるので……コナンドイルに教えられたんだよ」

と山口巡査がいった。

「コナンドイルに？」

「伜の影響で探偵小説をここへきて大分よんだから」

「なるほど」

と小野巡査は感心したようであった。

先刻からの話の中に、山口巡査はまだ、その飯田家を覗きこんでいた女があったことは云ってなかった。別に云い出してわるいことではなかろうが、それをいい出すには、あまり馬鹿げて、話が探偵小説くさくなりすぎる気がしないではない。今となっては、その時女が何をしていたのか、多分隣りの盗難を黙ってみていたのかという気がするが、そういう解釈でいいのかどうか、奇妙にこれは自分自身出かけて行って、しらべてきたいことのような気もするのである。それに、かりにこれがそうで、女が犯罪を手を拱《こま》ねいてみていたのであるとして、その理由が何であり、またその事自身、一体犯罪を、まさか構成はしまいが、どう扱っていいか判りかねるようだ。

「君」

と、だから遠廻しに山口巡査はもち出して、

「かりに君、ここにだ、さあ何でもいいが、まあ殺人としよう。目の前で一人が一人を殺した。所が第三の人間がいて、黙ってただみていたとするね。第三の人間は果して何かの犯罪を構成することになるだろうか」

「え、何だって」

と小野巡査はあまり話がだしぬけなのにびっくりして、

「殺人を黙って目撃している。始めから止め立ても何もしないでみているって」

「まあかりに助《す》け手に出て別に危険はないという場合だね。つまりまあ犯人が、ピストルか何かもっていれば、仲裁に出て却って危険があろうが」

「よしんば危険はあっても、仲裁にでるのが、人情じゃないの。出来ないまでも一ぺんは仲裁に出てみるというのが」

「どういう心理なんだろうね」

「目撃者自身の自己保存の本能でもあるだろうな。人は他人が殺されるのを黙ってみていることはできないようにつくられてるだろうね」

「そうだろうね」

「それがどうしたの」

「いや別に。ただそういう目撃が犯罪を構成するかどうか」

「積極的な反社会性はないんだから……さあどうかな」

「じゃあもうひとつ。かりにここに一人の男がある公共建造物——学校なり何なりの傍を通りかかった所が、物かげに怪しい男がいて、薪をつみ、石油をぶっかけて、火をつけようとしている。それだのにその目撃した男は止め立ても何もしないで、行ってしまったら、こいつは犯罪を……」

「へんなことばかり云うぜ。その男はどういう心理で、

放火犯人を止め立てしないんだ。何かその男にも同じような犯意があるのかい。しかも二人の間に、犯意の疎通はない……。

そうさな。やっぱりそれだと……」

「どうだろうな」

「解釈は色々立つだろうな。法律上どうなるかは場合々々にもよるだろう」

「うまく逃げるぜ」

「逃げるわけじゃないが、だってまた何だって急にそんな……」

「いや別に。ちょっとそんなこと思ったもんだから」

といったが、

「ちょっと行って来よう、その盗難の家へ」

山口巡査は自転車にのると、忽ち向うへ姿を消してしまった。一向小野巡査へろくなあいさつもしない。小野巡査は狐につままれたように、あいつノイローゼ臭いわいと呆気《あっけ》にとられてあとを見送った。

下

「ふん、なるほど。なるほど」

と山口巡査は、飯田年男の細君から色々盗品についてのくわしいことをきき、現場をみせてもらった。ここがこうあかっていて、ここがこうと、八頭身美人の圭子さんから現場の様子をきいている間、山口巡査は若い女の体臭に眩《げん》うんを覚える思いである。さっき往来から庭を観察しながら思ったことは、家の中についても同じことを感じさせられた。そっちこっち色んな調度などは散かしっ放し、当然アキスが協力したにはちがいなかろうが、ものが乱雑にほうり出してあるのは奥さん自身の投げやりの上へ、わずかばかり泥棒が上塗りをして行っただけのような気が山口巡査にはした。

「おとなりの岡山さんに留守をたのんでゆかなかったんですね」

「おつきあいを致していませんから」

「まだ隣り住居の日が浅いから?」

「いいえ、もう二年ごしになりますが」

「二年ごしになってつきあいをしない?」

「はい」

「これはまたどうしてでしょう」

「奥さんがかわりものでしてね」

「なるほど」

と一旦山口巡査は、あとあとどんな手つづきがいるか、どんな書類がいるかというようなことで、飯田家を出ると、足は隣家へ向った。

案内を乞うと、

「はい」

と出てきた奥さんは、山口巡査をみて、何かしらはっとしたような印象であった。

「何か御用でしょうか」

といった。

「じつはお隣りの飯田さんがさっき盗難をうけましてね。それでもし、あなたが何かしってられることでもあればと思って」

「盗難ですって。何時ごろでしょう」

「さあ奥さんがちょっとかいものにでた、さよう、二時頃から三十分ほどの間だというんですがね」

「何かそれについて、私がしってるだろうと仰有《おっしゃ》るんですか」

と奥さんは不機嫌そうに、

「どういうことについてでしょう」

「さよう、たとえばこの盗人はどんな風の男で、どんな服装であったかなど……もしや御存じの場合もあるんではないか……何といってもおとなりのことですから」

「何も存じませんでございますが」

「そうですか。じゃあその今いった二時から三十分位の間はお留守であったとでも……」

「いいえ宅におりましたが」

「何か物音をおききにはなりませんか。たとえば戸をあけるとか、しめるとかいうような音でも」

「おとなりのこと一々気にしてもおりませんし……気にしていたらきいたかもしれませんが」

「なるほど」

と山口巡査はいったが、突然、いわば自分の意志からでなしに、一とかたまりの言葉が口からとび出した。

「しかし御存じないはずはないんですがねえ。あなたはその時お隣りを覗いていられたから。そう、あすこの所でね」

と山口はその場所を指で示した。

ぎょっとしたように奥さんは山口巡査をみた。

「……」

「……」

「すみませんでした」

とやがて奥さんは面目なさそうに、

「じゃああの時物音がしたのは、あなただったんでしょうか」

「そうです、ただ私に分らないのは、どうしてあなたがただみておられたか――普通あんな場合、大概の人はさわぎ出すんじゃないかと思うのに、そこがどうも」

「……」

「いいや、何もこう云ったからって、それで貴方《あなた》に何か犯罪が構成されるとは私も思わない。ただ法律的にはどうかしらないが、道義的には、いってみれば、それではあまりに隣人に対して不人情だ……ね。そうじゃありませんか。私にはどうもその、ただみていたというあなたの心持だけがさっぱり分らない。いえ、今お隣りでもきいてきたが、奥さんは近所づきあいをなさらないそうですね。二年ごし隣同志でいて、口もきかないというんでは……」

「……」


突然奥さんが泣き出したので山口巡査は呆気にとられた。

「いや、これは失礼しました。何もあなたを責めたいんじゃない、責める権限もあるわけじゃないが……じゃとにかく奥さんは、さっきの盗難の現場を目撃していたということだけは承認なさるんですね」

奥さんが泣きながらコックリとうなずいた。

「なるほど。それでは後日のために、あなたは、もし容疑者の首実験が今後必要だというようなことが万一おきたら、力をかして頂けると思うが、犯人の人相《にんそう》なり服装なりお分りのはずだから」

いいながら山口巡査は、自分がみた先ほどの怪人物の服装と人相を思い浮べた。

「すみませんでした。本当にすまんことでした」

と、やがて奥さんが泣きじゃくりながら云った。

「いや、別にあなたが私にあやまられることはないが、そうですね。じゃあもしあなたにそういう自責というか、何というか、お心持があられるとすれば……」

「申し上げましょう」

と奥さんが顔を上げて、きっぱりと云った。

「私すまないことをしたと思います。本当をいうと私、圭子さんをつれてきて頂いて、お二人に申上げる所なんですが」

「圭子さん」という親しげな云い方が、山口巡査の目をみはらせた。

「分りました。圭子さんというようないい方をいきなりしたのを、へんにお思いなんですね。そうでございます。私圭子さんを存じております。もう十何年もあいませんが、小学校時代の二級上でした」

「え、じゃあお隣りの奥さんのお知りあいという」

「と申しても多分圭子さんの方は、私をお憶えがありますかどうですか。しかしセムシでビッコだったといえば目立つ特徴ですから、あえば思い出しなさるでしょう。子供の頃はもっとひどかったんでございますが、今はそれほどでもないと思いますけど……いいえきっともう御存じで、知らない顔をなさってるんだと思います」

「そうでしょうか。先刻の様子では、あなたを知ってる様子はなかったが」

「いやきっと知ってらしたんですよ。それでいて私がこういう貧乏人なんで、バカになさってるんだわ。そういう方なんです、傲慢《ごうまん》で、権高《けんだか》で、昔からそうでした」

「ふんふん」


と山口巡査は、段々分ってくるものがある気がした。

「なるほど。しかしそれが何か……」

「ですから私……女の気持ってお分り頂けないかもしれませんが……申しますけど……じつはもう間もなく、うちはここにいなくなることになってますので、……思いきって申し上げますけど……」

「ふん、分りました。よほどいいにくいことを仰有ろうとしてるらしいが、いいです。僕が代りにいってみましょう。それともどうかな……そうですね、これだけいって下さい。あなたの小学校時代、お気の毒にもどれだけの程度にか、あなたはその、おからだのことで学校の悪童共から笑いものにされた、その主謀者か、あるいは何人かの主謀者の一人が、お隣りの奥さんであった、ちがいますか」

「そうです」というように奥さんはコックリコックリをした。

「分りました。よくある奴です。私が前いた分署の中に、ろう学校があって、……いや、あなたをろう者にくらべて申し上げたり、失礼なんですが、おこらないで頂きたい。一般にからだの多少とも不自由な人は、どんなにか……」

「ひがみと仰有りたいわけなんですね。そう仰有られて一言もありません。それに私、その上に女ですから」

「もう分りました。いいです。もう。ただですね、もし今後先刻のその空巣がつかまって、首実験が必要だというような時は是非力をかして頂きたい。あなたがどうして黙ってだけいたか、そんなことは何とでもいいつくろえます。お宅の前をその時刻に、男が自転車に風呂敷包をのせて通りすぎたが、別段その時は何とも思わなかったが、あとで盗難ときいて、人相を思い出した位のことにしたって、通ることでしょう。そのことだけ協力してくれると約束して下さい」

「はい」

「ここにいなくなるといいましたね」

「ええ、引越しするんです。でも××区の方で、そう遠くなわけでもありません。ただ圭子さんには、どうしても私あいたくありません。……あなたからも圭子さんに、私のことといって頂きたくないんですけど」

「いいです。いいです。分りました。じゃあ用件はこれだけですから」

山口巡査は、何か気づまりなものを先刻《せんこく》から感じ出していた。それをシオに立上った。

×　×　×　×　×　×

山口巡査は派出所にかえって、目の前のもう夕方になって少し首をさげている向日葵をみながらしきりに考え耽った。署へ電話をかけたり、書類をつくったり、事件についての必要な処置はすっかりつけてしまった今、岡山の細君の心理がしきりに考えられる。

はっきりした言葉に出していうことは遠慮してしまった。奥さんもそういうこちらのデリカシイを感謝していたにちがいないと思った。

いかに少女時代にうけた劣等感が深かったにしろ……いかにこちらは衣裳もないのに、相手は一杯もっているにしろ……歯に衣《きぬ》きせずにいって、奥さんは、さっきとなりの奥さんが盗難にあっているのをみて快哉《かいさい》を叫んでいた、多分。奥さんのその時の心持が想像できた。だから手を拱いてみていた。そういう解釈でいいのだろうか。

それともそれでまだ解りきらない気がするのは、山口巡査が男だからなのか。

それこそ小説のよみすぎかな。

やっぱりノイローゼ臭いわいと、一つ光り出した杉林の上の星を見上げた。

レンズの蔭の殺人

「失明とカメラと探偵譚――三題話としても、随分へんな取り合わせでございますね」

と盲学校《もうがっこう》であんまを修業中の、盲人、村井定一が話し出した。

私がかれとつきあうようになってから、もう二年になる。しかし私は、遠慮されて、彼の失明原因についてきいたことがなかったのを、この時ふと口に出した所が、彼が話し始めたのであった。

「いいえ、失明とカメラという、この二つの因縁話なら外にもございます。現に、私の学校のあんまの先生――花輪正一先生と申される方は、この方はこれこそクロウト――つまり写真屋さんをなすっていましたのを、ある時あやまって、現像液が目の中にとびこみ、そのために、二十才とかで失明されましたので、それだと、まだしもありふれていますが、私のは、それへ更に探偵談と申しますか、捕物話と申しますか、それがつきますので……」

世をあげて、カメラの流行である。サラリーマンであると、学生であるを問わず、カメラをもたないでは、流行おくれだといわんばかりの人気で、各写真コンクールには、応募作品が殺倒し、写真雑誌や、写真機フィルムその他、売れ行きはすばらしくよいらしい。写真機は、使い古すと、もっとよいのが欲しくなるのらしく、日曜など、写真機店のショーウインドを、大勢のカメラファンが覗きこんでいるのを、よく見かける。

村井定一も御多分に洩れなかった。彼は電灯会社につとめて、ある細かな計算をやる係りであったが、大体素晴しい視力のもち主で、万国試視力表で、二・〇〇といえば、これはもう、人間として最高に近いといえた。

村井定一の場合、彼がカメラファンになった動機も、その後彼が深入りできた事情も、彼の環境が、大いに彼に味方したのであった。それは彼の従兄《いとこ》に、S写真機店の店員をしている井上幸三というのがあり、これが彼にカメラを安く買ってくれた。――彼とても金持なわけでなかったから。

以上彼のいう三題話のマクラであった。

一

二年前のその頃、村井定一は、日曜というとカメラをさげて、住居から近い浅草公園へ出かけては、パチパチとよく写してきた。写してフィルム一本になると、これも自分で一室にとじこもって、夜おそくまでかかって現像する。彼にとっての人生における、最も悦《よろこ》ばしい時間であった。

よく奥さんと子供をつれて撮影に出かけた。

花屋敷を舞台にし、または観音堂や映画館街を舞台にする。仲々の腕前になって、作品をどこかのコンクールに送って、一等に当選したこともあった。

ある日曜のことであった。

ちょっとその日は方面をかえて、一人で郊外へくり出した。

初夏という気候で、定一が目ざした石神井公園のあたりは、青葉の緑がいかにも快く、そちこち蟬の声が聞えて、道楽をかねて、真《まこと》に快適なハイキングの一日であった。これこそ傑作と思えるようなものも、今朝買って出た一本のフィルムの中には、あるにちがいないと考えた。

丁度会社の方も、決算で忙しく、それで、しめきりの部屋で、現像や焼付をやるには不向きな陽気と思い、その一本のフィルムは、井上幸三の店の方へ出して、たのんだ。所が翌日、店へ行ってみた所が、井上がいうには、

「どうしたんだい。へんなとり方をしたもんだね。まさかわざとした技巧とも思えんが」

「へんなって?」

といいながら、写真をうけとって、見てみると、なるほどへんである。一本の分が全部、何かみんなピントがぼけているのだ。

「……」

しばらく呆気《あっけ》にとられて、写真をみていた。(わざとしたとも思えんが)と井上がいった。まさかにわざとピントをぼかす奴もあるまいが、そういって不思議はないほど、一本の分全部、同じようにピントが狂っている。

不思議であった。

手前の木へピントをあわしたはずが、あっていず、向うの池へピントをあわしたのが、あっていない。一体どうしたというのであろう。

わけが分らない、へんだと思いながらも受けとってかえってきた。

二

村井定一は、次の日曜にも、別の江戸川方面へカメラ行脚《あんぎゃ》に出かけて行った。一本とってかえって現像させた。受けとりに行ってみると、やはり井上が、

「どうしたんだい、今度もみんなピントがあってないぜ。どういうわけだい」

と云った。

「今度も?」

「うん、見給え。この一枚は、橋を主題にしたわけだろう」

「そうだよ」

「そうあるべき所だと思うんだ。所がぼけちゃってる。こっちの方は、この船頭のおやじが中心でなけりゃならん。あってない。へんだなあ」

「へんだなあ」

と村井定一は、今度も仕方なし、失敗作を受けとって帰ってきた。

三

どう考えてもわけが分らなかった。この前の一本の分と、今度の分とを、机の上においてしらべてみる。見ればみるほどおかしい。

おかしいのは、ピントがどれも、へんな所にあっている。必ずしも無統制にいっているわけではない。ピントのずれ方に癖がある。

(カメラのレンズが狂ったんだな)

と遂に最後の断案を下して、村井定一は思った。

細君をよんだ。

「俺今度のボーナスで写真機を買おうと思うんだが」

「写真機を?　あんなにいいのをお持ちなのに」

と子供のものを買う予定を立てていた細君が不平そう

に云った。

「写真機のレンズが狂ったらしいんだ。どうもそうらしい。ピントが合わん」

「だって……」

「サラリーマンだ。カメラ位いじらしてくれよ」

「いいえ。ですからお買いになってわるいとはいいませんが」

「こいつは売るよ。売って、井上にたのんでまた安く買ってもらう」

いつにない暴君ぶりで、有無をいわせぬ態度だった。

得々として翌日、会社のかえり、新しいカメラをぶら下げて帰ってきた――近く受けとるボーナスを引当てに。

四

土曜日にボーナスを受けとり、日曜を待ちかねて、細君と子供をつれて公園へ出かけた。花屋敷のオートバスに二人をのせて撮《うつ》し、ウェーブコースターでも、動感をうつすべく、苦労しながら一枚とった。妻子へカメラの入れ合わせに晩飯をおごった。

所が翌日、現像のできたフィルムをとりにゆくと、

「おい、どうしたんだい。またピントがあってないぜ」

といった。

「また？」

とけげんであった。みると、なるほどあっていない。殊にコースターの、動感を出そうとしたのなんか、タイムなどに特に苦心を払っただけ、一層ボーッとぼやけて、一体被写体が何だったかさえ、さっぱり判らない写り方である。

「へんだなあ」

と呆れていうばかりだ。

買ったばかりのカメラが、レンズが狂っているわけもないはずだった。

五

高価な買いものだが、まさかにいきなり井上へ、尻をもってゆくわけにもゆかない。奇妙に自信を失ってしまったような気分でもあった。

何にしてもなお確めてみる必要がある。二三本とって

みて、それも変だったら、それで始めて、やっぱりカメラのせいということになる。そうなったらそこは従兄のつとめ先という縁故もあり、カメラの取かえを要求することもできよう――そう思った。

　勝負を急いて、日曜を待たず、会社へもって行って、パチパチ同僚をとった。それを現像し、今度は自分で焼きつけると、みんな同じ結果で、やっぱりピントがあっていない。こりずに念のため、あと二三本とった。何度やっても同じ結果だった。

　到頭また井上の所へ出かけて行った。

井上に、

「困るなあ、かりにも万と名のつく買いものだぜ。不良品をうってくれちゃ困るじゃないか」

「不良品？　不良品だって？」

と少しむっとしたように井上が云った。

「そんなはずはないよ。君のピントのあわせ方がわるいんじゃないか。自分がわるいのを会社のせいにしてくれちゃ困る」

「だって……だってこんなはずがないんだから」

とやきつけた写真をみせながら、

「こりゃなるほど君の方でも、厳重に検査したろうさ。信用からいってもね。しかし、うっかり検《しら》べ洩れる場合だってあろう」

「検査洩れ？　そんなはずないね、断言するよ」

「そうは思うんだがね、現に証拠がこれこの通りだ」

というと、

「なるほどみんなピン呆《ぼ》けだね」

「ね、そうだろ。だからあるいは検査が不十分だった」

「いや、ちがう。写真機の生命はレンズだが、とりわけうちじゃ、厳重に検査するんだから」

といいきったが、そこはしかし、従兄のことで、無下《むげ》に強くは云わず、

「とにかく何度かつかったカメラだ。本来なら替えない所だが……じゃあこうしよう、このカメラは預っとこう。よく検査してみて上げる」

「おねがいだ。どうかそうしてくれ」

と村井定一はいうと、かえってきた。

六

翌日会社へ、井上から電話がかかってきた。

「カメラ検べたよ」

「どうだった？」

「やっぱりどこもわるい所はなかった。昨日もいった通りうちじゃあ決して不良品をうるわけがないんだから」

「そうかなあ。だってこれじゃ、どうしても分らんが」

「分らんことないさ。……まあいいや。気の毒だから、特別じゃああのカメラは別のとかえてあげる。別にこわしたわけでもないから、かえて上げても構わん」

「是非そうしてくれ、そうしてくれると有難い」

と半分ベソをかくように懇請した。

がっかりした思いだった。

コンクールで一等当選だった。そんなこともあったくせに、妙に自信がなくなってしまった。

しかし今度こそそんなはずはない、うまくゆくはずだと思いかえした。

七

もうかなりあつかった。日曜がきたが、まさかに日中、子供たちをつれて出るわけにはゆかない。

あつい日中に、家で静物で一二枚とり、夕方になるのを待ちかねて、それも、あまり細君は外出を悦ばないのを、また晩飯をエサにして、隅田公園へつれ出した。

「何度も失敗したが、今度こそ大丈夫だ。まあそんなオックウな顔するなよ。隅田公園なら、あつくないぜ、夕方だし……そうだ、いいことがある。今年の夏は隅田公園のプールへ泳ぎに行こう、坊やもつれてさ。いいだろ」

などと、いい加減な機嫌をとりつつ。

所で隅田公園へきてからだった。

村井の家から、さし当り、公園は、まず入った所に東武の鉄橋下のバタヤ部落がある。

せっかちな気分になっていたので、

「ここへお立ちよ。向うからとる」

「だってそんなの、つまらないじゃないの。背景がバタヤ部落のトタン小屋だなんて、ぞっとしないわ」

と細君が抗議を申しこんだ。

「いいからさ」

と細君を制して、

「坊や、お父ちゃんはな、こないだ内とてもへんなお前の写真とったりして御免よ。今度こそ大丈夫だ。しっかりしたのとるよ」

といって、カメラのピントをあわせにかかる。

何だがその時妙に頭のしんが痛く目まいがするような気がしたが、大して気にもとめなかった。

八

「それがね、それが」

と村井定一が私にいった。

「じつは私が失明する前兆だったんです」

「前兆？　失明？」

と私が問いかえすと、

「そうなんです。凡そ人間が失明する、今まで何不自由なく、ものがみえていたのに、急にものがみえなくなる。ある一瞬を境に、急に光の世界が完全になくなって、闇の世界がとってかわるってことはないわけで、……それこそ眼そのものを傷つけたとか何とかいうんでない限りはね。……コンパスで眼をさした、とか、『春琴抄《しゅんきんしょう》』の佐吉みたいに針でさした、または戦争か何かで、弾丸か何かで、眼を射ぬいたというような場合ならありましょうが、病気じゃそんなことはありません。いや、外傷の場合でもです。往来で自動車にはねられて頭を何かにうちつけて、それが原因で失明したなんて場合でも失明は徐々にきます。一足とびに見えなくなるなんてことはありません。

ええ、私の失明原因ですが、じつはそれが医者にも分らんので……随分方々の眼科にみせたんですが、結局今日まで分らずじまいです。

眼底出血――つまり眼の中にある、早い話が映画の映写幕みたいなものが、出血をはじめて、その出血の部分だけ血のために、ものが濁ってみえるのがありますが、私のはそれとも似てるようでちがいます。網膜剝離《もうまくはくり》――つまり今申した映写幕が、眼底から剝がれて、それで見えなくなる眼病があるが、それとも違うんだそうで……何しろ失明原因が不明というんでは、処置の方法もないわけで、到頭それからしばらくは、ぼんやりとものが見えるという状態がつづいて、結局今日のようにすっかりみえなくなっちゃったんですがね。今まで申し上げましたカメラの失敗は、つまりその失明の病気の前兆だったわけで……

ええ、つまり写真のピントが合わなくなっちゃった……井上のいう通り、カメラがわるかったんではないんで……そういえば、人間の眼も一種のカメラですが、その眼の方のカメラが、レンズに狂いがはじまったわけで……お分りでしょうか、カメラのピントをあわしたつもりが、そんなわけで結局あってくれない、肝心の眼の方のピントが狂ったんでは、何度カメラをとりかえても、あう道理がありません。おかしな眼もあるわけなんですがね。

一体人間の眼について、世間の人はさっぱり知りません。盲学校へでも行ってみない限り、仲々分りっこありません。本当は、人間がここに百人いれば、百人ながら、視力がちがうわけなんですが、普通の人は、自分に不自由がないもんだから、そんなことは知りもせず、知ろうともしない。たとえば視線ですが、ひどく細い視線の人がある、針のメドほどの視線が、そのくせ存外遠方がきいて、遠くは見えるくせに、さっぱり居廻りがみえないのがあるかと思うと、真正面はさっぱり見えないで、普通にいう視野のはずれ、つまり眼の横手だけはみえるなんてのがある。そういう視力のものはつい眼の前にいる人はみえないが、少し横っちよを向けばみえるんで……まあ色々ですね、へんな視力が一ぱいあるんですよ」

「なるほど、そうですかねえ、普通我々は近視とか遠視とか乱視とかいうのしか知らないが」

「それだけしかしらない、しかも必ずメガネで矯正できるとお考えになっていられるのは幸福なんですよ。どうしたってメガネで矯正できないのが、どれだけあるかしれないいんですから」

「そうですかね。で失明なすった……と最後におとりになったフィルムは、これは御らんになられた……」

「それなんです、到頭見ずにしまいました。

生きるか死ぬかの医者通いでしょう。写真どころじゃなくなったんですから。

その最後の一枚をとり、頭がクラクラするので家へかえる。もっともその前から時々頭痛のする事があったんで、へんだと思っていた所でしたが、家へ帰ると、急に眼の前が見えなくなってしまった。まさか失明とは思わないから、その日は寝て、翌日になるとやっぱり眼がへんだ。到頭眼医者にかかった。何人もの眼医者に分らず、それからは内科から何から随分方々の医者にゆき、金もつかったんですが、埒《らち》があかない。無論カメラどころではありません。カメラのこと思い出したのは、もうよほどたってからなんで」

「そうでしょうねえ、それは」

と私がいい、村井が最初に云った言葉を思出して、

「ですがそれだけでは、失明とカメラの二題話で、探偵談の方がありませんが」

と探偵談の好きな私が促がすと、

「それ、それなんです。こういう話なんです」

と定一はつづけた。

九

生きるか死ぬかなのだ。全くカメラどころではなくなってしまった。

随分世の中には、そうした場合何とかしてなおりたいと、医者通いで、家産を傾けるものもある。加治祈禱のようなものにたのみ、却ってそのためにせっかくよくなるはずの眼をわるくするものさえある。

結局この眼はつぶれる眼である。しかし病気ははっきり分らないと云われた。

あきらめるまでの心境は惨たんたるものであった。死のうとも考えた。

少しずつ落つきを取戻し、盲学校へ入ってあんまを修業することにした。

ようやく心が落つき出してからであった。ある日ふと細君に云った。

「そういえば、いつか隅田公園でとった写真、どうとれたろうな、やっぱりピントがぼやけてやしないかな」

いわれてこれももうカメラの事なんか長らく念頭を去っていた細君は、最初何のことやら分らないほどであったが、ようやくと思い出して、

「そうそう、バタヤ部落の所でとったあれね……さがしてみましょう」

もう長らくいじらないので、居間中さがし廻らなければならなかった。

「フィルム何枚か残っているだろう」

「ええ」

「お前一つあとを写して、現像させてみたら」

細君に命じて、残ったフィルムを写させ、何か井上幸三の所では義理がわるいような気がし、近所の写真屋で現像させた。

「やっぱりそうでした。ピントがぼけてます」

とかえってきてから細君がいった。

「どういう風に？」

というと、細君は、ガサゴソと紙をひらいて、印画紙をとり出す気配であったが（悲しいかな、もう村井定一は、殆んど耳でだけしか細君のしていることを知ることができなかった）

「私達をおとりになったはずですのに、私達の方はぼんやりしていて、うしろのバタヤ部落の方がはっきりして……お医者がいったような、あなたの眼の故障とすれば、何枚とっても同じ結果だったのに不思議ありませんが……オヤ」

と突然細君が頓狂な声をあげた。

「何だい？」

「この人何してるのかしら、バタヤ部落の前かたに、二人の人が写ってるんですが」

「二人の人？」

「そうなの。一人は男で、もう一人の方は女……そうだわ。女は逃げてく所みたいで、男はそれを追っかけてるみたい」

「え？　もっとくわしく話してみ給え」

「くわしくったって……小さくてよく分りませんが、男の人が、逃げてく女に向って手をふり上げてるみたい……何か叫んでるようでもありますよ……そうそう、それで思出した」

とはっとしたように、

「あの時あなた、写真をとった瞬間、クラクラと目まいがして、坐ってしまったんでしたね。かまけて忘れてしまってましたが、何か本当に、うしろの方で女の人の叫び声がしたのおぼえてます」

「女の叫び声？」

「ええ、何か普通でない叫び声だったみたい……でなければまた記憶に残ってるはずもありませんが」

「何だって！　ただでない叫び声だって！　はてな」

と定一はすっかり考えこんでしまった。

十

今はもう視力○に近い——というのは、村井は二年後の今日、残存視力として辛うじて道を歩くのに不便を感じない程度のものを残しているのだが——村井の眼の前に、一つの不穏なイメージが浮かび、とりついて離れないみたいに、段々なって行った。

写真がピントが狂ってうつる位で、つまり眼の方のピントが狂っていたわけであろう、村井は細君と子供にピントを合わせているつもりが、焦点がそこにあわず、意識しないでいて、別のものがみえていたのかもしれない。それとも視野のはずれにみていたというのであろうか、とにかく一つの情景——今細君がいったそのままの情景が、イメージにのこっているのを思い出した。

向うにあるバタヤ部落——その東武電車の鉄橋、一つのバタヤ小屋の前に、二人の怪しい人影がある。追っかけっこをしている。

先にゆく方——にげてゆく方は明かに女で、それを追っているのは男だが、それだけならまだしも、更に村井のイメージでは、男の手にキラリと光った何かがあったのが容易でない。

「男何かもっていないかい」

と細君にきいた、細君が、

「いいえ」

と答えたので、これは小さい写真のことで、よく分らないのが当り前という所であろう。

男——どうやら何か光るものをもって、手をあげて女を追っかけている男。それも細君がきいた所によると、女はその時悲鳴をあげたらしいという。

「あの日は何日だったろう、七月だったが」

と細君に云った。

「七月の五日です」

と細君が答えた。

「そうかな。よくおぼえてるな」

「坊やの誕生日でしたし、それにあなたが眼を病む最初でしたから忘れません」

「なるほど」

といったが、もう村井ははげしい興奮をおぼえ、じっとしていられないほどの思いで、

「百合子、お前明日この写真、引伸しをしてもらって

くれ。そうだなできるだけ大きくな」

「このピントのぼけた写真をですか」

「ピントは、お前にはぼけているが、ひょっとすると——ひょっとだよ、ある殺人事件にピントがあってるかもしれない」

「殺人事件にですって？」

「そうだよ」

とぽつんといい益々《ますます》興奮の高まってくるのを覚えていた。

十一

「話のもって行きようがまずいので」

と村井定一が私に云った。

「もうあら方お分りになってしまったかもしれません。しかし一と通りは申上げましょう。

そうです。怪我の功名という所ですね。私の失明がはからずもある殺人事件の真犯人をつきとめたって話なんです。ずい分思いきった偶然なんですが。

二年前の七月上旬、隅田公園のバタヤ部落に、殺人事件があったの御存じじゃないですかしら。私はそれから眼がわるくなったことで新聞はよめず、家内も私の失明騒ぎにかまけて多分翌日の朝刊に出たんじゃないかと思うんですが、よんだおぼえがなく、私が今申した写真を現像させたのは、もう事件からよほどあとのことで、古新聞はおいておかないので、探しようもなかったんですが……

……しかし新聞はよめない代り、私共盲人の唯一のたのしみはラジオです。私共、たとえボロを下げても、ずい分無理をしても、いいラジオを手に入れることを心がけ、現にこの頃学校へゆくのにも携帯用の一万円の奴をもって行ってるんですがね……何といってもきく外に楽しみがないんですから。

全く偶然でしたが、私の気持ももうよほどおちついていたんですね、今申上げた、写真を現像させたのも、気がおちついてきたからですが、同じ理由で、随分熱心に、ラジオをきくようになっていた。そのおかげなんです。その丁度写真現像の一週間位前でしたろうか、ニュースでそのバタヤ部落の殺人事件のことをききました。それを覚えこんでたんです。熱心にきくだけ、盲人はまた、きいたことをよく覚えてるものですから。

外でもない、そのニュースで、今年七月何日とかにあったバタヤ部落の惨劇につき、かねて一人の容疑者があげられていたが、証拠が白になって釈放され、事件は結局迷宮入りになったというんですね。ええ、動機としてはごくありふれたやつで、女が身持がわるく、幾人も情夫があった。容疑者だった男はその一人で、多分痴情の殺人だろうと、相当容疑も濃厚であったが、しかしどうもそうでないらしい所もある。色々探査の結果到頭――ええ、くわしいことは忘れましたが、容疑の根拠は、アリバイが曖昧だとか、女のもちものをもってたとかいうんじゃなかったでしょうか、所がそれが引っくりかえって、到頭釈放されたという、それを思出したわけなんです。

もっとも家内の方は、格別メアキのことで、元々大した関心のなかった事件らしく、容疑者釈放の後報も、多分新聞にも出たろうと思うんですが、よんだものかよまないものか、新聞も、何かにつかってしまったとみえて、さがさせたが、それをかいた新聞も見当りませんでした。

……あるいはと思い立つと、もう矢も楯もたまらなかった気持お分りでしょう。

写真屋もへんに思いましたろうよ。ピンボケの写真をわざわざ引伸ばしをさせたんですからね。

果せる哉《かな》、これも私にはみる由もありませんが、出きてきたのを、家内にみてもらうと、男が手に、何かナイフのようなものをもっているという。

そういえば、その時間、どういう偶然か、まわりに他のバタヤさんは誰もいなかったらしいんですが。

もう猶予できません。すぐ家内に手引きさせて、どこへ行ったらいいか分らんので、ケイサツへかけつける。ケイサツでもへんに思ったでしょうよ。用件をきかれて、私が――メクラの私がですよ。バタヤ部落の殺人の犯人につき、心当りがあるときり出したんですからね。

最初はメクラの世迷言《よまいごと》と思ったようでしたが、段々話をする、写真をみせる。となって、到頭段々本気になり出した。私が七月五日の×時頃（はほぼおぼえていましたからね）これはとった写真で、家内がこの時女の悲鳴をきいたとる陳述した（私はきかなかったが、多分これも頭がクラクラし始める時でしたから自然耳にとまらなかった、入ったがとまらなかったという所でしたろうか）到頭それがきっかけになって、あと簡単に申し上げますが、女を殺したのが別の男であった、つまり写真にうつっていた男ですね。ええ、おどろいたことに、写真がじつによくそこの所だけピントがあってたんだそうです。はっきり殺人者がうつっていたんです。それでその写真が客観的証拠になって……そうです、これも被害者の情夫の一人で、独占慾から女を殺したんだと分った。

もっとも口でいうと簡単ですが、それにどうせ私メクラのことで、くわしいことは分らないんですが、そんなことで、犯人が判り、それからケイサツの活躍となった。もっとも犯人の手に手錠がかかるまで、数カ月たしかかかったと思います。ええ、写真の男の名前が、バタヤの仲間から分り、手配して、山形県だかへ高飛び中をつかまえたんだそうですがね。

これが失明とカメラと探偵談という三題話――いや、元はといえば私の眼がヤクザだったのがうんだ手柄話――人間の眼が、要するに存外一ばん正確なカメラだという――いや、どうも失礼いたしました」

犯人《ホシ》は声を残した

一

パトロール中の、山本巡査と橋口巡査の二人が、何度目かに、××神社の傍《かたわら》の、N門の所にさしかかったのは、もう夜も遅い、正十二時であった。遅い、どこか近くの土産物屋《みやげものや》でラジオが時報を放送したので、それが知れた。

神社の境内が、ひどくゲキセキとした気分に感じられる。昨日と今日と、祭礼で、夕方まで、ミコシが出たり入ったりして、ごった返した。近くに花柳街《かりゅうがい》等も控えて、芸妓らの御詣りもある。東京でも有数の神社のことで、ことに今年は、本祭りというので賑わった。屋台の店がでる、食べもの屋が出る、テント囲いの易者が出張する。昔懐かしい祭礼風景で人の波を築いた果が、さすがに人かげもなくなって、ひっそりしてしまった。賑わいの反動でバカに寂しさが感じられた。

N門——その濃い朱塗りの門は、戦争の時も焼けず、由緒の深い、土地生れの二人にはいつみても懐しいものである。門を出ると、右手に石の柵があり、五百坪ほどの前庭の奥に社殿がある。これも戦災を免れた、社《やしろ》の建物も、濃い朱塗りの保護建造物で、新緑のこの頃、昼間は、前庭の樹々の緑に美しく映えた。今の時刻には、僅な街灯が、高い所から前庭を照らしているだけであった。

二人が門の所から神社の方を見渡し、山本巡査が、

「すんだな、御苦労様」

といい、橋口巡査が、

「御苦労様」

と、これも疲れた声で云った時、突然二人をはっとさせる声が、神社の前庭の方向から聞えた。一つの声が、

「ナ、何をするんだ」

と云い、もう一つの声が、

「やったな、この野郎……何を!」

するとまた始めの声で、

「ようし、貴様《きさま》、俺を殺す気か、ああ」

と叫んで、あとは何か苦痛のうめきのようなものがつづいた。

勿論喧嘩としか思えない言葉のやりとりだ。とかく祭礼のあとは、ミコシのカキ手達の感情のもつれなどから、喧嘩がある。いずれは血気盛りの若者達である。祭礼のあとの振舞酒などに酔っ払って、流血沙汰などの起ることも多い。今年は例年になく、そういう事がなかった。先刻の「御苦労様」も、この無事を祝福する意味であったのに、その舌の根の乾かぬ内に、この不穏な言葉のやりとりであった。——猶予はならなかった。無言で、警棒小脇に、二巡査は走り出した。

柵について走る。高さ二米はある柵で、内側に、若い銀杏《いちょう》の並木等もあって、柵の中はみえないのである。二十米ばかりで、右手に鳥居があり、その角を入った途端、鳥居から本殿への石畳の上に、一人の男の倒れているのがみえた。山本巡査が、

「こりゃいかん」と何という意味もなしに云い、

「やっぱりやったか」と橋口巡査もいった。

男の傍へかけつけ、山本巡査が、

「朱《あけ》に染って倒れてるじゃないか」と云い、橋口巡査が、

「死んでるんじゃないかな」といった。

「君すぐ医者の手配してくれ」

「よしきた」ともう一人がかけ出して行った。

悲劇的なこの場面を見下ろしている、今夜は月のかげもなかった。

二

神社から近い××派出所。——ここの派出所は年中忙がしい。××神社は日本有数の巨刹《きょさつ》××寺の境内にあり、××寺は、殊に春から初夏にかけて、お上《のぼ》りさんがしじゅう跡を絶たない。N門の傍の千坪に余る駐車場が、常に観光バスで一杯になり、土産物屋も相当の数に上っている。軽犯罪、迷児《まいご》等に備えて、いつもここの派出所には婦人警官も、相当数駐在させてある。

もう六月になって、雨のジトジト降る、ある日の昼であった。さすがに平日の今日は、雨天も祟《たた》って参詣も少かった。

山本、橋口両巡査の外《ほか》、梅田、君塚の両婦警と、それに署の渡辺刑事を交えて、狭いボックスの中で、話は過《か》

日《じつ》の事件に及んだ。

かの事件の被害者は、附近S町の床屋の若者で、武藤五郎というものであると分った。あの夜すぐ手当を加えたが、心臓をさされていて、出血多量であっけなく病院で死亡した。武藤は出生も九州の鹿児島という、伝統的に血の気の多い薩摩《さつま》武士の流れをくんでいるとでもいうのか、熱血漢で、お先走りなところもあり、調子にのって、同僚その他へ、仲々不遜粗暴な振舞もあり、かつ酒癖もよくなかった。一体この神社の祭礼は、徳川時代から名高く、今年は殊に本祭りで、氏子《うじこ》というでない遠くの床屋等でも、定休日を祭礼当日にふりかえたりした中に、武藤五郎の奉公するS町の床屋の主人帆足床次郎は、氏子総代の一人でもあった。徒弟《とてい》十人ほどをつかっている、界隈でも大きい床屋の一軒である。帆足は親の代からの神社の世話人であった。

惨劇について目撃者がなかったが、目撃者などこの場合あったも同じと考えられた。

血気盛な若ものが十人、同じ店で徒弟奉公をしている。朝晩顔を合わせる中には、どうにも気のくわぬ奴もあるとなると、武藤五郎の運命——殺人事件の経過は、常識的に考えて間違がなさそうである。要するに祭の当日揃いの浴衣《ゆかた》でミコシをかついだ仲間の中に、武藤五郎を快くなく思っていたものがあったのであろう。存外そいつは武藤のすぐ背後で、同じミコシをかついでいた。揉んでいる間にも武藤五郎は、種々《しゅじゅ》粗暴な振舞があり、それを恨んだ加害者は、その晩振舞酒をのんで殺意を起した——そう考えて間違なさそうだった。

「もし」

と婦警の梅田正子がいった。若い彼女は探偵小説のファンであった。

「そうですよ、これがもしオミコシが通りすぎた。あとをみると道にその武藤という人が、朱に染って倒れている。ええ昼間ですよ。昼間の出来事です。人が倒れていて、しかも誰もどうして武藤が殺されたか、目撃しなかったとしたら——そんな小説ありそうね」

「そんな事小説としたって不可能よ」

と同じく探偵小説ファンの君塚婦警が云った。

「いかに何でも大勢環視の中で……」

「ですからその不可能を、納得のゆくように筋をつくったらの話だけれど」

と梅田婦警がいった。

「うまくできたら、派手で面白いと思うけどなあ……

でも本当に目撃者がないんですか」

と刑事の方を向いた。

「ないんです、今までの所」と渡辺刑事がいった。

「何でも鋭利なナイフ――何かごく平凡な兇器だというんでしたね。兇器はみつかったんですか」

「みつからないんです。ごく平凡なやつで、特長も何もない。それこそ梅田さんの好きな探偵小説にあるように、特別変った型の兇器だったら手がかりになるし、見つける事も容易だろうが、平凡なので却って厄介なんだ」

「あれだけ人の出たお祭りで、目撃者がないというのも皮肉ですね」

「そうなんだ。しかし時刻が時刻だからね」

「そう、丁度十二時だった」

と山本巡査がいった。

「本当に目撃者がないんでしょうか」

「あるのかもしれないが、探し出せない。新聞なんかでも騒いだし、近くの町へ回覧板もまわしてもらって、目撃者は申し出てくれるようによびかけたんだが、反応がなかった。まあ時刻が時刻だし、それにあの晩は祭のあとだけに、つかれて早寝をしたものも多かったと考えると、目撃者は期待できないね」

「不夜城《ふやじょう》という名に背《そむ》きませんかね」

と君塚婦警が云った。

××寺を囲んで、映画館街があり、キャバレエ街があり、神社と反対側の一劃の繁華街は、ねむることをしらない街と考えられている。

「そりゃ背くかもしれないが、それは向うの」

と向うのネオンの明りの方をさして、

「向うの一角のことで、この辺は、精々《せいぜい》夜の女と浮浪人がいるだけだから」と刑事が云った。

三

「しかし」と刑事がつづけた。

「なるほど目撃した眼はない代り、何というんだい、目撃に対してきく方は……眼の証人は一人もない代り、耳の証人はいる。そうさな、今までの所十六いる」

「十六ですって」

と橋口巡査がいった。

「八人の耳ということになるんですか」

「その通り、八人の耳の証人……しかも健全な、若い耳がね」

「つまり僕と橋口君との四つの外に十二……六人の耳があるという……」

「そうなんだ」

「ホホウ。どんな耳です」

「一人は大道易者。二人は浮浪人、それに一人のパンパンとあとの二人はグレン隊の少年なんだがね。しかもそれが、ことごとく云い方はちがうが、ほぼ同じことを陳述している」

「同じこと？」

「そう。山本君と橋口君がここにいるが、君達はこう云ったね。二つの声だった。一つの声がまず『ナ何をするんだ』というと、もう一つの声が『やったな、この野郎』するともう一人の声が『ようし、貴様俺を殺す気か』とそうきいたと君達は云いはしなかったかい」

「云いました。そうきいたんです。ね、そうだったね」

と山本巡査が橋口巡査を顧み、橋口巡査が、

「そうだったよ」と自信たっぷりに答えた。

「その二つの言葉が」と渡辺刑事が云った。

「はっきり言葉がききとれたというものは、残念ながら外にはいなかった。その代り、それが二た色の声で、二つの声のちがいにひどく特長があったという点を、あとの十二の耳が力を入れて等しく強調している」

「声の高さ——というか、大きさというか、そういう事ですね」

「その通り。君達二人共第一の声——つまり最後に『俺を殺す気か』といった声——明かに被害者の声と考えられる方はひどく甲高《かんだか》い声だった。うっかりきいたんでは女の声か子供の声かとききちがえられそうな声だったのに、もう一つの方が、これはまた思いきって低い、太いバスだった。ほら、今何とかいう人気歌手があるね、フランク永井かい、超低音の歌手で凄く人気のあるのがあるが、そういう声だった。とにかくすごくちがった二つの声だったと、たしか君たちもいったが……」

「ええ、本当にそうだったんです。なあ」

と山本巡査がいうと、

「うん。そうだった」と橋口巡査も云った。

「その点」

と刑事が云った。

「勿論云い方は様々だよ。一人は太い声と細い声といい、一人は女の声と男の声といい、一人は一オクターブ

ちがう声だったなんて生意気なことを云った」

「六人の内の誰がですか」

と梅田婦警が云った。

「それがね、パンパンだったよ。昔の女学校出だという。中年の女さ。ハハ」

と刑事が笑った。

「どちらにしても」としばらくしてつづけて、

「はっきり言葉の内容をきいたのは、君達二人以外ないが、とにかく十六の耳が、ほぼ同じことを証言したので、こいつ確に手がかりになる」

「そりゃなりますね」と君塚婦警が、

「それにしてもよく十二の耳をさがし出しましたね、よくまあ」

「なあに、それなら大した事はない。根気だけでできた。いいかね、犯行の現場が分っている。惨劇の時間が分っている。犯罪現場附近を根気よくたずね廻れば、探し当る」

「大道易者とパンパンと二人の浮浪人とグレン隊ですって」

「どれも顔馴染だからね」

「パンパンというのはあの赤ん坊づれの?」

「そうなんだ、N門の所でよくねているあの女だ。ああいう連中でも子供は可愛いとみえて、子供の可愛がり方ったらないね」

「だってよく子供づれでパンパンができますね」

「いや、だからおもにおもらいでくってるらしいが……あれで器量のわるい方でもないから」

「そうですね」

「浮浪人の一人が面白いんだがね。これはほらN門の傍の土産物屋で、超特大のゴミ箱をもってるのがある。その中に宵の口からねていたらしい。それが、ふと眼をさまして二つの声をきいた」

「なるほど。じゃ大道易者ってのもあの××寺のあの広場の所に店を出している松山雪子とかいう女易者じゃありませんか。あの易者よくはやるらしいし、よく遅くまでいる」

「そうなんだ、その松山雪子という、これも中年の女が、やっぱりパンパンと同じように、一つは一オクターブ高い声ともう一人は一オクターブ低い、二た通りの声をきいたと証言した」

「これも女学校出ですか」

「いや、もっと上だ。女子大出の才媛《さいえん》だそうだ」

と刑事が笑った。

「で、それだけの手がかりがあって……容疑者がないんですか」

「一人あったんだがね」

「ほほう」

「帆足床次郎の店のもので、佐竹八三というのが、武藤五郎と女のことで仲がわるかった。S町のバアの女なんだがね。殺してやるといつもいってたという。帆足床屋の外の店のものも同じ証言なんだね。それでなくても武藤五郎の性格が、狷介《けんかい》というのかい、横柄で生意気で、人を人とも思わぬ所がある。酒癖もわるい。……佐竹八三は武藤五郎と、祭りのあとで酒をのんで、宵の口に大喧嘩をした。……そういうききこみがあったので、当ってみた……それに声がね。二人の声が十六の耳がきいたのとぴったり一致する」

「武藤五郎がバリトンで、佐竹がバスなんですね」

と梅田婦警が云った。

「そうなんだ。武藤のはバリトンというよりむしろソプラノといってもいい位の……」

「そうだったよ」

と山本巡査がいった。

「もう一つは本当に低い声だった」

「これが佐竹に一致するんだね。当ってみたんだが、駄目だった、これは。佐竹に立派なアリバイがあった。バアの女が三人も証言した。あの日十二時頃、佐竹がバアにやってきて酒をのんだ。立派なアリバイなんだ」

「何だ、バカバカしい」

と橋口巡査が云った。

「それじゃ話にならん」

「面通しじゃない、声通しとでもいうかな、そんな事やってみたんですか」と君塚婦警が云った。

「やるまでもないじゃありませんか。そういうレッキとしたアリバイがあっちゃ」

「声通しか。こいつはいいや」と山本巡査がいった。

「一ぺんやらして下さいよ、それをさ。武藤の声の方はきくことができんが、容疑者の方のをさ。世界犯罪史上――といったら話が大きすぎるが、そういうことをやった例は、そうはないだろうな」

「だってそりゃ駄目さ」

と橋口巡査がいった。

「僕たちは高いのと低いのと、二つを並べてああいう状態できいたんだ。声の特長は、相対的には分っても、一つだけとり出してじゃどうかな。低音の方だけきいたんじゃ分るまいよ。声というのとは……何というかな、僕たちは声をきいたんじゃない、言葉をきいたんだから」

四

××寺の裏手には、いつも大道香具師《やし》が出る。向うの立木の蔭に、野天《のてん》の将棋会所があり、そこからこちら、寺の裏の広場へとかけて、昼間は浮浪人やパンパンが――要するに暇をもて余す人間がうろうろと出る。

その中に、大道易者が、数人テントばりの店をはる。

梅田婦警と君塚婦警が、そのへんへさしかかって、

「どうしたのかしら」と梅田婦警の方が立止って云った。

「松山って女易者、この頃みえないいね」

店はある。手相と人相と算木《さんぎ》の図をかき、××流、××易断所松山雪子とかいた、テントばりの店はみえながら、覗いてみるが、易者の姿がない。

「お留守かしら」

「この頃みえないようね」

「病気かしらね」

「さあ」

「知ってる？　松山易者のこと？」

「後家さんだってじゃない。戦争未亡人とかだって。渡辺さんは女子大出の才媛だっていったけど」

「ええ。でもそれだけしかしらないの」

「もっと知ってるの？」

「ええ、伜《せがれ》さんがあって、これが不幸な伜さんなんだって」

「どう不幸なの。手でもないとか……」

「いいえ。口がきけないんだって。オシの伜だって、私見かけたことある」

「あの易者さんの伜さんじゃ、もう幾つ位？　二十かそこいらになるんですか」

「多分そうでしょう。易者さんが、もう五十近いから」

「そうなの。口のきけない息子さんをもっちゃ、女親も心配でしょうねえ」

といっている所へ、

「今日は婦警さん」

松山易者の隣りへ店出しをしている易者だった。

「松山さん病気なんですか」と梅田婦警がいった。

「さあ、よくしりませんが、この頃ずっと見えません。多分息子さんのことが心配で、商売どころじゃないんでしょうねえ」

「息子さんがどうかしたんですか」

「急に行方不明になっちゃったんだそうでね。何しろ五体満足の人じゃないから、心配も人一倍でしょうよ」

「今きいたばかりですが、口がきけませんて?」

「オシなんです。ずっと学校へやってあったんだが、突然行方が分らなくなったんだそうで」

「学校へ行ってたんですか」

「ええ、オシの学校へね。どこへ行ったことやら。親一人子一人で、女手一つでオシの伜に、せめて何か職をつけてやろうとしてたんだから」

「オシの職って!」

「色々《いろいろ》あるんだそうです、手細工とか床屋とか」

「床屋ですって?」

「床やをやるのに口をきく必要はない。耳のきこえる必要もない。床やさんての、オシの人にはうってつけの商売だそうですよ」

そうその易者はいった。

五

朝、れいの野天の、将棋会所のところで人だかりがしていた。一人の縊死《いし》者が発見されたのであった。

発見者は界隈の浮浪者の一人であった。昨夜たまたま向うの繁華街で、気まぐれな酔漢がくれた一枚の百円札のおかげで、久々の酒にありつけた。将棋会所の立木の下で、青天井をいただいてぐっすり眠り、朝早く眼をさました頭の上に、ダラリと一人の男の縊死体がぶら下っていた。

「肝を冷したよ。ありゃ何だい、杉ってのか欅《けやき》ってのかしらないが、ブランコして、ダラリと垂れてやがる。ああいうもんかね、人間て、ぶら下ると寸《すん》がのびるんだね。高い枝なんだ。それなのに、そいつの足がもう、ねている俺の頭のすぐの所まできてるんだ。タマげちゃった」と浮浪人が云った。

見事に縊死を遂げている。

派出所へしらせに行った。はせつけた山本巡査が、霊感のように、

「ひょっと行方不明になった松山って大道易者の伜じゃないのかい」

といった。別に理由はなかった。

集っていた野次馬《やじうま》の中に、当のオシを見知っているものがあった。

「そうだ。こりゃ松山易者さんの伜だ。せんによくこの辺をうろうろして、お母さんのテントを訪ねて小遣いをもらったりした」

「易者さんの家を誰かしってないかい」

と巡査が云った。

「しってるよ、S町だ」

と一人がいって、かけ出して行った。

将棋会所のオヤジが姿をみせた。彼にとって、これはあまりひろまってほしくない事件であった。

「畜生、よりによって変な所で首なんかくくりやがって」とぶつくさ云った。

六

映画街をではずれた所の、小さな稲荷社《いなりしや》の傍にある、薄ぐらい一隅《いちぐう》で、女をまじえた数人の青年がかたまって、小声で談笑していた。

グレン隊といわれる連中であることが一目で分る。男は派手なアロハ姿。女はトレアドルパンツにサンダルばき。顔を映画女優もどきに隈《くま》どっている。果して何の密議であろうか。

ツカツカと向うから靴音が近づいてきたかと思うと、

「おい。そんな所にかたまってないで、さっさと散らばるんだ」

「僕たち何もしちゃいません」

「そりゃ今しちゃおらん。これからやる所だ」

補導係の谷中刑事と渡辺刑事であった。

「小人閑居《しょうにんかんきょ》しちゃいかん、不善をやるから」

「……」

「何をやる所だね」

「何も」

「ふん。そうありたいもんだが、そういかんから困る。時間も丁度頃あいだからな。ああこういわずに散れよ」

「はい。散ります。おい、みんな散れよ」

と案外素直であった。

三々五々あっちこっちへ散って行った。

二人の刑事が、それで、××寺の裏の方へ歩き出した時、

「ちょっとまって下さい」

とうしろから、さっきの仲間の内、れいの祭礼の夜の出来事の時の四つの耳のもち主、馬場常吉というのと、杉本村夫という少年とがおっかけてきた。

今朝縊死者のあった、野天の将棋会所の前であった。もっとももう将棋会所には誰もいなかった。

「旦那、ここで首つって死んだ、松山ってオシがありましたろう、あいつについてちょっと話がありますんで」

「松山？　ああ、あの易者の子のことか」

と渡辺刑事が云った。

「そうなんです。じつは旦那、信じてもらえないかもしれませんが、僕たちさっき話してたのは、そのことについてなんで、決して外のことじゃありません」

「え、何？」

「ええ、ですから先刻《さっき》話してたのは、旦那のお考えのようなことじゃありません。信じてくれませんか」

「信じないこともないが……オシのことについてだって？　どういうんだ、それ」

「じつはこないだの祭の晩のことについてなんで」

「何、祭の晩のこと？　武藤五郎が殺された、あの晩のことか」

「そうなんで」

「何かしってることがあるって！　あったら話したらよかろう」

と、二刑事は立止ってタバコをつけ、二人の少年にも与えた。

「なあ杉本。だけど話したら笑われそうだな」

と馬場がいうと、

「本当によ。ちょっとバカバカしくないかい」

と杉本が同意した。

「いいから何でも話せよ笑わんから。偶《たま》には警察のお役にも立てよ。お世話になるばかりが能でもあるまい」

「じゃ話しますがね」

と杉本が、

「実はあの晩、僕と馬場は声をきいただけじゃないんです。姿もみたんです」

「姿をみた？」

「そうです。俺たちが声をきいたすぐあと、向うから――てのは××神社ですがね、スタスタこちらへ歩いてくる一人の男をみたんです」

「男を見た！　どうしてそれを今まで」

「だってあんまりバカバカしいから」

「どうしてバカバカしいんだ。それだけ有力な手がかりを、どうして今までいわずにいたんだ。姿をみたんだな」

「姿をみたんです。はっきりどこの誰ということまで分りました」

「分ってたらどうしていわなかった」

「だからそこがバカバカしいんで」

と馬場がいった。

「あの時間に神社の方から出てきた人間をみたものが外にないんでしたね。だからあるいはその男がホシじゃないかってことは疑えましたがね、しかしその男が松山易者の伜でしたからね」

「易者の伜？　今朝縊死した」

「そうなんです。こちらの方へきて、松山易者のテントの中へ入って、お袋さん何かいってましたが、その内二人、つれ立って帰って行っちゃいました。……しかしそりゃいいんですがね、ただどうにも辻つまがあわないもんですから」

「辻つまが！」

「オシですよ、旦那。だのに僕たちのきいたのは二つの声だった」

「なるほど」と谷中刑事が考えこんだ。

「しかし」と渡辺刑事が、

「たしかにそれ、松山易者の伜か。まちがいないな」

「まちがいありません。なあ杉本」と馬場が云った。

「そうだよ。たしかにあのオシだった」

「当り前だったら」と馬場が考え考え、

「やはり何もいうことじゃないが……バカバカしいからね。しかしそのオシが、ブランコした所をみると、どうもこれ、ただですむことじゃないかもしれんので」

「なるほど、一応バカバカしいようだが、存外分らんといえば分らんな。これは一つ、易者をしらべてみる値打がありそうだ」

七

町の盛り場——大都市に衛星都市というものがあるように、大きな盛り場には、衛星的な盛り場があるのが普通だ。××寺の衛星的な盛り場——その一つがS町である。

ここには何でもある。映画館だけを除いては何でもある。キャバレエ、大遊技場、知名料理店、何でもある。映画館だけは、客を向うの本元《ほんもと》の方へとられてしまうのらしい。

しかしそれは表通りだけのこと（その表通りに帆足床次郎の床やもある）一歩裏通りへ入ると、ゴミゴミした家ばかりで、貧相だ。

元より一と聞きりしかないと思われる、それでも一戸建ちの小家。しかし表札にはれいれいしく、「××流××易断所松山雪子」とあった。

渡辺刑事が正面のガラス戸をおして、

「コンチワ」

と大きな声を出した。手に、戸のあいた手ごたえがなく、返事がなかった。

「コンチワ、松山さん」

ともう一度呼んだ。

やはり返事がなく、かわりにお隣りから女の声で、

「松山さんを訪ねてみえたのならお留守ですよ。ここしばらくお居でになりません」

「どこかへ越したんですか」

と刑事が云った。

「引越し先を御存じありませんか」

「引越したんじゃないと思います。お荷物なんかそっくりおいてあります」

「いつから留守なんです」

と刑事がきいた。

「さあ。もうかれこれ十日にもなりましょうかねえ。どこへ行かれたやら」

と女が気の毒そうに云った。

八

今日も××派出所のせまいボックスの中で、

「……というわけでね」

と渡辺刑事が、長い経過話を一わたりしてから、

「どうにも松山易者の行方がつきとめられない。易者にあって様子をきけば、必ず武藤殺しのことについて何か分ると思うんだが」

と二人の婦警にいうと、

「だって、どうにも分りませんがねえ。どうも算術があわない。声が二つで、人間が二人――ところがその一人がオシだというんでは」

「いや、算術はあったんだよ」

刑事がいった。

「何事も根気よくやれば分ってくる。探偵の第一要義は根気だ」

「算術どうあったんです」

と梅田婦警がケゲンそうにきいた。

「存外呆気《あっけ》なくあっちゃった。いいかね、帆足床次郎の所で答が合った」

「だってこんなことあるんでしょうかねえ。もし答があうとすれば、武藤五郎という被害者が、声を二つもってなきゃならないが」

「その通り」

と刑事がいった。

「さすがに探偵小説ファンだけのことはある。とにかく何でもかでも、解決をつけなければならん。帆足床やを色々といつめた。まあ何万人に一人ってものではあろうが、ごくたまに、かわった声帯《せいたい》のもち主がある。現に俺も一人しっている。この人のなんかはひどい。高い声と低い声と完全に入り交るので、隣りできいてると、二人いるようだが、実際は一人なんだ。この人がある会の会長をやっていて、演説でもやると聴衆がみんな笑う。全く笑わざるをえん。……あの被害者、もうこれで帆足床やに八年以上もいるんだそうだがね、自分でもよくよく気をつけていたものか、もうよほど前からこんなことがなく、帆足床やも忘れていたんで、仲々思い出させるのに骨折った。奉公に来たての頃、よく二つの声が出てね、同僚が笑った。

それで、笑われるのが嫌で、気をつけたものと思うが

……それが、あの最後のドンタン場で無意識にまた出たものと思うんだがね」

「だってそれは」

と梅田婦警が云った。

「あくまでも松山易者さんのオシの伜が武藤殺しの犯人と考えてのことでしょうが、そうきめてしまっていいんでしょうか?」

「だから松山易者の話をきけば、もっと色々分ってくると思うんだが、まず九分九厘までそう決めて、まちがいないと思うが、ちがうかな。だって外にあの時刻に、神社から出てきた奴の心当りがない。だからこそ松山の伜が自殺した。首をくくっちゃった」

「ええ、それはいいんですが……すると松山易者の失踪も、このことに関係があって……」

「と思いたいね。もっとも断定はさし控えようよ。その後分ったが、松山易者の死んだ良人《おっと》というのは、判事か何か、裁判関係の仕事をやっていたんだという。かりにも判事の妻が伜の大それた犯罪に、悩まないではいられない。だから死ぬつもりでこれも家出した。行方をくらました……と考えちゃ、考えすぎてるかしら」

九

もう暮れかけていた。そろそろ婦警さんたちがかえる時間であった。

電話のベルがなった。梅田婦警が受話器をとり上げ、渡辺刑事にとりつぐと、刑事はしばらく「フンフン」ときいていたが、

「分った、有難う」

と受話器をおいて、こちらを向くと、

「やっとけりがついた。松山易者、署の方へ、自殺幇《じさつほう》助《じょ》の自首に出たそうです、伜のオシが母親にだけ、武藤殺しを自白したものらしい。さっきいったような、判事の良人をもっていた松山易者として、伜に自首をすすめたのが、伜を自殺させてしまった。……オシの自白の内容はその後だんだん分るだろう。オシだって、手マネとか、学校へ行ってたとすれば、紙にかいて、意志を通じるという手もある……武藤殺しの動機としては、口がきけないというので、いつもからかわれていたのを恨みに思った。中でも武藤五郎が、何かの機会にお調子にのっ

て、よくいじめていた。どうしてまた武藤があの晩、そんなにおそく、××神社の境内なんかを通りかかったか、どのような殺害の模様だったか――オシが死んだんで、十分とは分るまいが、ある点までは分るだろう、松山易者をしらべればね、易者が失踪したのは、易者自身、伜を自殺させちゃったというんで、悩んで、死に場所を求めたんじゃないかしらね。伜も可哀そうだが、母親はなお可哀そうだ。口がきけないなんてのは、何にしてもいじらしいね。松山易者はどの道罪というほどのものにはなるまいが、何にしても可哀そうな女だ」

「本当にお気の毒ですね」

と二人の婦警が、眼をうるませて云った。

魔の大烏賊

涼しい風が海上から甲板へと流れて来た。はるか彼方では夕陽が今正に沈もうとしている。この荘厳な景色に、昼間のうだるような暑さに閉口していた私は、海上から送られてくるそよ風を受けてうっとりしていた。

――がそれもほんのわずかであった。突然私の視界に写ったのは、十七・八世紀頃の船と思われる奇怪な残がいであった。甲板の上にはマストも何もなく、凡ゆる箇所は海草やら貝殻などで覆われていた。

と、風のためか船尾が私の目前に向き直った。そのとき私ははっとした。何か灰色のものが船内でうごめいたようだった。この船は海底にあったものらしい。暴風雨か、何か他の原因で海上に浮び上ったのだろうか。

と、あれあれっと見ている間に、その奇怪な船は、私の乗っている船の方へ近寄ったかと思うと、何か魔物にでもつかれたように、船首からずぶずぶと沈み出した。

私は思わずぞっとした。あたりを見廻したが、だれもこの奇妙な船を見たものはいない。私の目の錯覚であろうか。

海上は何事もなかったように大きくうねっている。と、ぷーんといやになまぐさいにおいが鼻につく。思わず顔をそむけたが、臭気は、益々ひどくなって来た。

先刻《さっき》船が沈んだ辺りと思われる箇所に、灰色のぶよぶよとした塊が浮んでいる。

それを見た私は飛上る程におどろいてしまった。何とそれはとてつもなく大きい烏賊《いか》だったのだ。全くこんなにうす気味の悪い代物もないと思ったほどだ。

その大烏賊はおどろいている私を尻目にかけてたちまち海中に姿を沈めた。

私は全く生きた心持もなかった。あの奇怪な船が出現して、その次にこの大烏賊では、どうしたって好い気持にはなれない。何かしら不吉な予感がした。

突然船が左舷に傾いた。私はあわてて手すりにしがみついた。時が時だけに私は恐怖で一杯になった。

「山田さん、どうしたのですか。お顔が真青《まっさお》ですよ」

事務長が私に声をかけた。そこで今までの出来事を私は話しだしたが、それに耳を傾けている事務長の表情が次第に変ってきた。それに気がついて、私は、口をつぐんだ。

事務長は、暗い目をして波間をのぞきこむと、肩をすくめた。それから、私をふり返り、せかせかとした口調で云った。

「大烏賊がこの辺に出る訳はないと思いますがね」

「しかし、私はたしかにみたんですよ！」

と、私は、気色ばんで答えた。

みるともなしにみた私の視界から、幻のように波間に消え失せた、あの、ぶよぶよした灰色のにぶい光沢が、私の錯覚であろうはずはない。

「海は神秘そのものです。海の怪異は数多いのもその故です。しかし、現実に、今、畳六七枚ほどもある大烏賊などが……」

「しかし、私はみたんです」

再びむっとして、私は執拗にくり返した。

「そう怒らないで下さいよ、山田さん。あなたが嘘を云っているとは思ってはいませんよ」

事務長はそう云うと、しばらくの間だまりこんだ。それから再び、例のせかせか歩きがはじまった。

「しかし……考えられないことだ……」

とややあって事務長は、ゆっくりと首をふって呟いた。

「生きた大烏賊!!　あの不気味な奴に出会った船で、港へ帰ったものはまずないと云われてますがね。もっとも、半ば伝説化された海にまつわる謎の一つにすぎないのでしょうが……」

水平線のかなたには、熟れ切った夕陽が、くるめきながら、まさにおちこもうとしていた。そこだけが、すくわれたように深い輝きをみせ、ずっと上の、空の上層部だけは、虹のきえかかった時のような青みをたたえている。風はなかった。

「ハハハ」と私は我に返ってひからびた笑い声を洩した。今度は私の番だった。

「この現代の鉄鋼船が、まさか……百年前のオンボロ帆船やはしけじゃあるまいし……」

と云いかけてふと私は口をつぐんだ。

――あの大烏賊はたしかに、例の海賊船の残がいに巣くっていたのだろう。あのうす気味の悪い長い腕が、ボロボロのマストも何もない船にしがみついている姿を想像しただけで、私は背筋に寒いものが這い上ってくるのを感じた。そんな私を、見すかしでもしたかのように、事務長は不気味な姿をみせている海賊船を指さした。

「たしかにこの近くで大烏賊をみたと云われるのなら、大烏賊のすみかは、さしずめ、あの、海賊船というところですか……」

私たちはみつめあい、さぐりあった。

「現代の鉄鋼船だって判りませんよ。海上には陸上に住んでいる人達には理解出来ない不思議な現象が多くありますからね。例のメリー・セレスト号の事件だって結局原因は判らなかったんですからね」

私もその話は知っていた。乗組員全員がかき消すようにいなくなって、船のみが海上を漂っていた事件だ。あの事件もことによると、例の大烏賊が海中に乗組員をひきずり込んだのかも知れない。

「山田さん、何を考えているのですか。まさか、メリー・セレスト号事件は大烏賊の仕業ではありませんよ」

「しかし……」

と云いかけた私に、事務長は真顔になって、

「実を云うと、この辺りの海域には例の大烏賊に吸い込まれた海賊船の伝説があります。その海賊船は時々、幻のように海上に現われてはふっと消えてしまうというわさがあります。しかしこの伝説はもっと東南方の海上のはずだったと思うのですが。するとこの船もコースから少し流されているのかな」

と事務長がつぶやいた時だ。

遠方に、白い大きな塊がのろのろと頭をもたげ、次第に昇って行きながら蒼い水から浮び上り、やがて船首の彼方から、山から落ちてきたばかりの雪崩のように輝いた、とまたゆるやかに引込んで沈んで行った。それはただ一瞬の光景だった。

烏賊だ。烏賊だ。大烏賊だ。奴だ。私は思わず飛び上った。

「事務長《パーサー》‼　事務長《パーサー》‼　烏賊です。烏賊です。例の大烏賊ですよ」

「えっ‼　どれどれ」

事務長は私の声におどろいてふり返って、私の指さす海面を眺めたが、再びその大烏賊の姿を見ることは出来なかった。

「たった今の出来事ですよ」私はもう冷汗でびっしょりになっていた。

そんな私を、呆れたようにしばらくだまって事務長はみつめていたが、やがてまた、話を続け出した。

「その大烏賊は、例の海賊船の頭目の情婦の霊魂がのり移ったと云われている位です。どうですか。その海賊船の伝説おききになりますか。ちょっとうす気味の悪い物語なのですが……」

「ぜひきかせて下さい。怪談物は好きな方ですから……」

事務長は大丈夫かなという表情をしたが、ポケットからマドロスパイプを取り出した。煙草に火を点けた彼は、一息うまそうに吸い込むと、時々、気がかりそうに、くろずみはじめた海面に目をやりながら、話し出した。

☆　☆　☆

今から二、三百年も前のことでしょうか。当時は御他聞に洩れず、海賊船が縦横無尽にあばれ廻っていました。その内の一隻はとくに残忍性を帯びていて、同じ殺人でも目をそむけたくなる程のすさまじい殺し方をしたらしいのです。ある日、暴風雨で、この海賊船が非常に傷《いた》みつけられてこの辺りに漂流しかかったのです。

その海賊の頭目は見るからに殺人でもやりかねない片目のいやな男だったということです。船室に情婦を連れ込んでは、酒に入りびたってたので子分連中は陰ではぶつぶつ云っても面と向っては何も云えなかったのです。

というのもこの片目の親分は、自分の子分でも、気に喰わない時は、容赦なく殺してしまうという残忍な性質だったからです。

丁度この辺りにさしかかった頃は、あたりは不気味にひっそりと静まり返っていました。暴風雨から逃れたので、ほっと一息しようとしたのですが、突然船がぴったりと海面に吸い着いてしまったのです。

さあ、海賊共は大あわて、その頃はこの正体が判らないので、海神が怒ったのだと思ったそうです。そうでしょう。今までにどれだけ悪いことをして来たか知れないというのですからね。それまではよかったのですよ、山田さん。貴方が御覧になったと云う大烏賊が丁度その時に現われたのです。

もう船では上を下への大さわぎ。それからだれが云うともなく、これはお頭《かしら》が女を連れ込んでいるから海の神が怒ったのだ。女を海神に捧げろ、生贄にしないと船は沈められるぞとうわさがたかまって来ました。

こうさわぎがたかまって来ると、頭目もだまっていられなくなったのでしょう。

「うるさいッ。そんな馬鹿な真似が出来るか。畜生、あの烏賊を見ると、胸糞が悪くなる。吐気がするわい。おい、野郎共、あの烏賊を殺せ。殺さないか」とわめき出しました。

しかし迷信の深い手下共ですから、とても云うことは聞かない。業をにやした頭目は片っ端から手下共を殺しにかかりました。

すると船の真近からざわざわと波をかき乱す音がしたと思うと、現われたのはあの不気味な大烏賊です。そして船べりから例の不気味な腕をのばして船上にあったものを片っ端から砕き出しました。

もう頭目は手下共を殺すどころか、恐怖で一杯となり、マストの下へ逃げ込み、女だけは離すまいと、腕の中に抱きしめました。

しかしその大烏賊は巧みに女を、頭目の手からうばうと、またもや海中に没し去ったのです。船はもちろん先刻の暴風雨で傷めつけられてはいたのですが、大烏賊が海中に入ると同時に左舷から傾いて海の底へと沈んで行きました。

☆　☆　☆

ふと気づいた私は手すりに夢中になってしがみついていた。私の見た船も確かに甲板上の船具がことごとく何かもぎ取られたような感じだった。

と再びなまぐさいにおいが猛烈に漂って来た。あの大烏賊が大分船に近く来ているのではないか。今の事務長の話をきいた後でもあり、いやな予感がした。

「事務長《パーサー》‼　なまぐさいにおいがするでしょう」

「うーん。いやなにおいですなあ」と事務長もおうむ返しに答えた。

何の気なしに私は舷側の海面に目を落した。とたんにひゃっと飛び上ってしまった。

例の大烏賊の腕みたいなものがさあーっと海面を走ったように感じられたからである。

思わず、「事、事務長《パーサー》‼」と叫んだ。

「ややッ、あ奴《いつ》ですね」

事務長も今度は大烏賊をはっきり見た。

見よ‼　ふたたびのっそりと大烏賊は現われて来たのだ。われわれは今度ははっきりと、この目でその化物を見つめたのである。三度見たその代物は、ものすごく巨大でぶくぶくとしており、それがキラキラと乳白色に光り、浪に漂い、中心部から無数の長い腕を放射し、大蛇の巣さながら、とぐろを巻き身をよじり、この世ならぬ亡霊であった。

低いきしむような吸音《きゅうおん》をたてながらまた姿を没した時、その沈んだ後に立ちさわぐ浪をじっと見つめつづけながら、事務長は叫んだ。

「これと同じ奴がメルヴィルの〝白鯨〟に出て来ますよ。こ奴と出会ったためにエイハブの乗っていたピークォド号が沈んだと云われている位ですよ。山田さんが三度も見たのでは、いよいよ本船もお終いかな」

と事務長が語り終わったときだ。ズシーンとにぶい音をたてて船が何かにぶつかったようだ。とたんに船は前にも後にも動かなくなった。ピッタリと波の上に密着したかのように。

私は慄え上った。大烏賊が本船に吸い着いたのにちがいなかった。あの巨大な吸盤をびっしり並べた十本の腕が船底にとりついて、ぐいとスクリューを押えこみ、恐ろしい力で、廻転するエンジンの運動を無力化しているのだ。

「もうだめです。船が全く動かなくなりました」

事務長が蒼ざめた顔に、口辺をありありと慄わして、私の腕をぎゅっとつかんだ。そして、何を思ったか、急にニヤリとわらうと、私の耳もとに口を寄せてぼそぼそとこんなことをささやいたのだ。

「山田さん、大分ショックをうけられた様子ですね。ちょっとおどかしすぎましたか。この辺の海には、極地の氷がとけて塩分のうすい水が海面に広がって来ているので、その下の塩分の濃い水との間に、内部波《ないぶは》が起るのです。

船の推進機がちょうど上下の水の境目にあるとき、推進機の力がすべて内部波を起すためにのみ消費されてしまって、船を一向に前進させない——というわけなのです。

一八九三年北極探検を敢行したナンセンが、これと同種の奇現象を何度となく経験しています」

船は相変らず、ゆるやかに押しよせるうねりの上に支えられている。

ほの白く光る海は、あくまでも静かであった。

宝石

佐田刑事は先刻都電を待っている時、どうもあまり好ましくない人物を見かけたように思った。有井良三の顔が見えた。有井は日本の国籍でないが、日本に居ついて名前も日本名を名のっている二十六才の若者だ。宝石専門のスリとして、刑事は一度自ら逮捕し、もう一度別の刑事が逮捕してきたのと、署で顔を合わせたことがあった。

見かけたように思ったが、じきまた見失ってしまった。都電の中でひしめきあっている男女の中に、きわ立って背の高い婦人がのっているのを見て、刑事は目をひかれているうちに、ふとこの婦人が、傍にいる青年に何か云ったかと思うと、混んだ中を分けてその青年は、車掌の所へやってきて耳うちした。車掌は発車信号を見合わせ、車をおりて最寄りの交番の方へ行こうとした時、ふと佐田刑事の顔を認めて、

「ああ刑事さん、丁度いい。あの女の方が宝石を盗まれました」と云った。

刑事は婦人に、

「いつ盗られたか、心当りありませんか」

「はっきりしないいんですけど、多分本町より向うだったかも……」

「何だ。じゃあこれからなら停留場も七八つもある。ホシはとっくに降りてしまっている」

「駄目でしょうか」

「難しいでしょうね。××さん」

と車掌に発車するように命じて、

「もっと早くでないと……あの通り中の客も早く出せと騒いでるし、いつまでとめておく訳にもゆくまい」

車の中ほどの方で「どうした、早く出せ」としきりに云っている声がしていた。

しかしその時、ふと人混みのずっと離れた運転台に近い方に、有井良三の顔を見つけると、

「あなた方の名前、住所、年令などきいておきましょう」

ポケットからノートと鉛筆をとり出した。

観光シーズンの浅草仲見世《なかみせ》は、行きかえり二列の人々の行列でこみあっていた。洋服もあればキモノもあれば、稀にはサロン姿もあり、帽子も、中折れもあればハンティングも、中にはちらほらターバンもある。皮膚の色が黄色一と色だった昔の浅草にくらべて、黒色もあれば、白色も赤色もあり、髪も、ブルネット、ブロンド、仏像の頭のような黒人の縮れ髪——浅草は今国際的観光地だ。

……つけられているなと感じても日本名有井良三の足は、早くもならなければおそくもならない。蝸牛《かぎゅう》の歩みのようにのろのろ、仲見世の人波の中をゆく。

足元に気をつけて歩いている。ふと何か舗道の上に見つけると、身をかがめてそのものを拾い上げ、ポケットに入れると、歩みをつづけたままでポケットの中で、彼の指が頻りに動き出した。

つき当りに完成したばかりの観音堂があり、その前の大香炉の所で善男善女が、香華《こうげ》の煙を手にうけてからだをさすっている。一つは「去闇」一つは「就明」とほった二基の大きな石灯籠《いしどうろう》。左手には派出所があって、制服の警官の姿がみえる。

有井はちらりとそちらへ流し目をくれるが、例によって足の運びは早まりも遅まりもしない。

お堂の横手に数軒の露店の店屋。店屋のはずれを左へ折れると、淡島様のお堂の池がある。池の水は清らかではない。数匹の亀の姿がみえ、イナカ者が数人、何やらわいわい云いあっている。

イナカ者達は、瞬間、つい頭の上をつつうと紙つぶてが飛んでくると、ドブンとそいつが池におちて、忽ち姿がみえなくなるのを見た。何であろう。しかし誰も特別長く気をとられていたものはなかった。（しまった）と有井良三はうしろをふりかえると、急に足を早め出した。お堂の裏手へ急ぐ。テントばりの大道易者の店が三軒。それに向いあって、一軒、これもテントばりの蛇屋。通りへ面して、ガラスの容器に入っている黒焼きの蛇と、もう一つは、生きているマムシの入った、やはり同じガラスの容器。今日は珍しく蛇屋はテントの中で働いている。マムシを料理しているのだ。背景に新聞紙を下げ、マムシを吊して鋏で縦に割く、マムシは頭を紙挟み用のクリップで挟まれ、逆様にぶら下っている。蛇屋が鋏で皮を縦に切ると、臓腑があらわれる。臓腑を鋏で少しずつ切っている。傍に濃紅色の液体が小壜に入れておいてあるのは、既に蛇屋は、さきに生血だけ採取してしまったのだ。切られながら蛇のからだがなおくねくねとぶら下ったまま動いている。まだ生きているのだ。物見高く人々が、テントの前に集まって、蛇屋の一挙手一投足を見守っている。

何思ったか有井良三も、人々にまじって呑気そうに蛇の料理を見物しはじめた……。

「いや全く」

と、その夜おそく疲れて帰ってきた佐田刑事が、刑事部屋で遠藤刑事に云った。

「もう一歩というところで逃げられてしまった」

「見失ったのかい」と遠藤刑事が云った。

「いや追跡は成功したんだ。つかまえることは出来たんだが、もう一件をもっていなかった。愚弄されたみたいで頗る癪にさわるんだが、それにしてもどうにも分らない。いつ奴が、一件を始末してしまったかがね」

「たしかに奴にちがいないんだね」

「これはもう確かだ。都電の中で、その婦人が宝石を掏《す》られた。ケースごと掏られた。被害者は相当背が高かった。ハンドバッグをもっている手も、普通の日本の女より高い所にくるわけで、仕事がそれだけし易かったかもしれない」

「どこいらで盗られたんだね」

「本町から手前らしいというんだが」

「発見は?」

「もう廏橋《うまやばし》の停留場にきていた」

「すると本町から廏橋まで、停留場も七つだかあるから……やっぱり有井だかしらねえ。外の奴がホシで、間で降りちゃったんじゃないのかい」

「そうも思ったが、有井の顔をみると、やっぱり奴にちがいないと直感した」

「電車を降りてから、有井に怪しい仕草はなかったんだろうな」

「ないと思う。距離も五六十米って所だったし、ちょっとでも変った仕草をすれば、見逃さなかったはずだ。仲見世を歩いている時、しきりに地上を注意している。何か拾い上げたので、その地点へ行って、何をしたのか確かめた。サンドイッチマンがいたので、先へ行った奴が何を拾ったかきいてみた。石だということだった。石をどうするつもりか分らなかったが、これはその目的がまもなく分った。淡島様の池へ、ダイヤのケースをほうりこんだんだ。白い紙にうまくくるんでさ。その時の重しにつかったんだ」

「ケース……ケースをね」

「実はさっき池を探してみた。少しつまらない気もしたがね。ケースを拾って何になるんだとは思ったが、念のために池を探すと、ケースが出てきた。これだ」

ずぶ濡れのケースをほうり出した。確かにそのものにちがいない。昼間その婦人が買ったという宝石店の名がかいてあり、正しく宝石のケースで、無論中は空だった。

「何だ。君は先にこれを見せないから、これを池へ投げこむ所を君が見た以上、もう有井の仕業にまちがいない」

「いや、必ずそうばかりも云えまいがね、君のいったことを逆に云えばだが。じゃあ中味はどうしたんだ。ケースは始末した。しかし中味の方はそれこそ君がいったように、外の奴が都電の本町から廏橋の間で、もってにげてしまったんじゃないかと考えられなくもない。そう考える方が理屈にあっている所もある」

「君は淡島様の池へ奴がこのケースをほうりこむところをみた。それからどうしたね」

「それから……それからがへんなんだ、いわば僕にこれだけの証拠を握られながら、あまりに平然としてるんだね」

「平然としていたとね」

「なめてといってもいい。とにかく僕は奴をなお追跡した。淡島様の横をすぎて、観音様の後の広場に出ると、あすこに蛇屋があるの知らないかしら。無論露店のだ。テントばりの易者の向いに」

「ああ、あるね。マムシの黒焼き等売ってる」

「しってるね。丁度僕がその蛇屋の所へかかると、店の中で蛇屋がマムシを料理してる所だった。生きたやつをね。一匹三百六十円とか云ってた。血色のわるい五十ばかりの男がかって行って、蛇屋は壜に入った生血を、帰ってすぐおのみになるんでなければ、冷蔵庫にしまっといて下さいなどと云ったが、みると人をくった奴だ。有井が、大勢の見物人に交って、呑気そうに蛇料理の見物をしてるのに驚いた」

「蛇料理の見物をね」

「見ものにはちがいないね。俺も始めて見たんだが、臓腑は臓腑で一つの袋に入れ、あとの身と頭とは鉄板の上で金槌で叩いて偏平にし、これも袋に入れてその男がもって行った」

「牙はどうしたね、毒牙は」

「そこんところはどうも見逃したようだ。奴に気をとられていたんでね。たしか牙はぬいたような気もする。しかしまあいいじゃないか、蛇料理の講義をしようというんじゃないから」

「うん。で、どうしたね」

「結局僕もどうしたものかしばらく黙ってやっぱり蛇の料理をみていたが、やっと蛇屋も料理を終って見物人も帰りかけた。蛇屋がそれまであけてあったマムシの入ったガラスのケースに蓋をしたところで、有井にちょっときてくれと云った。観音様の前の派出所まで御同行をねがうと、素直についてきたので、しらべてみた。結局無駄骨、何一つでてこなかった」

「なるほど、奴、腹を立てたろう」

「いや、腹を立てた様子はしなかったね。それどころか我々へ同情した位だ。釈放となって奴が云ったものだ。何分警察官も人間ですから、お見立てちがいもあるのは仕方ないでしょうね。物語にあるような、神様のような警官は却って我々人民には有がたくない。悪の誘惑というようなことに理解がないからというんだがね」

「ふふうん」

「私もこれまでは誘惑にまけて、わるいことも致しましたが、こういうまちがいもたまにはする。人間らしいあなた方のような警察官にかかると、自然と人間らしい気持が湧いてきて、わるいことをすることができなくなってくる。もう金輪際《こんりんざい》足を洗って、今後はこういうお疑いだけもかけられることのないような人間になってみせる」

「何だ。盗人《ぬすっと》たけだけしい言い草じゃないか。現にケースをすてるところを君にみられながら」

「いや、ケースを水からあげたのはそのあとで、それよりまあケースだけじゃ何にもならないし、どの道奴を捕える証拠をあげるのは難しい。現物が出ないんだから」

「そうさ。残念だな」と遠藤刑事は云った。


浅草花川戸といえば、幕末からひきつづいて鼻緒問屋の多い町である。しかしそれは、大通りなどへ面しての家のことで、一歩路地を入るととんだ所にとんだ職業の人が住んでいて、隣りの人が、一日のうちの、いつ彼が仕事に出て、いつ帰ってくるかしらないのだった。

その一軒に観音裏の蛇屋金森京介がひっそりと住んでいた。天涯孤独の生活をしていた。若い頃から深山に入って蛇とりをした。そいつを仲買いにうり、仲買いが東京の蛇屋へおろす。孤独にくらすことにはなれてしまった。人にあわないで何日くらしても平気であった。殆んど誰も彼を訪ねる客などはなかった。

その彼の家へ珍しく来客があった。

……おそく帰ってきて戸じまりをし、これから寝ようというところであった。ホトホトと表戸を叩くものがあるので、シンバリを外して出てみると、

「おそくきてすまん。入ってもいいかい」

と云った。

キチンと背広を着た、一見紳士風であった、三十にはなっていまい。言葉つきも礼儀正しく、態度ももの軟かだ。

「どうぞ」蛇屋はいって身を退くと、男は入ってきて、

「蛇を買いにきたんだがね……蛇屋さんだろう?」

「そうでございます」

「観音様の裏手にいつも店を出している――そうだね」

「はい」

「一匹いくらするんだね。三、四百円のようにきいているが」

「ああ、生きたマムシが御入用なんでございますか」と、蛇屋がいった。「大体そんなものでございます。多少の出入りはございますが」

「つまり大きさによって……そうだね」

「はい。たかが蛇一匹高いとお考えになるかもしれませんが、何分蛇とりなどする人間は少ないのと、それに輸送がね、これが面倒でございまして……その代りちゃんと手前が料理してさし上げます」

「いや、料理はしてくれないでいいんだ」と紳士の言葉は意外であった。「料理はいらん。蛇だけうってくればいい」

「すると料理はあなた様がなさいますんで」

「あれだね」と客はそれまで一と間きりしかない家の中をしきりにさがしていたが、やっと向うの隅にそのものを見つけ出して、

「あの中にマムシが入ってるんだね。うす暗いのでよくみえんが」

「さようでございますが」

「蛇屋さん」と紳士はポケットからシガレットケース

を出すと、自分も一本つけ、金森京介にもすすめながら、

「あれをガラスごとうってもらいたいんだ」

「ナ、何でございますって！　ケースごと」と蛇屋は驚いた。

「うん、値段が今きくと一匹三、四百円だって！　料理の手間を含めてだろうが、料理はしてもらわんでいいから、一匹三百五十円位でどうかな、それへガラス代として適当にとってくれたら……」

「は……はい」と金森京介は呆気《あっけ》にとられた。咄嗟にどう答えたらいいのか分らずにいると、

「あれに何匹位入ってるんだね。二十匹も入ってるんだろうか」

「さあ、それは……ちょっとお待ち下さい。エーッと、手前が仕入れた数から売った分をさし引いて勘定しなければなりませんから。何分外の品物とちがいまして、中から一匹ずつ取出して勘定するわけに参りませんので」

「でも」と客はせっかちに、

「俺はせっかちな性分で、ものを買うのに一つ二つという勘定も厭なんだが、四、五匹のところはどうでもいい。ケースごと一万円じゃどうかな。何なら一万二千円でもいい。そう、一万二千円としよう。蛇が一万円、ケースが二千円」

そうしてもう上衣のポケットから札束をとり出した。

「でも」

「不足だというの。だって五十匹は入ってまい」

「いいえ、お値段じゃなく、あまり例のないことでございますから」

「入れものごと買うからかい。だって蛇屋さん、あれだけの蛇をどうしてもって行くんだい。入れものがいるじゃないか」

「それはそうでございますが」と蛇屋は云って「そんな沢山の蛇をどうなさいますんで」

「これは驚いた」と強引だった。「だって蛇屋さんが何か買う。売り手が何のためになんてこと、詮索するだろうか」

「それはそうですが、しろものがマムシですから」

「おいおい蛇屋さん、まさか蛇を——マムシをだよ、ネックレースにもしまいし、鉢巻にもしまい」

「召上るんで?」

「きまってるじゃないか。もっとも俺がくうんじゃない。親類に身体の弱い奴がいるんで、そいつにくわすんだ」

「だったらこんな、一時に沢山……」

「前いう通り俺はせっかちだから、一とまとめに買いこむんだ。世話がやけなくてその方がいい」

と男は笑いながら云った。

「蛇やさん」としばらくして、

「まさかあなた、あの蛇を慰みに飼ってるんじゃあるまい。だって妙にうり惜しみするから」

「売り惜しみするんじゃございませんが、しかしただこれまでにこんな例がなかったものでございますから」

と金森京介は漸く決心ついたように、

「しかし旦那、おうりはしますが、料理の方は誰が致すんで、御自身でお出来になるんでしょうか。素人の方がいい加減に手をつけちゃ、危険なしろものでございますから」

「大丈夫だよ。俺だってまさかマムシが毒蛇である位しってる」

「万一かまれた時の手当てなんかも御承知でしょうか」

「勿論」と客は段々いらいらしてきたように、

「蛇やさんも妙な人だねえ。ああこう云わずにうってくれたらよさそうなものだ。蛇屋さん」

と漸く蛇屋の決心がついて、一万二千円うけとって、ガラスのケースを風呂敷にくるんでいるのを見ながら、
客は漸く四方山《よもやま》の話で、

「それは大体どの辺の山でとれた蛇だね」

「大体」と蛇屋が話した。「ここにいるのは上州、信州、遠い所は江州なんて国から参ったのもありますが……私も若い頃は山へ入って、マムシをとりましてね、随分咬まれたこともございます。腕から手、足とちょくちょく咬み傷をうけています。料理なさる時もですが、途中も十分気をおつけ下さいまし。一匹でも逃げ出して人に咬みついたりしては困ります」

「大丈夫だよ」といって、

「時にあれかな。蛇を薬品で殺す方法は何だろうな」

「薬品で？　まさか薬品でお殺しになるんでは」

「そうじゃないが、だって蛇屋さんがあんまり馬鹿念を押すもんだから。しかしだね、万一これだけの蛇を一時に殺さなければならんなんて、そんな時はどうするんだね。どんな薬品をつかうんだろうか」

「なるほど、しかし、そうでございますね。そういうことこれまでに考えたことがないので、分りかねますが」

「しらないのかい」

「第一薬品で殺したんじゃ、あとうりものになりません」

「大きにそうだな。ハハ」と男は快活に笑った。

「いいよ、大体で。どうせタクシーで行くから」

と念入りにフロシキ包みをこしらえているのを見て、

「運転手君をこわがらせてもわるいから、包んでもらうんだから、あ、この蓋はガラスじゃないね」

と蓋に目をやって、

「細い金あみらしいが、なるほど、密閉したんじゃ窒息で死んでしまう。いや、有がとう。じゃあ代の一万二千円は上げたから。お世話かけたね。さよなら」

男はそういうと、危険な品物の一杯入った、ガラスのケースを下げて、帰って行った。

夜。

あたりは墓場のようにしずまりかえっていた。昼間はこの辺、かなり人の出盛る所である。上野公園に近い公団アパートの一室だった。

第四七八号室で突然悲鳴が起り、「畜生々々」と連呼する声がし、何かバタバタと棒か何かで畳をうつ音がした。ついでまた二回ほど悲鳴が起り、バタバタと足音がして、入り口の戸に向ってかけよってきて、鍵をガチャガチャいわせていたが、やがてその音もしなくなった。またもとの静寂——墓場のような静寂に帰ってしまった。

しかし鉄筋コンクリート造りのアパートのことで、隣りの第四七七号室の人も四七九号室の居住者も、その騒々しい音はきかなかった。

もし蛇屋の金森京介が花川戸のゴミゴミした一戸建の中でくらして、隣りの人が、彼が何商売をしているのか、朝はいつ家を出て稼ぎにゆき、いつ帰ってくるかをしらないでいるとすれば、このアパートではなお更だった。ここでは隣りとのつながりはなく、上下のつながりだけがあった。隣室との間には頑丈な隔壁があり、しかし階段で、二階と三階、一階と二階はつながっていた。その上各室共、頑丈な鍵じまりである。もし居住者にして望むならば、ここでは数千の人間と隣り合ってくらして、しかも深山の中の一軒家に一人きりでいると同じ生活が可能であった。

もっとも同じ階では部屋は、南側だけヴェランダでつながってはいた。天気のいい昼間、各住人はここへ洗濯物を干す。遠くからみるとなかなか壮観だった。但しこのヴェランダも、勿論各隣室との間には隔壁があった。

どこからどこまで徹底した、各家族孤立した生活ができた。

……その朝第四七七号室の居住者飯田一男の奥さんまさ子さんが、天気がいいのでたまっていた洗濯物をし、干そうと思ってヴェランダへ出た時、彼女は急にけたたましい悲鳴をあげ、急いで室内へ引かえして、ヴェランダとの間のガラス戸をピッタリしめてしまった。

こわごわヴェランダを覗いてふるえている。良人《おっと》の一男氏は会社へ行ってしまって、今彼女は一人きりだった。

ヴェランダの一隅、コンクリートの上にある、あの派手な紐は何だろう。赤と黄と黒との派手な縞をもった紐なのである。一端が三角形にふくれた奇妙な形状の紐！

（マムシ！）とまさ子さんの頭にきた。しかし果してそうだろうか。野中の一軒家じゃあるまいし、かりにも大都会のアパートの中だ。そんな所にマムシがいるはずはない。そう気丈な彼女は気をとり直して考えた。

しかしやっぱりそれにちがいないようである。考えてみると逆にそれこそ大都会である。どんな風変りな商売の居住者が近くにいないとも限ったものではない。

いよいよマムシにちがいないと断じて、まさ子さんはどうしたらよいかに迷った。

所詮女一人の力で、毒蛇を相手にどうすることもできない。他の居住者なり、事務所の管理人なりの力を求めねばならないが、どうしたらよいのだろう。

部屋には電話はなかった。協力を求めに外へ行っている間に、マムシがどこかへ行ってしまうのではないかしら。そうして誰かが咬まれでもしてはことだ。

実際そいつはどこからであったにしろ、よそから、例えば隣りの四七八号室からでもやってきたのは確かだったた。隔壁はあってもどこかに長虫のくぐれる穴ぐらいはあるだろう。こちらへ忍びこめる位なら、またどこかから忍び出てゆくことはできるはずである。

しかしやっと愁眉《しゅうび》を開いた。紐がじっと動かないことに気づいたのだ。

死んでるんじゃないだろうか。どこからか這い出てきて、丁度彼女のヴェランダの所で死んでしまったのでは。

漸く相手が死んでいる確信を強めた。勇を鼓してガラス戸をあけて傍へよってみた。果して紐は動かず、死んでいることを断じて、もう一度ガラスをしめきり（あとまた同じようなものが彼女のヴェランダに忍び入り、こいつは生きていて部屋の中へ入ってこない限りもない）特に親しくつきあっている隣人も思いつかないまま、まっすぐに管理人の事務室へかけて行った。

第四七八号室へ二人の訪客があった。二人共服装からして特長があった。特長をひけらかし、他人に警戒させるといった風でさえある。蛇でいえばマムシのように、わざわざ警戒色を身につけているようだ。このアパートにはあまり見かけない服装。男は派手なアロハを着、女はデニムのズボンをはいている。二人共サングラスをつけていた。

談笑しながら階段を昇ってきて、第四七八号室の前にくると、男が手をのばしてベルの釦《ボタン》を押した。ブザーの音がしたにも拘らず、出てくるものがない。もう一度押した。やはり出てこなかった。

「へんだな留守かな」と男がいった。

「でも今朝くるようにって」

「そうだったろう。どうしたんだろうな」

もう一度今度は女が代ってベルを押した。

「ゆうべは一人でいたんだろうか」

「さあ知らない。……誰もいないんじゃない？」

とやはり答えがないので女がいった。

突然女があッと悲鳴をあげた。

「どうしたんだ。ビックリさせるじゃないか」

と男がいった。

「蛇よ。マムシがいる」

「何、マムシが！」と男がいって、とんで逃げた。足元に赤と黄と黒の派手な紐が動いている。

「ようし」と緊張に青くなりながら、この紐の三角の部分を靴でふみつけた。「畜生々々」と連呼しながら。

忽ち紐は動くのを止めた。

「死んだよ。しかしへんだな。どうしたんだろう。何だって大将の部屋の前にマムシがいるんだろう」

「何かあったんじゃないかしら」と女が云った。

「何かって何だい」

「いる約束なのに、ベルに返事がなくてマムシがいる。へんだと思わない」

「入ってみようか」

「入れはしないわ。錠がおりてるもの」

「うっちゃって帰るか」

「だって蛇がいたじゃないの」

「蛇なんか関係ないよ」

「じゃあどうしているの」

「アパートの住人に蛇やでもいるんだろう」

「物騒な話ね。事務所へ話しとく心要はあるんじゃないかしら」

「本当だ、行って話してこよう」

女を促がして管理人の事務室へ行った。


「風変りな解決だったよ。れいの有井良三の事件が解決ついたんだ」

と佐田刑事が話した。先夜と同じ刑事部屋でだった。

「あの、こないだの?」

「うん。勿論細部に亘っては多少事実とちがうかもしれんが、大体はまちがいない」

「大体って……逮捕したんじゃないのかい」

「逮捕じゃない。いや、逮捕は逮捕だが生きてじゃない。奴め宝石と心中した」

「心中!」

「始めから話そう」

と佐田刑事は好物の板チョコを一とかじりすると、

「こないだの事話したね。有井が電車の中で宝石をスリとったこと……たしかに奴の仕ごとにちがいないとにらんで追跡した。ケースだけは淡島様の池の中に発見したが、宝石の方を当人はもっていなかった。そのはずだ。かくしてあったんだ」

「かくして?」

「どこだと思う。まさかそんなこととは思わなかった」

「どこなんだ。我々は実際家で、とかく想像力がないが」

「全くね。反対に想像力のある奴は実行力がない」

「じらさないで話せよ」

「話すがね。君は僕が有井良三を追って、いよいよおいつめた時、蛇屋の店で呑気に蛇の料理を見物してたと話したの覚えてるだろう。そこにカラクリがあった」

「カラクリが!」

「勿論普段はそんな事できんよ。偶々《たまたま》蛇屋は蛇を料理していた。マムシの入ったガラスのケースの蓋があいていた」

「じゃあ、そのケースの中へほうりこんだというのかい」

「その通り。なるほど大勢の人間がテントの前にいた。いたにはいたが、マムシ料理に気をとられているので、注意がこちらへ集まっているうちに、有井の奴、ポケットのダイヤをマムシ共のまん中へ投げこんだ」

「だってそれじゃあ……ダイヤなんて光るものが……ガラスはすかしガラスで……そうかなあ、人の目につかないで投げこめるかなあ」

「できたらしいんだ。蛇のことだ。ガラス瓶の中でトグロをまいている。二、三十匹もいれば立派に宝石をかくしてしまう。道成寺の蛇みたいに、何匹もの蛇でグルグル巻きにしてしまった」

「ありそうもない気がする」

「が、あったんだから仕方がない。結果から逆に話の筋を辿って、話は逆にした方がいいんだな。そう、話は逆にして、僕が辿ってきた始めの方の筋とうまく結びついた」

「なるほど」

「あの翌日おそくなってから、××アパートで、一つは死んだマムシと、一つは生きたマムシが発見された。死んだ方は四七七号室のヴェランダ、生きている方は四七八号室の入口の前でだ。その四七八号室の主が有井だったんだ。丁度二人づれの若いグレン隊が有井を訪ねてきて、部屋の前にマムシを発見してふみ殺した。部屋をあけようとしたが、あかないんだね。管理人を呼びにゆき、管理人は管理人で丁度その前に、四七七号室の死んだ蛇のことをきいていたので、両方結びつけて推理したんだね。こりゃどうも四七八号室が怪しいというんで、合鍵で部屋の中へふみこんでみると、一人の男が戸の前で、からだ中方々に皮下溢血を起して倒れている。部屋の中は一面にマムシの死骸があって、その間に宝石が燦《さん》然《ぜん》と輝いていた。

大概の蛇は頭を叩きつぶされている中に、一、二匹まだ生きている奴があった。みんなで騒ぎながら殺してね。外にも逃げ出したのがありはしないかと心配したが、幸いアパートのことで、ピッタリ戸じまりをすれば、いかに蛇といえどもなかなか外へ出る隙もないとみえて、どうやらあっただけの蛇は死んでしまったが……いや、確かに死んだんだ、あとで蛇やに数を勘定させてすっかり分った」

「蛇やにね」

「前後したね。蛇ということから当然奥山の蛇やのことを思い出した。あとはもうくどくいうまでもないだろう。要するに宝石をマムシの間にかくしておいて、夜おそく蛇やの所へ買取りに行った。入れものごと蛇をうれといったんだそうだ。へんな要求とは思ったが、何分金払いもわるくなかったので、蛇やが売ったんだね。

それをもって××アパートの四七八号室——自分の部屋へ帰ってきて、おどろいた奴で、ガラスの中の何十匹かいるマムシを、一匹ずつ出しては殺して行ったらしいんだ。蛇なんて扱ったことのない奴とすれば、そう考える一手だろうが、大胆とでもいうか呆れた仕業さね。もっともさすがに蛇を薬品で殺すには何を使ったらいいかときいたそうで、蛇やもよくしらなかったらしいが、有井の方も、あまりそれを云って怪しまれてもと思ったんだろう。話は半分にして自分の考え通りやってしまったらしいんだ。

まあ理屈にはあってる。根気よく一匹ずつマムシを殺して、あとで中の宝石をとり出せばいい。しかしそううまくは問屋がおろさなかった。慎重にやったんだろうが、最後に近くなって、何匹か一しょくたに容器から蛇が出てきた。いずれ容器を少しずつ傾けてはとり出したにちがいない。

数匹一しょにとび出したので、一匹を殺している間に、あとの奴に咬まれた。身体の方々に咬みあとがあった。手や足にね。奴も大胆というか何というか、せめて長靴でもはくとかすればいいものを、普通の背広に足なんか靴下だけといういでたちじゃ、蛇からいえば攻撃にはうってつけの条件だからね。結局そんなことで奴、なるほど宝石まで手を届かすことはできた代り、咬まれて命を失った」

「だってマムシだろう。マムシ位に咬まれてそう容易に命をおとすこともなさそうなもんだが……応急の手当もしらなかったんだろうか」

「多少はしってたとみえて、手を咬まれて上膊《じょうはく》を手拭でしっかりゆわえたりしてはいた。多勢に無勢というところだったんだろう、咬まれたのは一ケ所じゃないから」

「医者にかけつける気を起さなかったんだろうか」と遠藤刑事が云った。

「どうかしらね。人の手にかかりたくないところだったろうし、真夜中で医者も容易には起きてくれない時間だろうな。アパートの近くに病院はあるがね。しかしそれでも病院へでも行くつもりか、アパートの鍵をあけようとした形跡だが、力がつきたらしい。部屋の入口の扉に手をかけて死んでいたよ。ハハ」

「考えようじゃユーモラスな最後なんだね。誰も悲鳴をきかなかったんだろうか」

「近頃のアパートは防音もよくできてるからね。悲鳴くらいあげたろうが、きさつけたものはない。はたからはユーモラスだが、当人にはそれどころじゃなかったろう。ハハハハ」

と佐田刑事は笑った。

三人は逃亡した

活劇

その三人の男は、髪はきちんと七三に分け、服装も見苦しくなく、ちゃんとネクタイもつけていた。

普通のつとめ人が、つとめ先の、気のあったもの同志、休日に誘いあわして、肩のこらない西部劇映画を、みにきたように、見えた。

切符売場で、一等席の切符三枚を一人が買い、まっすぐ、受付のテーブルにやってきた。

一人は折りカバンをもち（この男が切符を買った）あとの二人は、もっていなかった。帽子は、三人とも、かぶっていなかった。

全くありふれた、サラリーマン風であった。だから受付にいた二人の女子の従業員、佐伯京子と、後藤明子が、無警戒であった。

折りカバンの男のさし出す、切符を半切りし、かえそうとした時、二人の横に、二人の男がくっついて立って、

「普通にしているんだ。友達と話しているようにな」

とささやき、背中をコツンと何ものかで、突いた。銃口だなと二人は感じると、青くなったが、心臓ばかりドキドキして、悲鳴をあげることはできなかった。

「今度の君の休日が、月曜だと、僕も都合つくんだがな」

と男の一人が大きな声で云った。この時一人の客が入ってきて、切符を後藤明子にさし出したからだ。

明子が切符を半切りして渡し、客の姿が廊下の向うに消えるともうこの僅かの間に、あとの一人のれいの折りカバンの男が、出札係の部屋の扉をあけて、出てくるのが見えた。

三人が退散しようとした瞬間、向うに宣伝部の山中一夫の姿が見えた。敏感に事態を直感し、引かえして、電話をかけた。

一方三人の男は、映画館（文映座《ぶんえいざ》という名であった）をとび出して、目にとまったタクシーにとびのると、運

転手を脅しながら、スタートさせたが、女二人、男一人の従業員もあとを追って、映画館前の二十間道路にとび出し、山中は、タクシーの番号「4は8668」を頭にいれてしまった。

あざやかな活劇をやったにしては、はじめに似ず、終りは不手際なかんじであった。もっとも折りカバンの男は、出札係の部屋から机上の何十万円かを、自分のカバンへ、まんまととりこんでしまっていた。

山中の急報で、警官がかけつけて、その「4は8668」を追跡した。

別の盛り場、R町まできて、警察官たちはタクシーに追いつき、とび出した三人の男を追跡した。

追跡は調子よく、まんまと成果をあげそうであった時、一人は一人を、一人は別の一人をと追っていた三人の警察官は、まんまとホシをとりにがした。三人は地団太ふんで、くやしがった。

×月××日、午後三時コヤが一ばん閑散な時間からはじまって、五時すぎまで、凡そ二時間ほどの間の出来ごとであった。

ビンと小便

……最初は、数人の野次馬《やじうま》が、追跡に加わっていたが、段段に、一人から二人、二人から三人と、落伍して行った。

町幅がせまく、それへ、両側の建ものが、不相応に、上へのびて、道路の川は深く、群衆は、その川底をながれる、それぞれに見わけのつかない、砂粒に等しかった。しかし橋爪巡査部長は、よい目と、よいカンをもっていた。

折りカバンの男、青田勇吉は、背が、日本人にしては高い、百八十センチであった。群衆の中に、その頭を見失うが、また見つけた。

頭をたよりに、おって行った。

巡査部長は、青田が目ざして行く方向に希望をもった。ああ行くと、やがて盛り場を出はずれて、工場街へ入るはずだ。半キロ近い間、工場の塀が、道路に沿って、延びている所へ出る。全然えんい護物のないそこで、多分捕縛できる。

ことに彼は、凶器をもっていないはずであった。しかし、残念ながら、次のような経過で見失った。

……（しまった）

と青田勇吉は、思わず路上に立往生《たちおうじょう》した。

そんな所があるとは知らなかった。

幅十間ほどの淡淡《たんたん》たる舗道。曲りくねりなく、まっすぐ目の前にのびて行っている。

コンクリートの塀が、両側に立ち連なっている。だだっ広く、ひっそりし、トラックの往来はあるが、人の往来はあまりない。

何メートルおきかに、プラタナスの街路樹が立って、風に、青い葉がゆれている。

左右二条のその塀の間に、立っているものといえば、これ以外にはなく、水道の土管一つゴミ箱一つなく、えん護物がない。

青田は凶器をもっていないのに、警察官はもっているにちがいない。

もう運命の終りと思われた。

機械的に足をすすめる。

どうにも勝ち目がないときまれば、度胸もすわる。

（えい、なるようになれ、メーファーズだ）

と青田は考えて、固い苦笑をした。

しかし、四百メートルぐらいいくると、うしろから、今どき珍しい荷馬車が追ってきた。突《とっ》さにこのかげに入り、一しょに足を進めた。

車が右へ曲ったので、一しょに曲った。

入り口らしい構えの所を越えた。

車の向うに、守衛の詰め所らしい小さな木造の小屋があった。

ハテ、何の工場だろうと思った時、異様のものが目に入った。

三角形の巨大な山が、左手に見えた。

文字通りの、三角の山。完全な、二等辺三角形だ。

ビールの空《あ》きビンの山であることに、気がついた。

人の背を、十倍ぐらいもにした高さだった。何のことだ、ビール会社の工場だった。やっと、この辺に、ビール会社があったのを思い出した。

昔何かで、一ぺん来たことがあった。

その時は、あんな山はなかった。

一体何十万本あるのだろうか。

凄い山が、いつのまにか出来るものだ。

門を入ってからも、長い道であった。

トラックと時時行きちがう。

トラックには横腹に、××ビール株式会社と会社名を記《しる》し、運転台に、人の顔は見えるが、こちらへ注目するらしくはない。

青田が、一人の従業員にみえるのであろう。

ふりかえってみる。

さっきあの街路に入ってから、追跡者にもこちらが見通しなら、こちらも、相手に対しては、全然同じ条件だった。

誰もおってくるものはない。しかし気をゆるしていいだろうか。

追跡者が入り口まで辿りついた時、もしこちらを見たら（当然見るだろうが）馬車に沿って歩いている青田に、注目する公算は、十分ある。

このままでは駄目だ。

幾台か並んだトラックの間をぬって、青田は、ツーッと、ビール瓶の山のかげに、姿をかくした。

驚くべき広大な敷地だった。何十万坪、いや、何百万坪あるだろうか。

その中に、工場や倉庫が、ポツンポツンと建ち、ほかに空地《あきち》も多い。

青青した立ち木がみえ、森といってもいいほどのものをなして、この間に、池や、テニスコートもあった。

池の横手に、大きな藤棚《ふじだな》があり、下に、テーブルが並べてある。

テーブルには、大勢人がついて、一人が、立って何やら云っているが、ききとれない。

藤棚の傍《かたわら》に、ビール会社の名を記したバスがとまっていた。

ナッパ服の男が一人きて、青田に並んでビール瓶の山の前に立ったかと思うと、小便をはじめた。

それをみると、青田も小便がしたくなり、カバンを小脇にかかえて、排尿しはじめた。

ふと、藤棚の方角から、こちらへかけてくる足音が、注意をひいた。

みると、二人の背広の男がこちらへくるのだが、突さに排尿をやめるわけにはゆかなかった。

しかし、刑事風態の男ではなかった。

まてよ、どうなるものか。

ナッパ服は、向うへ行ってしまった。

従業員が、まわりに行ったり来たりしていた。

「何だ。こんな所にいたんですか」

とかけつけた、背広の男の一人が云った。

「何だってこんな所へ。小便なら、こんな所までこなくたって、向うにあるのに」

「そろそろ引きあげようって、いっているんですが」

ともう一人が云い、青田の顔をじっと見つめた。

(きっと誰かにまちがわれてるんだな)

と分った。こちらを見つめながら、間ちがいに気づいた様子がない。

「さあさあ向うへ行きましょう。ビールまだありますよ」

何だ、あの藤棚の所では、ビールをのんでいたのだと分った。

会社見学の一団なのであろう。引きあげようとして、藤棚の下で、あの立っていた男が、点呼をしていたのだ。一人足りないので、探しにきたのにちがいない。

今とおる道は——

どういう団体かしらぬが、連中の一人になりすまして、一しょにに行くにしかない。

いや、それは駄目だ。いつ本ものがあらわれるかもしれない。もしかすると、もうあらわれてしまっている。


どこへ何をしに行ったかしらぬが、見学にきた人間が、どこへ雲がくれするとも思えない。

しかし青田の眼に、この時ビール瓶の山の向うを歩いている、見おぼえのある姿が、見えた。

突さに心がきまった。

迎えにきた連中に、何といったらよいか。

多分自分は、すごくその、雲がくれした一人に似ているのかもしれない。

嘘のような話だが、洋服の縞柄も、折りカバンをかかえた様子も瓜二つなのではないか。

滅多にはないことだろうが、ないと限ったものでもあるまい。

しかし声は、いけないかもしれない。あまり聞かせると、バレる。

口の中で、

「いやどうも」

とボソボソ、ききとれるか、とれぬかに云い、二人についで行った。

ビンと小便（続）

バスはもう、人が乗って、出発するばかりになっていた。

追跡者がどうしているかと、時時ふりかえった。向うにある、事務所らしい建物に、入って行ったようだが、いずれまた出てくるにきまっていた。

「もう皆乗っています。早くゆきましょう」

と一人が云った。

「ビールをのんだのに、長道中だから、ここで十分小便しておく必要はあるな」

ともう一人が青田をみて、笑いながら云った。

会社名のあるバスでなく、気がつかなかったが、そのかげに、あと三台あった。もっと大型のバスであった。

ハテナ、長道中と云ったぞ、遠方からきた連中だろうかと青田は思った。

十分可能性のあることだった。例えばどこか遠くの町で、ビヤホールか何かの経営者が、町のビール党に抽せんで、ビール会社の見学を招待したなんて場合なら、普段全然顔をしらぬ連中が、今日だけ道づれになるということも、ありうる。そうだ、それに……段段《だんだん》分ってきたぞ。それだとこの二人の男――多分そのビヤホールの従業員かもしれぬ――と、青田のことを、誰かととりちがえたって、不思議はないわけだ。

顔がちがってたって、背広の縞柄ぐらいちがってたって、何も、瓜二つでなくったって、人数だけそろえば、それでいいわけじゃないか。とにかく東京へつれてきた。あとは満足に人数だけ、元の町へ送りかえしさえすれば、立派に責任だけはすむ。

この分だと声ぐらいきかせたって大丈夫だ。

一体どこへつれゆかれることか。

長道中というが、一体どれくらいの道中か。

「今から帰ると、町へ何時頃つくんでしょうか」

と青田が云った。

あまり黙りきりでいても、おかしいかもしれないと思ったからだ。

「まあ八時頃でしょうな」

といった。

「八時？　で今は何時です」

「四時半位だと思います」

今四時半で、八時につく。三時間半の道中。相当な長道中だ。

もっともその方が好都合だ。手前《てめえ》はアクセクしないで、人さまが遠くへにがして下さる。

……満員のバスの昇降口に、一人の男、さっきみんなを点呼しているのがみえたあの男が立って、まちくたびれた風に、

「さあ、のって下さい。すぐ出発します。でないと、あまり遅くなるから」

といった。

ちらっとまた、追跡者の姿がみえた。青田はとびのった。

前向きの、何十対《つい》かの目が、一せいに見たが、誰も怪しんでいる風はない。

あまり調子よくゆきすぎるようだが、却ってそれは……例えば、そうだ、自分の代りの本ものが……しかし座席が、運転台のすぐうしろに、きっぱり一つだけあいている。

そこへ腰をおろした。

同時にバスは出発した。


何十万坪、いや何百万坪とある広大な敷地の中に、ポツンポツンとある、工場や倉庫の建てもの。第三倉庫の入り口の横の事務室に、二人の男が、坐って、ビールをのんでいた。

一人は、仕入部の主任、広岡元次郎と、もう一人は、青田勇吉とよく似た男、星野豊夫とであった。

似てはいるが、よくみると、随分ちがっている。洋服の縞柄もちがえば（色は多少似ていた）顔立ちがちがう。第一、青田はそうでないのに、この男は近眼らしく、メガネをかけていた。

「奇遇だったな。君が今日きてくれようとは思わなかった」

と主任が云い、

「本当にな。僕はまた君が、ここにいようとはしらなかった。先月転任になったたって？　分らないもんだねえ」

とこちらは云った。

「まあのめよ。君は今夜、僕の家へ泊ってもいいだろう。明日かえったら？　日曜だから」

「しかし団体と一しょにきたんだから。ビアホールの抽せんに当ったもんだから」

「だったら断わっとけばいい、これから行って」

「うん」

といって、青田に似た男は、事務室を出て行ったが、まもなくかえってきて、

「僕をおいて、出発しちゃったよ。呑気《のんき》な奴だ。人間一人、こぼしてゆきやがった」

笑って、また椅子にかけた。

その際かれは、一つ主任へ報告することがあったのを忘れていた。

藤棚の方へ歩き出した時、わきから一人の警察官があらわれて、いきなり彼の腕をとった。

しかし顔をみると、

「あ、これは失礼しました」

といい、アタフタと向うへ行ってしまった。

わけが分らなかったが、どっち道大したこととは考えなかったので云わなかった。


バスはどこへ行くのか、同行の連中にきいてもまずいようであった。

しばらく、先ほど彼が追われたコースを逆に行った。文映座のある方へ向うので、逮捕されるためなんじゃないかと、錯覚を起しそうなほどであった。

しかし大通りを、そこから左折して、あと五百メートルほどで文映座だという四つ辻を、曲らずにまっすぐ進んで行った。

どうやらバスは、C県の方へ向うらしい。

すると、どこだろう。三時間半かかるといえば、M市じゃなし、S市じゃなし、するとその先は……あまり地理にくわしくないので、見当がつかない。

それよりこの先、どんなことになるか。第一に、れいの自分がまちがえられた本ものが、あのあとで騒ぎ出したとして……もうそのへんで、このバスは警察官にとめられるのではないか。

その本ものが、自分一人おき去りに出発したバスということで……それにも拘らず、バスには空席はなかったということから……バスのコースは、ビール会社にも分るにきまっている。東京から途中の警察へ、もし照会があったら……。

早い機会にバスを降りてしまわなければならぬ。どうしたらよいか。

小便するから降りるといってやろうか。

乗客はみなビールをのんできたのだ。それを云い出し

ても、同調するものが多く、目立たずにすむはずだ。

……もう大分くらくなっていた。

さっき一つ、長い橋を渡り、今また次の、長い橋を渡っている。どこだろう。多分江戸川の橋にちがいない。

「たしかこの辺だね。八幡《やわた》のヤブシラズというのがあるのは」

と隣りに坐っていた客が、女車掌にきいた。

「さようでございます。じきそこでございます」

と車掌が答えた時、

「団長さん、おねがい。オシッコが出たくなっちゃった」

とうしろの方で一人、大声に男の声が、わらいながら云った。

「そうですか。ちょっとおまち下さい」

と団長が云い、運転手と相談しはじめた。

……それがどこであれ、大勢おりるにちがいなかった。

一しょに降りて、それこそ八幡のヤブシラズへ！

バスが止った。広いタンボの前であった。

こうして青田勇吉の姿が消えた。

家具と二十日鼠

第二の男田沼定次《さだじ》の逃亡は、次のように完成された。

青田が、日本人にしては長身であるのからみると、田沼定次はこれは反対に、日本人にしても背の低い方だった。漸く百五十センチあるかなしで、体重も四十キロをいくらも越えない。

こういう男は往往《おうおう》仲仲敏捷である。二十日鼠のようにチョコマカとよくかけ廻る。

目もよく働く。注意力といってもよい。

青田と反対の方角へ走ったこの男は、鉄道のガードをこえ、小学校らしい建物の塀に沿って歩き始めると、やがて、ゴミゴミした家並つづきの場所へ出たが、よくみるとそれは、家具製造の小さな町工場のかたまった一画であった。和家具なり洋家具なりの、いずれも小さな工場で、通りに面して、製品の販売所があった。

家具類が店さきに、うず高くつまれていた。

彼を追った世在《せいざい》巡査は、追跡が、危険を伴うのを覚悟していた。相手がハジキをもっているのをしっていた。

これもホシは特長をもっている。小柄で、チョコマカした男ということはレッキとした特長にちがいない。見失ったつもりはなかった。それなのに、まんまと見失った。


……おってくる相手をふりかえっては、慎重な追跡ぶりに苦笑された。

右手をポケットに入れ、何ものかにさわってみて、苦笑している。何にさわっていたのか。

しかしふと、呑気に苦笑してなんかいられない状態になったのに気がついた。追跡者の数が、単数から複数になった気配だ。

あたりがうす暗くなってきたので、そのことは、目でなく、全身のカンとでもいうようなものを通して感じた。

この辺に区の警察署もある。応援の警官で追手がふえたのであろう。あとからくるだけではない。行く手へまわったものもあるような空気だ。

もう猶予はないとみた時、注意深い二十日鼠の目が、ふとある一つのものを捕えた。


……加藤家具店の主人加藤竹二郎が、店先まで出てきて、

「じゃあ頼んだぞ」

とそこに立っている男、井上透に云った。ジャンパー姿の若い店員で、リヤカーを用意していた。

「S町でしたね」

「そうだ。少し遠いが……これが届け先だ」

届け先の番地と名前をかいた紙を渡した。

「代金は?」

「半分もらってある。あと六千円もらってきてくれ」

「承知しました」

といって井上透が、路上の洋服ダンスに手をかけた。

「よしよし手をかしてやる」

主人が手をかして、洋服ダンスをリヤカーにのせようとしたが……。

「いやに重い洋服ダンスですね」

「そうさな」

と加藤竹二郎が云った。

「何だかものが入ってるような錯覚をおこしますねえ」

「まさか」

と主人が云い、やっと二人してリヤカーへのせた。

「おろす時一人で大丈夫か。相当重いからな」

と主人が心配そうに云った。

「大丈夫です。じゃあ行って参ります」

「気をつけて行けよ」

「はい」

とジャンパーの男は、リヤカーをひきはじめた。


ちょくちょく配達で通りなれた家並を、ジャンパーの男は、リヤカーをひいて、ぬって行った。

あちらの辻、こちらの辻と、警察官が二人三人固まっている。どうしたのであろう。物物しい警戒のようだが。

つかつかと二人の警官がよってきて、一人は井上の顔を注視し、一人はリヤカーの上のものを、注意深くみた。

「どうしたんです。何かあるんですか」

と井上が聞いた。

「いや、何でもない。それより早く行けよ」

そういわれても、ジャンパーの男は信じられずに、

「捕りものでもあるんじゃないいんですか」

「そう思うなら、さっさと行けよ。怪我のないうちに」

「しかし旦那。何しろ重いものですから」

「重いったって、たかが空《から》っぽの洋服ダンスじゃないか。ものが入ってたって、洋服ぐらい、しれてる」

「そりゃそうですが」

「まさか人間が入っているわけじゃあるまい」

と警官の一人の方が、笑いながら云った。


店からS町まで、相当の距離があった。

環状線の外へ広い国道に沿って行くのだ。

国道の真中を、路面電車が走り、トラック、タクシー、それにまじって、時たまは荷車も通る。先へ行けば行くほど、荷車が多くなり、郊外へ、野良《のら》へと通じているのだ。

本来なら運搬には、トラックを使うのだった。しかし、ごとごとリヤカーを引っぱることもあり、それはそれで、井上には、それだけの恩恵はあった。届け先が遠く、上等の家具の買手であるような場合、法外によいホマチをくれることもあった。

国道は、ずっと両側に家がつづき、賑やかで、映画館も二三あり、飲食店も多くて、時分どきで、今どこも満員であった。

井上はしきりに、空腹をおぼえた。

……一時間近くかかって、漸く届け先、S町××番地、

葉山台助の家をたずねあてた。しょうしゃな戦後の洋風建物で、界隈はつとめ人の住宅街だ。

すっかりくらくなってしまっていた。

若い奥さんがあらわれて、

「御苦労様、中へ入れといて下さいね」

と云った。

玄関はタタキになっており、奥へ廊下がつづいていて、左手に、応接間らしい、簡単な調度のおかれた部屋が見える。

奥さんが扉を押えている間を、重い洋服ダンスを一人でそこへ入れるのは、なれた仕事とはいえ、相当の苦労であった。

しかしホマチは、それだけに、思いもよらぬはずみ方であった。

ジャンパーの井上は、かえりに好きなラーメンを腹一杯たべた。


……随分難行だった。

小柄とはいっても田沼定次は、からだをできるだけ小さくし、坐ることも、膝をつくこともできない上に(宇宙旅行のカプセルの中がこんなかもしれぬと思った)洋風ダンスのピッタリした建て付けのために、空気が入らない。

今の陽気、あつからず寒からず、丁度頃あいの陽気に似ず、あつくて堪らない。

扉をあけてとび出したかった。そんなことはできない。

中にいて、道の様子が手にとるように辿《さぐ》れた。今ここで、リヤカーにつまれた洋服ダンスからとび出す、人目につかずにやることは絶対不可能だ。

思いついて、窮屈をしのびながら上衣を脱いだ。

上衣をうしろの釘にかけ、ガタガタゆれるリヤカーの動揺に堪えた。

……届け先につき、リヤカーもかえってしまった。

奥さんが、

「中へ入れて下さいね」

といった。

どういう「中」であろう。

部屋の中なのか、それとも廊下かもしれなかった。もっとも運び入れる時、リヤカーの男が、洋服ダンスを軋ませたので、板敷の上らしいとだけ分っていた。

……奥さんの小刻みな足音が近づいて、洋服ダンスの前に立った。戸をあける気配なので必死に、扉についている、ネクタイかけのスチールの棒を両手でつかんだ。

「へんね。カギがかかってるわ」

と奥さんが一人ごとを云い、向うへ行った。

カギを探しに行ったのだろうか。

間髪《かんぱつ》を入れず、とび出して、応接間のベランダから、家の外へ出た。

こうして二人目の男の姿が消えた。

風呂とハジキ

第三の男赤沢正七に危機が迫っていた。

彼をおった金森巡査は、注意深く、ヤモリのように家並にからだをはりつかせながらじりじりと迫った。

角を曲った。向うに銭湯が見えた。そうして、蒸発でもしたように、ホシの姿が消えた。


……その男は番台にいた民主湯の主人鈴木松雄にも勿論外の客と何らかわった所がなく見えた。手ぬぐいを手にし金ダライをもっていなかったけれど男湯のお客では大概がそうだ。

「石鹸をくれ。カミソリと」

といいながら百円札を渡した。

「はい」

と答えながら、云われたものを調《そろ》えた。

大胆にも赤沢は、追手の目の前で、ヒゲを剃ろうと考えたのだ。

もっともその方が、うまくゆけば時間が稼げる。ゆっくりした動作であった。服を脱いで、浴室の中へ入って行った。

ここには裸ん坊ばかりで、それぞれの特長は消えている。

時間が、丁度つとめ人の帰宅時間に一致するので、わりと銭湯はこみあっていた。備えつけの桶に余裕がなかった。

一人は浴槽に首までつかり、もう一人は縁に腰をおろした二人の男、大森哲と村井貞夫の二人が話しあっていた。

「T町の方の映画館に、文映座というんだが、さっきギャング事件があったってねえ」

と大森が云った。

「へへえ、またかい」

と村井が云った。

「それもこないだ奴のは、夜くらくなってからの事件なのに、今日のは真昼間《まっぴるま》だってからねえ。世の中が物騒になってゆくのは困ったものだ」

「何人組のギャングだ」

「三人組だというんだがねえ。三人組の一人が、まんまと売上金を盗んで行ったそうだ」

「何時頃だい」

「三時半頃だというんだがね。たった今交番できいたんだ。しった巡査にさ。ギャングは逃げ出して、こっちの方へきているというが」

「ここにかい」

「こっちの方へ追跡されてきて、R町の××電鉄の駅ね、あの辺で、車からとび降りた。追跡の巡査も漸く追いついて、車からとび出したが、見失ったらしい」

「まてよ」

と相手が云った。

「そう云えば、さっき会社から帰りがけに、R駅の辺で、警官隊をみたが、それだったんだな」

「そうだよ、武装していたかい」

「武装？」

「ハジキをもってるんだそうだ。今日びのギャングだから」

「誰か殺されでもしたのかい」

「そういうこともきかないが、何しろ今の世の中は物騒だ。たった百円二百円を盗むのに人一人位殺すのは何とも思ってないから」

「本当にな」

「もっとも今日のギャングはどこか間のぬけた所がある。どこかシロオトくさい。常習じゃないだろうってことだった」

「だってハジキもってんだろ」

「そうだが」

「シロオトがどうしてピストルを手に入れるのだろ」

「それはしらないが、ピストル位存外広くゆき渡ってるそうだね、そんなルートがあるんだろう」

「射ちあいでもはじまるだろうか、このへんで」

「おどかすなよ、おい」

といって大森は、誇張した身ぶりで、恐怖の表情をした。

……さっき浴槽でギャングの噂をしていた二人の内一

人、村井が突然、

「おや、俺の服がないぞ」

と叫んだ。

「何、服が！」

「ここにおいといたんだが……ハテナ」

といって騒ぎ出した。

浴場主の鈴木松雄も捜査に加わって、

「困りましたな。服がなくなるなんて、ないことだが……金や貴重品はなくなっても」

「誰かまちがえて、着て行ったのかな。ソソッカシイ奴だ」

「下駄を上等のに穿《は》きかえる伝でかい」

「しかし可笑しいぜ。どうせフロに入るつもりだから、ボロを着てきたんだ。わざわざボロに着かえて行く奴もないもんだ」

「ハテナ」

とその時浴場主が、一つの脱衣籠《だついかご》の前に立止ると、

「あれは何です。ピストルのようだが」

しかしそれは、とり上げてみると、玩具のピストルであった。その脱衣籠の中から、とび出したらしいと分った。籠の中にあった、大の大人の洋服のポケットから。

洋服——それは赤沢正七の洋服だった。

背広とカバン

夜——

N区のS町で、交番へ届けものがあり、あわせて奇怪な申し立てがあった。届けものというのは、一着の背広の上衣《うわぎ》であり、申し立ての主は、葉山台助妻はな子と名のる、一人の若い主婦で、申し立ての内容というのは、

「はい、昼間加藤家具店へ注文に行って、夜届けにきた洋服ダンスの中に、この上衣がありましたんで……可笑しいのは、真新しい洋服ダンスの中が、靴でふみこんだみたいなあとがついていまして……」

「靴のあとが！」

「はい。そういえば、洋服ダンスを届けてきました時、あけようといたしますと、カギがかかっているとみえて、あきません。それでカギをもってきて、あけようとしますと、今度はすぐあきまして、どうやらカギは、はじめからかかっていなかったことに気がつきました。中に誰か入っていたのかもしれません。そうとしか思われませ

ん」

と葉山はな子夫人は云った。

民主湯から鈴木松雄が、これも背広を届けてきた。キモノをとりかえられた村井貞夫は、幸い自宅が近かったので、浴場主が一と走りして、うちから別のキモノをもってきてもらって、彼はかえって行った。

「どうも可笑しいんですがね」

と浴場主がいった。

「ことにそのピストルが……きけば今日、ギャングがこちらへ逃げこんだそうですが、ひょっとすると、この事件に関係があるんじゃないかと思いまして」

「洋服はあずかっておこう」

と巡査が云った。


おそくなって、C県のN署の方へも、一つの届け出があった。

C県N市。東京の××ビール会社からでは、バスで三時間半を要する距離の町であった。

立派な皮革の折りカバンであった。バスのあみ棚の上にあげてあったという。そういえば途中で一人車を降りて帰ってこなかった人があった。

いつまでもまてないので、知人の所へでも行ったことと、そのままにして来てしまったが、その男の忘れものらしい。

カバンの中に、もち主の名前をしめす手がかりになりそうなものは、何一つ入っていず、各乗客の名前は登録されていず、主催者のビヤホールの店主側に、何ら心当りはなかった。

しかし中味が中味なので、早速届け出た、バラで百円、五十円、十円の硬貨がザクザク入っていた。

小銭ばかり、数えれば、すっかりで二万円ではきかなかった。

盲目夫婦の死

「私の目の前に、一箇の女の死骸がある。人間の死というものが、こんなにみじめな、いんさんなものであるとは知らなかった」

と、冒頭によめた。

　私はもう、手記から眼をはなすことができず、よみ難い文字と文章を我まんしながら、よみ進んで行った。

　よみ難いのは、手記が点字でかかれてあったからである。一体私共のような目明きが点字をよむのに、元より目でよむ。白紙へ、細かい点がうち出してあるのを、よむという仕事は、目がちらちらするのは元より、頭が痛くなり、疲労することおびただしい。

　私がどうして点字の手記などよむようなことになったかを簡単に記そう。

　昭和二十年五月東京で戦災にあい、それからの六年間を、北国のＹ県でくらした。転々し、ついに温泉のある、Ｔ町に住むことになり、住居は、町の東にある愛宕《あたご》山という小さな山の中腹にある、ある人の別荘を貸してもらった。

　町にハナカミ先生という人がいた。

　最初ハナカミとは、花上とか花神とかかくのかと思った。そうでなく、ハナカミは鼻紙で、彼がそういう綽名《あだな》をもらうようになったについては、一つの逸話が伝えられていた。

　若い頃絵の勉強をするつもりでアメリカへ渡り、皿洗いなどやって苦学した。ものにならず、帰ってきて、生れた家のあるＴ町に住みついた。

　彼がアメリカから帰った当座、いつも鼻紙を用意して、ハナを垂らしている子供ごとに、アメリカにはハナを垂らしている子供はいないよといって、ハナをかんでやった。鼻紙先生という名の由来である。

　終生妻をもたず、天涯孤独、またアメリカにいたといえば、戦後は、通訳でもやればよさそうなものを、それもせずに貧乏暮しに我慢している。いつも愛宕山へ入りこんで、ツツジや桜や松の木の手入れを、誰に頼まれたわけでもないのにやっている。本来、町役場の仕事だろうが、予算もないのであろう、町でも結構重宝がって、時々いくらかの米をくれるだけだ。百姓達のために、手紙の代筆をやってやったりもする。鼻紙先生というのは、そういう奇特な彼への町民達の尊称でもあった。

私は鼻紙先生を通して、愛宕山に住む、夫婦とも盲人の坂本義男という人としりあいになった。

一体T町の辺は雪が深く、年二、三回の雪おろしはしなければならない。ある年の大雪に、町に住んでいた、坂本さんの小屋がつぶされた。彼らは本家の人達から虐待され、地所の一隅に漸く膝を入れるだけの掘立小屋を建ててもらって住んでいたのを、それを壊されて途方にくれていた。

鼻紙先生が、愛宕山の、私の借りた別荘から遠くない所に、崖と崖の間の風当りの少ない所に掘立小屋をつくり、夫婦を住まわせた。

山のうしろ手にあるT温泉が、夫婦の稼ぎ場であった。あんまをやってくらしている。

彼らのくらし方は私には驚きであった、目もみえないのに、山越しで温泉へ行く。奥さんも全盲だが、食事ごしらえも手探りでする。火をつかってまちがいも起さず、結構不便はないらしかった。

夫婦について必要なだけをかいておこう。

彼らが、いつどのようにして夫婦になったかについて、私は鼻紙先生からこうきいた。

「坂本さんのあんまの先生の世話で、一しょになったんだそうですがね。それについて実は先生は、坂本さんはどうせ見えないんだから、ああいう奥さんでも我慢できるんじゃないかって。そう云っちゃナンですが、奥さんのあの顔では……子供の時煮え湯をかぶって、それで目もみえなくなり、ああいう無残な顔になったんだそうで」

なるほどと私も納得のゆくような気がしたものであった。奥さんの顔が煮え湯をかぶってヤケドをしたという、二た目とみられない醜さであったのだ。こわいくらいなのである。顔一面に蚯蚓《みみず》ばれのあとがある。

何ともいえないほど、お気の毒な顔であった。目明きなら、到底同棲にたえられないのではないかと思われた。

坂本さんは幸いめくらであった。恐らく彼は、細君の醜さを想像できまい。なるほど彼の先生は、細君が煮え湯をかぶって醜くなった女だと話したかもしれない。めくらの幸せには、実際にそれがどのように醜いかをしらないにちがいなかった。

私は坂本さん夫婦と懇意になり、近い所なので、日曜など山を散歩しがてら立ちよると、昼間は大概彼らは小屋にいる。めくらというものがどんな暮しをしているかを、具《つぶ》さに知った。

ある日奥さんが、良人《おっと》の着物のつくろいをしているところへ行きあわした。

針のメドに、上手に糸を通して、巧みに運針してゆくのに、一驚する一方、ふと気がついてみると、奥さんの目が、当の着物でなく、あらぬ天井の一角を凝視（?）している。驚いたが、よく考えてみると、それでよいわけであると気がついた。

山に水が少なく、近くでわいている泉の水を利用していた。秋になって、水に枯葉がういている、どうかして毛虫がういていても、彼らは平気であった。

鼻紙先生が乏しい御自分の食料の中から、煮物ののこりなど、もって行ってやっている。私も疎開者の不自由の中から、食料を供したりした。

存外快活であった。目つきこそ、めくらでは陰気だが、稼ぎもどうやら生活には足り、愚痴などは云わなかった。

勿論私はその頃は、点字がどんなものであるかさえ知らなかった。

その私が、昭和二十五年、六年ぶりに東京へ帰ってきて、偶然あるめくらの施設へ勤めることになり、点字もおぼえた。人間の運命とは分らぬものという外はない。

昭和三十×年、ふとした機会から数年ぶりでY県へ旅行し、T町を訪ずれ、鼻紙先生とあった時、私は先生に、坂本さんのことを真っ先にきいた。

「死にました。可哀そうに二人とも死んでしまいました」

と、彼が云った。

「死にましたか、どうしてまた二人とも……病気か何かで?」

「ちがうんです。まちがいから死んだらしいんです。それも、どうやらその責任は私にあるんで」

「あなたに?」

「こうなんです。あれは、そう、今年になってからでした。山もあなたがおられなくなってから、寂しくなりましてね。あの別荘もあれきりで、しめきりになり、ことに秋から翌年の春にかけて、たまに山へのぼる人もないわけではないが、坂本さんの小屋の方へゆくものは誰もない。私が行ってやればよかったんですが、つい行かずにいるうちに、町のものがへんなことを云い出したんですね。坂本さんの小屋のある辺に、いつも烏の声が喧しくする。何かかわったことがあったんじゃないかって。ほら、よく死人に烏がたかるといいましょう。もしやと思って行ってみたら、小屋の中から烏がとび出した。入ってみると、二人とも死んでいて、烏が腐肉をほじって……見るも無残な有様なんですね。可哀そうなことをしました」

「そうですか。それはまた」

「いつ死んだのだか、はっきり分らないんですね。ただ毒キノコか何かに当ったらしいということだけ、死体の解剖と、あたりの様子とから分ったんです。とすると、もうよほどたってるんじゃないか、山にキノコがとれるのは大体十月から十一月頃ですから」

「だってめくらによくキノコが?」

「それです。じつは、坂本さんは、目がみえるようになっていたんです」

「みえるようになった?」

「ええ。で、その坂本さんに、山のキノコをとることを教えたのは私なんです」

「ああ、それだから先刻先生が自分の責任だって」

「そうなんです。無論私としては、彼らに毒キノコの見分け方は教えたわけなんですが」

「坂本さんが目がみえるようになりましたって」

と、私が云った。

「奇蹟とでもいえばいいんでしょうかね。昨年の春でした。山で転んで、木へぶつかった拍子に、急に目がみえるようになった。頭のどこかを打ったというんですね」

「そういう例ならあるらしいですよ。浄瑠璃の壺坂の沢市もそうじゃなかったかな」

「とにかく目が見えるようになった。これが却ってわるかった。なまじ見えなければキノコもたべまい、中毒もすまいというわけです……そうそう」

と、そこまで云ってから、

「じつはそれで、妙なものが、死にあとに発見されたんですがね。点字でかいた、文章らしいんです。あなたは点字がおよめになるんでしょう」

「ええ、まあ」

「今夜もって参りましょう。何かいろいろ疑問の多い死に方の謎が分るかもしれません」

そう鼻紙先生はいった。

この夜約束の通り、彼が一綴りの点字紙を手に、私の宿舎——T温泉の××屋へあらわれた。こうして私が、一つの手記をよむ破目になった。

以下がその全文であるが、多少私が文章を直したところもある。盲人は言葉数をしらない。適当に補訂を加えておいた。


私の眼の前に一箇の女の死骸が横たわっている。人間の死というものが、こんなにみじめな、いんさんなものであるとはしらなかった。

生れて四十年にして、はじめて人間の死というものが、どんなものか知った。

なるほど私はこれまでにも、何度か人間の死に出あった。肉親の死に目にもあい、何度か葬式にもつらなった。しかし、めくらであった私にとって、死とは、生きているもの同志の、離別とかわったところはなかった。

私は十五才の時に母親を失った。可哀そうな母親！どんなにか生まれた五人の子供たちのうち、末っ子の私一人がめくらに生れついたことを、不愍《ふびん》にも、かなしくも思ったことであろう。

彼女が死ぬ時、私に云った言葉が耳にのこっている。

「母さんは義男のことだけが気がかりだ。兄さんたちの足手まといになって、虐待されてつらい一生を送らねばいいが」

私はふり返って、べつにつらい一生であったとばかりは思わないけれど、兄さんたちに虐待されたということは、卒直にいってあった。ずい分世話になった恩を思わぬではないが、母の心配はかなりの程度もっともであった。

しかし云いかけた死ということを、まず述べておこう。

十五才の少年であった私、めくらであった私に、母の死がどんな風に思われたか、ただ今まで身近にいて、さわることのできた一人の女が遠くに行ってさわれなくなったというだけにすぎなかった。死に顔をしらず、誰も死体にさわらしてくれないので、暖かだった母親が冷たくなったことも、しることはできなかった。私の家は農家であったが母が昼間野良《のら》の方へ仕事に出てゆく、そのことと、死出の旅路に上ったこととの間に、まるで何のちがいもなかった。

母親の棺を前にして泣いた。前にしてといえたかどうか、とにかく香の匂いがするので棺の位置だけは分った。しかし私が泣いたのは、まわりのみんなが泣いているからで、今は私にも分る、死に顔をみて、かなしみにうたれて泣いたわけではなかった。

こんなことをかいていると、いつか山田先生のいわれた言葉を思い出してくる。山田先生はY市の盲学校の先生で、長くめくらを教えている方だ。

「一体」

と、いつであったか、私や鼻紙先生など数人いる前でいわれたことがあった。

「俺の考えでは、生れつき目のみえない人というものは、出家をしない前のオシャカ様と同じなんじゃないかと思うんですがね。オシャカ様は、いくつとかになるまで、皇太子として御殿の奥深くで、人間の四つの苦しみ、つまり生れること、年をとること、病気をすること、死ぬことという、生、老、病、死の四つの苦しみをまるでしらないで育った。いくつとかになって、はじめて御殿を出て、その四つの苦しみをみ、到頭出家し、修業をし、悟りを開いて仏教というものが生れたというんですね。先天盲というものは、さながらその、出家をする前のオシャカ様と同じで、見ようによっては大へん幸福な心境じゃないかと思うんですがね」

そういうのが、その時の山田先生のお言葉であったのだが、その時は私は、正直なところ先生のお話自身が、よく分るとは云いかねる気がしたことであった。今にして私は、先生のお話が、すっかり理解できるような気がするのである。

全くものがみえないということは、それは不幸にはちがいない。しかし存外山田先生のその時云われた意味では幸福でないこともない。

今でもよく覚えているが、私は十才位の頃、ある時次のように云って、母を泣かせ、同時に居あわせた兄たちを笑わせたことがあった。

「母ちゃん、見えるってどんなこと?」

と。

見えるってどんなこと? 私がそれを、四十才にしてはじめて知った、その事情を簡単に述べてみよう。

私は勿論、もう五年も住みなれた、愛宕山について、どこに崖がある、どこに石段がある、ということを、知りぬいているつもりであった。どこに桜の木が何本ある、どこにツツジが何本あるということさえ、大体知っているつもりであった。うっかり木にぶつかって怪我をしたという記憶もない。カンはいい方だ。その点家内の方は、木や電柱にぶつかって怪我をしたことも、二度や三度ではきかなかったが。

やたらに踏みこみさえしなければ、危険のある山ではないらしい。ただ愛宕山をのぼりつめて、T温泉へ下ってゆく途中に、愛宕沼というのがあって、深い沼だそうで、迷いこんで落ちたりしないようにと鼻紙先生は随分耳にタコができるほど注意されたものだが、丁度またその道が、桜並木の道になっていて、木の根っこなどがのさばっている。ごろごろ歩きにくいところを、ふみ外さずに行きさえすれば沼へおちこむ危険などはない。よそより一層足と耳に注意を払った、めくらが道を歩くのは、足と耳にたよるのだから。

そういう危険のない山であった。ところがその日、生憎《あいにく》私のカンを狂わせる事態が起きていた。

山に珍しく人夫が入っていた。時も丁度四月、山の桜の満開は、毎年五月はじめであるので、花見客を誘致するために、役場でめずらしく人夫を入れたのであったらしい。通りなれた道を掘りくずしてあった。これがめくらには一番困るのだ。先にも云った、盲人は足のカンに頼って歩くのだ。そのため道に迷ってしまった。

その辺にいる人夫にきけばよかったであろうが、果して丁度誰かいたかどうか、鍬やツルハシの音がしなかった。もっとも音がきこえても私は多分声なんかかけなかったろう。勝手知った道である上に、私共盲人には、どうも一種片意地なところがある。こんなことで目明きをわずらわしてはという遠慮と、片意地な負けじ魂と。

そんなことで、到頭道をふみはずし、崖をころげ落ちた。そして私は意識を失った。

気がついた時私は、何やら薬品の匂いを感じた。と、その次の瞬間私は生れてはじめての経験——人の顔をみるという経験をもった。私は倒れ、からだ中すりむき、傷をおびて倒れているところを、通りがかりの人に助けられ、町の病院へかつぎこまれたのであったことを、あとで知った。

私はものを見た。はじめて見た。しかし私は、自分が見ているのであることが永らく分らなかった。見たという経験もないものに分ろうはずもない。

「おやおや」

と、私の顔の上にあった一つの顔が云った。

「あなた、私の顔が分るんじゃないのかい」

云われてはっとした。声で私は、それがあの親切な鼻紙先生であることを知り、鼻紙先生というのは、頭の禿げたおじいさんであることを、はじめて認知した。


私はものが見えるようになって、世界がまるっきりちがった姿で感じられ、考えられるようになった。

最初自分の目に信用がおけず、ものは一ぺんさわってみてからでなければ、そのものだという確信をもつことができなかった。わざわざ目をつぶって、さわってみて、もとの世界を思い起してみたものだ。しかしこれはじき慣れてしまった。目測ということが最初なかなかできなかった。道を歩いていて、却って危険が多かったくらいだ。はじめからの目明きは、ものを見るというようなハタラキは、別に練習なんか必要とせず、自ら備わった力と思っているであろう。これはどうやらちがうので、目明きだって、生れて目があいて、ものを見るということは、やはり練習して、覚えるのだろう。

かわったという中でも、たべものの味などすごくかわった。どんなものでも、見えてたべるのと、みえないでたべるのと、何というちがいのあることであろう。丁度私の開眼は、この地方の桜桃の出る時節にさしかかっていたが、私は桜桃なんか、大してうまいものとも思わなかったのに、今目でみながらたべてみると、まるでちがった味なのだ。みずみずしく、美しく、うまい。すべて、たべものの味が、がらりとかわった。

反対に、前はうまくたべられたのに、さっぱりまずく、食慾の起らなくなったものに、奇妙なようだが、なま卵があった。私は生卵が好きであった。暖かい御飯にかけてたべるのをおいしいと思っていた。見えるようになって、それがドロドロした、痰のようなものであることを知り、気味がわるく、のどを通らなくなってしまった。

ちがったもので、私が最初、ぞっと総毛立つほど厭な気もちになったものに、温泉のお湯があった。商売柄、私は温泉で仕事を終えると宿の湯をもらって帰ってくることが多かった。めくらであった時は、何とも思わなかったのに、温泉は、湯垢というものだそうであるが、大きな、ヌラヌラした固まりをためる。私はそのヌラヌラを、前は何の事とも思わなかったのに、今みると、それはモジャモジャした女の髪の毛が、湯に沈んでもいるようにみえ、ひどく気味がわるく、ずい分長い間湯垢になれることができなかった。

私は今、目があいてから、生卵が気味がわるくてたべられなくなったと書いた。湯垢のヌラヌラが、手足にまつわりつくのが見えて、気味わるく、ぞっと総毛立つほどであったとかいた。わけて一ばん気味わるく、何ともたまらない気持のしたものに、云いにくいが思いきって云うと、家内の顔があった。

私はそれをいってはすまないと思う。考えてはすまないと思う。しかし私は思いきって云ってしまう。私はついに、家内が死んでしまってくれたらと思ったほど、それは我慢のならぬものに、段々なって行った。

全くは、そんなことを思うことは、師匠の小川先生に対してもすまぬことであった。私は小川先生によって、人にしてもらった。私のようなめくらが、とにかく結婚できたというのは、何といっても容易にのぞめない幸運を与えられたことである。

前に私は母親が死ぬ時、さぞ私が、兄たちに虐待されて苦労するだろうと苦にやみながら死んだことをかいた。これは不幸にも本当となった。彼女が死ぬや否や、兄たちの態度ががらりとかわった。

誰も私の食事のことをみてくれるものがなくなった。貧乏百姓の上に、兄弟たちも多いことで（十人であった）豊かな家計でなかった。一日中食事を与えられずにいることがある。私の前に丼めしをおいてくれる。「お上がり」というから、たべようとすると、突然横合いからせっかくの食事を横どりするものがある。うちの猫か犬なのだ。兄たちのいたずらであった。私は犬をおう。猫をおう。すると兄たちは、犬や猫の方に応援し、やんやとはやし立てる。ずい分ひどい目にあわされた。

私は兄たちを憎んだ。復讐してやりたいと思った。しかし何ができよう。何かのことでよく兄たちにぶたれた。彼らの方は、私をぶって百発百中であるのに、私の方はちょっとした手出しさえできぬ。私という目のみえない穀《ごく》つぶしが食事をする権利は、全くのところなかったかもしれぬ。

虐待され、食うものもろくに与えられず、一日中生きているのか死んでいるのか分らぬ何年かがたった。その時私へ、一つの救いの手がさしのべられた。

御自身もめくらである小川先生が、引きとって下さったのである。

先生は中途で失明された方で、T町であんまを開業していられた。惨めな私に同情されたのであろう。ある日兄たちの留守にみえて、うちへ来ないか、あんまを教えてやる、自活しろと云われた。二つ返事で、先生の御好意にすがることにし、兄たちへも話して下さって、私はやっと救われることができた。

若い私はあんまの技術をおぼえ、当時は今日とちがって、あんまになるのに面倒な検定試験もいらず、じきに自分でも温泉へ出かけて行って、稼げるようになった。カンのいい方であったから、道もじきにおぼえ、全く目明きとちがわずに働けた。ただの一度も数の多い宿屋の部屋をまちがえることとさえもなかった。稼ぎの幾分ずつを貯蓄もでき、生活がひとりで立って行った。

そういうある日、小川先生が私をよばれ（私の二十五才の時であった）

「どうだね。ひとつ嫁をもらって、身を固めては」

と云われた。

思いもよらぬおすすめであった。めくらといっても私も年で、女に関心がなかったわけではない。しかし結婚などしようとも思わず、できようとは尚更思わなかった。

温泉で女のお客の足腰をもむ。軟かな肌に、豊満な乳房に手がふれる。無論男として刺激をかんじる。ぷうんと鼻にくる女の匂い――かいだだけで、からだ中がもえてくるようだ。

夜は夜で、淫らな夢をみたりする。

豪儀なものだ。女を見たことがなくても、性のヒミツはちゃんと知っている。私は夢に女を抱き、胸に腹に足に接吻したりしている。

何はともあれ、成熟した一人前の男であった。しかも私は、それにも拘らずいつの間にか、女は私には高嶺《たかね》の花だとあきらめるような気もちをもってしまっていた。めくらなのだ。一人前でないのだ。一人前の女が、私を相手になどするもんか、そう思っていた。

そこへ小川先生が、急に結婚ばなしをもち出されたのであった。

「ただその娘だが」

と、先生がつづけて、

「子供の時煮え湯をかぶって、顔はすごい形相になっている。全盲なんだが、目がみえなくなったのも、その煮え湯をかぶったのが原因なんだ。二つの時のことだそうだ。それまではみえたんだが、人間二つぐらいじゃ、みえたといっても記憶なんかないから、生れつきのめくらと同じだ。顔はすごいが、気立てはやさしい子だ。どうだね」

　さあ分らない。形相がすごいと云われても、私には何のことかさっぱり分らない。

「君も全盲だ。向うも全盲だ。いいと思うんだがね。年は十八だそうだ」

　本当は、その女がすごい形相だといわれる小川先生御自身、やはり全盲で、女の顔を御らんになったわけではない。全盲の口ききで全盲同志が結びついた。目明きからみれば、立派に喜劇であった。私たちの場合にかぎらない。めくらの結婚なんてへんなものだ。何のことはない、一人のオスと一人のメスがむすびつくだけだ。そこにはただ性の行為があるだけだ。

　勿論そういったらいいすぎだ。何も人間同志、双方めくらでも、愛情ということも男女の間にはある。私の妻要子は、うってつけの世話女房であった。どれだけ彼女の恩を多とするかしれない。しかしそれは、私がめくらであったからだ。ああ私は、目がひらいて、夫婦の関係では俄かに不幸になった。

（私が女をみたことがなくて、ちゃんと性のヒミツをしっていたと同じで、妻の方もまた、当然ながらやっぱりそれを知っていた。目で知らず、からだで知っていた。ちゃんとある瞬間にはもえ上がる女体というものを、私は私でまた、からだで感じとった）

　ああ、そして今、私の目の前に、一箇の死骸——私の妻要子の死骸がある。そして私は人間の死というものが、こんなにみじめなものであるとは知らなかった。

　ハナカミ先生（と、突然ここで文章が、ちがった調子でそう呼びかけていた）
　先生、おゆるし下さい。私はとんだアヤマチをしでかしてしまいました。
　ハナカミ先生、これまで先生からうけた御恩は、はかりしれぬものがあったと思います。さきには小川先生、後にはハナカミ先生と、私は二人の先生のおかげで、今日まで生きてきました。
　私は小川先生のおかげで、どうやら生活も立ち、妻の要子もかせげるので、二人には十分なくらしが出来ました。（もっとも妻の方が、あんまのお客さんがどういうものか永つづきしません。そのわけが私には分らなかったが、今思うと、やはり妻の顔が、見ていて愉快でないからであったんじゃないかと思います）住居もやがて小川先生のお口添えで、本家の一隅に、小屋を建てて住むことになり、月々いくらかの金をいれて、要子と二人でくらしていました。しかしそのうちあの大雪の年がきました。

例年にない大雪。私はめくらとは云ってもカンのいい方で、年何回かの雪おろしも出来て、大過なかったのが、その年は予想外の大雪で到頭小屋をつぶされてしまいました。

それが生憎不景気で、少しみいりがわるくなって、地代を本家へ入れるのも滞りがちで、よい顔をされなくなっていた時でしたので、小屋のつぶれたのを幸い、本家では出て行けがしでした。幸いハナカミ先生が山へ小屋を建てて下され、住居の問題は解決しました。最低の生活に慣れ、めくらである幸せには上をのぞむということはありません。公有地である愛宕山公園の一部をつかわしてもらうについても、ハナカミ先生が、役場へ折衝もして下さったことでしょう。そしてそこへ、私の運命の激変——即ち私の開眼がやってきました。

ああ私は、めくらであった頃にくらべて、欲が多くなった。深くなった。もっとも欲が深くなった、多くなったといっても、何も私の場合、人間一人前になったというだけにすぎないのではあるが。

私はこの世の中には、美しい女たちも、男たちもあるのを知りました。お客さんの中にもそれがあります。たとえこの近所の百姓のおかみさんや娘たちが、農閑期の保養にやってくるのでも、私の妻ほど醜いのは一人もいません。

何という女、何という醜い、こわい女と、私は一生をくらさなければならないことかと思いました。

しかし私は、こんな妻はいなければと思うようなことがあっても、いや、そんな考えはまちがっている、恩をうけた妻だ。そんな考えはあまりに身勝手だと思い直した。

お断りしておきますが、ハナカミ先生、私は別にほかに気に入った女ができたとか何とかいうことではありません。私は、自分でいうのもナンですが、その後だんだん気がついたのは外の男にくらべて、私は決して醜い男ではない。色男というのではなかろうが、一応は女にきらわれるというのでもない。それは私がめくらであった頃でも、宿屋の女中などが、私を男としてよくふざけたり、からかったりしたくらいで、多分うぬぼれではない。私が醜い男だったら、女中がふざけるということさえなかったかもしれません。

今、めあきになってみて、私次第では女関係などもできたにちがいない。しかし私は、一面臆病でした。たとえ心では美しい女を求めても、私には手が出ない。その点私には、子供時代、兄たちやその他から、いじめぬかれた記憶が、私をして手を出させなかった。つまり山田先生がいつか云われた言葉に、劣等感というのがあったが、その劣等感が私のブレーキになっていた。

ですから鼻紙先生、私は決して、ほかに思い女ができたから要子がきらいになったというのではありません。その点はどうか私の言葉をお信じねがいます。

丁度そういう時、先生が、私に山のキノコをとることを教えて下さいました。

勿論私、キノコの味はしっていました。しかしそれがどんなものかよくしらなかった。ハツタケ、シメジ、ウラジロ——キノコというものが山のどんな所にはえるものか、色々たべられるキノコのことを、先生は教えて下さいましたが、わけて、それらと、たべられない毒キノコの見分け方——これを先生は、手をとるようにして教えて下さいました。

毒のあるキノコは大概色がハデである、毒々しかったりする——こんなことでした。私は身近に、小屋のまわりにさえちょっと足をふみ出しさえすれば手に入る、うまいものがあるというので、ことに私の商売は夜の商売で、昼はヒマですから、キノコをとってくる機会は多かった。

そして私は……

今私の目の前に、一個の死骸が横たわっている。そうして私は、人間の死相というものが、こんなにもみじめなものである、とはじめて知った。

プツンと手記が、そこで切れていた。

「どうしたんです。それでおしまいですか」

と鼻紙先生がいった。

「どうしたんだか、ぷっつり切れています」

「ハテナ」

と、鼻紙先生はいって、深く考えにしずんでいる様子にみえた。

よみにくい点字を、一生懸命よんでいたので気づかなかったが、温泉の湯の匂いがする。ここのお湯は、硫黄分などのないもので、つよい匂いというのではないが、それでも温泉というものは、何かしら匂いのあるもののようである。

浴場の方で水音がし、（手記にあった湯垢のことを思い出した）一方、どこか筋向うの温泉宿では、芸者でも入っているのか、三味線の音がした。（これも手記にあった、めくらには女は高嶺の花云々の言葉など思い出した）

「どう思いますね、あなたは」と、やがて鼻紙先生が云った。

「どうもこれでみると、坂本は奥さんを殺したような、そうでもないような」

「キッパリ殺人事件だと申し上げたいと思いますね」

と、私が云った。

「恐らく坂本さんは、告白をかくつもりでとりかかった。そのことはかかれただけの文章からでもうかがえるんですが、やっぱり、何というか、かき通す勇気がなかった」

「でしょうか。殺したんじゃなく、あやまって毒キノコをたべたんじゃないんですか」

「過失だというんですね。何ともキメテはないが、そうではなさそうですね」

「だって坂本が奥さんを殺すなんて」

「僕もそう考えたいが、分らないことですよ」

「謎ってわけですか」

「そうしといた方が、いいんじゃないかしら。それに、殺人事件と考えられる一つの理由は、じゃあ何故、坂本さんは同時に死ななかったか、過失なら同時に死にそうなものじゃありませんか。もっとも奥さんはめくらだから何もしらないでたべたが、坂本さんは目がみえたから、毒と気がついて、たべるのを止めたというんでしょうか」

「同時に死んだんじゃない、それだけは確からしいですね」

「奥さんの死骸と一しょに、何日かくらしたのかな。ちょっとグロだな」と、私が云った。

「それにしても何故坂本は死んだのか」

「そこに至って結局分らないという外はありません。生きちゃいられなかったかもしれませんね。奥さんが死んだ。かりに過失としたって過失で死んだか、坂本が殺したかを判定する証拠は、ないといえばない。これはきっと殺人の疑いがかけられると、こわくなってきた。一方それこそ坂本は、手記のおしまいの方にもあるような劣等感で苦しみぬいた。逃げることを考えそうなものだが、劣等感が強すぎた。この先、生きてゆくのに、途中開眼の男では、土方だってできないでしょう。あんま以外手に職もない。無論あんまだって食えるが、今更厭だった。結局自分も、毒キノコと知ってたべた」

「キノコを自分もたべたんでしょうかね」

と、鼻紙先生がいった。

「多分そうらしいが、はっきりしたことは、それこそ烏にきかなければね」と、私が云った。

蛇

二人は殆んど三十年ぶりで出くわしたのであった。場所は上野の動物園。一人は小学生の甥と、その母、つまり自分の妹と、もう一人は、これも小学生の自分の子供と、その母である自分の妻とを連れて。

晴れた日曜の午後であった。つまり二人は、一人はよきパパ、もう一人は、よき伯父の役まわりで、子供をつれて出かけてきた。但しその、出あった場所というのは、動物園の中でも、風変りな場所であった。爬虫館の中であった。象の檻とか、ライオンの檻とかいうのでない、よりによって、爬虫館とは！　もっとも園内を一巡すれば、そういう所がある訳であり、勿論単なる偶然にすぎなくはあった。

爬虫館！　どちらかというと、子供たちや母親たちは、入ってみるのを、あまり好ましく思わないところだった。何しろ気味のわるい蛇や、蜥蜴《とかげ》や、鰐《わに》がいる檻だ。人が大概、ほかの檻よりは、長く立ち止まらずに通りすぎてしまうので、割合いすいている館だ。もっともそれだからまた二人が、おたがいをじき認知できたわけでもあった。二人の婦人たちは、檻からははなれるように、それでも目だけは、ちらっと横目をくれながら行く。

「松村君じゃないか」

と甥をつれている方がいった。相手はこちらを見て、瞬間とまどった顔であったが、じきそれと分ったとみえて、

「何だ。小川君か」

こういうのが、三十年ぶりの二人の挨拶であった。

人生の行路は様々であって、人がそれぞれの路を歩き出すと、もうお互い、永久にあわないというような事も、ありうるわけであった。中学の同窓で、その頃は非常に親しく、学校の近くに櫟《くぬぎ》林があって、よく授業をエスケープしては、団栗《どんぐり》を拾いに行ったりしたものであった。それが、当時は五年制であった。その五年を終える

と、松村の方は、大学の商科へ進んで、一路実業界への路を辿った。今は松村商事会社というのをおこして、社長の身分で盛大にやっている。小川とは全くあわなくなってしまった。

もっとも小川の消息はきいていた。中学時代、最初は写真にこり、よく新聞などのコンクールで、一等をえたりする腕前であったが、美術の天分があり、そのくせ、当時の松村には分らなかった、官学の風潮を嫌ってか、美術学校に入ったりはしなかった。どこかの画塾で、裸女をかいたりしているというから、こいつ、うまくやってやがるなと、当時の若い松村は、羨ましく思ったりしたものだ。その後風の便りに、フランスへ絵の勉強に行ったときいていたが、やがて知ったのは、いつのまにか、小川が、画壇の中堅になっていたことだった。全然交渉のない世界であったけれど、それでも、どこかの展覧会で、それも滅多に見ないが、たまに小川の絵をみると、なつかしく、また新聞にたまに名前が出たり、挿絵などが出たりすると、あってみたくもあった。しかしかけ違って、あえずにしまっていた。

「すっかりロマンスグレーになったじゃないか」

と松村が、傍の檻の中でトグロをまいている錦蛇を見ながらいった。

「そうだろうさ。君のあたまがうすくなったようにな」

とこれも隣りの檻の中でニョロニョロうごめいている蝮《まむし》をみながら小川がいった。

「僕だということがよく分ったね。三十年ぶり――だと思うが、ずいぶんあわないのに」

「君の」

と額のあたりをさして、

「その額の格好が昔通りなんだ。本ものである証拠だ」

「なるほど。額の格好で判断するとはさすがに画家だね」

と松村が笑った。

「それにしては変な所であったものだ。蛇の中でとは」

「大きにね」

「どいつもこいつもゾッとしない連中だな」

とまたあたりを見て、

「もっともガラガラ蛇だのコブラなんてのはいないようだが。子供にせがまれて、いつか見た〈沙漠は生きている〉という映画にはワンサと出てきたが」

「そういえば子供さんと……あれは奥さんだね」

といって辺りを見渡したが、二人ともいない。そういえば小川自身の妹と甥もいなかった。

「気味がわるいので逃げ出されたかな」

「先へ行ったんだろう」

と松村がいった。

「どちらにしても人に好かれる連中じゃないな」

「ところが僕は蛇が可愛くてね」

と小川がいった。

「飼っていたこともあるが、蛇のあの目が、何ともいえない可愛いい所がある。トロンとして、眠いような、甘えるような目付をしている」

「おやおや、そうかね。エカキさんにはそうかね」

と松村はいったが、何となく皮肉らしい口吻であった。

小川がツカツカ歩き出したので、目で追ってみると、錦蛇の檻の前で、じいっと目をこらして見すえている。

「あの目が可愛いいって」とあとを追った。

「うん」

と小川がいった。

×

三十年ぶりであい、お互いあまりにもかけ離れた世界に生きている身分であったが、何となくはなれ難く、きいてみると二人とも、その日からだがあいていた。

有名な画家になってはいたが、小川は、金持に絵を買ってもらう立場であり、松村は松村で、そういう有名な画家を知っているということは、社交上も何かと便宜のはずであった。松村が、

「じゃ、一つよかったら、今夜は食事をつきあってくれ給え。女房と子供は帰すから」

「一しょにきたらいいじゃないか」

と小川がいった。

「女子と小人は養い難しだ。来ない方がいいよ。君は妹さんと甥御さんをつれてきたらいい」

「いや、僕も二人は帰してしまおう」

「どうして？　いいじゃないか」

「久しぶりだ。旧友だけで水入らずの昔話がしたい」

といったが、小川は、凡ての察しがつく気がした。こいつ、自分の二号か何かのいる家へつれて行こうというのではないかな、その二号が料理屋をやっている。

「芝の大門の近くに、ちょっとくわせる家があるんだ。なあに、車ですぐだ」

勿論松村は車をもってきていた。

二号——これも風の便りに、小川は松村が、成功した

実業家の常套で、大分御発展の噂はよくきいていた。そういうことはきこえてくるものだった。そういえば、自分がフランスに留学当時、パリで経験した様々のアバンチュールを何年ぶりかで思い出すのだ。シュザンヌという女の愛撫は狂熱的だった。良人《おっと》がアルジェかへ出張旅行中関係をもった、蟷螂《かまきり》のような感じの女は、何という名前だったか。元よりかりそめの情事で、良人がかえってくると共に、ばったりそれは終止符をうってしまったが。

料亭の二階はしずかな環境であった。東京タワーの灯と、増上寺の森が向うに黒々とみえる。広くはないが、小粋なかまえで、でてきたマダムのお艶さんというのも、小股のきれ上った純日本風の美人だった。

「じゃあ君は、ああいうのが女としてお気に入りのタイプなんだね」

とお艶さんが階下へおりて行った時に、顎をしゃくって小川がいった。

「うん、まあね」

と松村がニヤニヤ笑いながら曖昧にいった。

「さっきお会いした動物園の奥さんは――」

「ハハハハハ。お会いした動物園の奥さんか。動物園の奥さんはよかった」

「いや、動物園でお会いした奥さんという意味だが」

「分ってるさ。しかしあれは動物園の奥さんさ。とにかく家庭というものは動物園だ。お父さん虎がいて、お母さん虎がいて、子供虎がいる。虎でなくて豚ぐらいの所かもしれんが、君は、子供さんは?」

「いるよ。息子が一人。豚児がね」

「奥さんさぞ美人だろうね。どうして今日は……」

「あまり家を出たがらないんだ。もっとも僕みたいに、よく写生旅行で家をあけるものの女房はその方がいいが……。君の奥さんはやはり実業界の?」

「豚女房だよ。大学を出てすぐ入った会社の社長の娘なんだ。さっき御らんの通りだが、器量は問題じゃなかったから」

「御発展の噂をきいたことがあるよ。どんな女でも、たとえ乞食の女でも、どこかにピリッとした味があるとかって、不良仲間五人で賭けをしたことがあるとかないとかいって――何とかいうロシアの小説の人物みたいだが」

「フョードルだろう。その五人ての、S産業の社長とP製鋼の専務と、K製紙とM木材とだった。S産業が文学青年でね、ある時その小説のことをいい出して、その小説の一人の人物、フォードルというのが、丁度君が今いったような女性観をもってるが、君はどうだ。と僕にいうわけだ。同感だね。それはって僕がいう。じゃあってわけで、まさか乞食ではないが、ある安ジゴク……それこそ目もあてられぬ醜女《しこめ》だったが、どうだい、あいつを抱いてねる気がするかってわけだ。OKってわけで、僕も……血気って仕方のないもんだね。到頭……」

「抱いてねたのかい」

「いや……まあ……」

「しかし賭け金はとったんだろう」

「とったさ。もっとも何とか誤魔化す方法ならいくらもあった。そんな賭けだもの。ハハ」

と松村は愉快そうに笑った。

「しかし今日は妙な所であったものだね。思いきって。何しろ爬虫館とは」

としばらく話がとぎれた所でまた松付がいった。

「僕は爬虫館は面白い」

と小川がいった。

「蛇や鰐がかい」

「とにかく魅力があるね。外のライオンや豹よりは」

「そうかなあ。さっきも君はいったが、蛇の目が可愛いいって？　そんなの分らないな」

「分らんかしら」

「飼ったことがあるって本当かい」

「本当だよ。青大将だの、縞蛇だの。そういえば今思い出した。君と蛇料理をたべに行ったことがあった」

「そうだったな」

と松村も思い出して、

「蝮料理だった。蝮をくわせる家ができたというんで、僕は蛇なんかきらいだが、きらいなら尚更、こわいもの見たさで、君につれられて行ったっけな。あれは京橋のそばだった。それこそおっかなびっくりだった。最初二人とも、皿の上にトグロをまいたのが出てくることと思っていたのに、やがてあらわれたサラダの皿の片すみに、何か肉らしい塊りが、親指の半分ほどのが二たきれのっている。たべてしまって、今度こそトグロをまいた奴がでてくることと思ったのに、いつまでもでてこない。そのサラダの横についていた肉が蝮だったんだ」

「段々思い出したが、君はひどい蛇嫌いだったな。中学時代もよく団栗を拾いに行っては蛇の姿をみてにげ出した。そのくせよく蛇のことをいった。こわいもの見たさの心理だな」

大分酒のまわった松村の目の前に、さっきみた蛇たちのニョロニョロ這っている姿がみえてくる。どうして蛇はあのような色をしているのだろう。ウロコの色が、はでであるような、地味であるような、名状しがたい意匠だ。あんな意匠をまとっているやつは魔物だ。一体物語に、蛇は智恵者で、その入れ智恵で、アダムとイブが、パラダイスの林檎《りんご》を盗んだというが、一体蛇は本当に利口なんだろうか。

「君は」

と小川にいった。

「君は飼ったことがあるなら知っていようが、一体蛇が利口だって本当かい。聖書には悪利口なもののようにかいてあるが」

「利口じゃないね。ちっとも利口じゃない。それどころか鈍い方だと思う。バカだと思う」

「だろうね。一体どんな感じがするんだい、さわって」

「さわったことないのかい」

「あるもんか」

「そうだろうな。そうだな。さっき君のいった、その賭けをして抱いた安ジゴクね、そいつの肌の抱き心地でも想像してみたらどうだろう。冷たくって、そのくせ妙にスベスベして、ヌラヌラして、ハハ」

×

マダムのお艶さんは、さっき一度上がってきたきり、あと女中まかせで、さっぱり顔を見せない。松村の命令じゃないかと小川は思った。マダムにしても、旦那の旧友が照れ臭いのかもしれない。それとも店がひどく忙しくでもあるのだろうか。

酒もよほどまわっていた。松村がしゃべりつづけていた。

「……蛇といえば、恥を話すが、珍談があるんだよ。君は知ってないかしらね。昔浅草の雷門の所に、たしかオリエントとかいった、大きなカフェがあった。さあ、今あすこは何になってるかな、銀行の支店か何かになってるように思うんだが、よく同勢で出かけたものだ。勿論カフェとしては二流どこだけれど女給には、渋皮のむけたのが大勢いてね。勿論手軽に、じき夜の相手になってくれるんだ。一体に不景気で、銀座裏の一流カフェが、エロ・サービスというやつをしきりにやった頃でもあった。

大勢の女給の中に、一人、仲々美人で、男嫌いで通っている女があった。名前は何といったか忘れてしまったが、とにかくひどく男嫌いで名高かった。何というのかな、潔癖というのかな、自分でそういっていたが、ほら、女にはよくある。僕の娘も一と頃そうだったが、女には、年頃がくると、ひどく潔癖になる時がある。僕がよくいわれたんだが、座敷でちょっと行儀のわるい格好でもして、たとえばステテコ一枚で立て膝でもして坐っていると、厭な気持がする。両親の寝室に、寝床が二つしいてある。厭あな気持だというんだな。結局男には分らん心理だと思うんだがね。

もっともそういう心理というものは、女には誰しもあって、まもなく卒業してしまう。ままそうでないものがあって、二十才もすぎて、もう立派にセックスの事なんか分っている年頃になっても、二羽の鶏がある仕草をしている。その仕草の意味が当然分っていなければならないのに、あの鶏、もう一つの鶏をいじめて憎らしいとか何とかいって、石をぶつけたりするのがないでもない。つまり今いった潔癖が、そういう風に固まってしまうと、こういう難物でね、結婚なんて、考えるだけで汚らわしいなんてのが、ないではないが、まあ少ないだろうね。もっともそういうのが多くては、人間は死にたえてしまうかな。

でそのカフェー・オリエントの女が、よく分らんが、そういう潔癖と関係がなかったかしら。そういうのがよく女給なんかしていられるというようなもんだが、こいつ看板だけじゃないかってわけで、朋輩なんかにもきいてみると、たしかに看板に嘘はないらしいんだ。もっともそういう男嫌いという評判が、結構一つの魅力になってもいた。何とかして金城鉄壁を攻略しようってわけで、大勢彼女のまわりに集ってきたわけだ。一人やはりそのカフェへよくくる、ツンボの貧乏な絵かきがあってね。当時もう四十近い男だったが、独身なんだ。若い頃ある女優に失恋したのが動機で、一生結婚せず、山の中に入って絵ばかりかいてきた。この男が、また反対に凄く女嫌いで通っていた。何かのことからこの男嫌いと女嫌いとが、一つ蚊帳にねたことがあった。目撃者がいてね、というよりこの目撃者がお膳立てをして、二人を一つ蚊帳にねせたんだが、到頭何ごとも起らなかったと、そんな挿話をきいたこともあった。

さてその女なんだ、男嫌いで通っている奴を、我々同勢何とか攻略したくってたまらない。ねばるんだが、どうにも成功しない。うまく逃げられてしまうんだ。松村、一つお前何とかしてみろ、ものにしろときた。また賭けになったんだ。よろしいって、若気の至りで引うけてしまった。

計は密なるを以てよしとす。まず女の住居をつきとめることに苦心したね。幸い到頭成功した。分ったのは、その女は、郊外のある一軒家に、やはり女給をやっているが、但し別のカフェにいる、一人の友達と同居している。それが分ったんだ。

同居している、その女給の名前も忘れたが、そいつをまず抱きこんだ。つまりカラメ手からジワリジワリってわけだ。

それもだよ。その二人の女の借りている家ってのが、ひどくさびしい畑の中の一軒家でね。地理的条件がおあつらえ向きなんだ。今でこそあの辺も家が立てこんだろうが、その頃は、郊外電車までの距離も遠い。まわり一丁ほど、どこもかも麦畑で、そちこち向うに雑木林もみえるって場所なんだ。

その別のカフェにいる方の女給は、男がいて、時々家をあけることがある。そういう時は随分一人で寂しいことだったろうが、その寂しさを却って楽しむという、偏屈も偏屈な女だった。

到頭ある日、すっかり手筈ができた。同居の女は、その晩はかえらず、家は、目ざす女一人だけになる。勿論そこまでにするには、こちらもかりにも紳士だから、なお念を入れて女をくどくだけはくどいた。どうにも落ちない。最後のドタン場に、その当の晩も、店の看板をまって、カフェの裏口にがんばり、一緒に行こうとしたが、あと一歩の所で、蛇のように、ヌラリと逃げられてしまった。ままよ、もうこうなったら、最後の手段をとるばかりだ。

タクシーをよんで、女の家へ先にかけつけた。やがて帰ってくる。僕の姿をみて、はっとしたらしいが、次の瞬間にはもうケロリとしてるんだ。本当はもうその時、何か感じるべきだったんだがね。

思いの外、愛想がいいんだ。三間だかある家へ上がりこんだ。戸じまりもした。家の中は女二人の住居らしく、鏡台があったり、はでな着物がかかっていたり、なまめかしい。昭和のはじめだ、女の洋装はまだ少なかった。そういう雰囲気の所へ、その友達の女給がつかっている一と間の方は、寝床さえしきっ放しになっている。夜のおそい商売にはちがいないが、だらしのない女だったとみえて、万年床をきめこんでいたんだね。

さあもうこっちのものだ、と長火鉢の前に腰を下ろす。僕のもって行ったジョニーウオカーか何かの仕度に、女が勝手元の方へ立って行った。まさかにもう逃げられるとは思わなかった。

タバコをふかして、にやにやしている。と、いけませんや。ふと気がつくと、座敷の中に大きな青大将がニョロニョロ出てきたじゃないか。おやっと思って、別の隅をみる。そこにも長い不気味なやつが歩いている。

血相かえて台所へとんで行った。

『おい、どうしたんだ。君の家、蛇がいるんだ』

とか何とかいった。多分ガタガタふるえていたかもしれない。

『そりゃいるでしょうさ。この辺草原ですから』

と平気な答えだ。

みるとそこにもまた、鴨居の所を、一匹の長いやつがニョロニョロと歩いている。

『何だ。蛇をかってるのか。蛇屋敷みたいだな』

『可愛いいんですよ。かってみると……かうと私にもよく懐いて』

いいながら、一匹大きいやつをつかまえて、懐へ入れると、むっちりともり上がった乳房の上あたりを這う。ちらッと白いものがみえたが、こちらはもう情欲どころか、すっかり興ざめしてしまった。

攻略慾も何もしぼんでしまった。どういって出たか覚えがないが、

『失敬した、さよなら』

とか何とかいって、這々の態でにげ出す。そのまま、あともうオリエントへ足を向けることもやめてしまった」

「……」

お艶さんがその時珍しくお銚子のお代りをもって上がってきた。

「失礼いたしました。立てこんでいるものですから」

というと、階下へおりて行った。

「ワッハッハッハッ」

と突然小川が大声に笑い出した。不意討ちであった。松村が呆気にとられて、

「全くねえ。恥を話しちゃった。可笑しいだろうな」

「よっぽど君は蛇がきらいとみえるな」と小川がいった。

「西洋歴史をみると、中世時代十字軍の時、出征する

兵隊が、女房の貞操を保証するために、女房に用いたという貞操帯ってものがあるが……」

「全くだ。生きている貞操帯だ」

「ワッハッハッハッワッハッハッハッ」

と更に大声に小川が笑った。いつまでも笑って笑って止め度がない。

「何だ。どうしたんだ。そんなに笑うんなら話すじゃなかった」

「いや、こりゃ失敬。つい可笑しかったんで」と小川はいって、

「その君の失敗談は凡そ昭和何年頃?」

「そうさ。はっきりも覚えないが、十年頃かしら」

「勿論、蛇が活躍するんだから真冬じゃないね」

「そうだよ」

「カフェは浅草雷門のオリエント――そうだね」

「そうだ」

「女給の名は芳子、同居していた女の名は圭子、それから、君の話に出た貧乏でツンボの絵かきってのは、江川洋之介といったはずだ」

「え、どうしてまた。何だって君は、そんなことを」

「知ってるかっていうんだね。うん」

といって一口のむと、

「驚いた。じゃあれは君のことだったのか。どうもこれはおどろいた」

「……」

「女房からきいたんだよ。芳子は僕の女房だからね。僕も当時オリエントへ張りに行っていた一人だ。申わけないが、何でも一人しつっこいお客さんがあって困るというから、じゃあ蛇をつかって追っ払ってみ給えといったら、本当にやったんだ。蛇は僕が提供したんだ。ハハ。こいつは大笑いだ。おどろいた。世間は狭いな」

呆気にとられて見上げている松村に小川がいった。

「今度紹介しよう。小川芳子夫人をね。勿論芳子は本名じゃないが、但しいうまでもなく昔のカフェ・オリエントの女給芳子の面影はないが、それは止むをえん。君の頭がうすくなり、僕の頭が半白になったんだからな。ハハ」

死体ゆずります

一

世間の人は皆それぞれに忙がしいから、新聞の三行広告のようなものを、隅から隅までよむなどという人はまずない。自分に入り用の所だけみて、あとはさっさと、三面記事なり小説なりへ目を移してしまう。

しかし一九五×年二月七日のB新聞に出た一つの広告だけは、妙に刺激的な文字が、あるいは多数の人の目をひいたかもしれなかった。

「死体ゆずります」とトップ二行分に大きく出して「下記へ御照会のこと」と三行目を小活字でつづけ、「電(69)一八一八」と記してある。「仲断」と最後にことわってあった。

風変りな、何か人騒がせな調子があった。

C医科大学の解剖教室は、ひろい大学の敷地の一番奥の片隅にあった。木造平家建て、建物の中は三室に分れていて、大教室に隣って小教室があり、それに隣って死体置場がある。大きな水槽を用意して、何十体かの死体を蔵し、フォルマリンの匂がぷんぷんする。建物に並んで、もう一と棟家屋があり、これも三室に分れて、一室は教授妹尾幸吉その他の教官達の事務室と、真中に炊事場を挟んで一室、八畳の部屋があるのは、管理人の宿直部屋である。死体管理人瀬見京助が、十二になる忰《せがれ》の京太郎とくらしていた。

二月七日の朝十時に妹尾教授が事務室に入ると、まちかねたように瀬見京助がお茶をもって入ってきて、

「先生、今朝のB新聞御らんになりましたか」

といった。

「いや見ない。うちはD新聞だから」

「そうですか」

と新聞をもってきて、

「妙な広告が出てるんですが」

「妙な広告!」

「まあ御らんになって下さい」

そういって新聞を渡し、鞠躬如《きくきゅうじょ》と控えた。

「どうお考えになります。その広告」

と教授がよみ終るのを待って言った。

「なるほど奇妙な広告だね、死体ゆずりますとは変だ。死体なんて、そう譲るなんてシロモノじゃない」と教授が言った。

「そうでしょうね。するとどういうことなんでしょう。それより大学じゃもう死体は要らないんですか」

「何、大学で要らないかって?」

「はあ。いつか先生が、ここの解剖教室で教材につかう死体も、今あるだけでは不足だ。学生もふえても少しほしいと言われましたから」

「ハハハハ」

と教授が笑いだして、

「それでつまり君は、こういう広告が出たので、一つ譲ってもらったらというのかい」

「まあそうです」

「何だそうなのかい」

と教授は言ったが、笑っていいのか、おこっていいのか分らなかった。相手の瀬見は真面目な顔である。もうこの死体管理の職について十年になるというから、朝晩死体を見、扱って、いわば死体といっても、殆ど一つの物質にすぎなくなっている。彼にとっては「死体ゆずります」といっても、「ピアノゆずります」といったり「家ゆずります」というのと、一向変りなく感じられるのであろう。

「君」

とそれで教授が、

「なるほどいつか私もそんなことを言うには言ったが、まさか君、かりにも死体は、家具とも自動車ともちがうから」

「しかし先生はもう少し欲しいと仰有《おっしゃ》った」

「そりゃそうは言ったが……こうっと、弱ったな、まあいいや、しかし冗《くど》いようだが、死体は自動車やテレビとはちがうから」

「しかし先生、もしゆずるというんなら、ゆずってもらったらどうでしょう。格安に手に入ると思いますがね」

「いくらそうだって……まあ考えてみたまえ、かりにも人間の死体だよ、ゆずるって一体どういう死体なんだ」

「誰かが誰かを殺すとか何とかでなければ、そうゆずれる死体があるはずがないと仰有るんですね」

「そうだよ」

「しかし人間は毎日何人かずつ死んでいます。死体の数がきれるってことはありません。この点はピアノやテレビだって同じです」

「弱ったな。まあ君、君は長年死体を扱ってきたから無神経になってるんだが……その点まあ我々の方も、普通の人にくらべれば同じかもしれんがね……まあしかしこの広告は、どっちみち気ちがいじみてるね」

「気ちがいじみてるでしょうか」

「そう思うがね。照会してくれと電話までかいてあるが、かけてみたら、存外向うは精神病院か何かだろう」

「そうでしょうか」

「そうとも」

「しかし」

「まあ教材もほしいにはほしいが、ちゃんと普通の筋道を通ったものでないと……君も大学のことを、そこまで思ってくれるのは有難いが、どうも少し行きすぎじゃないかな。我々として考えたいのは、こんな広告を、何ものが麗々しく新聞に出したか、そのものの精神状態なんてことじゃなかろうか。または何か途方もない犯罪者が……」

「犯罪者でございますって！」

「そうさ。だって一体死体をゆずるって、この死体を、冗いようだが、どうやって調達するんかね。この広告で考えられるのはその位の所じゃないかな」

そう教授は言った。

二

妹尾教授門下の学生村中半治と女子学生山野圭子は管理人から新聞広告のことをきくと、若いだけにすっかり好奇心を煽られた。

「電話かけてみようじゃないか」

と彼が言い、

「だって、何てかけるの」

と圭子は二の足ふんだが、

「まあ僕に任せろ」

といって村中は、大学前の学生食堂の電話をとり上げた。
(69) 一八一八をまわすと、

「そちら様のおところは？」

まっ先に言った。

「C医大の解剖学教室だが」

というと、

「幾体お入用でございましょうか。男と女と只今一体ずつ手持ちがございますが」

圭子に笑いかけながら、

「男がいいだろうな。いつ届けてもらえる？」

「二三日内にお届けいたします」

「ほほう」

といってから、

「そちらは所番地は？」

「申しかねますが、それは申上げることができかねます。御了承頂きます」

「そうかい。まあいいや。あ、それから値段のことだが」

「大学でございましょう。つまり学術の研究のためなので、そういう場合は、お代は頂かないことになっております」

「奇とくな事だね。じゃ頼みます」

と笑いながら電話をきった。

電話がかかるのだから、番地はしらべれば分るであろう。圭子に向って、

「届けてくるってさ。驚いたな。世の中は様々だ。さあ、契約が調《ととの》った前祝いだ」

とビールをとって乾杯した。

二人はかねて恋仲であった。

三

妹尾教授が翌八日の朝、また事務室に顔を出すと、れいによって京助がお茶をもって入ってきたが、顔が心なしか青ざめていた。

「先生」とふるえを帯びた声で、

「先生、死体が届いております」

「え」と教授はしばらく何のことやら分らなかった。勿論昨日のバカげた広告なんか、さっぱり頭からぬけていた。

しかし相手が、

「実は今朝方、私早く、あれは五時頃でございましょうか、起きて外へ出ますと、解剖教室の窓があいており

ます。あすこの窓は、もう永年カギじまいをしたことがございませんので、いつか先生にもカギが壊れていることを申し上げましたら、いいから捨てとき給え、まさか解剖教室に泥棒も入るまいと仰有いました。それでずっとそのままになっておりますんですが、もっとも入り口の戸の方は、外からピンとカギをかうんでございますがね。窓があいてるので、へんに思って入ってみますと、大教室の教卓の前に……」

「何々。君がいうのは、じゃあ昨日のあの」

教授は漸く思い出して、

「あの広告の死体が譲られてきたというのか」

と呆気《あっけ》にとられた。

「そのように思われます。それで私どうしたらいいか分らないので、一とまず窓だけしめて戻って参ったのですが」

「死体をそのままにしてか」

「警察へ届けるべきだったろうとは存じますが、一ぺん先生のお指図を頂いてと……」

「バカだな。君は、五時だって！　今十時だ。もう五時間になる。とにかく行って見よう」

管理人を伴って解剖教室へ向う教授の顔も異常の興奮を示し始めていた。管理人の興奮がそのままこちらに移っていた。

……七間《けん》に七間というかなり大きな真四角の教場である。コンクリート造りのベッドが病院の大部屋のように二列に並び、広い窓が沢山とってあるので、教場の中はすっかり明るい。ベッドは、時に大ぜいの学生を集めて講義をするような時は、すっかりに死体を並べる。死体は皆腹を立ちわられて、中の臓腑は適宜とり出せるようになっており、頭蓋は鋸でひいて、その中の脳漿は、とり出せるようにしてある。しかしそれでもそれぞれの顔は生前の面影を失なわない。

それぞれの死体に木片がつけられ、生前の名前年令別病気等が記してある。または不明として、行路病死者であることがかかれていたりする。このベッドに全部死体が並んだ時は壮観であった。全裸の男女がゴタマゼにおかれる。死者は恋愛を始める惧《おそ》れはないのだ。

今、全部カラで、管理人の手で奇麗に水で洗われた各ベッド。多年同じ目的に使われてきて、フォルマリンのつよい匂がベッドから部屋一杯に立ちこめているその一つの、教卓の前のに、一箇の男性の死体が横たえられ、ただこの死体は、頭蓋は立ちわられていず、腹部も切り開かれてはいない。おだやかな顔付である。教授がひょっとと、心の奥で想像していたような、暴力を加えられた様子も、毒をのんで悶死した様子もない。安楽に病死したのであろう。痩せぎすの男だった。

「こりゃいかん。君すぐ警察をよんでくれ。どの道このままじゃおけない」

と妹尾教授は管理人に命じた。

四

大学生村中半治が今日も学校前の食堂で山野圭子と話していた。

「驚いたなあ、どうも。まさか本当に届けてくるとは思わなかった」

とテレたような笑い方をしながら言った。

「だからあんなバカな電話かけなきゃよかったんだわ。村中さんたらお調子にのってあんなことかけたりするんだから」

「あんまり僕のことばかり言えなそうだぜ。……まあいいや。しかしあの電話が本当にあろうとは思わなかったな」

「ないつもりでかけたのね」

「そうさ。ところがかかったどころじゃないので、驚いた」

「どういう人なんでしょうね、その人」

「教授が事件を警察に渡してしまったので、いずれ本職が洗ってくれるが……一体君どう思う。この事件そんな刑事や警部が働く事件かしら」

「一応無論そうでしょうね。かりにも人間の死体というものが絡んでるんだから」

「でもあの死体が他殺死体だってならそうだけれど、そうでないというから……何も他殺死体でないとすれば……」

「それはそうよ。しかしそれは殺人だけを考えるからで、外にも遺棄罪とか何とか色々」

「なるほど。とにかく面白そうな所があるな」

「まあ村中さんてば。面白いなんてことじゃないかもしれないのに」

「一体いつの間に」

と村中半治が管理人の部屋で彼に言った。

「いつの間に死体が運ばれたのかねえ。瀬見さんは五時に起きたって。何時にねたの?」

「十時頃でしたかね」

「その間何か怪しい物音でもきかないかね」

「私はよくやすみますんで。それに教室は近いといっても別棟になっていますから」

「そうだってもさ。伜さん、京太郎君かい、君は何かしらない? 七日の晩から朝までの間に自動車か自転車の音きかなかった?」

黙って笑っている京太郎の代りに父親が、

「私がしらない位ですから、京太郎はなお知りますまい。それにあの晩は雨が降ったので、何か音がしても、雨に消されたはずです」

「刑事にしらべられた?」

「筒井さんて刑事と大阪さんて巡査の人にね」

「足跡や指紋なんかも調べたんだろうか」

「調べたようです。足跡は教室の窓枠の上にゴム足袋のあとが一つのこっていました。残念ながら私が通る時上を踏んだので、ダメになってましたそうで、指紋の方もダメでした。死体ののっていたコンクリのベッドの上なんか、探したらしいんですがね……ほかに、半分雨に流された自転車のタイアの跡が残っていたそうで、雨の最中に自転車でもってきたんじゃないかって」

「へへえ。自転車でね。雨の中を……裸でもってきたのかな、人間一匹相当重かろうに」

「カツギ屋が米二俵位楽々とかつぐのからみると、知れてましょう」

「するとカツギ屋かな、ハハ」

と村中半治は笑った。

五

××派出所の巡査大阪良三は、C医大の死体事件にショッキングな興味をかんじた。この頃管轄区域にコソ泥の事件が多く、毎夜のようにひっぱり出され、うんざりしていた。

同じことは刑事の筒井信一にとってもそうで、二月八日の朝C医大で一緒になってから二人は顔をあわせればその話であった。

「単なる死体遺棄とすれば」

と筒井刑事が言った。

「手がこんでるし、さればといって、医者は皆他殺じゃない、病死だというんだがね。四十位の男で、解剖によると、何か心臓のショックによる急死なんだそうだ。死後二日位たっているという。新聞広告の一件と、しらぬ間に死体が届けられてきたという所に、猟奇的なものがあるんだが……」

「そういえば新聞広告の一件と死体が運ばれてきた事実とのつながりは……」

「学生の村中というのが、広告をみて電話をかけたんだそうだ」

「で広告主は……それだと広告主が死体の遺棄者だろうから」

「所が(69)一八一八というのがへんなんだよ」

そういって筒井刑事が話した。

何局の何番の電話が、何町の何番地にあるかは、調べれば分ることだった。しらべてみると、それは東浜町の六十九番地だというので、車をとばして行ってみると、そこは現在人がすんでいない空家であった。町名が示す通り海岸通りにあって、かなり広い屋敷である。本県選出の代議士天野貞光のもちもので、当の代議士は主に東京でくらしている。ただ夏だけ子供をつれて奥さんが避暑にくる。別荘のことで、管理は隣りの魚寅という魚屋が任されているというので、魚屋を追求すると、

「管理はいたしていますが」

と半分恐縮して、

「あまり再々は中へ入りません。時々掃除する程度で、代議士さんがそれでいいと仰有るものですから」

手当てをもらいながら、いい加減お茶を濁しているとみえるのである。

ただカギじまりがしっかりしていて、現にその時も入口のカギがかかっており、誰も表口から侵入した形跡がない。もっともどうせ空家が広い敷地の中にあることで、合いカギ位つくるのは難しいことでないにちがいなく、現に中へふみこんでみると、電話室(それこそ一向家人の留守中は誰も人の入らない)の中に、最近人の入った形跡がある。それはこの辺は海風がきつくて、油断をすると忽ち砂埃がたまる。電話器の上や居廻りの砂埃がかき乱されていた。

「ここも例によって」

と刑事がそのあとを、

「指紋や何か探した。一つ受話器からとれたんだが、台帳にない指紋なんだ。勿論魚寅の家族のものでも、代

議士の家族のでもない」

「なるほど。しかしまあそれだけでも一つの前進とはいえるわけだね」

「しかし解決には前途遼遠だね。大体指紋の主が分れば、そいつが怪電話の主、即ち死体遺棄の犯人という見込に近づくんだが、肝心のそこの所が切れている」

「しかし」

と巡査が言った。

「広告主の方はたずねたんだろうか」

「たずねたが分らなかった。ちゃんと規定の料金を添えて、速達で申込んできたそうでね」

「同様にして死体の身元も分らないというの」

「そうだよ」

そして刑事は結論のように、

「殺人事件てわけじゃないが、分りそうでいて仲々分らない。事実は戦争からこっち幽霊人口も多い。とんでもない奴が、生きていたり死んでいたり、外国から帰ってきたり出かけて行ったり……仲々普通のしらべだけじゃ分らん場合が多いんじゃないかね。戸籍なんかどうかすると相当曖昧な場合もね」

そう彼は言った。

六

勿論当の死体については、大学でもどうすることもできなかった。一通り解剖をして手あつく葬った。いかに教材がほしいといっても、スジの通らないものはうけとれない。

しかしこれには反対の考え方もあって、もっともそれは村中半治のように、

「おかしいな。ゆずってくれるというんだから受とっておいてもよさそうなものだが……却ってその方が仏様なり仏様の遺族の意志に沿う所以じゃないかしら」

といったのなどは、多分の冗談口調であったけれど、中で管理人が、そういう不服の張本人であるらしいのだった。

「先生」

とあれから四カ月たった六月九日の今日も、彼は教授が出校すると、事務室に入ってきて、

「今日は大分大勢見学にくるようですが、例によって死体ももう少し沢山あると……」

「そうだな。まあ仕方がない」

管理人はしばらく傍に立って考えていた後、

「いつかの死体、惜しいことしましたね。せっかく届けてきたのに」

「ナニ」と教授が驚いて「いつかのって、あああれか」

「どうにも私にはあきらめがつきません。死んだ方も後で学生のお役に立てば本望なのに」

「何だ、バカな」と笑って、

「同じような広告がまた出たんじゃあるまいな」

「そんなことはありませんが」

「僕はまた君がバカなことを言い出すので、そういうことかと思ってびっくりした」

「しかしもしあんなことがかりにかりに……ですよ。またあったとしてやはり先生は……」

「勿論うけとらないね。当り前じゃないか。これがテレビとか家具とかでも、ああいう手順で送られてきたものならオイソレとは受とれないのに、まして死体では」

そう教授はいった。


「ねえ知ってて?」

とある日、山野圭子が半治に向って、

「管理人の瀬見さんのこと」

「どうかしたの」と大学生がいうと、

「まあ男の人って鈍感ね、専ら噂なのに」

「何か噂があるの」

「あれであぁ見えて見かけによらない艶聞家なんですって」

「へへえ、艶聞家ね」と半治は言った。

……管理人は一体幾つになるのであろう。多分四十そこそこかと思えるのに、死体を扱うという陰気な仕事と、女手なしにやっているせいか、何となく老けてみえる。口も重く、不精髭ものびている時が多く、薄給のせいであろう、服装も見すぼらしい。もっとも顔立ちは仲々立派であった。

履歴について大体次のようなことが知られているだけであった。戦争中兵隊としてどこか南方の島にいたらしい。復員して二年ほどして、現職についたらしいのだ。係累について、さすがに女で、ある時圭子が彼に京太郎のことをきいたことがあった。

「勿論京太郎は私の実子ですよ。あれも段々大きくなるのに、いつまで死体と一しょに暮させておくのもどうかと思っています」

と言い、

「お母さんはどうなさったの？　つまり瀬見さんの奥さんでしょうが」

というと、心なしか急にそのあと京助が無口になってしまって、どうしたともどうしているとも余りはっきり言わず、圭子も立入っていいことかどうか分らなくなって、いい加減に話をおしまいにしてしまったが、その瀬見が――

「艶聞家ってのはね」と圭子が言った。

「そうね、大体この秋になってかららしいけれど、どうも女の人と時々あってる様子なんですって。県庁前のおそばやさんとか、C駅の前のどこかで、仲よさそうに女の人と話してるんだって。どう思う、この話」

「どう思うって」と半治は言った。

「どうも思うわけがないじゃないか。それとも圭子さんは妬けるとでもいうの。僕に妬けとでも……それよりどんな女なんだい」

「それが年は三十五位とかの美人でそして」

「そして何だい」

「どうも誰かによく似ている。ただ誰に似てるかへんに思い出せないって私にその話した法医学科の大江さん言ってたわ」と圭子は言った。

七

半治が圭子と一緒に教授の部屋にきて、

「先生、先生はあの瀬見さんについて何かしってる事がおありなんじゃないんですか」

「瀬見だって」と向うへ気兼ねして、

「居るんじゃないのか、その辺に」

「いや、今解剖教室の掃除をしているところですから……でもそう仰有るところをみると、何か御存じなんですね」

「それは知ってるという意味にもよるが……だけど何故急にそんなことを……」

「だっていつかの死体の事件がまだ解決がついていませんから」

「だってあの時のことは」と圭子があとを受けて、「そもそも新聞広告のことを最初に先生に言ったのが瀬見さんなら、届けられた死体を最初に発見したのも彼、先生に最初に報告したのも彼です。あの謎をとく上に、電話のキイがダメなら広告主がダメ、何より肝心の死体の身元がまだ不明だとすれば、あとはもう瀬見さんを洗うしかありません」

「なるほど明快な推理だが、それにしてもどうして君たちは、あの謎にそういつまで」

と教授がいうと、

「物事に熾烈《しれつ》な好奇心をもつのは若者の特権です」と半治がいった。

「先生は彼の奥さんのこと何か御存じありませんか。京太郎というのは本当に実子ですか」

「実子だね、まちがいない」

「瀬見さんが南方からの復員軍人だって事は本当でしょうね、苦労したとか」

「それはあの戦争で南方へ行ったものはみんな苦労しているが……悪夢のような時代だから」

「実はね、先生」と半治が改って、

「先生は御存じないかもしれませんが、専らこの頃瀬見さんが女の人とデイトしてるって評判なんで、僕たちその女見たんです。所がその女が誰かに似ていて、どうも誰に似てるか分らんと法医学の大江が言ってたんですが、分りました、京太郎君に似てるんです」

「なるほどそれでなんだな」と教授がしばらく考えてから言った。

「こないだ瀬見が急に妙なことを言ってね。近い内に世帯をもつ。しかし住宅難ではどうも親子三人で暮せる所がない。ここの宿直室で暮させてもらえないかというんだがね」

「じゃあやっぱり」と圭子が言った。

「ここで暮して、行く行くは女房も今失業しているが、ここの小使いでもさせてもらえないかと言い出したんだ。勿論即答はできないし、大学の都合もある。考えておこうと……」

「奥さんだなやっぱり」と半治が言った。

「奥さんが外国からでも帰ってきたというの」と圭子が言った。

「そういう事だってないには限らない」

「ねえね先生」と圭子が熱心に、

「一つ瀬見さんのお願いのこと考えてあげて下さいません。きっとお母さんだ。京太郎さんにお母さんを上げたいわ。だっていつまでお父さんとだけ暮させるの、可哀そうだもの」

「少しずつ死体の謎がとけてくるみたいな気がするんだが」

と帰りがけ大学構内のポプラ並木の道を歩きながら大学生が言った。

「そうかしら。私には分らないけれど」

「そうかなあ。例えばその瀬見さんの奥さんは昔京太郎君を産んで、外に男ができて、瀬見さんの所を逃げ出した。しかし十年たって双方年をとってから再会して、また撚《より》が戻った」

「だってじゃあ駈落した男は……」

「戦地で死んじゃったとしたらどうだい」

「そうかしら、少し三文小説みたいだけど」

「大きにそうだな、ハハ」と半治は笑って、

「しかし、ああ分った、じゃあこんなのはどうだ。そうして二人の撚が戻った丁度その時、その駈落した相手の男が外地からでも突然帰ってきた。駈落して男の方だけ戦争で外地へ行っていたとしてだ。そしてあの死体がそいつだとすると……」

「え、じゃあ二人がその男を殺したの」

「殺したんでなくたって筋は通るよ。事実にも殺人じゃアないし……そうだ、その方が筋が通る」


大江がそこの学生である法医学教室は、解剖学教室と広いポプラ並木の道を隔てた向うにあった。ある日、半治が教室に入ってきて、

「大江、人間の指紋とるのどうするんだい」

「指紋？」と怪訝《けげん》そうに大江がいった。

「誰かの指紋をとろうっていうの」

「目的はきかんでくれ……簡単だときいているが」

「簡単さ。誰でもやれる。この頃は巡査が皆道具位もってる」

と大江がいって、指示を与えてくれた。

八

もう夜は半夜であった。世間もあら方ねしずまっているのに、まして解剖教室の界隈は、墓場のようにひっそりしていた。

ここはC市の市街の全くのはずれで、一歩大学の敷地を出れば、もう何丁も人家がない。荒れた砂丘と雑木林の涯てに火葬場があり、煙突が見える。京太郎はもうねてしまっていた。

管理人が彼自身の妻――大学生たちが噂を立てていた当の女、好子と、ひそひそ話していた。

「苦労するなあ、やっとそれでも先の見通しが立って有りがたい。京太郎にもお母さんができるし……それも当の腹を痛めた本当のお母さんがな」

「よくねていますねえ」

と好子が無心にねむっているわが子の寝顔を見ながら言った。

「あなたがあんまり手のこんだことを考えつくもんだから」

「大きに。しかし面白かったな」とお茶を入れかえながら、

「お前と十年ぶりで出くわして、幸に昔の撚が戻った。京太郎のためにも三人一しょにここで暮せるようにと、先生におねがいして、どうやらうまくゆきそうだった所へ、思いがけなく突然お前の彼が帰ってきたんだ。……いや、もういいよ。今となっては、お前が彼と十年前に駈落したことを、どうこういうんじゃない。お互い若かったんだからな。それにああいう悪夢みたいな時代では、マットウでないことが普通なことにもなってしまう。……彼もその後動員で外地へ行って、そのまま戦死でもしたのだったら、何のことはなかった所へ、突然の帰国で、せっかくの計画が齟齬《そご》を来す所だった。幸か不幸かここへ姿を見せて、そればかりか我々のいる眼の前で、心臓の発作で倒れたんだ。どうしたらよいか、彼の帰国を誰もしらないのを幸い、何とかこのままおさめられないものかと、あんな大へんな計画を立てた。大学へ死体を寄附できれば、一石二鳥だとも思ってね。

すごくうまい調子に、トントンとことが運んだ。新聞広告を出し、小さい時よく中へ入りこんでは遊んだことがあるというから、お前に、代議士の空き家の電話口へ頑ばらせた。合カギを調達したり骨おったがね。先生が電話なさるかと思ったら、代りに村中さんがかけて……男女二体手もちがあるといったそうだね。もし女の方がいり用だといったらどう答えるつもりだった？」

「その時はその時で、何とでも答えるつもりでした」

「電話が男の声だったと言ってたがね」

「電話の声は男と女とそうちがいありませんから」

「先生もああこういわずに受けて下さればよかったんだが、そうは行かなかったろうな」と管理人が言った。

「それを私も危ぶんでいたんだけれど」

「あの朝は骨折ったよ」と苦笑いしながらつづけた。

「俺が自転車で死体を運びこんだんだが、雨揚句で足跡がのこったし、指紋だって……」

「しかしべつに殺人てわけじゃないから」

「そうなんだ。だからまあ大胆にやれた。何といっても京太郎も、色々分ってくる年だし、お前の若気のあやまちは、しらないですぎれば、それに越したことないからな。世間は尚更しらん。彼はもう外地で死んでしまったことと思っている」

「本当に世間はしらないでしょうね」と好子が言った。

「と思うがな」

「だって村中さん――というんですか、法医学の教室とかへ指紋をとる方法をききに行ったというから」

「そうなんだ。つまり電話口でとれた指紋を何とかお前のとあわせてみるつもりなんじゃないかな。存外村中さんはもう本当のことを大体推測してるかもしれないな」

「指紋をとられないようにしなきゃならないわね」

「もっともまあ」と奥さんがしばらくしてから、

「かりにあれが私のだと分っても、村中さんも世間へ公表するようなお節介はなさらないかもしれませんね」

そして今、撚を戻した中年の二人は、懐かしそうに互の手をとりあって、接吻した。

走狗

一

あとから思うと、もうその話の出た時すでに、こいつ変だぞと、気がつくべきであった。その時はしかし、手元の苦しさから、つい話にのってしまった。

東京山谷の、ドヤ街の一軒に住み、その頃あんまの本田清吉は、困りぬいていた。

流しあんまをやって、一向み入りにならず、田舎からとび出してきたことを、悔いはじめていた。

戦前上海で、フランス人などをお得意に、やはりあんまをやり、電話もひいて、豪勢であっただけに、一層、貧乏の苦しさが身にしみた。

やはり戦争犠牲者の一人であった。引揚げ後、田舎で、捲土重来《けんどちょうらい》をはかったが、思うように行かず、到頭、先祖伝来の田畑をうり払って、東京に出てきた。

冒険をやりすぎたと思った。もってきた金が、段々のこり少なになってゆくのが、心細かった。

ある晩のことであった。

隅田川沿いを流している、彼の按笛をききつけて、

「あんまさん」

と呼びとめるものがある。

「はいはい」

「おねがいします」

といって、清吉を手引きしたのは、女の手で、触わられた感じが、四十を越していると思えた。

主人である、これも四十年配の男の、腰の神経痛と、肩のこりをほぐし、規定の料金をうけとって、帰ろうとすると、しばらくつづけて来てくれという。渡りに舟で、それから毎晩立ちよっては、療治をやった。その何度目かに、ふとその主《あるじ》の尾崎元哉が云った。

「あんまさん、あなた朝何時に起きますか」

「何時と申しまして、それはお客さんさえありますれば何時でも」

と答えると、

「夜のおそい商売だろうから、おたずねするんだが、どうでしょう、朝の十時頃にはうちへ来られませんか」

「十時でございますか」

「実はあなたに、少し金儲けさせて上げようと思ってね」

と前置きして、尾崎元哉のいい出したのが次のようなことであった。

もう清吉も、二度三度と度重なって、気がついていたが、尾崎は犬を飼っている。吠える声から、小型の犬ではないらしく想像されていたが、今きくと、それは一匹のシェパードだという。

「あなた犬は嫌いですか。それともどうですか。嫌いじゃ話にならんが」

というので、犬は大好きだと答えると、

「それはよかった。実は……」

そのシェパード、実は尾崎自身の犬ではなく、ある金持から預かって、世話をみているのだが、少くとも一日一回の散歩は、させてやらなければならない。じつはそれで、その散歩の役を、尾崎自ら、ずっとやってきたのが、ここへ来て、病気でできなくなった。代りにやってもらえまいか。お礼として、一日三百円ずつさし上げるが、という。

ちょっときくと、別にへんな所はないような話で、ただ、そのような仕事を、よりによって、盲人である彼にたのんだことと、お礼の三百円というのが、ちょっとよすぎることの外に、一つ、その散歩に条件がつけられた、その条件が奇妙であった。

「毎朝おねがいしたいんですがね、その散歩の道筋を、これからいう通りにやってほしいんです。いいですか。あなたは見えないんだから、分らんだろうが、××公園ね、あすこにプールがあるのしらないかしら。そのプールのじき横に、ベンチがあるんだがね、そこまでの道筋はどうとってもよいが、そのベンチの所までつれて行ったら、犬の鎖をはなしてやってほしいんですがね。いや、そのベンチは、明日一回、うちの奴がつれて行くから、よく憶えて下さい。

できるでしょうね。あなたはカンがよさそうだから」

「できますとも。××公園のプールの傍のベンチなら、つれて行って頂かないでも、一人でも参れる位です」

というと、

「そう、それはよかった。そしてそのベンチの所で、あなた、犬を放してやりますね。さよう、まあ大体十五分か、二十分位たつと、また犬がかえってくるから……」

「帰ってきますかしら。犬のことで、どこかへつっ走ってしまうと、私は見えないので、困ってしまいますが」

「大丈夫。必ず帰ってきます。帰ってきたらまた犬を鎖につないで、つれて帰って頂く。いや、外のことはどうでも、この手順のことだけは、間ちがわないようにしてほしいんです。その外は、あなた、例えばベンチの所で、退屈なら、流行歌うたっていようと、何してようと勝手です。但しそのベンチの場所を離れないように、それだけはおねがいします。どうです。やってくれますか」

「やってみます。犬が本当にその通りやってくれるなら」

といい、すると元哉は、ハッパをかけるように、

「三百円のお礼なら、少くはないと思いますがね」

「少い所か、多すぎる位です」

「どうせ私があげるんじゃない。犬の飼い主があげるんですから。時にあなた、御家族がおありのように言っていられたが、何人?」

「半盲の家内と、目明きの子供が二人います」

「あんまじゃ仲々、食ってゆくの容易じゃないでしょう」

「助かります」

と清吉、すっかり元哉のいう通りに心もちが動いて、しかし、不思議な条件だとは、薄々《うすうす》思った。

二

いくら犬が利口でも、果して元哉のいう通り、うまく元へかえってきて、めくらの彼にしばられてくれるか、それからして、まず危ぶまれる思いで、妻には云わず、翌朝、約束の時間に、行くと、細君がまち構えていて、

「さ、それじゃこの鎖もって。案内して上げますから」

犬をつれた盲人を、手引きしてゆく。

犬はよく訓練された、利口な奴とみえ、がらこそ大きいが、忽ち犬好きの清吉にも馴れ、撫でてやると、身をすりよせてくる。

名は、平凡な、マルというのだそうで、清吉には、そいつを散歩させるなんて、愉快なアルバイトだと、気に

入りさえした。

じき一キロほどある××公園。その一劃にあるプールの傍のベンチに、

「ここですから」

といって坐らされ、

「さあ、それじゃ鎖を放してやって下さい」

というので、放してやると、犬は一散に、向うへかけて行く。

細君が、

「じゃあ私は向うへ行ってますよ」

といって、どこかへ行ってしまった。多分その辺のものかげから、様子をみているのであろうと思っていると、果して元哉のいった通り、約二十分もすると、犬が、坐っている清吉の、膝の間にからだを入れてきて、さも、それじゃあ縛って下さいとでも、云いたそうであるのに、清吉はむしろ驚いた。

犬を鎖でしばり、元哉の家へひき返すと、細君がとび出してきて、

「じゃあ犬はこちらへ下さい。小屋に入れるから」

という。

「おや、奥さんはもうお帰りになって」

「ええ、もうとっくに。じゃあお分りですね。明日からずっと、今日の通りにやって下さい。じゃあこれがお約束の三百円」

といって、三枚のサツを渡す。

そのまま夜の、かせぎの時間まで、一旦宿に帰った。妙な後味だった。しかし勿論不愉快はない。割のいいアルバイトで、本業の流しあんまより、確実なだけでも助かると思った。細君に話すと、細君は、

「随分利口な犬なんですねえ。ただこの先、うっかり鎖を放してから、犬がどっかへつっ走ってしまったら……」

「いや、だからそれは、万一そんなことがあっても、決して俺の責任にはしない。三百円の方は、それでもきっとくれるというんだから」

「そうですか」

とだけで、深く怪しみもしなかった。

三

あんま稼業は、夜がおそい。宵の口は普通の住宅街、それから宿屋街を流して、最後は、その頃まだあった赤線区域や、少し遠い芸者屋街を歩き、早くて一時、おそい時は、二時三時になることもある。これがもし、空《から》っ風の吹く厳寒だと、からだが堪るまい。今は秋で、暑くなく、寒くなくて丁度いいが、こいつは冬までに、せめて流しあんまだけでも止められるようになりたいものだと、つくづく思った。

午後の暇な時間を利用して、貸間さがしをし、そうだ、こういうことこそと、元哉にもたのんでみた。心がけて上げようという返事であった。

犬を散歩させるアルバイトも、五回七回とつづき、別段の事故もないので、きちんきちんと入ってくる収入を、このままいつまでもつづいてくれと望みはじめたある晩、清吉、ふと道で、友達の赤沢直則と出あった。

直則も全盲だった。両方共見えないのでは仲々往来で行きあっても、お互いに知ることも容易ではないが、偶然、清吉が流してくると、向うからも按笛を吹いてくる奴がある。ふと、

「今晩は」

と声をかけると、向うも、

「今晩は」

挨拶をかえした声に、きき憶えがあった。

「何だ。赤沢君じゃないか」

と云い、

「本田君かい」

と先方も懐かしげに云った。

二十年来の友達だった。清吉が上海へ渡る前、同じ先生にあんまを習った、同門だった。

埼玉県の生れで、ずっと郷里へ帰って、その商売をやってきたはずだ。

「珍しい所であうじゃないか。どこにいるの」

ときいた。

「どこといって……東京へ出稼ぎさ」

「出稼ぎ、東京へね。どこに泊ってるの」

「泊らないんだ。泊っては高くつくからね」

「だって泊らなきゃ無理だろう。浅草から東武で三時間かかると、せんにきいたの、覚えてるが、遅くでは電

車がないだろう」

「だから朝になって、一番が動き出してから帰る。そうだな。往来での立ち話もナンだ。今夜、そうだな、二時頃丸田屋へこないか」

「丸田屋って何だ」

「しらないのかい。そうか。蕎麦屋さ。終夜営業の蕎麦屋さ」

「ああ、話にはきいた。出かせぎのあんまが夜を明かすための梁山泊《りょうざんぱく》だったな」

「そうなんだ。こないか」

「どこだか教えてくれたら行くよ」

「遠いわけじゃないし、分ると思うよ。こう行くんだ」

そう赤沢が言った。


そういう家があると、兼ねてきいていた。主に秋口から冬へかけて、近県から東京へ、あんまの出稼ぎにくるものも多い。そういうものが、夜の遅い商売のことで、終電車も出てしまって、帰ることはできないが、といって、宿屋へ行ったんでは、泊り賃がたまらない。そういう人達のために、一軒の蕎麦屋が、夜通し店をあけていて精々《せいぜい》蕎麦一杯ぐらいで一と晩中、火のそばで過させてくれる——丸田屋というのであるとはしらなかった。

「××町に名高いお灸《きゅう》の家があるの、知らないかしら。××警察の真向いになるが」

と直則がいった。

めくらでは、地理のおぼえ方も、高い目に立つ塔や何かでなしに、匂いのするものなどが目印しになる。

「知ってる。偶《たま》にあの辺へ治療にゆくよ」

「もっとももう、夜遅くじゃ、モグサの匂いはせんが、知ってるなら好都合だ。そのお灸所を右に、警察を左にみて、知ってるね。二間道路だが、百メートルほど行くと——その間に三つ位曲り角があるがね——左へ曲る一間道路がある。その入った、右側の、七八軒目の家だ。これも昼間だと、ヤクミの匂ぐらいするんだが、夜中だから、もし心細かったら、そのへんへきて、何か歌でも歌うんだね。〈お富さん〉でも何でもいいや。歌がきこえたら、迎えに出てゆくから」

「そうかい。行くよ」

と待ちあわせの約束は、簡単にできた。

四

〈お富さん〉の力まではかりずに、どうにかその家を探しあてた。

深夜。

さすがにもう釜の火はおとしてある。

風変りな梁山泊だった。よく分らないが、二階の、八畳ほどの部屋に、同業の七八人が、そっちこっちに固まって、ボソボソはなしているもの、かすかに鼾《いびき》をかいて、ごろ寝のもの、一団はまた、どこで仕入れてきたか、シヨウチユウでもあおっているとみえて、ビンとコップの音をさせ、オダをあげている。

清吉が直則と、久しぶりの話をしているうちに、ふとこの頃の、奇妙なれいのアルバイトの話をすると、

「ハテナ」

と直則が言った。

「へんだぞ、その話。何だかくさいところがある」

同じ火鉢にあたって、話しに加わっていたもう一人のあんまさんが、傍から口を出して、

「そうですね。僕もへんだと思いますね」

「どういう風に？　犬が馴れてるからかい。だって犬は利口だから。きいた話だが、訓練したら、随分犬は、色んな仕事を一人前にやるというじゃないか」

「それじゃありません」

とそのあんまさんが続けて、

「ただその、たったそれだけの仕事に、三百円の日当ってのが、きょう日あんまりうますぎるように思うんだがな。一体その金どういうんです。尾崎とかいうその人が払ってくれるんですね」

「直接にはそうだが、じつは犬は預かりもので、三百円は、犬の預け主からくるわけらしいんだが」

「筋は通ってるみたいだが、やっぱり何だかへんだな」

とつづけて、

「無暗に人を疑ぐるみたいだが、ちょっと何か犯罪の匂いがするようだな」

「犯罪の？」

「まあいいや。どっちにしても、我々は見えないんだから、目明きのいうことを信用するしかないが、もし見えたら、何かとんでもないことが、分るんじゃないかって気がするがなあ」

「しかしまた」

と直則が言った。

「それで現に本田君が、三百円ずつもらってることは、事実なんだから、それでよくもあるな。下手につっつかない方が、いいかもしれん。つっついて、金の卵を産む鶏を殺しちゃっても、つまらんからな」

そう友達は云い、この話は、それでおしまいになった。

まったく、鶏が金の卵を産む間は、殺しちゃならない。ところが、その鶏が、こっちでつっつくつもりはなかったのに、どこかで、つっつくものがあったらしい。へんな風に、ことが進展した。

五

また時々出稼ぎにくる。来た晩は、またここにきているからという赤沢直則と別れて、翌朝、前夜おそかったので、ねむい眼をこすりながら、清吉が、尾崎元哉の家へ行ってみると、れいによって奥さんが、

「はい、それじゃあおねがいします」

といって、犬の鎖を渡す。

犬は散歩が好きだ。大悦《おおよろこ》びで公園へ連れられてきて――というよりも、盲導犬さながら、ちゃんと道筋を覚えているマルは、清吉を、いつもの通り、プールの傍のベンチへつれてきた。

「マル、それじゃあしばらく遊んでこい」

そう云って、放してやる。

犬がとんで行くと、入れちがいに、耳の傍で男の声がした。

「あんまさん、毎日あうねえ」

そういって、ベンチに並んで腰を下ろす。

「はいはい」

と盲人は答えた。

「毎日あいますかどうですか、何分にも盲人のことで」

「なるほど、それもそうだ。ところがあぶれ労働者の俺は、ここで暇つぶしをするしかないんだが、来るといつでも、あんまさんが居るんでね」

「そうですか。じゃああなたは、失業者の方ですか」

「方ってほどのものじゃねえが……随分利口な犬じゃないか、あんまさんの犬かい」

「いいえ、お客さんのシェパードで、散歩させるように頼まれるもんですから」

「え、シェパード？」

とその男は怪訝そうに、

「シェパードじゃないようだぜ。何ていう種類かしらんが、シェパードでだけはない」

「でもシェパードだと云われましたから」

「いや、ちがうな。シェパードはもっと大きいし、格好だってちがう。第一あんな所へ入って行けるわけがない」

段々へんなことが出てくるようだ。

「え、じゃあシェパードじゃなくて……そしてそれがどこへ入って行くんです」

「なるほど。見えないんだから無理もねえや。俺も暇だもので、犬の行く方向を気をつけていたんだが、何のためかしらんが、妙な所へ入ってゆくことが分った」

「どんな所です」

「ここから、そうだな。二百メートル位あるかな、昔、地下鉄のトンネルの入り口だったのを、つぶした所があるんだがね。そこから地下の停車場へおりてゆくトンネルだったのを、何かの理由でつぶしたらしい。その半つぶれのトンネル、人間は入れないし、犬も、シェパード位背が高くちゃどうかな……うまくからだを屈めて、そこへ入ってゆくんだ」

「そうですか。そんな所へ入って行くんですか。でまた出てくるんですね、帰ってくる所をみると」

「そうなんだがね。ただそれが、も一つ不思議なことがあるんだ」

「……」

「それはね、これも決まってるんだが、入る時は、まっすぐトンネルの所から入って行く。所が帰りは道がちがっててね、トンネルから出てはくるが、まっすぐ来ずに、寄り道をしてから来る」

「寄り道をしますって？」

「うん。途中一軒の家の、垣根の合わいから入って行って、しばらくして、別の垣根から出ると、一目散に、あとはこちらへ走ってくる。奇妙な風に訓練されてるんだな」

「へへえ。そうですか。じゃあ今日もそうするでしょうか」

「だろうと思うがね。そう、ここからだと、行きは向うのプールの右手から行って、かえりは左手から帰ってくる。ああ、来た来た。左手から。つまり、寄り道をすると、そういうことになるんだ」

云っている内に、足の早い犬は、もう清吉の足の間にいる。

「な、さわってごらん。たしかにシェパードじゃない。シェパード知ってるんだろ」

「ええ、昔見えましたから」

「なるほど」

といって、ほら、耳、ほら、口と、手をとってさわらしてくれる。

たしかにシェパードではなさそうだ。

清吉少し気味がわるくなった。

何にしても金をうけとってと、犬を尾崎の家へ送り届け、

「奥さん、この犬シェパードではありませんね」

というと、

「いいえ、シェパードですとも。そうじゃないって誰が云いました」

「いや別に」

「とにかく私は、そううかがってるんですから。それがどうかしましたか」

といわれると、なるほど犬の種類なんて、はっきり知らない人がいても、不思議ではないようだ。しかし、

「奥さん、この犬へんな所へ入ってゆくそうですね。地下鉄のトンネルだそうですが、鎖をといてやると、いつもそこへ入って行くんだそうで」

といった時、心なしか奥さんは、ドキッとしたように、しばらく黙ったあと、

「そうですか。犬のことだから、そりゃそんな所へも入ってゆくでしょうね」

「そんなものあるんですか、あの辺に。そんなトンネル」

と念を押すと、

「よくは知りませんが。犬のことだから、どんな所へ行くやら分りませんね」

結局何のこともなさそうなので、清吉も、話をそこまでにして、うちへ帰ったが、しかし、清吉の経験は、そのあと妙な発展をした。

六

翌朝清吉が、尾崎の家へ行ってみると、奇妙なことに、かどが閉まっている。

まだ寝ているんだろうかと戸を叩き、声をかけてみるが、返事がない。人気がなさそうに思われた。

五分ほど叩き、思案にあまって、隣りの家の玄関を訪ない、

「御めん下さい」

というと、

「はい」

と出てきた奥さんらしいのが、不思議そうに、

「おや、あんまさんですね。うちじゃあんまさんなんか頼まないが」

「いえ、じつはちと、お聞きしたいことがあって」

「はあはあ」

「お隣りの尾崎さんですが、どこかへお出かけになったんでしょうか」

「え、尾崎さん？　お隣り、尾崎さんというんじゃないと思いますがね。うちじゃ、おつきあいもしなかったが、表札は金子とかいてあったようですよ」

「金子！　そうでしょうか。でも旦那と、奥さんと、犬が一匹と」

「それにちがいありませんがね、たしかに尾崎さんとは仰有《おっしゃ》らないと思いますよ。それとも旦那さんと奥さんの、どちらかが尾崎さんで、どちらかが金子さんなのかもしりませんがね」

何だかへんな塩梅《あんばい》である。狐にでもつままれたようだ。

結局、苗字のせんさくは第二として、奥さんも、清吉のために目を貸してくれることになった。

裏木戸が、しまりがしてなくて、あいたので、入って行った。

清吉が、尾崎というのだと思い、隣りの奥さんは金子だといった、その家の、主人公も奥さんも犬も、どこへどうしたのか、姿が見えない。

家財道具一切運び出され、家はカラだった。そういえば、昨夜おそく、自動車の音がしたようだと奥さんが云った。

呆気にとられて、二の句がつげなかった。

二の句がつげないのはよいとして、何となく心のこり

なものが、あとにのこった。

たった三百円でも、稼ぎがうすくてくうやくわずでいる今、小さくはない。その金づるにはなれてしまうのもくやしい。

〈何にしてもたしかにヘンテコだ。そうだ。一ぺん直則の意見もきいてみよう〉

と思った。

ことのせんさくにとりかかってみることにした。

その夜おそく、再び丸田屋をたずねてみると、直則は、やはり先夜のあんまさんと、二人で、始終の様子をきくとすぐに、

「だからやっぱり臭いと思ったんだ」

といった。

「どうも臭いね。だって君が、犬をシェパードでないと云ったら、奥さんのいうことが曖昧だった。そこまではまだいいとして、犬がトンネルに出入りするといったら、奥さん急に警戒をはじめたらしい。そうとしか思えんじゃないか。つまり奥さんは、君が盲人で、犬がどこへ行くかしらないでいると思ったのに、誰かにきいて、知っているらしい。それで警戒をはじめた——ということは、つまり奥さんに、何か後ぐらいことがある証拠だ」

「そうだろうか」

「そうさ。だって、それが証拠に、その尾崎だか、金子だかと称する男は、行方不明になった。我々が云っちゃあ可笑しいかもしれんが、一目瞭然という所だね」

「……」

「君、明日朝によってくれるか。朝は暇になったはずだね。いいや、なくなったんだから、駄目さ。明日また尾崎へ行ってみるつもりだったら、無駄だから止した方がいいよ。かえって来っこないから」

「いや、僕もそんなことは、考えていないがね」

「そうかい。じゃあ明日の朝、近いらしいから、花輪先生の家をたずねてみないか。日曜だから」

「え、花輪先生！　花輪先生がいられるのかい、このへんに」

と清吉は、なつかしい思いであった。

花輪正一——二人のあんまの先生で、今はこちらのマッサージの学校で、あんまを教えているのが、直則のいう所では、先日偶然道で行きあって、家を教えてもらい、いつか日曜の朝にでも、訪ねてこいと云われたという。

「丁度いいや。あの先生、こういう探偵小説みたいな

話、興味もつからね。先生のお考えをきいてみよう」

盲人だが、理屈好きな頭のもち主で、探偵小説の好きな先生であった。

清吉二つ返事で、一しょに行くことにした。

七

先生の家の目標はパチンコ屋で、その隣り二軒目だという。日曜のことで、パチンコ屋は、朝早くから、ガラガラガラ、チーンと、景気のいい音を立てていた。

すぐ分った。

「やあ、よく来たね」

と、二人を座敷に迎えて、花輪先生大悦びだった。

先生お好きの、綾太郎の浪曲レコードがかかっている。それをとめた所で清吉が、

「お邪魔じゃないんですか」

といった。

「今朝はお客があることになってるんだがね」

と先生が云った。

「じつは渡辺さんという、巡査の人がみえることになってるんだがね。かわったお客さんだろう。ハハ。しかし君たちがいても差しつかえない。差しつかえない所か、ひょっとすると君たちにも、力が貸してもらえるかもしれないんだ」

「僕たちが力が貸せるんですって」

と直則が言った。

「そうなんだ。じつはある犯罪事件があってね、その事件に、盲人が一と役かってるんだそうだ。その盲人を探し出してくれと、先日ちょっと往来での立ち話でね、じつは今日、なおそのことの詳しいうち合わせにみえるんだ」

「犯罪事件ですって！　どういう？」

「ふん。こういうんだ」

といって、先生がはなし出した。

「お互いみえないんだから、町の名なんか云われてもピンと来んがね、△△町のある家の地下室で、麻薬の密造をやってるものがあるんだそうだ。それがほぼ目星がついてね、ただどうもはっきり確信がついたという所まではでは行っていない。もう一歩で、アジトの急襲という所までこぎつけた所が、昨日その元兇が、突然行方不明になったんだそうだ。惜しい所でとり逃がしたってわけな

んだ」

「元兇ですって」

と直則がいった。

「うん。元兇というか、それともボスというか、親分というかね。もっともまあ元兇といっても、そう大物ではないんだろうよ。麻薬のことをペエというんだそうでね、その密売所のことを、トーチカというんだそうだが、面白いね、戦争みたいで。ハハ。で、多分そのトーチカの大将か、それともその上か位の所なんだろうな、話の様子が。勿論ああいう密売団の組織は、下っ端は、到底上部の大将が、何という人間で、どこにいるかなんてこと、分らんようになってるらしいね、勿論中央にデンと鎮座ましましている総大将なんてものは飛行機か何かで、しょっ中とび歩いている、世界を股にね」

「そうでしょうね」

「所で、そのトーチカの、更に下働きをやっている盲人があった。それをみつけてくれたというわけだ」

その元兇というのが、地下に工場をつくって、密造をやっていた。それを妙な、手のこんだ方法で、トーチカへ運搬していた。

その地下の工場から、一つの地下道を掘って、それを、昔そのへんに地下鉄をつくった時、しばらく掘って、その後何かの事情で工事を中止したトンネルとつながらせてある。トンネルは半分土に埋まって、狭いので、人間は通れないが、犬なら通れる。

どう訓練したものか、一人の盲人が、一匹の犬をつかって、麻薬の運搬をさせていた。犬を、××公園のプールの横のベンチの所で放してやると、犬は、教えこまれた通り、地下道へ入って行く。首輪の所に小さな袋を下げて、それへカネが入れてある。犬が地下工場につくと、カネと入れかえに、ヤク、つまり麻薬を、工場のものが袋へ入れてやる。犬はまた、地下道を帰ってくるが、トンネルを出ると、入った時とは別の道をとって、トーチカへそれをもってゆく。そこでヤクを、そこの奴がうけとる。犬はそのままもとのプールの所へかえってくる」

「へへえ、随分くわしく分ったものですね、よくそんな何から何まで」

と今言葉をはさむのは直則ばかりだった。

「そりゃ分るんだろうよ。夜昼となく、はりこみをやるのらしいね。根気根気根気ってわけなんだろうな」

犬をつかって、麻薬の運搬をさせた。

それを一人の浮浪者がみて、不思議なことをする盲人だと、警察へ教えてきたので、段々分ってきた。

まず、昔の記録など引っくり返してみると、その地下鉄の、廃棄になったトンネルの方向が、どうやらその、地下に工場があると目星をつけた家のある方角に向っている。そこから、今いった地下道の細工のことが、想像ついた。

犬の首の袋のことも、浮浪者の話からやっと分った。

「やっと確信をえて、昨日の朝アジトを襲った」

と花輪先生が云った。

「所が一と足ちがいで、もう元兇は高とびしたあとだったというので、口惜しがっていた。

ただ、一体どうしてその元兇が、警察側の探偵具合をかぎつけたかってことだね」

「ああ、なるほど」

「考えられるのは、れいの盲人のことなんだ。浮浪者のいう所では、犬がどこへ入って行くかを、彼が盲人に教えたそうだから、多分盲人が、元兇にそのことを話したんじゃないか」

本田清吉、到頭黙っていられなくなってきた。

「つまりその、犬をつれて歩いた盲人を、渡辺巡査って方がさがしてるんですね」

といった。

「そうなんだ」

「困りました。その盲人は僕です」

穴があったら入りたいような気持で云った。

「え」

と花輪先生すっかり驚いて、

「君だって！　君が」

「つい慾にかまけて……だって三百円というの、この頃の僕にはバカにならん誘惑だったので……面目もありませんが」

何とも面目なく思いながら、清吉が一部始終をはなした。

「そうかい。そういうことだったのかい」

と先生が、一々の話に、みえない目を丸くしながら言った。

「じつは、本当は今日、それについて、あまり不思議なので、先生の探偵眼をうかがいに来たんでしたがね」

「そうか。そうだったのか」

と先生深い溜息をついた。

「先生」

と清吉、いよいよ面目なくなって、

「僕結局どうなるんでしょう。知らないことではありましたが、僕のしたこと何かの罪になりませんか。何か、刑法上の」

「善意だったんだろうね。そういう、ペエの密売なんてこと、まるで知らなかったんだろうね」

「まるでしりませんでした」

「僕も無論そうだろうとは思うが、ただ警察がどう考えるか。無論、刑法上の罪とか何とかいうことはないと思うが、ただ、こういうこと位はありそうだな。つまりこの先、さらにその逃げた元兇を追跡するのに、君の、何というのかな、証言を求めるとか、またさらに一歩先へすすんで、いよいよその元兇がつかまったような時、それこそ君は証人として喚問されるとかね。現に渡辺さんが君をさがしてるのは、そこだろうよ。……そうか。君だったのか。こいつは思いがけなかった」

「よくありのままを、渡辺さんていうその巡査の方に話しましょう」

「それがいいね。まもなく見えるから」

「そうしましょう。ただ問題は」

と困った顔になって、

「れいの三百円なんですが」

「そうね。その金を君がこのままうけとっておけるかどうか」

そう考え深く花輪先生が言った。

〈三百円ぐらい〉

と清吉、思わざるをえない。

〈三百円。たったそれっぽっちに目がくらんで、俺がバカだった。俺が、一匹の犬の共犯だった〉

おかしくもあり、悲しくもあって、何ということなくうちしおれた。

随筆篇

盲人その日その日——盲学校教師のノート

可視の世界

盲学校につとめ、毎日盲人をみていると、決して可視の世界は、この世にただ一つきりあるのではないという気がしてくる。

人づてにきいたのだが、なくなった作家横光利一は、頗る目がよく、和田倉門《わだくらもん》の濠端《ほりばた》に立って、東京駅の時計がよめたという。これに反して、やはり人づてにきいたのだが、現在の作家Kは、零度《れいど》のメガネを二枚かけて、それでも目を、殆んど紙をくっつけて、ものを書いたりよんだりするそうだ。

松江に行った人は知っていよう、あすこに小泉八雲の記念館がある。所でこの記念館に蔵されている、八雲愛用の椅子テーブルが風変りであった。

というのは著るしくテーブルの背が高い。つまり普通の椅子に坐ると、目が、著しくテーブルの上の本に近くくるようなことになっている。

八雲は大へん近視であった。たしか一眼、殆ど見えなかった。そんなことから読書の便宜のために、特別のテーブルを造らせたのだときいた。

横光とKと八雲と、既に三つの可視の世界——これはもう同じであって、同じらしくないではないか。

普通に目のことというと、近視、遠視、老眼の外は、乱視、斜視、色盲位がしられている。

盲学校にいると、いかにその外にも、複雑な、様々の視力があるのを知って、驚かざるをえない。

完　盲

一般に世間では、盲学校というと、全盲、つまり全然目のみえない盲人ばかりがいるように考えているが、現状は、特に日本では、全盲の外に半盲、それに弱視、つまり著しく視力の弱いものも盲学校に収容している。外国では、弱視者は特別の施設の学校に収容し特に採光を考えた教場で、黒板とチョオクの色なんかも、緑と黄だったか、特別に工夫したものを使って、大字の教科書で学習させているときいているが、日本にはまだそういう所はないらしい。

所でその全盲といっても、これに大別二種類あることを知っている一般の人は少い。

即ち全然明暗を弁じない、天地晦冥《てんちかいめい》の世界にいるものと、辛うじて明暗――光だけは弁じる所謂光覚盲《こうかくもう》とである。

私は二人の生徒をつれて、中央線の汽車に乗っていた。沿線の一都市で年一回行われる盲人学生の弁論大会へ、二人を参加出場させるためであった。

男女二人の生徒の内、一人の、女の方は、もう年も四十に近い老嬢であるが、彼女が、十六か七位に失明したとだけはきいていたが、失明の原因、それに彼女が全盲なことは知っていたが、光覚はあるのかないのか、まだ知らなかった。

山間のトンネルをぬいぬい、汽車はやがて甲府盆地にかかる。うすら寒い日で、空はくもり、もっとも気象台の発表では、夕方には雲が切れ、晴間がでるということであった。

甲州葡萄の、丁度刈りとられた直後と覚しい棚が車窓にみえ始めた頃、果して雲が切れ窓からパッと日光がさしこんだ。

「先生、日がさしてきましたね」

と彼女は私にいった。

「うん。予報が当ったようだ」

「明るくなったでしょうね。暖くなるでしょう」

「そう」

とまでいってふと思いついて、

「君光見えるの?」

「いえ、見えません。光覚ないんです」

「すると……ああ、日光が裸の手の上にさしてきたから」

と私は彼女の手の上にさしてきている日光をみて云った。

「ええ。痛いような感覚がありますから」

「痛い?」

「というか何というか、とにかく一種の感覚です。はっきり云えません」

「なるほど」

と私はいい、この機会に彼女の失明の原因その他をたずねてみることにした。

スケート

「君、たしか十六だかの時失明したのだったね。原因は何？」

「十六の時です。お転婆《てんば》のおかげです」

「お転婆？」

「樺太《からふと》におりましたでしょう。（彼女は樺太からの引揚者であった）男の子たちとスキーやスケートよくやったんですが、あの時一人で池の上でスケートをやってた時です。誤って転倒しましてね。後頭部を厭というほど氷の上に叩きつけて気を失ったんです。その時はじき気がつきましたが、段々頭痛なんかするようになる。視力がおち出しましてね、父にもいったんですが、父も大したこととも思わず、そうこうする内到頭一年位して見えなくなりました」

「そうだったの。ぶっつけた部分が内出血でも起したんだね」

「ウッケツニュウトウとか医者にはいわれたんですがね。それにしたって、もっと早く手当てすれば、また何とかなったんでしょうが、父もその点は、本当に悔んでいるんですが、後からではもうどうにもなりませんから」

「なるほどねえ」

と私は色んなことが急に分り出したような気がしてきた。

例えばこの生徒は著しく運動感覚を欠き、盲人はすぐれていると云われているカンがなく、こんな所から体操が嫌いで、運動会などがあっても寮に籠って、編物などばかりしている。体操の先生がその点彼女を嫌い、ただ彼女が年ももう行っているので、漸く体操等も免除同様にし、私もまた彼女の不活潑を、年のせいに帰して考えていた。

豈計《あに》らんや少女時代は、随分お転婆であったらしいのだ。失明のその同じ原因――後頭部の打撲が彼女を不活潑にしたのに違ない。

「強《あなが》ちお父さんが届かれなかったわけでもあるまいが」

と私がいうと、

「ええ、そうですが」

そういって彼女はつづけた。

「今でも覚えていますが、見えなくなって三年目でした。ある晩御飯をみんなで食べている時、ふと私〝三年たってもうお父さんの顔忘れちゃった〟と何の気なしに云ったら、母が急に泣き出しましてね。それからもう決してそんなこと云わないことにしました。父も母も、あの時もっと手当を早くすればと悔んでること確ですからね」

盲人の夢

この彼女の言葉は、色んなことを考えさせる。

勿論人が失明し、美しいこの世界の、色と光から絶縁された世界に住むようになった場合、直ちにこの地上世界の映像を一切失ってしまうとは思えない。

たとえば色とか形とか大凡は、何十年たっても忘れることはないに違ない。その点先天盲人の、始めから色と形をしらないのと較べると、比較にならぬことは想像できる。

しかし細部については——ものの陰影といったような細かな点についてはどうか。

所で彼女がそこまで云った時、傍からもう一人いた男の生徒が、

「Nさん、あなた夢どんな夢みる?」

といった。

この男生徒も中途失明であった。二十才までみえて、急に視力が落ち、それでも盲学校へ入ってきた当座は、まだ少しみえたらしいのが、今はもう殆んど完盲に近い。但し光覚だけはあった。

「夢は……そうねえ、よく分らないけど」

「色や形ある?」

と私がきいた。

「あるように思いますけど」

「どうかな」

と男の生徒が懐疑的にいうので私が、

「君たちは中途失明だからちがうだろうが、先天の人は、無論、音だけの夢をみるんだろうね。勿論盲人だって夢はみるだろうから」

「みますとも。いや僕なんか、本当はこの頃段々、夢に色と形とがなくなってきたんです。今にもう一年もしたら、完全に音だけの夢をみることでしょう。心細い話です」

こういって彼は、淋しそうに笑った。

カンの話——盲学校教師のノート

光覚盲

一人の生徒Aをつれて、もう一人のTという生徒の家へ行き、すすめられて一泊したことがあった。

二人とも先天盲であった。乳児期に熱病をわずらった（というと読者はヘレンケラーの場合を思い出すであろう）のが失明原因ときいていたが、勿論二人共、完盲なのだと許り思っていた。

夜になった。Tの家の縁側から見わたすと、広々した田畑が展望され、所々に雑木林があって、それが、折々向うの往来を走ってくるトラックのヘッドライトで、漸くそれと知れる位の暗さである。

急にAが、

「時々向うからくるの、自動車ですか」

といった。

「え、じゃあ君は光覚あるの？」

「いくらか」

「そうかい」

と私はいったが、そういえばAは、学校の寄宿舎も、最近退いて、うちからバスで通学している。私はまた、完盲にしてはよく通えると思っていたが、光覚がいくらかでもあるとすれば、またどれだけかの有利さにちがいない。

「そうかい。どの程度の？」

「大したことありませんが、あの明り位はみえます。先生」

と突然別の方を向いて、

「先生、あすこにも道があるらしいですね。あの光も自動車でしょう」

「どれどれ」

と私は彼の視線を追うた時、

「何だ。あれはちがうよ」

と大きな驚きの声をあげないではおれなかった。

なるほどAの視線の方向が明るくなっていた。高い木がこんもり繁り、その背景が、ぼうっと明るくなってきたのは、そういえば思い当ったが、時間からいって、丁度十八夜位の月が、その方角から今出てきた所であった。

「ちがうよ。あれは月だ」

というと
「何だ。月ですか」

と自分ながら呆れたというように、

「僕はまたトラックか何かの灯《あかり》かと思った」

「しかし君はまだしもそれ位でもみえるとすれば、Tとはちがうんだね。Tは」

ともう一人の生徒をみて、

「光覚まるっきりないんだろう」

「ありません」

とTがいった。

しかしTはそれにしては、カンもひどくよく、これは住居と学校との距離の関係で、到底通学は望めないままで、休暇などの家への行きかえりには、全然ひとりで、長い汽車旅もする。その日私は、彼の案内で、彼の家の近くの池（冬になると鴨が沢山集るという）へ連れてゆかれ、そこで彼がした話などによると五六才頃は、その辺りで、完盲だてらに泳ぎもすれば、釣りもすれば、正眼者の子供がやる位の遊びは何でもやった。いかに生れた土地とはいっても、光覚もなしによくやれたと思えるようなイタズラの話を彼からきいた。

今きくと、光覚が相当にあるらしいAであるが、それにしては平生の立ち居振舞が、むしろ光覚のないTの方が、はるかに活潑のようである。

所謂カンというものの正体はよく分らないが、盲人の場合、光覚はなくてもカンのいいものもあれば、光覚はあっても、カンのわるいものはわるいのらしい。

しかし念のためにきいた。

「しかし星はみえないんだろうね」

「ええ、それはみえません」

「君位の光覚があったら、道を歩いても、溝にはまるような事は少ないだろうね」

「そんなことありません。よく落ちます」

「先生、Aはね」

とTがいった。

「臆病ですからね。あんまりビクビクしていると、却って溝に落ちたりするんです。僕なんかもよく落ちるには落ちるが、大胆だったから、却って子供の時なんかも、怪我なんか別になかったんですね。そんなものですよ」

カン

いわゆるカンと、運動感覚というものと、関係があるのかないのか、よく分らない。

どっちも中途失明の、一人は生徒のW、一人は教員のY。二人ともカンはよい。

Yの方は光覚もないのに、たった一人で汽車にのって、知らぬ遠方の土地へでも出かけてゆく。中国地方を一巡してきたことがあるときいている。

Wの方は光覚は大分あるらしい。道を歩いていて、どれが道で、どれが溝か、漠然とではあるが分るだけの光覚があり、そんな所から周円リレーなどという、盲人独特のランニングの競技でも、すばらしいレコードを出したりする。

Wの方は運動感覚もすばらしいのに、Yの方は、凡そ作業というものがカラキシ何もやれない。

もっともWはスポーツマンの体軀、Yの方は肥満型で、普通正眼者でも、肥満型は動作が不活潑と相場がきまっているが、とにかく運動神経となると、正眼者だって、あるものもあれば、ないものは著しくない。

カンと運動神経とは関係は別にないのかもしれない。

指数の弁別

ここで、読者には耳馴れない言葉の二三を紹介することにする。

眼前手動弁、眼前指数弁、それへ距離のことをつけて、一米指数弁、一米手動弁などという。

正眼者の読者には想像が困難であろうが、（私が最初そうだった）たとえ光覚はあり、大分見えるものも、その程度が、精々《せいぜい》、眼の前で指の動くのが分る程度から（それも一米なら分るが、それ以上はなれるともう分らぬというのが一米手動弁）更によくなって、指の数が弁じられる程度にと、段々及んでゆく。

こうして結局、普通学校などの身体検査の時つかわれる万国式試視力表で、視力が測定できる程度のになるのだが——

さて、一体日常の用を便ずるのに、どの程度の視力のあるあたりから十分なのであろうか。

勿論手動弁、指数弁程度では、学習をするのにも、所謂スミ字によることは概ね不適当で、百年前死んだルイ・ブライユの考案になる点字によるしかないが、試視力表では測定できない程度でも、まず安全に、往来の歩行位は、覚束《おぼつか》ない視力をたよりに、できなくはないらしい。

もっとも相当ハタでみていて危なっかしい。却って完盲より危なっかしい感じさえする。つまり完盲なら、始めから目を使わず、用心をするが、少しみえるものは、却って油断するということがあるからだ。

一人、小学部四年の子供が、毎日汽車の乗りかえをやりながら、しかも同級の、一人の完盲まで手引きして通学している。

私は彼にきいたことがある。

「君、あすこの富士がみえるか」

駅から学校まで、数丁の距離だが、途中から晴れた日は、富士が真正面によくその霊容をみせるのであった。

「みえません」

と生徒が答える。

「まるっきり?」

「ええ」

「そうか」

しかしこの生徒位のは、たとえ富士はみえなくても、高い山、低い谷、空、雲などのことが、大体は分るにきまっている。

この子供以下の視力のになると、果して山とか海とかいっても、どの程度の理解ができるものか。

全盲者にとっては、高い山といっても坂の連続にすぎぬだろうし、広い海といってもその広さは、到底理解の彼方にあること、想像にかたくはない。

(私は盲学校用の地理教科書の編さんをさせられたことがある。

メクラに地理を教える事、何にもましてこれほどの困難はないのを、しみじみ思わされた。

例えば地図だが、紙の地図では問題にならぬとして、レリーフの地図を使ったとしても到底高さ、低さ、広さ、深さなどの観念は、正確に教えることは絶望に近いと思われた)

火

(一体彼らの何人が火というものを本当に知っているのだろうか)

ある情景をみて、私はつくづくそれを考えさせられたことがあった。

ある情景というのは防火訓練の情景である。戦後学校の火事が多く、やければあとを建てるのが、予算の関係などで容易でない。防火訓練をやるように、時々県や消防署等から指令がくる。勿論建物の保護の外に人命保護が目的なのはいうまでもないが、殊に盲学校では建物のことより、盲児の保護が主。つまり防火の訓練というより、より多く避難の訓練だ。

私の赴任後まもなく、防火訓練の行われた時、こちらもまだ盲児になれない時で、情景はむしろ凄惨でさえあった。

予め先生から、ベルの合図と一緒に教場から避難して、廊下を混乱なくしずかに運動場へ出るようにと、生徒に申し伝えられた。

ベルがなる。さあまず第一歩が大変である。

その時の教場は畳敷の、寮と兼帯に使われていて、廊下へ出るのにみんなまずスリッパをはくのが第一だが、どこに自分のがあるか分らず、まごまごしている。

さて次は、漸くスリッパははけた。所で廊下への出口だ。小学部も低学年だと、平生のしつけで、半盲生と先生（主に女先生）を先頭に、手をつないで歩かせるが、スリッパ探しにまだまごまごしているものが、まずとり残され、担任の先生が、

「××ちゃん、駄目じゃないの、早くスリッパ、なに、そこにあるじゃないの」

などと金切声をあげている。

手のくさりが切れて、まだ教場でまごまごしているのを世話をやきに戻ってくる暇に、もう先頭はずんずん廊下を歩いてる始末だ。

さて漸く廊下のはずれまできた。その時分には、方々の教場からの幾くつもの集団が、下駄箱の所で混みあっている。生徒は平生、手さぐりででも定められた自分の下駄箱のありかをしっている。

しかしあわてているのと、混雑のおかげで容易にみつけ出すことができない。

突然の混乱で、女の子の泣き声が起った。みると一年生の女生徒で、彼女は泣き声のひまに、

「こわいようこわいよう」

といいながら先生に無理矢理しょびかれている。

「こわいことなんかありません。だめねえ、○○さんは。外の人は誰も泣いてなんかいないじゃありませんか」

と担任の女の先生が慰めているのだが、きかばこそ、先生のスカートにかじりついて、今は一歩も前進できない様子だ。

先生は、一方では、のこりの生徒が珠数《じゅず》つなぎに手をつないでいるものの先頭の手をもち一方でその子にかじりつかれて、二進《にっち》も三進《さっち》もゆかぬ様子である。

「仕方ない人ねえ。〇〇さんは。いいわ。じゃあ負《お》んぶなさい」

と到頭先生は泣いている子供を負ぶい、こうして漸く運動場に出る。

凄惨な後味であった。

私はその先生に、

「平常神経質な子供なんですか」

ときいた。

「いいえ、そんなでもないんですが、何しろ防火訓練なんて始めてですから」

と先生は答えたが、泣きじゃくった子供の心が分るようだ。火を見た事がないのだった。火がもえ広がる情景も、水をかければ消える様子も、生れてから知らないのだった。

防火訓練というので先生は、火の恐ろしさを話したに違いない。火は怖《おそろ》しいものと教えられた。ありていに云えば、怖しいとはどんなことかをさえ、全然知らないその女生徒にこわがるな、泣くなというのが無理に違いなかった。

探偵映画プラスアルファ――「黒い画集」を観て

映画の「黒い画集」をみせて頂いた。松本さんの原作探偵映画の内、「張込み」「眼の壁」についで、私が三番目にみた映画である。

前二者の内私には「張込み」が断然面白く、今度の「黒い画集」がそれと肩を並べる面白さであった。

理由について色々考えてみた。以下は映画の技法なんかにシロオトである一介の小説愛好家の感想の断片である。

「張込み」や「黒い画集」が面白く、何か深い感銘の残るのは、それが純粋の探偵映画でないからではないかしら、何か色濃く探偵小説プラスアルファといったものがある。そういう因子が観衆にうったえてくるのではないか。

もっといえば本格探偵小説というものは、それだけではすぐれた映画にならないのではないか。いつかのアメリカ映画「モルグ街」なんか、相当自由な潤色が施されていた。

それで思い出されるのは、「張込み」と同じ頃みせて頂いたクリスティ原作の「情婦」が、あれは推理劇としても甚だしく面白く、おしまいのドンデン返しの素晴しさなんか、クリスティの頭の冴えに脱帽してしまったが、それだけでなく適当なプラスアルファがあった。相当豊かな内容であった。

どうかすると私はそういうプラスアルファの方が面白いのだが、ところがここに――

渡辺啓助、中島河太郎両先輩に、何か最近面白いものはありませんかときいたら、口を揃えて、カトリーヌ・アルレエの「藁の女」を推賞されたので、本屋で探してきて一読、大へん面白かったので、勤め先の学校で専攻科のメクラの生徒九人によんできかせた。良人の老金満家カール・リッチモンドの死体を、ヒルデが運び出す所まで、皆面白がっていたが、刑事が出てくると、二三、さあ面白いのはここまでだ、あとは普通の探偵小説になるのだなといった。更によみ進んで、最後の頁をよみ終ったところ、別の二三のものが、それでお終いですかという。お終いだよというと、すごく呆気ないといった面持で、だって一体誰がリッチモンドを、どんな方法で殺したんでしょうといった。

　そういえばその方の推理は、殆どなされていない、甚だ推理小説らしくないすぐれた推理小説であった。

アンケート

感銘を受けた推理小説は？

> ①今までに一番感銘をうけた推理小説
> または推理小説に関する評論など
> 　A　日　本
> 　B　海　外
> ②それについての感想
> または推理ものに対する意見

①A江戸川乱歩先生の初期のもの、木々先生の「折蘆」、大下先生では「虚像」など。
B「今までに一番感銘をうけた」ということならやはりポオとドイル。外に小生シムノンが好きです。
②推理小説とはつくづく慾ばった小説のジャンルだと

思います。読者の科学性と文学性を同時に満足させなければならない。随分よくできた短篇が往々小説としてのふくらみがなく、何だか論理学教科書といった印象をのこします。やはり長篇でしょうに。

（荒正人・武蔵野次郎編『推理小説への招待』南北社、一九六〇年）

父の物語　書くこと一筋の人生だった！

日野多香子

私の父、永田東一郎は明治三十六年生まれ。もし健在なら今はもう百歳を超えているはずだ。祖父が関西の北浜銀行で重役だったために、父は兵庫県の芦屋で生まれた。家にはお抱えの車夫がいる、恵まれた家庭だったらしい。父の弟の大二郎叔父が、幼い頃庭でブランコから落ちた。その時には、地元の新聞でニュースになるほど、祖父は有名人だった。

父は中学時代を関西学院ですごした。毎朝、朝礼で賛美歌が歌われるとき、オルガンで伴奏をしたのは父だったという。しかし父は、学校のことを家ではまったく話さなかった。心配した祖父は、あるとき、山高帽にフロックコートというきちんとしたみなりで、ようすを聞きに学校にでかけた。

「学年全体で、十一番です」

こう言われたとき、祖父はとびあがるほど喜び、安心もしたという。

やがて一家は東京に出てきて四谷に家をかまえた。まもなく関東大震災。このとき、寝そべって本を読んでいた父は、畳の上を数メートルも行き来したという。家はつぶれなかったが、お蔵がペシャンコになった。このことをきっかけに、一家は中野の沼袋に越してきた。部屋が九つある大きな家で、お手伝いさんが二人いた。

四谷にいたころ、父は早稲田大学商学部に入学していた。小説を書きたいという気持ちは強かったが、さまざまなことを学ぶために、文学部ではなく商学部を選んだという。

大学時代の父のエピソードのひとつに、神宮球場の塀を乗り越えたというのがある。このとき父は、早慶戦の切符を買いそこない、親友の入交さんと、塀を乗り越えてはいることにした。父はうまくいったが入交さんは失敗、ひとりすごすごと家にもどっていったというのだ。入交さんは高知県の旧家の出だが、父とは一生よき友だち同士だった。幼い私たちが、ふざけ半分に苗字をもじって、「いじわるじいさん」といっても、けっして怒らない穏やかな人だった。

父が母と結婚することになったのは、母の兄で、浅草にある瑞泉寺の住職、一瀬直行も作家だったから。伯父は小説「隣家の人々」で中山義秀と芥川賞を争った。この詩も書いていて「昭和の詩人大系」には「都会の雲」などが載せられている。川端康成に浅草を案内したのはこの伯父だった。母のほうは、少女時代「少女画報」の投稿欄に短歌を投稿しては釈超空に選ばれていた。一度など上の句を書き忘れて、下の句だけで応募した。それでも、入選にしてもらえたという。両親をひきあわせたのは、父と伯父の両方を知っている、文学の友だちだった。

「たびたびお連れだし申して」

婚約して、母をデートに誘う時、父は照れたように祖母にいったという。

○　秋になればわれを伴い東北の旅にいでむと地図拾い給ふ

結婚後、昭和の新万葉集に載った母の歌である。これ以後も、父は小説にうちこみ、母はアララギで歌を作り続けた。

「ゲンコヨシクダサイ」幼い私たち兄弟が、二階の書斎にこもる父にそう歌いかけるところから、私の父への思い出がはじまる。すると父はドアをあけて、原稿用紙を一枚ずつ私たちにくれた。着流しの着物に兵児帯というその姿は、いかにも昭和の若い文士らしかった。父に原稿用紙をもらうと、私たちは大喜びで、そこに絵とも字ともつかないものを落書きして楽しんだ。当時父は石川達三や高見順たちと知りあい、「新青年」にも投稿していたらしい。庭には満開の桃の花。沈丁花のいい香りものぼってくる。そんな南向きの出窓のある洋間で、父はどんな作品を書いていたのだろうか。

文学に情熱を傾けていた父の影響で、当時の我が家は本の山。一階のやはり出窓があった応接間には、途方もなく大きな本箱がしつらえられ、本がぎっしりつまっていた。クラシック音楽が好きな父は、そこに蓄音機を置き、様々な音楽に耳をかたむけていた。兄は、ベートーベンの田園交響曲のために、手が痛くなるほど蓄音機のねじを巻かされたという。私は、父も好きでよくかけていた、リストの「ラ・カンパネラ」が忘れられない。今もこの曲が聞こえてくると、暮れ方の応接間に差し込んでいたまぶしい光が、たとえようもなく懐かしくよみがえる。

読み書きに疲れた夕方など、父は子どもたちをつれて、よく近くのお薬師様の縁日にでかけ、草花の鉢を買ってきた。だから、その当時庭には、デージー、パンジー、オミナエシなどの花々がにぎやかに咲き乱れていた。

その父が、本郷にあった青年学校に教師として勤めるようになったのは、太平洋戦争が激しくなり、大の男が家にいることなど許されなくなった昭和十八年のころだった。二十年五月五日、一家は山形県の酒田市にあった遠縁の家に疎開した。

そこは父の祖母が生まれた家だった。上杉謙信の息女が嫁したという本間家と縁続きで、さらに、当主の妻に当たる幾代おばちゃんは、当時の酒田市長、本間氏の姉だった。目が優しい人で、私たちをとても可愛がってくれた。

一方、疎開者の立場はみじめだった。持ち出すことができる荷物は一人一ケにきめられた。だから、五月二十五日、山の手を襲った大空襲で中野の家が焼けたとき、私たちはすべてを失った。祖父が心を込めて集めた、百本あまりの掛け軸も灰になった。

八月十五日に敗戦。それからまもなく、酒田の遠縁のその家には、不思議な客がやってきた。進駐軍の兵士たちである。門の前にジープを二台とめると、彼らは土足でお蔵にあがっていった。庭に大きなお蔵が二つあったことから、ものもちだと思われたらしい。彼らはまず国旗と刀を取り上げた。その後、長持ちをひっくり返して衣装をもてるだけ持つと、母屋の玄関にきた。「これを売ってほしい」というのだ。このとき英語がしゃべれたのは父だけだった。父のおかげで商談は成り立ち、遠くで見ていた私たちと近所の子は、ステキな包装紙に包まれたチョコレートにありつくことができた。

とにかく、戦争は終わった。これで東京に帰れる。幼いわたしなど、こおどりしてよろこんだものだが、現実はそう簡単にはいかなかった。東京にはもはや戻れる場所がないのだ。

やむをえず父は、山形県の教師になった。そうして、これ以降、私たち家族は、その勤め先を追うように、見ず知らずの町や村を彷徨うようになる。

父が山形商業に勤めていた時は、奥羽本線東根駅に近い長瀞村で暮らした。そこは、かなり大きな鳥小屋を三つに分けた疎開者のための長屋だった。金網にはベニヤ板が張られていたが、真冬はすき間から雪がまいこんできた。それでも、私たち子どもにはスリル満点の変わった家だった。

「ぼく、ニワトリになったような気がするよ」

幼い弟はそういって、小さな窓から首をつきだし、「コケコッコー」と、鬨の声をあげたりした。

毎朝、父は暗いうちに家をでる。そうして長い田んぼの道を、二キロほど離れた東根駅まで歩き、奥羽本線に乗ると、山形市にある商業高校に急ぐのだ。根雪ででこぼこの道を、地吹雪を浴びて歩きながら、父は何を思っただろう。

ここで、私たちは幼い妹を亡くしている。疎開先の酒田で生まれた妹は、私とは七つちがい。家の中を明るくしてくれるアイドルだった。村の子供たちが売りに来るドジョウを、母は、大きなたらいにいれる。すると、妹はパシャパシャかきまわしては、キャッキャと嬉しそうに笑った。その妹が重い気管支炎で寝込んだのは、村が冬の寒さをむかえてまもなくだった。村人が届けてくれた厚いわら布団の上に、妹は終日ねかされていた。家の中が暗くなった。二十年十一月七日、生後十ケ月で死去。ベニヤ板の家に容赦なく吹雪が吹き込む頃だった。この日、おびただしい数のシラミが妹の身体を離れ、四方に散っていった光景は今も目にあざやかだ。

小さな木のお棺を村の有志が担ぐあとを、とぼとぼと歩くわたしたちを、村人はどう眺めたろうか？　中にはそっと手をあわせ、合掌して立ち去る人たちもいた。夕暮れどき、父と母は、村はずれの焼き場に妹のお骨を拾いにでかけた。だれひとり親戚もない東北の寒村で、妹のお骨をあげた両親。今思い出しても胸が痛む。

一方、この村で人々から受けた優しさは、今も忘れることができない。

「カンタセンセイ」村人にそうよばれる人の家に父はよくお茶を飲みにでかけた。近くに婚礼があれば、母は、家に一本しかない柄のとれた包丁をもって駆けつけ、暗くなるまで、村人と談笑しながら、料理作りに勤しんだ。同級生のトヨちゃんが、牡丹餅をいっぱい入れた弁当箱をもってきてくれたこともある。

「おれ、今日は弁当二人分食うと言っておっかあに二つ作ってもらっただ。いいから、食え食え」

私はそのアルミの弁当箱をおしいただき、大事に家に持ち帰った。とろりと甘い餡にくるまった牡丹餅のおいしさは今も忘れられない。

そんな人々との交流の優しさは、村山平野一面を埋めていた緑の稲穂の美しさとともに、今も心に深くしみこんでいる。

それからしばらく後、父は、山形市よりは東根に近い天童の高校に勤めるようになった。そうして、私たち家族は、父の教え子がもっていた、天童、舞鶴山の中腹にある稲荷神社の社務所に移った。水も出ない不便なところだった。飲料水はむろんなく、炊事や飲み水には、山のわき水をつかった。雨で水が濁ると、私たちは泥水をのみ、土色のごはんをたべた。

しかし、ここでもまた、忘れられない思い出が沢山に生まれた。

月の明るい夜など、母は子どもたちを連れて山を更にのぼった。生け花の師範でもあった母は、ここで、面白い枝ぶりの木をさがす。パチンパチンという花ばさみの音と、枯葉を踏みしめるパサパサという音。遠くには月山が月光をあびてそそりたち、麓の家々の後ろに広がる田んぼでは、誘蛾灯の青白い幻想的な光がまたたいていた。

日暮れどきなど、山をおりていくと、ふもとの天童高校では、教壇に立って教えている父の姿が見られた。当時父は、請われて、夜学でも教鞭をとっていたのだ。大勢の高校生をまえに、黒板に何かを書きつけている父の姿は、いつもより偉い人にみえて、ほこらしい気持ちだった。

父にとっても、ここでの日々は快適だったようだ。土地の名士からは友人として迎えられ、よく訪れた若松観音では、どぶろくを片手に大いに語り合ったりもしたらしい。しまいには、ここに定住してもいいとさえ、思うようになっていった。しかし、伯父たちは心配した。東京に小さな家を見つけて、戻れ戻れのシュプレヒコールが始まった。ようやく決心した父が、よれよれの大きなリュックを背負い、家をみるために上京したのは、戦争が終わってなんと三年ぶりのことだった。やがて、戻ってきた父は、リュックの底から岩波文庫の「四人の姉妹」（オルコット）と「アルプスの山の娘」（スピリ）を取り出して私にくれた。これらは、その頃父が天童の町の小さな本屋でみつけてきてくれた「ポールとヴィルジニー」（サン・ピエール）と共に、少女時代の私の大事な宝になった。

昭和二十四年八月、一家は四年ぶりに東京の土を踏んだ。旅立つ日、小さな天童駅のホームが、見送ってくれる人たちでいっぱいだったことは、今もわすれられない。

四年ぶりで東京にもどったものの、父には定職がみつからなかった。やむをえず、とんぼがえりで、一人だけ山形にもどった。このときから、千葉県立の盲学校に就職するまで、なんと二年の歳月が必要だった。

私たちが住むことになった東京の家は、浅草、瑞泉寺の伯父の地所内にあった。六畳と四畳半、それに二畳の、台所とは名ばかりの土間があり、玄関も門もないバラックだった。それでも、家を戦災で失った私たちには、最高の住まいに思えた。

父を山形に送って間もなく、私たちはここでもまた、ひどい災難に出会うことになる。九月一日、東京下町を襲ったキティ台風だ。床上まで水が上がる大水害で私たちは畳はおろか、やっと手に入れた布団までなくした。

しかし、一方に愉快なこともあった。

ぷかぷかと水にうかぶ畳を見て、近所の子は大喜び。それを船代わりに楽しそうに遊んでいた。

「あんたたち、決してああいう真似をしてはいけませんよ」

朝霞から手伝いに駆け付けた、母の弟の光枝叔父は、怖い顔で忠告したが、同じ日、遅くなって帰るとき、

「やあ、おもしろいぞ、おもしろいぞ」

一枚の畳の上に立つと、長い竹竿をオール代わりに、悠然と立ち去っていったのだ。

父がようやくみつけた千葉県立の盲学校は、千葉曾我にあった。家から二時間あまりかかるので、毎朝、五時半には家を出なければならなかった。しかし、父はこのことで愚痴をこぼすことはほとんどなかった。毎日職場から疲れてもどると、夜は近所の中学生や高校生に英語を教えた。

そんな中で、父の楽しみは、ノートに作品を書くこと。いつの間にかペンネームを東　一郎から、その頃の住所、吉野町三の十をもじった、吉野賛十にかえた。そうして推理作家、木々高太郎氏のところに出入りするようになっていた。私たちを、浅草の六区に、映画を見に連れて行ってくれたのもこの頃だった。「哀愁」と「パリのアメリカ人」、この二本立てに感動して帰る途中、父が立ち寄ったのは千束町にあった「鮒忠」。そこで父は焼酎を注文し、わたしたちには焼き鳥をとってくれた。以前の暮らしとはかけ離れてしまったようで、わびしかった。だから家にもどるなり、私はこっそり母にいった。

「家って落ちぶれたんだね」

母は苦笑しただけで何もいわなかった。

その頃、父は日曜日になると、ふらりと浅草のにぎやかな場所にでかけていった。そこでさまざまなできごとを観察し、時には人だかりのしている蛇屋をのぞいたりした。そこから得たヒントをもとに、推理小説を書いて「探偵実話」「探偵倶楽部」「宝石」などに発表した。講談社の推理小説コンクールに応募して二席になったこともある。このとき一席になったのは仁木悦子の猫の話だった。

木々氏がクラブのママと二度目の結婚をしたとき、両親は招かれてお祝いの席に駆けつけた。推理作家協会にも入り、鮎川哲也氏をはじめ、多くの推理作家や評論家の友人も生まれていった。

父が親しくなった友人の一人は、よく、浅草の我が家にもきてくれた。そこで、当時人気のたかかった、ビニールの包みに入った魚肉のソーセージに焼酎で、大いに推理小説論に気炎をあげた。時には父と連れ立って夜の浅草に消えることもあった。父は教え子にも好かれた。盲学校の父の教え子は、よく浅草のわが家まで手をとりあい、肩を貸し合って遊びに来てくれた。

父は、私が文章を書くことに、ほとんど関心を見せてくれなかった。しかし、一つだけ、忘れられない出来事がある。当時、一家は江戸川区の小岩に住んでいた。大学を出て二年目くらいだったろうか？　私は、奮起して、講談社の児童文学新人賞に応募することにした。応募する日の前日は徹夜である。だから次の日は仕事も休むつもりだった。静まり返った深夜、一人自室で机に向かっていると、不意にふすまがあいて、トイレ帰りの父が顔をのぞかせた。

「これだけ一生懸命なんだから、きっと何かにはなるさ」

笑顔でそれだけ言うと、すっと、隣の、寝室にしていた六畳間に消えた。うれしかった。体の奥から何かの力が湧いてくるようでもあった。結局このときの作品は賞は逃した。けれども、応募総数一〇〇編余りの最後の七編に残り、講談社からでていた少女雑誌「なかよし」に連載された。

あの時私は、父の温かさを確かに全身でうけとめていたと思う。日ごろ無口だった父の精一杯の娘へのエール。あの瞬間ほど、書くもの同士としての、父との絆を深く感じたことはない。

だが、中年から苦労して、三人の子どもを大学まで卒業させた父は、体力の衰えが早かった。五十八歳で定年を迎えたが、晩年足が不自由になり、ことばもろれつが回らなくなった。その頃一家は北多摩の保谷に住んでいたのだが、楽しみにしていた映画の試写会を見に、銀座に出て行くこともまれになった。作品を書くために机に向かうこともほとんどなくなり、贈られてくる著書に目を通すことも少なくなった。

○ 見晴るかす杉並木のみが名残にて杖つき夫はゆるゆるあゆむも

○ 咳やまず湯を飲みたしとわれ言えばぎこちなき身で注ぎ給う夫

○ 数々の苦しみ超えて老いし夫足なえてなお無口なりけり

○ 亡き夫の愛でし徳利の藍深し庭の撫子さして供えぬ

○ 仁王門（浅草、観音堂のわきに立つ門）くぐれば続く梅並木香り愛でつつ歩みしなき夫

父を詠み、アララギに掲せられた母の歌の一部である。

昭和四十八年、七十歳で父は亡くなった。

数年後、鮎川哲也氏が「幻影城」の編集者と実家にみえた。「幻の作家探訪記」に父のことを書いてくださるためだった。

「吉野君とは不思議にうまがあい、鎌倉の私宅にもいらしてくださいました」

「吉野君に一冊でいい。ハードカバーの著書をもたせたかった」

これらの氏の言葉には友情があふれ、私は胸がつまった。このときの家族へのインタヴューは、後に「幻影城」に掲載され、さらにそれらをまとめた「幻の探偵作家を求めて」（晶文社）にも「暗闇に灯ともす人・吉野賛十」として載せていただいた。氏はその後、島田荘司氏と立風書房で「ミステリーの愉しみ　奇想の森」を編まれたが、ここには、父の「鼻」を載せてくださった。これは、目の見えない人がその勘をはたらかせて、神社のさいせん泥棒を捕まえる話だが、個性的だとして氏が高く評価してくださっている。この作品はまた、五年前に発刊された、光文社文庫の「甦る推理雑誌⑥『探偵実話』傑作選」にも載せられた。このとき父のゲラを見たのが娘の私だった。

父がひたすらに歩み続けたもの書きとしての道、これは今確実に娘の私が引き継いでいるのだ。

（この原稿は、「児童文芸」二〇〇九年八・九月号に掲載の「父の物語」を加筆、修正したものです）

解題

横井 司

1

雑誌『幻影城』一九七六年八月号に掲載された鮎川哲也の「幻の作家を求めて」第12回「暗闇に灯ともす人・吉野賛十《さんじゅう》」は、当時にあって、吉野賛十という作家に関する、最も充実した、唯一の資料であった。それまで、アンソロジーなどに採録される機会もなかったため、吉野作品にふれることのできなかった当時の若い読者は、遺稿として掲載された「走狗」と、鮎川がまとめた遺族へのインタビュー記事を読んで、未知の作家の情報を得たのである。その鮎川の記事に「東《あずま》一郎の筆名で『新青年』に投稿、二度ばかり入選したことがある」と記されている（引用は鮎川哲也『幻の探偵作家を求めて』晶文社、一九八五。以下同じ）。そこでは東一郎名義の作品のタイトルが示されておらず、記事中に掲げられた吉野賛十作品リストにも『新青年』掲載作品は掲げられていなかった。後年になって星田三平の「せんとらる地球市建設記録」の初出を当たった際、目次欄の星田作品の横に載っていた東一郎の「ローランサン《ママ》の女の事件」という題名を見た時は、なるほどこれが吉野賛十のデビュー作かと、驚かされたものだった。

本文では「ロオランサンの女の事件」と表記されている同作品が掲載された『新青年』は、年に数冊刊行していた海外作家を中心とする増刊号の新選探偵小説傑作集である。そこに、「一千円懸賞・創作探偵小説募集」に投じられ、三等に当選した「せんとらる地球市建設記録」が掲載されたのは、たまたま本誌の方でページを割けなかったためかもしれないが、当時としては類例の少ない作風のＳＦミステリであったため、かえって海外作品と並べた方が受け入れやすいのではないかという、水谷準の編集者としてのカンが働いた結果かもしれない。だが、「ロオランサンの女の事件」の掲載については、どこにも何の説明もなく、未知の新作家の作品がいきなり掲載されたという印象を受ける。前掲「暗闇に灯ともす人・吉野賛十」でのように「東一郎の筆名で『新青年』に投稿、二度ばかり入選したことがある」と書かれているだけでは、「一千円懸賞・創作探偵小説募集」に投じたものか、賞金をかけた特別懸賞ではなく、本誌の編集後記にたびたび掲げられていた通常の原稿募集に投じたものか、判然としない[1]。

この東一郎という筆名は、いわゆる純文学作品を同人誌に発表した際にも使われることになる。「ロオランサンの女の事件」は同人誌で活躍する以前に掲載されたものので、吉野賛十の実質的なデビュー作ということになるのだが――いや、いささか筆が先回りしすぎたようだ。以下、鮎川哲也「暗闇に灯ともす人・吉野賛十」や、吉野の実娘である児童文学者・日野多香子氏が本書のためにまとめてくださった書下しエッセイ「父の物語　書くこと一筋の人生だった！」を参考に、吉野賛十の経歴を簡単にまとめておくことにする。

註

（1）この掲載については、吉野自身が後年「二十数年前投書の小説を水谷氏に拾われて『新青年』にのせて頂いた」（「愛読者二代目半（乱歩全集の完成）」『探偵作家クラブ会報』五六・一）と書いており、「投書の小説」という表現からすると、やはり通常の原稿募集であろうか。

なお、「愛読者二代目半（乱歩全集の完成）」は、会員が自身の近況を伝える「通信」欄に掲載されたものだが、本書編集後に発見したものなので本文に収録することが間に合わなかった。短いものなので、こちらに全文引用しておくことにする。ここで言及されている乱歩全集とは、五四〜五五年に春陽堂から刊行されたものである。

乱歩全集も完成をみたが、こないだ江戸川先生が既にいかに長い世代にわたる愛読者をもっていられるかにちょっと驚いた。僕が、「心理試験」など愛読したのは二十数年前投書の小説を水谷氏に拾われて「新青年」にのせて頂いた時分だが、つい先頃僕の子供（その一人は岡田鯱彦氏のいられる大学の学生）が「二銭銅貨」など愛読していると思ったら先日まだ小学生の甥がきて「屋根裏の散歩者」を借りて行った。即ち僕のまだ三代目ではないが二代目半ぐらいの愛読者である。今后も長く読まれるであろう。全集の完成を祝すると共に先生の御健勝を祈るや切である。

2

吉野賛十は本名を永田東一郎《とういちろう》といい、一九〇三（明治三六）年一月二五日、兵庫県で生まれた。[2] ペンネームは、戦後、探偵作家としてデビューした当時、台東区吉野町三丁目一〇番地に住んでいたことに拠る。[3] 小・中学時代まで関西で学んだ吉野は、父の仕事の関係で東京の四谷に転居するが、そこで関東大震災に遭遇し、さらに中野の沼袋に引っ越すことになった。四谷にいた頃、早稲田大学商学部に入学。「小説を書きたいという気持ちは強かったが、さまざまなことを学ぶために、文学部ではなく商学部を選んだ」と伝えられる（日野、前掲「父の物語」）。大学卒業後、森永製菓の経理部に就職するが、健康上の理由から二年後に退社。その頃から創作を始め、本名の「東一郎」を二つに分けた東一《あずま》郎というペンネームで『新青年』に投稿。一九三〇（昭和五）年八月増刊号に、前章でふれた「ロオランサンの女の事件」が掲載された。鮎川は「二度ばかり入選したことがあるという」と伝えているが、今回、編集を終えるまでに確認できなかった（「ロオランサンの女の事件」の中に「剃刀男」というタイトルがあがっており、それかと思われるのだが）。

鮎川は「大学を卒業した頃に『麺麭《パン》』の同人となり詩人の北川冬彦氏等と親しみ、また『風土』の同人となったときにはグループに石川達三氏がいた」と書いている。『麺麭』の創刊は三二（昭和七）年一一月号で、「ロオランサンの女の事件」が掲載された二年後のことであった。また『風土』の創刊は三八（昭和一三）年一月号である。『麺麭』は三八年一月号で終刊しており、その直前から『風土』に参加していたものと思われる。吉野の伯父に当たる作家の一瀬《いちのせ》直行も『風土』の同人の一人であり、あるいは一瀬に誘われて同人に加わったのかもしれない。

『麵麭』ではその創刊号から創作を発表、また作品月評も担当している。以後、三六年一月号まで、ほぼ毎号にわたり小説やエッセイを発表。同人たちなどから、書きすぎるとしばしば言われるくらいであったが「事実は活字にする以外にも『学ぶために』（フランスの小説の巨匠がその修業時代に云つたやうに）長短さま〱《ママ》書き、それらは机底にくすぶつてゐる」（「自弁」『麵麭』三四・九）というから驚く。「それだつて書きすぎるなどとは夢さら云へた義理ではない」のであり「要は僕が僕なりに、文学を愛し、小説を愛するあまりなのだ」（同）という吉野だが、『麵麭』での執筆年譜をまとめると、三六年一月号に書いて以降、三八年一月創刊号の『風土』に書くまでの間、まったく発表していないことが分かる。これは、ちょうどその頃、満洲旅行の最中だったことも理由のひとつであると思われる。一九三七年七月に起きた盧溝橋事件は門司から大連に渡る船中で知ったと、後に執筆した旅行記で記しているからだ（「満洲の印象」『風土』三八・一）。鮎川によれば、三十二歳で結婚したというから、あるいは新婚旅行だったのかもしれない。結婚した夫人の兄が、先にもふれた作家の一瀬直行で、英子夫人もまた、少女時代から『少女画報』の投稿欄に短歌を投じており、結婚後も『アララギ』で歌を詠み続けていたそうだから（日野、前掲エッセイ）、ちょっとした文学一家であったといえよう。

『風土』に参加してのち、三九年に東一郎名義での最初の創作集『彼の小説の世界』を八洲書房から刊行。さらに四二年になって連作長編『出発』を帝都書院から上梓している。同書を出した後、本郷にあった青年学校に教師として勤務。時局の変遷にともない、「大の男が家にいることなど許されなくなった」からだという（日野、前掲エッセイ）。そのうちに東京も空襲が激しくなり、二〇年の五月五日に山形県の酒田市に家族を疎開させ、吉野は単身東京にとどまったが（鮎川、前掲エッセイ）、五月二五日の空襲で家を失い、結局本人も山形に疎開することになった。終戦後は山形商業に勤務。さらに天童高校に転勤。この頃、歌人の結城哀草果と親交を結んだという（鮎川、前掲エッセイ）。天童高校時代は居心地がよく、定住を考えたほどであったというが、一瀬直行らの勧めもあり、戦争が終わって四年後の四九年に帰京。その時に住むことになったのが、ペンネームの由来ともなった吉野町であった。だがすぐに職が見つかるはずもなく、二年後に千葉県立盲学校に就職するまで山形に戻り教職に就いていた（日野、前掲エッセイ）。盲学校就職後は、近所の中学・高校生に英語を教えてもいたそうである（同）。

　木々高太郎の許に出入りするようになった経緯は分からないが、盲学校に勤めて生活が落ち着き、再び創作の筆を執りはじめてからのことであろう。こうしてノートに書きためた作品の内のひとつであると思しい「鼻」が、木々高太郎の推薦で『探偵実話』に掲載されたのは、一九五四年三月（表紙は四月号）のことであった。ここに探偵作家・吉野賛十が誕生する。

　その際、木々は次のような推薦文を寄せている。

吉野君の「鼻」を推薦する

木々高太郎

　著者は長い間私のところに原稿をおくつてよこした。それは全く未知な方からもくるが、とに角、探偵小説をかいたといつて送つてくる人と、私が「三田文学」という雑誌に関係があるということから、純文学の小説を直したといつてくる人と二種類あるが、今では、私のところへくると区別がなく、従つて、私の判断で、それを「探偵小説」としてとり扱うか、純文学として取り扱うか、本人の意志などを無視することにきめてある。

　この著者はむしろ純文学としてこれ等のものを書き度いという意志であつたが、私はこの著者の力倆と意図とを見ると、純文学ではなくて、むしろ推理小説的の方向にのばし度いと考え、著者にもそのことをよく言うて、今新興の「探偵実話」にその第一作を紹介するのである。

　著者は既に年齢から言つても五十歳に近くこの苦闘の閲歴から言つても文学二十年の櫛風沐雨《しっぷうもくう》の歳月を持つているから、これから一旦出た以上は相ついで新作を出すことが期待出来る。

　この第一作は、特に、盲目の世界をとり扱い、その周到なる調査、その真実な描写は、私共の思いがけない、というのは常識的に想像しているところと実際とが甚だ異る——言わば、盲目なこの世界からの体験を聞かないでは、想像だけでは全く異る一種の世界をなしていることを、この作はよく見つめているところ、推薦の価値あるものと信ずる。

この木々の文章によれば、いわゆる純文学作品での再起を望んでいたようだが、「鼻」を発表後は、同じ盲人の世界を描いた「顔」（五四）、「耳」（同）、「指」（同）、「声」（五五）と、タイトルを漢字一文字とする短編を発表していった。そのほとんどが『探偵実話』に発表されたもので、他に『宝石』、『探偵倶楽部』、『読切特撰集』などにも発表しているが、やはりホーム・グランドというべきは『探偵実話』誌であった。

五六年から五七年にかけて河出書房から刊行された「探偵小説名作全集」は、その最終巻として新人の書下し長編を公募した。その際に吉野は「黒死体事件」を投じ、一席入選の仁木悦子『猫は知っていた』（五七）、次席入選の白家《しらが》太郎（多岐川恭）『氷柱《つらら》』（五八）と並んで第三席に入選したが、河出書房が操業停止に追いこまれ企画自体がなくなってしまう。その後、『猫は知っていた』が第三回江戸川乱歩賞の候補に回され同賞を受賞。『氷柱』も社業復興にともない河出書房新社から上梓されたが、吉野の「黒死体事件」は遂に未刊のままに終わった。

盲学校への通勤の不便さから小岩に転居した吉野は、退職後、北多摩の保谷に家を構え、これが終の住処となった。その頃から、高血圧のために運動神経をおかされ、足許や言葉が不自由になり、創作のために机に向かうこともほとんどなくなったという。そのまま、一九七三（昭和四八）年一〇月一五日に歿した。享年七十歳。

註

（2）日野多香子「父の物語　書くこと一筋の人生だった！」による。鮎川哲也「暗闇に灯ともす人・吉野賛十」には「東京で生まれた。のち父君が関西の銀行の経営陣に参加したため、小・中学校を大阪で卒《お》え」と書かれている。

（3）鮎川は前掲「暗闇に灯ともす人・吉野賛十」で「吉野町三十番地」としているが、荒正人・武蔵野次郎編『推理小説への招待』（南北社、六〇）に掲載された「探偵作家・評論家・翻訳家住所録」では「台東区吉野町三ノ一〇」と記されているので、そちらに従った。

3

本章以降、本書収録作品のトリックや内容に踏み込む場合があります。未読の方はご注意ください。

吉野賛十の作品を語る際は常に、盲人を描くことを特徴とすることが指摘される。それはそれで間違いではないのだが、盲人の世界を描き続けることで作品世界が固定化されてしまい、特色がかえってワン・パターンとなってしまうという危険性もある。アンソロジーに採られる作品が固定化していることもあり、二十編に及ぶ短編を発表しながら、今日では忘れられた作家となってしまっているのは、盲人を描く作家というレッテルが邪魔をしてしまっているように思えてならない。

実際にその作品に接してみると、盲人の世界を描いたものだけではなく、軽妙な犯罪小説や風俗ミステリ、ユーモア・ミステリともいうべき作品も発表しており、意外とバラエティに富んでいる。長年住み着いたお気に入りの土地である浅草に舞台をとった作品などは、やはり浅草に住み、下町の人々を描くことに長けていた伯父・一瀬直行の影響と見ることも可能だろう。

探偵小説的トリックという観点からは、密室殺人（「指」）や隠し場所トリック（「五万円の小切手」、「宝石」）、動物犯人もの（「鼻」、「指」）など、やや古風ながらトリック趣味の作品もそれなりに書いている。中には、声のトリックとしかいいようがないような、奇妙なアイデアの作品もある（「犯人《ホシ》は声を残した」）。鮎川哲也は「鼻」を再録したアンソロジー『あやつり裁判』（晶文社、八八・三）の解説で、「その時分の推理小説界は」「本格派の創作姿勢に批判的な人々が集って文学派を形成」しており、「文学派を牛耳っていたのが木々氏で」、吉野はその「木々氏の紹介で登場した」から「吉野氏から若い頃の思い出話を聞かされた」際に「『関西にいた青年時代にクロフツの『樽』を一所懸命に読みました』と語ったことが印象に残っている」といい、「文学派と『樽』は、俗な言い方をすれば水と油だろうに、それを熟読したというのだから筋金入りのアンチ本格派ではなかったのであろうか」と書いている。あるいはこれは『黒いトランク』（五六）でデビューした鮎川へのリップ・サービスだったかもしれないが、論理をあれこれとねじ繰り回す遊戯性はデビュー作「ロオランサンの女の事件」にすでにみられるから、論理操作の面白味にまったく興味がなかったというわけでもないのだろう。

いつのことかは分からないが、江戸川乱歩に原稿を見てもらう機会があった際、乱歩から「キミの小説にはどこにも推理がないじゃないか」と言われ、帰ってから「今日はさんざん叱られたよ」と洩していたという（鮎川、前掲「暗闇に灯ともす人・吉野賛十」）。だから木々高太郎に師事したというわけでもないだろうが、「どこにも推理がない」というのは、乱歩にしては勇み足の評言というべきだろう。もっとも吉野が見せた小説が何かにもよるし、「鼻」などは乱歩好みの一編ではなかったかと思われるのだが。

ところで吉野賛十は、シリーズ・キャラクターともいうべき登場人物も創造している。盲学校の教師で当人も盲人の花輪正一である。吉野名義の第一作「鼻」は探偵趣味を持つ盲人の語りで綴られた作品だが、ナレーターの名前はついに作中には書かれなかった。ただ、語りの手の旧友である須藤六郎、および須藤を通して知り合いになった渡辺巡査は、のちに花輪が登場する作品にもその名がみられるため、「鼻」の語り手も花輪であることが確定できるわけである。

これはアーネスト・ブラマ Ernest Bramah（一八六八～一九四二、英）のマックス・カラドス、ベイナード・ケンドリック Baynard Kendrick（一八九四～一九七七、米）のダンカン・マクレーンなどのような名探偵キャラクターの創造を意識していたというより、オノレ・ド・バルザック Honoré de Balzac（一七九九～一八五〇、仏）などの作品にみられる人物再出法を試みただけかもしれない。というのも、こうした方法は東一郎時代から意識されていたからだ。『彼の小説の世界』（八洲書房、三九・一二）の「あとがき——僕の小説の世界」では作中の登場人物にふれて、次のように書いている。

「彼の小説の世界」「酒井館（続彼の小説の世界）」「仕立てられた男」の三篇は、共通の村井義三といふ人物（主人公でもあり、狂言廻しの役どころでもある所の）を中心とする、それ〴〵が独立した幾篇かゝら成る或る連作小説の一部にあたります。

一種のドンキホーテであるこの人物（この三篇丈ではゝつきりしないかもしれませんが）を、僕は之からも色々にかいてみたいと思つてゐます。

「一種のドンキホーテである」というキャラクター造型は花輪正一にもぴったりと当てはまりそうだ。「鼻」はもとより「五万円の小切手」などの描かれ方は明らかに名探偵そのものであるが、「鼻」はG・K・チェスタトンG. K. Chesterton（一八七四～一九三六、英）の創造したブラウン神父ものめいた雰囲気があるし、「五万円の小切手」では依頼を受けた小切手の場所を突き止めながら、依頼人に渡さないまま済まそうとするなど、単なる推理機械としての名探偵キャラクターとしては逸脱した存在である。遺作として発表された「走狗」では、奇妙な事件に巻き込まれた盲人が花輪を訪れて事件の謎を解いてもらおうとするが、その依頼人の立場にある人物が、花輪が渡辺巡査に頼まれて探していた事件の共犯者と目されていた人物であるということが判明し、謎解きに乗り出そうとしていた花輪の意欲は奇妙な形でずらされてしまう。「耳」では、見事に名刺強盗の正体を突き止めたかに見えて、別の事件の犯人に到達するといった具合で、こうなるともはや意図的であるとしか思えないだろう。快刀乱麻を絶つ名探偵キャラクターというより、ルーフォック・オルメスかシュロック・ホームズのようなドン・キホーテ的キャラクターを志向していると考えてよいのではないか。

先にもふれた通り、こうした志向は「ロオランサンの女の事件」にもすでに見られるわけだが、こうしたユーモア・ミステリのテイストは、東一郎時代に愛読していた宇野浩二やニコライ・ゴーゴリ Николай Гоголь（一八〇九～五二、露）などから影響を受けた結果ではないかと考えてみたくもなる。

東名義で発表した「宇野浩二・ゴオゴリ」（『麵麭』三三・九）の中で吉野は、宇野の長編『出世五人男』（二六）を取りあげて次のように述べている。

> 何十人かの人物が氏独特の筆で見ごとに描きわけられてゐるのだが、しかもそれは西欧の小説にみるやうな型でなく、たゞ奇人である印象を与へられる。あの中の一人の人物でもをとつて、たとへばゴオゴリのチチコフ、サバケキツチ、プリユウシキンと比較してみるがいゝ。又バルザックのグランデ老人、ベツト、ユロ男爵、マルネツフ、ゴリオ老人など丶比較してみるがいゝ。之は小説の型《タイプ》だが前者はむしろ奇人又は変人である。後者はそれ〴〵の社会的存在の特異性までつゝ

こんで人げんを描きわけるが、宇野氏はどうかすると単に人物の癖だけで素通りされる。ゴオゴリやバルザツクが、人物の癖を描かぬといふのではない。たゞこちらは一箇の社会的存在の云はゞ小さな構成部分として癖を描くが、宇野氏の人物は、癖ばかりが妙にうき上つてみえる場合が多い。（略）ゴオゴリやバルザツクと違ひ、氏にとつて単に世界が苦の世界に止まるからだ。こゝに苦の世界とはいはゞ一種の反語でそれは存外楽天的な世界だ。さういふ意味での苦の世界だ。へんてこな人間のうよ〳〵ゐる世界だ。よろしい、中々面白いと思つて、いはゞ面白づくで書かれた小説といふ感じがどうかするとする。

吉野自身は「同じく笑ひのある小説ではあるが、私は宇野氏の小説にふき出すことは出来ても、ゴオゴリの小説では殆どふき出した経験をもたない。（略）少くとも可笑しい前に寒さを感じさせられるのがゴオゴリの文学なのに、宇野氏の小説は単に可笑しい丈であることが存外多いやうだ。作者にとつて世界が所謂『苦の世界』である時、作者は読者を単に噴き出させる事が出来る。さうでない場合、作者は読者を可笑しがらせる以上なのだ」と書いているように、宇野浩二的な文学に物足りなさを感じているようだ。

　かくいう吉野の作品が「読者を可笑しがらせる以上」のものになり得ているかどうかの判断は読者にまかせたいが、こうした文学的志向性を踏まえるなら、「この著者はむしろ純文学としてこれ等のものを書き度いという意志であった」という木々高太郎の言葉（前掲「吉野君の『鼻』を推薦する」）も頷けてくるのである。

　吉野の長女で児童文学者の日野多香子は、その著『闇と光の中』（七六）のあとがきの中で次のように書いている（以下、引用は鮎川哲也「暗闇に灯ともす人・吉野賛十」から孫引き）。

私が、この盲目の人たちの別の面、すなわち、もっと深い内面生活を知るようになったのは、父の遺稿となった《白い杖の人々》という手記を読んだときからです。そこには、あの、楽天的で冗談ずきな彼等のうしろにかくれた、もっときびしい心が、ありました。

　ここで「楽天的」という表現が出てくることに注目される。「楽天的で冗談ずきな」人々を描けば、それは宇野浩二流の「苦の世界」のキャラクターとなる。「面白づくで書かれた小説」「単に可笑しい丈である」小説なら、それでよい。だが吉野自身は、「可笑しい前に寒さを感じさせられる」小説を目指していたのかもしれない。そうした作家意識の精華が「盲目夫婦の死」（六二）として結実したのではないかと思われるのだが、やや「きびしい心」に偏りすぎた嫌いもあり、必ずしも成功作とはいえないとする向きもあるかもしれない。ただ一連の盲人ものの到達点として、一読忘れ難い印象を残すことは違いあるまい。

4

アンソロジー『あやつり裁判』（前掲）に「鼻」を採録した鮎川哲也は、同書の解説を次のように書き始めている。

　吉野氏のベストスリーとして「鼻」のほかに「悪の系譜」「犯人《ホシ》は声を残した！《ママ》」の二篇が挙げられたが、お嬢さんでもあり児童文学の作者でもある日野多香子氏と編集部の島崎勉氏、それにわたしの一致した結論によって本篇がえらばれた。

この文章では誰がベストスリーとしてあげたのかが判然としないが、三人の合議の結果、三つにしぼられたということだろう。「悪の系譜」は成り済まし詐欺の正体を暴く作家の奇妙な情熱が印象に残るし、「犯人《ホシ》は声を残した」は声のトリックともいうべき奇妙な設定と浅草人種の描写が印象に残る。これらがベストスリーとして選ばれたのもむべなるかなであろう。

その他には、それまで盲目だった人間が、ふとしたきっかけで眼が見えるようになったことで、実存的な苦悩にとらわれて殺人を犯すに至る「盲目夫婦の死」、奇妙な新聞広告によって繰り広げられるブラック・ユーモア編の「死体ゆずります」（恐らく、当時も今もこうした広告を新聞に載せることはできないだろうが）、犯罪を目撃しながら見て見ぬ振りをした女の心理を警官の視点から描いた「それを見ていた女」など、印象的な秀作が少なくない。

初めてまとめられた吉野賛十名義の作品集である本書は、現在判明している限りの吉野名義の作品をすべて収めている。東名義の作品からは、作家デビュー作ともいうべき「ロオランサンの女の事件」と、戦後になって唯一、東名義で発表された、この作者には珍しい海洋綺譚「魔の大烏賊」を採録した。『探偵実話』をホーム誌としたため、一段低く見られることもあったのではないかと思われる吉野作品の、誌名にとらわれない清新な魅力を楽しんでいただければ幸いである。
　以下、各編の解題を記しておく。

〈創作篇〉

「**ロオランサンの女の事件**」は、『新青年』一九三〇年八月増刊号（一一巻一一号）に東一郎名義で掲載された。単行本に収められるのは今回が初めてである。
　江戸川乱歩や谷崎潤一郎の影響を強く感じさせる一編である。友人を犯人だと推理しながら、その推理がみごとに外れるまでの顛末を描いた異色推理もの。作中に「剃刀男」なるタイトルが出てくるが、現在までのところそうした作品は確認されていない。
　ところで解説子（横井）は、星田三平が「せんとらる地球市建設記録」で懸賞創作探偵小説募集の第三席となった一年前の懸賞募集に投じられたのが、本作品ではないかと睨んでいる。二九年八月増刊号で公募され締切りまでに約五百編の作品が集まりながら、最終的には受賞作なしという結果になったこの時の懸賞で、予選を通過した一編に東栄一郎の「妄想舞踏曲」という作品があり、筆名の類似やタイトルが「ロオランサンの女の事件」のメイン・プロットを連想させる点から、これが吉野の投稿作ではないかと考えたくなるのである。ちなみに水谷準による選評は「よく考へてある作だつたがどうもまだ素人くさいところが惜しい」というものだった（「戸崎町風土記」『新青年』三〇・二）。

「**鼻**」は、『探偵実話』一九五四年四月号（五巻三号）に掲載された。後に、鮎川哲也編『あやつり裁判』（晶文社、八八）、鮎川哲也・島田荘司編『ミステリーの愉しみ　第1巻／奇想の森』（立風書房、九一）、ミステリー文学資料館編『甦る推理雑誌⑥／「探偵実話」傑作選』（光文社文庫、二〇〇三）に採録された。
　右にあげた『奇想の森』の解説「奇想の昏い森」で鮎川は「気どりのまったく感じられぬ読みやすい文章で、不思議な出来事の謎が淡々と解かれていく。氏の人生観が滲む好編である」と評している。

「**顔**」は、『探偵実話』一九五四年六月号（五巻六号）に掲載された。本編を含む以下の創作はすべて、単行本に収められるのは今回が初めてである。

花輪正一が初登場する作品だが、先にも述べた通り、人間関係から判断するに、「鼻」の語り手も花輪正一と考えてよい。したがってシリーズ第二作ということになる。

「**耳**」は、『探偵実話』一九五四年一一月号（五巻一二号）に掲載された。

花輪正一シリーズの一編。「一つの方の犯罪ばかり考えていて、怪人物をその方へばかり結びつけて考えたのが、偶然とはいゝ乍ら、別の犯罪の探偵に成功したんだな」という花輪の言葉が、本作品のモチーフをよく示している。

「**指**」は、『宝石』一九五四年一一月号（九巻一三号）に掲載された。

珍しく密室トリックめいたものが登場するが、読みどころはむしろ、主人公の推理が正しいのかどうか、それすらも危うくなるという、「ロオランサンの女の事件」以来の趣向にある。

「**声**」は、『探偵実話』一九五五年一月号（六巻一号）に掲載された。

初出誌本文の惹句には「『顔』『鼻』『耳』につぐ盲人探偵第四話」と書かれている。

「**二又道**《ふたまたみち》」は、『探偵実話』一九五五年四月号（六巻四号）に掲載された。

「**不整形**」は、『探偵倶楽部』一九五五年四月号（六巻四号）に掲載された。

花輪正一シリーズの一編。ダイイング・メッセージものとしても読める作品だが、やはり読みどころは、「ロオランサンの女の事件」とも共通するモチーフの方だろう。

「**落胤の恐怖**」は、『探偵実話』一九五五年六月号（六巻六号）に掲載された。

「鼻」でデビューして以来、初めて盲人もの以外のテーマを取りあげた作品。

「**悪の系譜**」は、『探偵実話』一九五五年八月号（六巻八号）に掲載された。

「**北を向いている顔**」は、『探偵倶楽部』一九五五年一〇月号（六巻一〇号）に掲載された。

初出時本文タイトルには「探偵実話」と角書きされていた。

「**五万円の小切手**」は、『宝石』一九五六年二月号（一一巻三号）に掲載された。

隠し場所トリックを扱った花輪正一シリーズの一編。名探偵が発見した小切手を隠匿して知らぬ顔を決めこみ、犯罪者へと転化するのが読みどころ。

「それを見ていた女」は、『探偵実話』一九五六年七月号（七巻一〇号）に掲載された。

「レンズの蔭の殺人」は、『探偵実話』一九五七年三月号（八巻四号）に掲載された。

主人公の教師として花輪が名前のみ登場する。

「犯人《ホシ》は声を残した」は、『探偵実話』一九五八年八月号（九巻一一号）に掲載された。目次上の表記は「犯人《ホシ》は声を残した‼」とエクスクラメーション・マークが付いていたが、本文には付いていない。

「魔の大烏賊」は、『探偵実話』一九五九年七月号（一〇巻一一号）に東一郎名義で掲載された。

本作品が掲載された『探偵実話』には、「乾杯！　われらの探実」という愛読者座談会が掲載されており、その参加者の一人が東一郎という名前であった。ただし住所は異なるので同名異人だと思われる。「魔の大烏賊」にしても、従来の吉野の作品からは懸け離れた題材なので、別人の筆になるかとも思われるのだが、収録することにした。

「宝石」は、『探偵実話』一九六一年八月号（一二巻一一号）に掲載された。

「三人は逃亡した」は、『読切特撰集』一九六一年一二月号（九巻一六号）に掲載された。

犯罪ものの映画の影響が見受けられる一編。

「盲目夫婦の死」は、『探偵実話』一九六二年二月号（一三巻三号）に掲載された。

「蛇」は、『探偵実話』一九六二年七月号（一三巻九号）に掲載された。

「死体ゆずります」は、『探偵実話』一九六二年九月号（一三巻一一号）に掲載された。

「走狗」は、『幻影城』一九七六年八月号（二巻九号）に遺稿として掲載された。執筆時期は不明ながら、花輪正一シリーズの一編であることから五十年代の後半に書かれたものではないかと推察される。これまた名探偵ものの関節を外すようなプロットが読みどころ。

〈随筆篇〉

「盲人その日その日——盲学校教師のノート」は、『探偵倶楽部』一九五五年一二月号（六巻一二号）に掲載された。本編も含め、以下はすべて単行本に収められるのは今回が初めてである。

「**カンの話——盲学校教師のノート**」は、『探偵倶楽部』一九五六年五月号（七巻五号）に掲載された。

以上の二編は、盲学校での見聞をまとめたエッセイ。「盲人その日その日」で語られる、様々な盲目のタイプがあるという話は、短編「耳」の冒頭でも書かれていたことが思い出される。

ところで、日野多香子は本書収録のエッセイ「父の物語　書くこと一筋の人生だった！」において、探偵作家クラブ（現・日本推理作家協会）に入会し「多くの推理作家や評論家の友人も生まれていった」といい、「父が親しくなった友人の一人は、よく、浅草の我が家にもきてくれた。そこで、当時人気のたかかった、ビニールの包みに入った魚肉のソーセージに焼酎で、大いに推理小説論に気炎をあげた」と回想しているが、文章としてまとまった形で残されているミステリ論は意外と少なく、右の二編があるくらいである。その意味では、吉野のミステリ観を知る上で貴重な二編だといえよう。

「**探偵映画プラスアルファ——「黒い画集」を観て**」は、『探偵作家クラブ会報』一九六〇年四月号（一五一号）に掲載された。

カトリーヌ・アルレエ Catherine Arley（一九三五?～、仏）の『藁の女』*La Femme de paille*（五六）は一九五八年一二月に東京創元社から刊行された。カール・リッチモンドを殺した犯人は作中に明示されていたはずだが、「その方の推理は、殆どなされていない」というのは確かにその通りで、犯人が自ら告白するという形で明かされる。それを「甚だ推理小説らしくないすぐれた推理小説であつた」と評価するのは、いかにも吉野らしいといえよう。

アンケート「**感銘をうけた推理小説は？**」の回答は、『推理小説への招待』（南北社、六〇・四／二〇）に収録された。

「やはり長篇でしょうに」というのは、「探偵映画プラスアルファ」の前半で述べられていた「プラスアルファ」を盛り込む余地が短編よりはあるからであろう。このように回答している吉野の長編「黒死体事件」が未刊行のままに終わったのは、かえすがえすも残念なことであった。

随筆としては他に「**愛読者二代目半**（乱歩全集の完成）」（『探偵作家クラブ会報』五六・一）および「**西尾正**

のこと」（『探偵作家クラブ会報』六三・八）がある。前者は本書編集時に確認が間に合わなかったため、本解題中に再録した（第1章・註1参照）。後者は『西尾正探偵小説選Ⅱ』（論創社、二〇〇七）解題中に全文引用したので、こちらでは省くことにした。諒とされたい。

［解題］**横井 司**（よこい つかさ）
1962 年、石川県金沢市に生まれる。大東文化大学文学部日本文学科卒業。専修大学大学院文学研究科博士後期課程修了。95 年、戦前の探偵小説に関する論考で、博士（文学）学位取得。共著に『本格ミステリ・ベスト 100』（東京創元社、1997 年）、『日本ミステリー事典』（新潮社、2000 年）、『本格ミステリ・フラッシュバック』（東京創元社、2008）、『本格ミステリ・ディケイド 300』（原書房、2012）など。現在、専修大学人文科学研究所特別研究員。日本推理作家協会・本格ミステリ作家クラブ会員。

吉野《よしの》賛十《さんじゅう》探偵小説選《たんていしょうせつせん》　〔論創ミステリ叢書 65〕

2013 年 7 月 15 日　初版第 1 刷印刷
2013 年 7 月 20 日　初版第 1 刷発行

著 者　吉野賛十
監 修　横井 司
装 訂　栗原裕孝
発行人　森下紀夫
発行所　論 創 社
〒101-0051 東京都千代田区神田神保町 2-23 北井ビル
電話 03-3264-5254　振替口座 00160-1-155266
http://www.ronso.co.jp/

印刷・製本　中央精版印刷

Printed in Japan　ISBN978-4-8460-1251-9

論創ミステリ叢書

①平林初之輔Ⅰ
②平林初之輔Ⅱ
③甲賀三郎
④松本泰Ⅰ
⑤松本泰Ⅱ
⑥浜尾四郎
⑦松本恵子
⑧小酒井不木
⑨久山秀子Ⅰ
⑩久山秀子Ⅱ
⑪橋本五郎Ⅰ
⑫橋本五郎Ⅱ
⑬徳冨蘆花
⑭山本禾太郎Ⅰ
⑮山本禾太郎Ⅱ
⑯久山秀子Ⅲ
⑰久山秀子Ⅳ
⑱黒岩涙香Ⅰ
⑲黒岩涙香Ⅱ
⑳中村美与子
㉑大庭武年Ⅰ
㉒大庭武年Ⅱ
㉓西尾正Ⅰ
㉔西尾正Ⅱ
㉕戸田巽Ⅰ
㉖戸田巽Ⅱ
㉗山下利三郎Ⅰ
㉘山下利三郎Ⅱ
㉙林不忘
㉚牧逸馬
㉛風間光枝探偵日記
㉜延原謙
㉝森下雨村
㉞酒井嘉七
㉟横溝正史Ⅰ
㊱横溝正史Ⅱ
㊲横溝正史Ⅲ
㊳宮野村子Ⅰ
㊴宮野村子Ⅱ
㊵三遊亭円朝
㊶角田喜久雄
㊷瀬下耽
㊸高木彬光
㊹狩久
㊺大阪圭吉
㊻木々高太郎
㊼水谷準
㊽宮原龍雄
㊾大倉燁子
㊿戦前探偵小説四人集
(別)怪盗対名探偵初期翻案集
(51)守友恒
(52)大下宇陀児Ⅰ
(53)大下宇陀児Ⅱ
(54)蒼井雄
(55)妹尾アキ夫
(56)正木不如丘Ⅰ
(57)正木不如丘Ⅱ
(58)葛山二郎
(59)蘭郁二郎Ⅰ
(60)蘭郁二郎Ⅱ
(61)岡村雄輔Ⅰ
(62)岡村雄輔Ⅱ
(63)菊池幽芳
(64)水上幻一郎
(65)吉野賛十

論創社